U0077284

【臺灣現當代作家研究資料彙編】85

馬森

國立台灣文學館
出版

部長序

文學是時代和社會的產物，所反映的必然是「那個時代、那個地方、那些人」的面貌；倘若我們想要接近或理解某一特定時空的樣態，那麼誕生於那個現實語境下的作家及其作品往往是最好的媒介之一。認識臺灣文學、建構一部完整的臺灣文學史，意義也就在這裡，而這當然有賴於全面且詳實的作家及作品研究。臺灣現當代文學的誕生及發展，自 1920 年代以降，歷時將近百年；這片富饒繁茂的文學沃土，仰賴眾多文學前輩的細心澆灌、耐心耕耘，滋養出無數質量俱優的作品，成績有目共睹，是以我們更應該珍惜呵護，以維繫其繽紛盎然的榮景。

懷抱著這樣的心情，欣見《臺灣現當代作家研究資料彙編》以馬拉松的熱力和動能，將第六階段的編選成果呈現在讀者面前。這個計畫從 2010 年開展，推動至今，邁入第七年，已替 80 位臺灣現當代的重要作家完成研究資料的彙編纂輯。在這份長長的名單上，不乏許多讀者耳熟能詳的文學大家，但更重要也更有意義的地方在於，透過國立臺灣文學館、計畫執行單位以及專業顧問團隊的共同討論商議，將許多留下重要作品卻逐漸為讀者甚至是研究者遺忘的資深作家，再度推向文學舞臺，讓他們有重新被閱讀、被重視、被討論的機會，這或許是我們今日推展臺灣文學、希望讓更多人看見前輩的努力之價值所在。

本階段所出版的作家包括楊守愚、胡品清、陳之藩、林鍾隆、馬森、段彩華、李魁賢、鍾鐵民、三毛、李潼共十位，其出生年代從 20 世紀初期到中葉，文類涵蓋小說、詩、散文、兒童文學、翻譯，具體而微地展現了臺灣文學的豐富樣貌。延續前此數階段專業而詳實的風格，每冊圖書皆蒐集、整理作家的影像、小傳、生平年表、作品評論，並由學有專精的主編學者撰寫研究綜述，為讀者勾勒出一幅詳實精確的作家文學地圖，不僅是文學研究者查找資料的重要依據，同時也能滿足一般讀者的基本需求，是認識臺灣作家與臺灣文學發展的重要讀本。在此鄭重向讀者推介，也請海內外關心及研究臺灣文學之各界方家不吝指正，以匯聚更多參與及持續前行的能量。

文化部部長 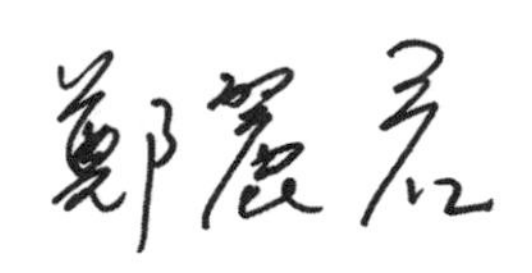

館長序

在漫漫的歷史長河中回望，文學作家及其作品總是時代風潮、社會脈動最好的攝影師，透過文字映照社會的面貌、人類靈魂的核心，引領讀者進入真實美善與醜陋墮落並存的世界。認識作家，有助於對其作品的欣賞，從而理解他所置身的時空環境及其作品風貌；這不僅關乎作家自身的創作經歷和文學表現，同時也是探究文學發展脈絡的根基，並據此深化人文思想的厚度。

臺灣文學發展至今，歷經千百年的綿延與沉澱，在蓄積豐沛能量的同時，亦呈現盎然的生機與蓬勃的朝氣。若欲以此為基礎，建構一部詳實完整的臺灣文學史，勢必有賴於詳實且審慎的作家和作品研究，故而全面梳理研究資源、提升資料查考與使用的便利性，也就顯得格外重要。國立臺灣文學館於 2010 年啟動《臺灣現當代作家研究資料彙編計畫》，就是以上述觀點為前提，組成精實的編輯與顧問團隊，詳盡蒐集、整理臺灣現當代重要作家的生平、年表與研究資料，選錄具有代表性的評論文章，編列成冊，以完整呈現作家的存在樣貌、歷史地位及影響。至 2016 年底，此一計畫已進入第六階段，總計完成 90 位作家的研究資料彙編。最新出版的十位作家為楊守愚、胡品清、陳之藩、林鍾隆、馬森、段彩華、李魁賢、鍾鐵民、三毛、李潼，兼顧作家的族群、性別、世代以及創作文類的差異，既體現了臺灣文學研究總體成果中最優質精緻的部分，同時也對未來的研究指向與路徑，提出了嶄新而適切的看法，必將有助於臺灣文學學科發展的擴展與深化。

本計畫歷年所完成的出版成果，內容詳實嚴謹，獲得文學界人士和讀者的高度肯定，各界並期許持續推展，以使臺灣作家研究累積更為厚實的基礎。在此也要向承辦單位所組成的編輯團隊，以及長期參與支持本計畫的專家學者致上最深的謝意，也請海內外關心及研究臺灣文學各界方家不吝指正，以匯聚更多向前邁進的能量。

國立臺灣文學館館長 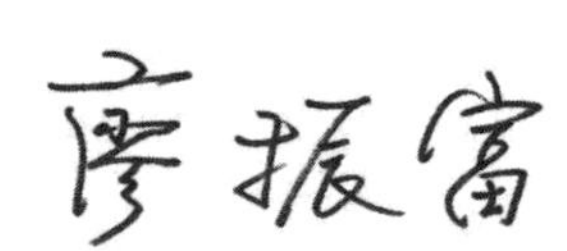

編序

◎封德屏

緣起

1995 年 10 月 25 日，在臺灣師範大學教育大樓的 201 室，一場以「面對臺灣文學」為題的座談會，在座諸位學者分別就臺灣文學的定義、發展、研究，以及文學史的寫法等，提出宏文高論，而時任國家圖書館編纂張錦郎的「臺灣文學需要什麼樣的工具書」，輕鬆幽默的言詞，鞭辟入裡的思維，更贏得在座者的共鳴。

張先生以一個圖書館工作人員自謙，認真專業地為臺灣這幾十年來究竟出版了多少有關臺灣文學的工具書，做地毯式的調查和多方面的訪問。同時條理分明地針對研究者、學生，列出了十項工具書的類型，哪些是現在亟需的，哪些是現在就可以做的，哪些是未來一步一步累積可以達成的，分別做了專業的建議及討論。

當時的文建會二處科長游淑靜，參與了整個座談會，會後她劍及履及的開始了文學工具書的委託工作，從 1996 年的《臺灣文學年鑑》起始，一年一本的編下去，一直到現在，保存延續了臺灣文學發展的基本樣貌。接著是《中華民國作家作品目錄》的新編，《臺灣文壇大事紀要》的續編，補助國家圖書館「當代文學史料影像全文系統」的建置，這些工具書、資料庫的接續完成，至少在當時對臺灣文學的研究，做到一些輔助的功能。

2003 年 10 月，籌備多年的「臺灣文學館」正式開幕運轉。同年五月《文訊》改隸「財團法人台灣文學發展基金會」，為了發揮更大的動能，開始更積極、更有效率地將過去累積至今持續在做的文學史料整理出來，讓豐厚的文藝資源與更多人共享。

於是再次的請教張錦郎先生，張先生認為文學書目、作家作品目錄、文學年鑑、文學辭典皆已完成或正在進行，現在重點應該放在有關「臺灣現當代作家評論資料目錄」的編輯工作上。

很幸運的，這個計畫的發想得到當時臺灣文學館林瑞明館長的支持，於是緊鑼密鼓的展開一切準備工作：籌組編輯團隊、召開顧問會議、擬定工作手冊、撰寫計畫書等等。

張錦郎先生花了許多時間編訂工作手冊，每一位作家的評論資料目錄分為：

（一）生平資料：可分作者自述，旁人論述及訪談，文學獎的紀錄。

（二）作品評論資料：可分作品綜論，單行本作品評論，其他作品（包括單篇作品）評論，與其他作家比較等。

此外，對重要評論加以摘要解說，譬如專書、專輯、學術會議論文集或學位論文等，凡臺灣以外地區之報刊及出版社，於書名或報刊後加註，如中國大陸、香港、新加坡等。此外，資料蒐集範圍除臺灣外，也兼及中國大陸、香港、新加坡、日本、韓國及歐美等地資料，除利用國內蒐集管道外，同時委託當地學者或研究者，擔任資料蒐集工作。

清楚記得，時任顧問的學者專家們，都十分高興這個專案的啟動，但確定收錄哪些作家名單時，也有不同的思考及看法。經過充分的討論後，終於取得基本的共識：除以一般的「文學成就」為觀察及考量作家的標準外，並以研究的迫切性與資料獲得之難易度為綜合考量。譬如說，在第一階段時，作家的選擇除文學成就外，先考量迫切性及研究性，迫切性是指已故又是日治時期臺籍作家為優先，研究性是指作品已出土或已譯成中文為優先。若是作品不少而評論少，或作品評論皆少，可暫時不考慮。此外，還要稍微顧及文類的均衡等等。基本的共識達成後，顧問群共同挑選出 310 位作家，從鄭坤五、賴和、陳虛谷以降，一直到吳錦發、陳黎、蘇偉貞，共分三個階段進行。

「臺灣現當代作家評論資料目錄」專案計畫，自 2004 年 4 月開始，至 2009 年 10 月結束，分三個階段歷時五年六個月，共發現、搜尋、記錄了十餘萬筆作家評論資料。共經歷了三位專職研究助理，近三十位兼任研究助理。這些研究助理從開始熟悉體例，到學習如何尋找資料，是一條漫長卻實用的學習過程。

接續

「臺灣現當代作家評論資料目錄」的專案完成，當代重要作家的研究，更可以在這個基礎上，開出亮麗的花朵。於是就有了「臺灣現當代作家研究資料彙編暨資料庫建置計畫」的誕生。為了便於查詢與應用，資料庫的完成勢在必行，而除了資料庫的建置外，這個計畫再從 310 位作家中精選 50 位，每人彙編一本研究資料，內容有作家圖片集，包括生平重要影像、文學活動照片、手稿及文物，小傳、作品目錄及提要、文學年表。另外每本書分別聘請一位最適當的學者或研究者負責編選，除了負責撰寫八千至一萬字的作家研究綜述外，再從龐雜的評論資料中挑選具有代表性的評論文章，平均 12～14 萬字，最後再附該作家的評論資料目錄，以期完整呈現該作家的生平、創作、研究概況，其歷史地位與影響。

第一部分除資料庫的建置外，50 位作家 50 本資料彙編（平均頁數 400～500 頁），分三個階段完成，自 2010 年 3 月開始至 2013 年 12 月，共費時 3 年 9 個月。因為內容充實，體例完整，各界反應俱佳，第二部分的 50 位作家，接著在 2014 年元月展開，第一階段及第二階段共出版了 30 本，此次第三階段計畫出版 10 本，預計在 2016 年 12 月完成。

成果

雖然過程是如此艱辛，如此一言難盡，可是終究看到豐美的成果。每位編選者雖然忙碌，但面對自己負責的作家資料彙編，卻是一貫地認真堅持。他們每人必須面對上千或數百筆作家評論資料，挑選重要或關鍵性的評論文章，全面閱讀，然後依照編選原則，挑選評論文章。助理們此時不僅提供老師們所需要的支援，統計字數，最重要的是得找到各篇選文作者，取得同意轉載的授權。在起初進度流程初估時，我們錯估了此項工作的難度，因為許多評論文章，發表至今已有數十年的光景，部分作者行蹤難查，還得輾轉透過出版社、學校、服務單位，尋得蛛絲馬跡，再鍥而不捨地追蹤。有了前面的血淚教訓，日後關於授權方面，我們更是如臨深淵、如履薄冰，希望不要重蹈覆轍，在面對授權作業時更是戰戰兢兢，不敢懈怠。

除了挑選評論文章煞費苦心外，每個作家生平重要照片，我們也是採高標準的方式去蒐集，過世作家家屬、友人、研究者或是當初出版著作的出版社，都是我們徵詢的對象。認真誠懇而禮貌的態度，讓我們獲得許多從未出土的資料及照片，也贏得了許多珍貴的友誼。許多作家都協助提供照片手稿等相關資料，已不在世的作家，其家屬及友人在編輯過程中，也給予我們許多協助及鼓勵，藉由這個機會，與他們一起回憶、欣賞他們親人或父祖、前輩，可敬可愛的文學人生。此外，還有許多作家及研究者，熱心地幫忙我們尋找難以聯繫的授權者，辨識因年代久遠而難以記錄年代、地點、事件的作家照片，釐清文學年表資料及作家作品的版本問題，我們從他們身上學習到更多史料研究可貴的精神及經驗。

但如何在規定的時間內，完成每個階段資料彙編的編輯出版工作，對工作小組來說，確實是一大考驗。每一冊的主編老師，都是目前國內現當代臺灣文學教學及研究的重要人物，因此都十分忙碌。每一本的責任編輯，必須在這一年多的時間內，與他們所負責資料彙編的主角——傳主及主編老師，共生共榮。從作家作品的收集及整理開始，必須要掌握該作家所有出版的作品，以及盡量收集不同出版社的版本；整理作家年表，除了作家、研究者已撰述好的年表外，也必須再從訪談、自傳、評論目錄，從作品出版等線索，再作比對及增刪。再來就是緊盯每位把「研究綜述」放在所有進度最後一關的主編們，每隔一段時間提醒他們，或順便把新增的評論目錄寄給他們（每隔一段時間就有新的相關論文或學位論文出現），讓他們隨時與他們所主編的這本書，產生聯想，希望有助於「研究綜述」撰寫的進度。

在每個艱辛漫長的歲月中，因等待、因其他人力無法抗拒的因素，衍伸出來的問題，層出不窮，更有許多是始料未及的。此次第二部分第三階段驟遇陳之藩卷主編陳信元教授溘逝，陳信元教授為兩岸現當代文學研究及出版之前驅者，精研之廣而深，直至逝世前仍心念其業，令人哀痛！此計畫專案執行至今，陳信元教授已擔任其中六本主編，對本計畫貢獻良多。此次他所主編的《臺灣現當代作家研究資料彙編・陳之藩》一卷亦費心盡力，然最後之「研究綜述」一文，撰述四千餘字後，因病體虛弱，無法繼續，幸賴鄭明娳教授慨然應允，接續完成。

再者，又如，每本書的選文，主編老師本來已經選好了，也經過授權了，為了抓緊時間，負責編輯的助理們甚至連順序、頁碼都排好了，就等主編老師的大作了，這時主編突然發現有新的文章、新的資料產生：再增加兩三篇選文吧！為了達到更好更完備的目標，工作小組當然全力以赴，聯絡，授權，打字，校對，重編順序等等工作，再度展開。

此次第二部分第三階段共需完成的10位作家研究資料彙編，年齡層較上兩個階段已年輕許多，因此到最後的疑難雜症，還有連主編或研究者都不太清楚的部分，譬如年表中的某一件事、某一個年代、某一篇文章、某一個得獎記錄，作家本人及家屬絕對是一個最好的諮詢對象，對解決某些問題來說，這是一個好的線索，但既然看了，關心了，參與了，就可能有不同的看法，選文、年表、照片，甚至是我們整本書的體例，於是又是一場翻天覆地的大更動，對整本書的品質來說，應該是好的，但對經過多次琢磨、修改已進入完稿階段的編輯團隊來說，這不啻是一大挑戰。

1990年開始，各地縣市文化中心（文化局），對在地作家作品集的整理出版，以及臺灣文學館成立後對日治時期作家以迄當代重要作家全集的編纂，對臺灣文學之作家研究，也有了很好的促進作用。如《楊逵全集》、《林亨泰全集》、《鍾肇政全集》、《張文環全集》、《呂赫若日記》、《張秀亞全集》、《葉石濤全集》、《龍瑛宗全集》、《葉笛全集》、《鍾理和全集》、《錦連全集》、《楊雲萍全集》、《鍾鐵民全集》等，如雨後春筍般持續展開。

經過近二十年的努力，臺灣文學的研究與出版，也到了可以驗收或檢討成果的階段。這個說法，當然不是要停下腳步，而是可以從「臺灣現當代作家評論資料目錄」所呈現的 310 位作家、10 萬筆資料中去檢視。檢視的標的，除了從作家作品的質量、時代意義及代表性去衡量外、也可以從作家的世代、性別、文類中，去挖掘有待開墾及努力之處。因此這套「臺灣現當代作家研究資料彙編」，大部分的編選者除了概述作家的研究面向外，均有些觀察與建議。希望就已然的研究成果中，去發現不足與缺憾，研究者可以在這些不足與缺憾之處下功夫，而盡量避免在相同議題上重複。當然這都需要經過一段時間去發現、去彌補、去重建，因此，有關臺灣文學的調查、研究與論述，就格外顯得重要了。

期待

感謝臺灣文學館持續推動這兩個專案的進行。「臺灣現當代作家評論資料目錄」的完成，呈現的是臺灣文學研究的總體成果；「臺灣現當代作家研究資料彙編」的出版，則是呈現成果中最精華最優質的一面，同時對未來臺灣文學的研究面向與路徑，作最好的建議。我們可以很清楚的體會，這是一條綿長優美的臺灣文學接力賽，我們十分榮幸能參與其中，更珍惜在傳承接力的過程，與我們相遇的每一個人，每一件讓我們真心感動的事。我們更期待這個接力賽，能有更多人加入。誠如張恆豪所說「從高音獨唱到多元交響」，這是每一個人所期待的。

編輯體例

一、本書編選之目的，為呈現馬森生平、著作及研究成果，以作為臺灣文學相關研究、教學之參考資料。

二、全書共五輯，各輯內容及體例說明如下：

輯一：圖片集。選刊作家各個時期的生活或參與文學活動的照片、著作書影、手稿（包括創作、日記、書信）、文物。

輯二：生平及作品，包括三部分：

1.小傳：主要內容包括作家本名、重要筆名，生卒年月日，籍貫，及創作風格、文學成就等。

2.作品目錄及提要：依照作品文類（論述、詩、散文、小說、劇本、報導文學、傳記、日記、書信、兒童文學、合集）及出版順序，並撰寫提要。不收錄作家翻譯或編選之作品。

3.文學年表：考訂作家生平所進行的文學創作、文學活動相關之記要，依年月順序繫之。

輯三：研究綜述。綜論作家作品研究的概況，並展現研究成果與價值的論文。

輯四：重要文章選刊。選收國內外具代表性的相關研究論文及報導。

輯五：研究評論資料目錄。收錄至 2016 年 11 月底止，有關研究、論述臺灣現當代作家生平和作品評論文獻。語文以中文為主，兼及日文和英文資料。所收文獻資料，以臺灣出版為主，酌收中國大陸、香港、日本和歐美國家的出版品。內容包含三部分：

1.「作家生平、作品評論專書與學位論文」下分為專書與學位論文。

2.「作家生平資料篇目」下分為「自述」、「他述」、「訪談」、「年表」、「其他」。

3.「作品評論篇目」下分為「綜論」、「分論」、「作品評論目錄、索引」、「其他」。

目次

【輯五】研究評論資料目錄

輯一◎圖片集

影像◎手稿◎文物

1935年，三歲的馬森與父親馬傳方、母親孫鳳梅合影。（馬森提供）

1943～1946年，就讀初中的馬森。（馬森提供）

1949年3月，馬森由北京前往青島與父親會合後，準備來臺前所拍攝的照片。（文訊文藝資料中心）

1950年，馬森與同學於宜蘭中學校門前合影。左起：馬森、張俊方、李潤田、彭希彬。（馬森提供）

1950年，馬森（後排左一）與師院劇社成員聆聽李行（前排右一）解說舞臺位置圖。（馬森提供）

1953年，馬森提供給農業教育電影公司（今中影公司）的演員照。（馬森提供）

1954年，馬森（後排右三）與皮述民（後排左一）、賴炎元（後排左四）、蒙傳銘（後排右一）等同學合影於臺灣師範學院（今臺灣師範大學）校園。（馬森提供）

1954年9月，馬森於鳳山接受預官基礎訓練。（馬森提供）

1957年8月3日，馬森（前排右四）因考取臺灣師範大學國文研究所，在離開大甲高中前，與高二忠班的學生合影。（馬森提供）

1958年，馬森與臺灣師範大學國文研究所同學合影。左起：謝雲飛、馬森、邱燮友、應裕康。（馬森提供）

1959年，馬森畢業於臺灣師範大學國文研究所。（馬森提供）

1962年，赴巴黎法國電影高級研究學院（IDHEC）研習導演課程的馬森（左），指導根據左拉（Émile Zola）同名小說改編的影片《泰勒斯・哈甘》（*Thérèse Raquin*）。（馬森提供）

1961年7月16～23日，馬森（前排坐者右二）應駐法大使館之請，赴亞維儂（Avignon）參加第15屆亞維儂劇展世界青年大會。（馬森提供）

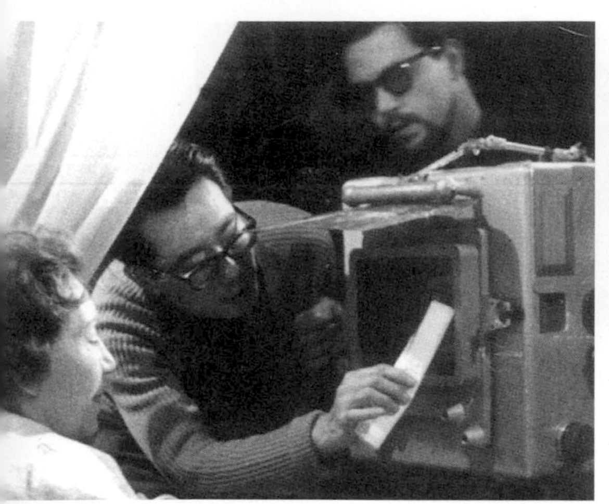

1963年，馬森（中）拍攝法國電影高級研究學院畢業作品《人生的禮物》（*Le cadeau de la vie*）。（馬森提供）

1965年，馬森（左）與妻子樂安妮（Annick Lefloch）、長女馬鏡遠（又名伊莎，Isabelle）於巴黎自宅庭院合影。（馬森提供）

1966年夏，馬森（右）將闊別17年的母親接至巴黎同住。（馬森提供）

1968年，馬森於墨西哥學院（El Colegio de México）任教，攝於墨西哥城自宅前。（馬森提供）

1977年1月，馬森獲得英屬哥倫比亞大學社會學博士學位。（馬森提供）

1974年，馬森赴英屬哥倫比亞大學（University of British Columbia）社會學系就讀博士班，全家移民至溫哥華。左起：長子馬廣遠（又名伊夫，Yves）、馬森、馬鏡遠。（馬森提供）

1981年，馬森赴北京蒐集現代戲劇資料，於青年藝術劇院觀賞陳顒導演姚一葦的《紅鼻子》。（馬森提供）

1982年1月，馬森（左一）於北京訪問錢鍾書（左二）、楊絳（左三）夫婦。（馬森提供）

1984年，應《自立晚報》之邀，馬森擔任副刊「百萬元長篇小說徵文活動」決審委員。左起：馬森、白先勇、姚一葦。（馬森提供）

1985年3月18日，馬森（前坐者）於倫敦大學指導學生演出丁西林的獨幕劇《壓迫》，公演結束後與演員們合影。（馬森提供）

1986年夏，馬森於暑假期間返臺度假，文友前往接機。右起：蔣勳、龍應台、馬森、席慕蓉、楚戈（後）、愛亞、張曉風、隱地。（馬森提供）

1987年，馬森於成功大學擔任客座教授，探望多年不見的老師蘇雪林（左）。（馬森提供）

1988年5月3日，擔任《聯合文學》總編輯的馬森，主辦「當代電影座談會」。左起：齊隆壬、柯一正、黃凡、馬森、侯孝賢、黃建業、陳坤厚。（馬森提供）

1992年8月24日，馬森參加臺灣及海外作家訪問團赴北京參訪，順道拜訪冰心（右）。（馬森提供）

1995年3月24日，馬森與文友參加成功大學舉辦的「蘇雪林百齡華誕壽宴」。左起：夏祖麗、馬森、林海音、陳之藩。（馬森提供）

1998年5月3日，馬森獲頒第一屆「五四獎」文學評論獎，與其他獲獎人合影。左起：許悔之、瘂弦、馬森、余光中、陸達誠、陳憲仁。（文訊文藝資料中心）

1998年10月，馬森主持於南華管理學院（今南華大學）舉辦的「大陸作家在臺灣」座談會，會後與作家合影。右起：余華、莫言、馬森、蘇童、從維熙、王安憶、張煒。（馬森提供）

1999年，馬森籌備於成功大學舉行的「1999臺灣現代劇場研討會」。右起：石光生、吳達芸、Patricia Harter、馬森、廖美玉、黃美序、司徒芝萍。（馬森提供）

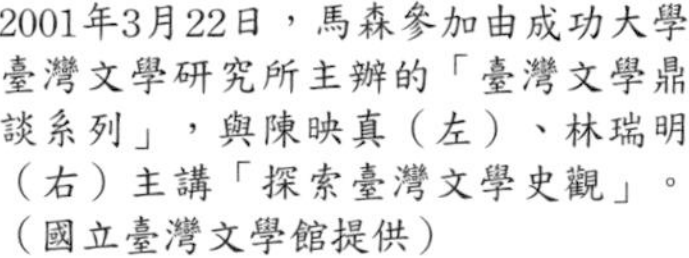
2001年3月22日，馬森參加由成功大學臺灣文學研究所主辦的「臺灣文學鼎談系列」，與陳映真（左）、林瑞明（右）主講「探索臺灣文學史觀」。（國立臺灣文學館提供）

2001年7月11～13日，馬森（右）參加南京大學中國現代文學研究所主辦的「中國現代文學傳統國際學術研討會」，擔任開幕發言人、大會主席，同時發表論文〈中國現代文學的兩度西潮〉。（馬森提供）

2001年，馬森（中排右二）與馬鏡遠（後排右五）、馬廣遠（後排右六）一同返回山東省齊河縣探親、掃墓。（馬森提供）

2002年12月8日，馬森獲頒第八屆「府城文學獎」特殊貢獻獎，與次女馬慧遠一同參加頒獎典禮。（馬森提供）

2003年7月，馬森與文友於加拿大洛夫家中聚會。左二起：馬森、瘂弦、洛夫。（馬森提供）

2010年4月16～17日，馬森與高行健（左）應邀參加於臺灣大學舉辦的「21世紀世界華文文學高峰會議」。（馬森提供）

2012年10月13日，馬森八十壽慶，成功大學中國文學系舉辦「閱讀馬森II——馬森學術研討會與劇作展演」，於會後餐敘慶生。右起：馬森、朱貴苓、林建農（馬森提供）

2012年11月17～18日，馬森應邀參加於東海大學舉辦的「第二屆21世紀世界華文文學高峰會」致開幕詞，右為總統馬英九。（馬森提供）

2015年5月26日，馬森全家福。右起：馬森、馬慧遠、孫女Saphren、孫女Yolande、馬廣遠、馬鏡遠。（馬森提供）

2016年7月17日，馬森於加拿大菲莎文化論壇演講，時年84歲。（馬森提供）

UNIVERSITIES SERVICE CENTRE
155 ARGYLE STREET
KOWLOON, HONG KONG

CABLE ADDRESS:
"UNISERCEN"

TEL. K-840241-3
(3 LINES)

BY AIR MAIL
PAR AVION

NMTL20050050603

1976年3月17日，馬森致朱西甯函，談論生活近況與作品刊載、出版事宜。（國立臺灣文學館提供）

中國時報海外作家專用稿紙

碎鼠記

他滑進客室，一開燈，就見輪椅的龐大的陰影清晰地印在客室的白色的窗幕上。他嗤了一口吐沫，想從輪椅裏拔起身來，換躺進他最喜愛躺在那裏看書的那張睡榻裏去。那裏，他曾消磨過多少個夏日的黃昏，沉潛在各式各樣的小說中、詩歌中、和他獨特的夢想中！他吃力地用兩臂撐在輪椅的扶手上，企圖把他那疲軟、麻木、可以說毫無知覺的兩腿打輪椅裏拖起來。他撐在那裏，直到他的汗珠大粒大粒地從他的雙頰滴了下來，但毫不曾移動分毫，只有灰敗而沮喪地讓他的拔高了的上體笨重地再沉落進輪椅裏去。

輪椅的陰影又如故地清晰地印在客室的白色窗幕上。往昔——多久遠的時日，像已埋入墓穴的時日！——在夏日的夜晚，就是到了很深很深的夜裏，這落地長窗也不會關閉。他喜愛隨意地蹓到涼台上去——那裏有他細心栽培的花草、那裏他可以扶着欄杆仰望滿天的繁星，特別是在沒有月光的夜裏。透過關閉得嚴絲合縫的窗幕，他似乎看到爬滿涼台的蔦蘿，因為沒人照料的關係，恐怕都要一直侵越到窗門那裏了。隔着窗幕，他實在看不到涼台上的以及窗外的任何事物。卻只有一隻不知在何時何處闖入室內的飛蛾不停地繞着睡榻旁的那盞立燈飛舞，把它

20×25＝500

碎鼠記

馬森

他滑進客廳，一開燈，就見輪椅龐大的陰影清晳地印在客廳的白色窗幕上。嗤了一口吐沫，想從輪椅裏拔起身來，躺進他最喜愛躺在那裏看書的那張睡榻裏去。那裏，他曾消磨過多少個夏日的黃昏，沉潛在各式各樣的詩歌中、小說中和各式各樣的夢想中！他吃力地用兩臂撐在輪椅的扶手上，企圖把他那疲軟、麻木、可以說毫無知覺的兩腿打輪椅裏拖出來。他撐在那裏，直到汗珠大粒大粒地從雙頰上淌了下來，也不曾移動分毫，只有灰敗而沮喪地讓他拔高了的上體再笨重地沉落進輪椅裏去。媽媽，我竟是這麼不中用了！

輪椅的陰影又如故地清晳地印在客廳的白色窗幕上。往昔——多久遠的時日，像已埋入墓穴的時日！——在這樣夏日的夜晚，就是到了很深很深的夜裏，這落地長窗也不會關閉。我喜歡隨意地蹓到涼台上去。那裏，有他細心栽培的花草，散發着幽幽的清香。我也可以扶着欄杆仰望滿天的繁星，特別是無月的夜裏。透過關閉得嚴絲合縫的窗幕，他似乎看見爬滿欄杆的蔦蘿，因爲乏人照料的緣故，恐怕已經蔓過涼台侵越到窗門那裏了。隔着窗幕，他實在無法看到涼台上的以及窗外的任何事物，卻只見一雙不知在何時何處侵入室內的飛蛾不停地繞着睡榻旁的那盞立燈飛舞，把它的黑影撲索索地投射到白色的窗幕上，就像在那裏奮力掙扎着要破幕而去的模樣。

他咬着下唇，望着睡榻發呆。最近我已經嘗試過不知多少回，我要不靠麗莎的幫助，獨力把我的肢體從輪椅裏搬到睡榻上，然後再從睡榻上回到輪椅裏去。然而他似乎只是做着無謂的掙扎，始終不曾成功。要是麗莎看到了我這種模樣，她該是種什麼表情呢？她恐怕又要手足無措地慌張起來。我又會因此發怒，大聲地吆喝她。她就會因我的斥罵更加慌張，漲紅了她那原是蒼白的小臉，抖索索地像一隻受驚的小鼠茫然四顧。啊！麗莎，我不要看你這種模樣！我不能忍受看你遭受任何折磨！我不能坐視你幼小的心靈來分擔我所遭受的痛苦！我會因此而發起瘋來。可是，麗莎，我心裏多麼愛你，多麼希望你能幸福快樂地活着！你知道嗎？

他舉手拭了一把額角冒出的涔涔的汗珠。忽然聽到客廳外的走道裏傳來一陣窸窣的聲音。他又用手滑動輪椅，退回到走道裏去。定睛一看，在麗莎臥房門外較陰暗的角落裏擺着一隻鐵絲籠

1979年9月，馬森發表於《幼獅文藝》第309期短篇小說〈碎鼠記〉手稿與期刊內頁。（文訊文藝資料中心）

腳色

景：慘澹的月光照着舞台中央的一座小墳（此小墳在演出的後一半逐漸膨脹，直至佔據了主要的舞台面）。墳周圍點綴着幾棵低矮的小樹，開始時樹與墳略成比例，但隨着墳的膨脹，越來越不成比例，墳大樹小，終至使人覺得猶如小草一般。舞台前方燒着一堆熊熊的野火，可借此火光以設計燈光效果。

時：深夜。

人物：甲、乙、丙、丁、戊，不分性別（最好以同性之演員飾演）。均着暗色衣服，但臉色慘白，與所着衣色須成強烈之對比。

燈亮時（或幕開時），甲乙圍野火而坐，丙、丁、戊並坐在墳旁。

甲：（向乙）爸爸快回來了吧？

乙：（向丙）喂！爸爸快回來了吧？

丙：（向丁）爸爸快回來了吧？

No. 1

1980年11月，馬森發表於《幼獅文藝》第323期獨幕劇本〈腳色〉手稿與期刊內頁。（國立臺灣文學館提供）

177

脚色

（獨幕劇）

馬森

每一個來到世界上的人，不可避免的都要扮演至少一種脚色，不論願意還是不願意。這些脚色，又要與其他的脚色血脈相連，息息相關，無論他們願意還是不願意。然而，最終的脚色却祇有一種——喚做「死亡」或是「未知」的那一個。這個角色的陰影，就在我們爲人世間的脚色爭執、煩惱、企盼的時候，逐漸的遮蔽了我們。

——亮軒

178

景：慘澹的月光照着舞臺中央的一座小墳（此小墳在演出的後一半逐漸膨脹，直至佔據了主要的舞臺面）。墳周圍點綴着幾棵低矮的小樹，開始時，樹與墳略成比例，但隨着墳的膨脹，越來越不成比例，墳大樹小，終至使人覺得猶如小草一般。舞臺前方燒着一堆熊熊的野火，可借此火光以設計燈光效果。

時：深夜。

人物：甲、乙、丙、丁、戊，不分性別（最好以同性之演員飾演）。均着暗色衣服，但臉色慘白，與所着衣色須成強烈之對比。

燈亮時（或幕開時），甲、乙圍野火而坐，丙、丁、戊並坐在墳旁。

甲：（向乙）爸爸快回來了吧？

乙：（向丙）喂！爸爸快回來了吧？

丙：（向丁）爸爸快回來了吧？

丁：（向戊）爸爸快回來了吧？

戊：（不語，作睡狀）

丁：（盯了戊一會兒，見戊不語，轉向丙）他睡着了！

丙：（向乙）他睡着了！

乙：（向甲）他睡着了！

甲：爸爸睡着了！

（衆沉默）

戊：（作醒狀，打哈欠，推丁）

丁：（打哈欠，轉向丙）爸爸快回來了吧？

丙：（向乙）爸爸快回來了吧？

乙：（向甲）爸爸快回來了吧？

甲：（向乙，肯定地）他睡着了！

乙：（向丙）他睡着了！

馬森先生：

接來書，得悉我的舊作，竟被注意，謝謝。承詢數事，敬答如下：

(一)我生於1902年，即清光緒廿八年。安徽霍邱縣葉家集人。北京大學研究所國學門肄業。從台大退休已七年，現在輔仁大學東吳大學任課。此間退休待遇[illegible]再謀生。

(二)劉以鬯君從早年刊物「莽原」錄出的十一篇，都是我第一部小說「地之子」中的作品。「地之子」是北京「未名社」印行的，後來「未名社」停業，由開明書店印出，（台北開明亦有此書）先後印出時間，我已記不起了，因為我自己久無此書，也就被忘掉了。

(三)今年在台印出，收了一九二三年在商務「東方雜誌」發表的一篇，算是我開始寫作的作品，很幼稚。

在台印出的「臺靜農短篇小說集」，另郵寄上一本，初版已售完，正在再版中。

專此即詢

著祺

靜農　十二月八日手啓

1980年12月8日，臺靜農致馬森函，談自己的小說創作。（馬森提供）

NO. 1

Swan 24×25　*It is never too late to learn*

1984年4月，馬森發表於《文訊》第10期〈國內舞臺劇的回顧與前瞻〉手稿與期刊內頁。（文訊文藝資料中心）

馬森

國內舞台劇的回顧與前瞻

〔專題筆談〕

首先爲本文的舞台劇下一個定義，此處所談的舞台劇不是廣義的所有在舞台上演出的戲劇，而是專指狹義的由西方移植而來的以對話爲主的「話劇」。

談到話劇。論者多以一九〇七年春柳社在日本演出中譯的西方戲劇開始。其實在十九世紀末期，在上海的教會學校已經演出過中譯的西方戲劇，不過那時候並沒有引起社會的注意罷了。春柳社之所以引起了廣泛的注意，是因爲當時在日本參與演出的成員多爲知識分子，回國後又繼續從事戲劇活動，而且做出了相當的成績的緣故。

我想開始的時候這種新興的劇種之所以引起年輕知識分子的興趣，有兩個重要的原因：第一、傳統的劇種學習非常困難，不是業餘玩票的人所可以勝任的。而且被稱作「戲子」的演藝人員社會地位非常低，也不是知識分子輕易敢於嘗試的。話劇，開始的時候誤以爲只要會說話的人就可以上台，不需要嚴格的訓練。同時演新戲的地位與演舊戲的不同，大膽的年輕知識分子才敢於嘗試。第二、舊劇有其固定的傳統與

國內舞台劇的回顧與前瞻　三七

1989年1月28日，錢鍾書致馬森函，提起《聯合文學》編「錢鍾書專輯」一事，因身體因素婉拒邀稿。（馬森提供）

Stockholms Universitet
INSTITUTIONEN FÖR ORIENTALISKA SPRÅK • AVDELNINGEN FÖR KINESISKA

Professor Ma Sen
Department of Literature
Cheng Kung University
Tainan, Taiwan
Republic of China

Dear Professor Ma,

I very much enjoyed meeting you during our visit to Taiwan in October of last year.

I should be very grateful if you could assist me in the following matter. In the summer of 1989 I translated 26 chapters of Kao Hsing-chien's novel Lingshan. I very much hope to be able to continue with the remaining chapters as soon as possible. The problem is that my friend Hsing-chien sometimes writes a cursive style which I find hard to read. I therefore prefer to work from proofs. Hsing-chien has informed me that Taiwan plans to publish the novel and that you are involved in the undertaking. If so I should be very glad if you would inform me when proofs may be ready.

I have translated Hsing-chien's dramas and short stories into Swedish and one of his minor plays (To yǔ, Sheltering from Rain) has been performed on the stage of the Royal Dramatic Theatre in Stockholm.

Just before Christmas I received several book parcels from Taipei, including two volumes of Shang Ch'in's poetry, which I immediately translated into Swedish. The volume will appear before the end of this year, under the the title The Frozen Torch. I find Shang Ch'in's poetry quite fascinating.

I have been invited to a Translation Fellowship at the Chinese University of Hong Kong, from November of this year until May of 1991. My wife and I both look forward to half a year in Hong Kong and to revisits to Taiwan.

With my warmest regards,

Göran Malmqvist
1990.01.24

1990年1月24日，馬悅然致馬森函，提及高行健長篇小說《靈山》的翻譯及出版。（馬森提供）

國立成功大學用箋

1991年1月8日，馬森致郭楓函，提及出版「臺灣當代名家作品精選集」相關事宜。（國立臺灣文學館提供）

民生報張夢瑞先生 02-7660567

《歐洲雜誌》也有重印的機會嗎？

馬森

經過多年的醞釀和擘劃，《現代文學》的前五十期終於重印成功了。白先勇因此特意返國，舉行酒會以饗新聞界和舊雨新知，使幾近沉寂的文壇又掀起了陣陣漣漪。可惜的是這次重印，未能使復刊後的一部分一併面世，不能不使愛護《現代文學》的讀者引以為憾事！

因為《現代文學》的重印，使我想到了六〇年代我和留法的夥伴們在巴黎創刊的《歐洲雜誌》。那時，我們也懷抱著滿腔的熱情和理想，希望透過文學和藝術對當代的中國文化有所貢獻。在開辦的時候，曾經以留法同學會會刊的名義，接受過駐法文化參事處的援助。但是在《歐洲雜誌》獨立發行以後，就沒有外援了。不但編輯的是義務工作，寫稿的沒有稿酬，連出版的費用也要由編輯和撰稿人自掏腰包。幸好有一度光啟社的朱勵德神父曾經伸出援手，在台的印刷和發行上幫了不少忙。但是九期以後，終因為稿源的不繼，經費的難籌，不得不停刊了。

《文化特餐》

歐洲雜誌幾時重印？

馬森

●經過多年的醞釀和擘劃，《現代文學》的前50期終於重印成功了。白先勇因此特意返國，舉行酒會以饗新聞界和舊雨新知，使幾近沉寂的文壇又掀起了陣陣漣漪。可惜的是這次重印，未能使復刊後的一部分一併面世，不能不使愛護《現代文學》的讀者引以為憾事！

因為《現代文學》的重印，使我想到了60年代我和留法的夥伴們在巴黎創刊的《歐洲雜誌》。那時，我們也懷抱著滿腔的熱情和理想，希望透過文學和藝術對當代的中國文化有貢獻。在開辦的時候，曾經以留法同學會會刊的名義，接受過我駐法文化參事處的援助。但是在《歐洲雜誌》獨立發行以後，就沒有外援了。不但負責編輯的是義務工作，寫稿的沒有稿酬，連出版的費用也要由編輯和撰稿人自掏腰包。幸好有一度光啟社的朱勵德神父伸出援手，在台的印刷和發行上幫了不少忙。但是9期以後，終因為稿源的不繼，經費的難籌，不得不停刊了。

那時候因《歐洲雜誌》而集合起來的朋友，如今也都星散四方。熊秉明、程抱一、陳祚龍、王家煜和羅鍾婉仍然留在巴黎，楊景鶴和趙明德去了大陸，陳錦芳、謝里法、張弘、楊宏瑛等去了美國，葉大偉去了加拿大。當然返回台灣的人數最多，也各有成就。郭為藩和李鍾桂從了政，而且為推動文化的工作掌起舵來。陳三井進入中央研究院。黃秀日和張麟徵夫婦一個進入外交界，一個在台大任教，如今雙雙赴梵諦岡就任大使去了。為《歐洲雜誌》的編務出力最多的金恆杰和李明明夫婦也於兩年前返國定居，現在同在中央大學任教。

去年在台北的一次老朋友的聚會中，不由得又使我們想起了辦《歐洲雜誌》的那段時光。

我們也很希望《歐洲雜誌》能像《現代文學》一樣的幸運，在未來的日子裡受到某位有緣者的眷顧，而有重見天日的一天！

（作者 馬森／作家、成大教授）

1992年3月26日，馬森發表於《民生報》14版〈《歐洲雜誌》幾時重印？〉手稿與剪報。（國立臺灣文學館提供）

賴和及其同時代的作家——
日據時代台灣文學國際學術會議

先勇：

「現當代名家作品精選」中的大作，尚未收到樣稿。出版社等待出版。因為同時出版的洛夫的樣稿已收到多時也。

其實我早想給你寫信了。只因期末事忙，等看完學生的期末報告交了成績，才算空一些。原因是最近整理家父遺物，他留有一本手記。其中有數處提及令尊，而且大加推崇。我想你正在為令尊的傳記，特附印有關的幾頁手記，以作參考。家父抗戰時期曾任國府派駐某游擊隊的參謀長，協助游擊司令在洛陽一帶進行最前線的抗敵戰爭。晚年在台和孫連仲將軍時有過從。但是我從不知道他對蔣及陳誠甚為不滿。可能那時候他不能說出口來也。

同時有幾張過去的照片，一直想寄給你，卻都沒有實現。現附上，有一些是同白先生的合照，他已作古了。祝

好

馬森 1999.7.10

新竹．清華大學．一九九四

1999年7月10日，馬森致白先勇函，提到父輩的往事。（國立臺灣文學館提供）

輯二◎生平及作品

小傳◎作品◎年表

小傳

馬森（1932～）

馬森，男，本名馬福星，學名家興，筆名白寧、牧者、文也白、飛揚、樂牧等，籍貫山東齊河，1932 年 10 月 3 日生，1949 年來臺。

臺灣師範學院國文學系畢業，臺灣師範大學國文研究所碩士，加拿大英屬哥倫比亞大學社會學博士，曾就讀法國電影高級研究學院（Institut des hautes études cinématographiques, IDHEC）、巴黎大學漢學院博士班。1965 年，與金戴熹、熊秉明等留法學生一同創辦《歐洲雜誌》。曾任教於墨西哥學院東方研究所、加拿大愛伯塔大學、維多利亞大學、英國倫敦大學亞非學院遠東系、國立藝術學院、成功大學中國文學系、香港嶺南學院等校，並曾兼任《聯合文學》總編輯。1998 年自成功大學中國文學系退休後，曾任南華管理學院文學研究所、佛光人文社會學院文學所教授、東華大學駐校作家。現定居加拿大維多利亞。曾獲第二屆洪醒夫小說獎、第一屆五四獎文學評論獎、第八屆府城文學獎特殊貢獻獎，並獲選為成功大學李國鼎科技與人文講座教授。

馬森創作文類以論述、小說、劇本為主，兼及散文。學養橫跨中西文化，長於當代小說與戲劇的創作與研究。提出「二度西潮」理論，試以 19 世紀西風東漸以來中國對西方文化的接收與轉化，綜述華文文學的發展，著有《世界華文新文學史》三冊。並以「擬寫實主義」指稱 1930 年代寫實寫作的企圖強烈、布局與意旨卻未達寫實主義標準的小說與戲劇。亦關心當代小說與戲劇創作，長期於報章雜誌撰寫評論。

身兼文學家及批評家的馬森筆觸敏銳，風格鮮明，受存在主義影響，關懷現代人在中西文化衝突之中，無所依從的孤獨心靈，從小說名而來的「孤絕」一詞，更成為現代人最好的註腳。小說與劇作多縈繞於個人如何受到傳統倫理的限制與禁錮，以及試圖逃離時的掙扎苦痛，長篇小說《夜遊》即描述一名旅居加拿大的失婚女子，亟力脫去華人文化加諸於身體的符咒，而遊走在同居男友、同性戀、雙性戀友人之間，陳芳明評曰：「表面好像是在探測愛情的深度，骨子裡其實是在於界定生命的意義」。所創作的獨幕劇系列，開啟臺灣及華文世界「荒謬主義」創作的先河，崇尚用荒誕的方法來寫荒誕的社會，形式是法國荒謬劇，內容仍是探問中國人的心靈世界，以家族衝突為核心，劇本《馬森獨幕劇集》曾於 1980、1990 年代風靡臺灣的戲劇界，至今仍於海內外各劇場演出。

馬森的散文充滿知性又不失靈趣，是多年浸淫於異文化、多語環境下的成果；社論犀利明快，憂心臺灣與中國的文化與政治前景。亦編選、翻譯多部小說集，如《七十三年短篇小說選》、「現當代名家作品精選」系列以及 Antoine de Saint-Exupéry 的《小王子》等。馬森多年旅居歐美國家，是臺灣難得的全方位作家兼學者，著作等身，擅於深入不同文化及不同世代的衝突，瘂弦讚為「三方面的創作者」，「在他多年來講究邏輯分析、論證嚴謹的論文裡，他是個冷肅的學者；在他勇於實驗、創新的小說與戲劇中，他是個塑造風格的藝術家；而在散文中，我們看到的是個生活者。」

作品目錄及提要

【論述】

馬森戲劇論集

臺北：爾雅出版社
1985 年 9 月，32 開，379 頁
爾雅叢書 169

本書集結作者 1958 至 1985 年間發表的戲劇評論與座談紀錄。全書分「中國古典戲劇」、「戲劇對談」、「西方戲劇評介」、「對戲劇發展的意見與看法」、「戲劇評論」五部分，收錄〈《竇娥冤》的時代意義〉、〈《竇娥冤》的世界〉、〈荒謬的人生、荒謬的戲劇——與尤乃斯柯座談〉等 29 篇。正文前有姚一葦〈《馬森戲劇論集》序〉，正文後有馬森〈後記〉、〈馬森著作目錄〉。

文化・社會・生活

臺北：圓神出版社
1986 年 1 月，32 開，219 頁
圓神叢書 6・馬森文論一集

本書集結作者發表於《中國時報》、《大眾日報》、《時報雜誌》、《南北極》專欄，從社會學和人類學角度出發的社會評論。全書收錄〈兩個世界・兩種文化〉、〈絕對文化・老人文化與文化突破——中西文化的整合問題〉、〈從兩本書談起：談中國社會之發展〉、〈國民健康〉等 44 篇。正文前有馬森〈我觀察與理解中國社會的一些門徑——寫在《文化・社會・生活》的前頭〉，正文後有〈作者著作目錄〉。

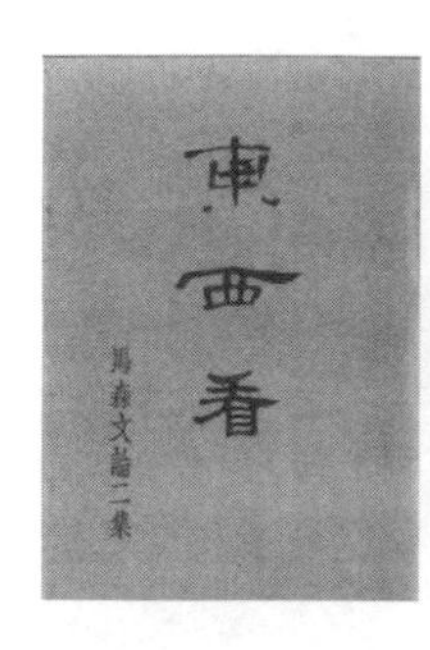

東西看

臺北：圓神出版社
1986 年 9 月，32 開，245 頁
圓神叢書 16・馬森文論二集

本書集結作者發表於《中國時報》「東西看」專欄以及其他報章雜誌的社會評論。全書收錄〈羅素之死〉、〈也談「原文」〉、〈留學政策與殖民地心理〉、〈年輕人的頭髮〉等 49 篇。正文前有金恆煒〈序〉，正文後有〈作者著作目錄〉。

電影 中國 夢

臺北：時報文化出版公司
1987 年 6 月，32 開，298 頁
人間叢書 106

本書從文學性、娛樂性、藝術性、感官性與寫實性等不同角度探討電影藝術。全書分「電影藝術」、「從西方到東方」、「新銳的一代」三輯，收錄〈電影藝術的欣賞與創作〉、〈電影導演〉、〈從「鄉土文學」到「鄉土電影」〉、〈電影是電影，文學是文學！〉等 31 篇。正文前有電影劇照、馬森〈自序〉，正文後有〈馬森寫作及從事戲劇電影活動年表〉。

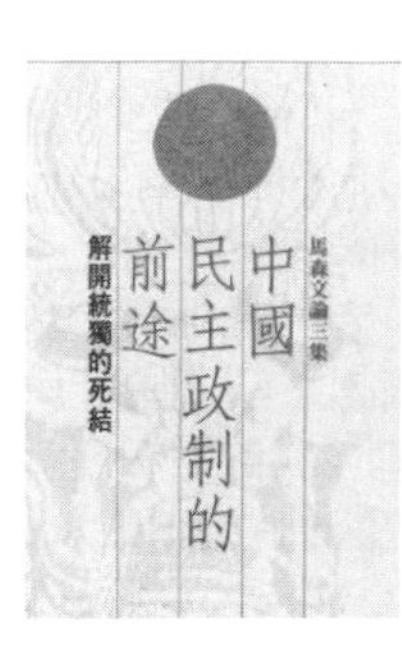

中國民主政制的前途

臺北：圓神出版社
1988 年 7 月，32 開，296 頁
圓神叢書 57・馬森文論三集

本書討論中國步上民主道路的過程，以及中國發展民主政治的可能性。全書收錄〈中國民主政制的前途〉、〈民主政治的理想與現實〉、〈集體制度的遠景〉等 16 篇。正文前有馬森〈序〉，正文後有〈馬森著作目錄〉。

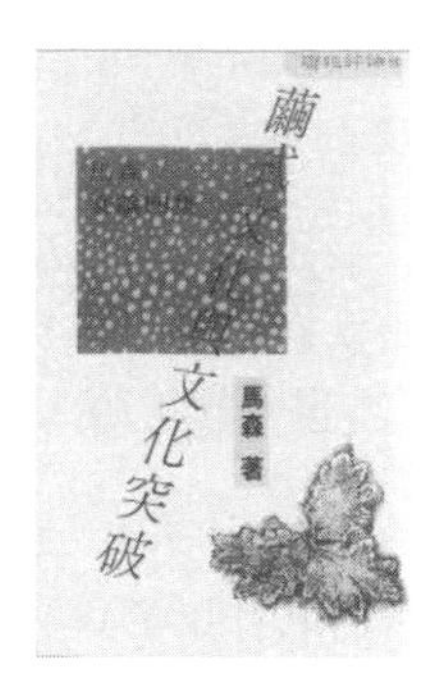

繭式文化與文化突破

臺北：聯經出版公司
1990年1月，新25開，226頁
聯經評論16・馬森文論四集

本書討論中國文化的限制，及在現代化過程中遭遇之困境。全書分「關於現代化」、「論資本主義」、「民主的道路」、「中國人在現代化中所面臨的問題」四部分，收錄〈現代化與西化〉、〈再論傳統與現代〉、〈懷五四——看中國現代化中的矛盾〉、〈資本家的歷史角色〉等46篇。正文前有馬森〈繭式文化——代序〉，正文後附錄〈作者著作目錄〉。

當代戲劇

臺北：時報文化出版公司
1991年4月，32開，350頁
人間叢書165

本書集結作者關於舞臺劇的論文及影評。全書分「論當代戲劇」、「評當代演出」二部分，收錄〈當代劇場的二度西潮〉、〈當代劇場的中國精神〉、〈中西劇場的發展與交融〉等22篇。正文前有舞臺劇劇照、馬森〈前言〉，正文後附錄〈「當代劇場發展的方向」座談會〉、〈馬森著作目錄〉。

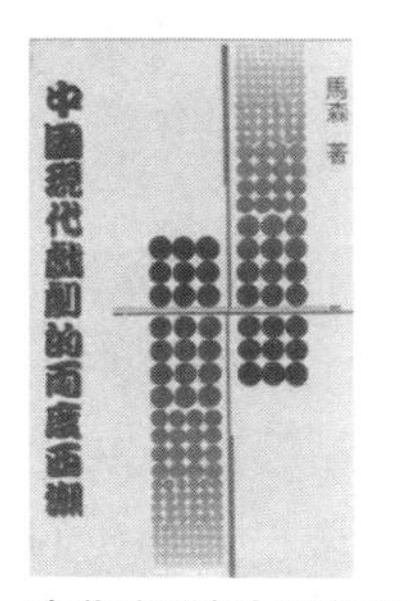

文化生活新知出版社 1991

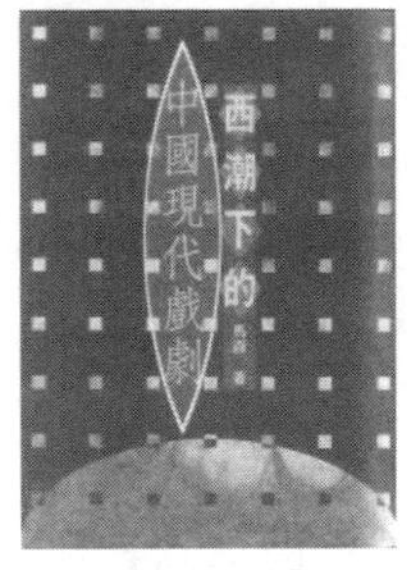

書林出版社 1994

中國現代戲劇的兩度西潮

臺南：文化生活新知出版社
1991年7月，新25開，411頁

臺北：書林出版公司
1994年10月，25開，417頁
戲劇叢書5

首爾：韓國外國語大學出版社
2006年2月，25開，264頁
姜啟哲譯

臺北：聯合文學出版社
2006年12月，25開，324頁
當代觀點018

本書從社會學觀點，討論戲劇如何作為社會活動及文化變遷的一環。全書計有：1.緒論；2.西潮東漸與新劇的誕生；3.新劇的發展和趨

韓國外國語大學出版社 2006

聯合文學出版社 2006

向；4.話劇的分期、流派和重要劇作家；5.話劇所帶來的問題等九章。正文前有〈前言〉，正文後有〈作者著作目錄〉。
1994 年書林版：更名為《西潮下的中國現代戲劇》。內容與 1991 年文化生活新知版同。
2006 年韓國外國語大學版：本書為韓文版，內容與 1991 年文化生活新知版同。
2006 年聯合文學版：正文與 1991 年文化生活新知版同。正文前新增馬森〈再修訂版序〉。

燦爛的星空——現當代小說的主潮

臺北：聯合文學出版社
1997 年 11 月，25 開，377 頁
聯合文叢 123

本書綜論中國現當代小說的發展與成就，分述各流派的貢獻與缺失。全書分「緒論」、「上編——現代小說：曙光乍現」、「下編——當代小說：燦爛的星空」、「結論」四部分，收錄〈現當代小說的主要潮流〉、〈小說與其周邊藝術的關係：小說、戲劇與電影〉、〈中國現代小說的啟蒙——魯迅的小說〉、〈從寫實主義到現代主義——郁達夫的內視與自剖〉等 37 篇。正文前有馬森〈自序〉，正文後附錄〈作者著作目錄〉。

戲劇——造夢的藝術

臺北：麥田出版公司
2000 年 11 月，25 開，391 頁
麥田叢書 16・馬森文論五集

本書集結作者 1990 年代發表的戲劇、劇場評論。全書分「記憶的摺痕——一些現當代戲劇史的資料」、「繼承與創新——劇作家的成就」、「語言與姿態——演員與表演藝術」、「實驗的與商業的——關於當代劇場」、「美學論題——理論和批評」、「他山之石——從莎士比亞到當代」六部分，收錄〈中國話劇——三〇年代及以後〉、〈含苞待放——二十世紀的臺灣現代戲劇〉、〈八〇年代臺灣小劇場運動〉、〈詮釋與資料的對話——談現、當代戲劇史的書寫問題〉、〈一個新型劇場的誕生〉等 76 篇。正文前有馬森〈戲劇——造夢的藝術（代序）〉，正文後附錄〈馬森著作目錄〉。

文學的魅惑

臺北：麥田出版公司
2002 年 4 月，25 開，394 頁
麥田叢書 24・馬森文論六集

本書發抒作者對於文學的觀察與想法，評析兩岸三地與西方的重要文學思潮和作品。全書分「文學沉思」、「文學論評」、「文學論辯」、「文學筆記」四部分，收錄〈孤絕的人〉、〈海鷗的遐想〉、〈象徵文學與文學象徵〉、〈我寫《北京的故事》的前因與後果〉、〈現代人的困局與處境〉等 50 篇。正文前有馬森〈文學的迷思（代序）〉，正文後附錄陳雨航〈馬森的旅程〉、〈作者著作目錄〉。

臺灣戲劇——從現代到後現代

宜蘭：佛光人文社會學院
2002 年 6 月，25 開，298 頁
雲起樓論學叢刊 3

本書從「二度西潮」理論出發，探討臺灣戲劇在 20 世紀的發展。全書分「臺灣戲劇的發展」、「臺灣的小劇場」、「從現代到後現代」三部分，收錄〈二十世紀的臺灣現代戲劇〉、〈二度西潮的弄潮人——論姚一葦《姚一葦戲劇六種》〉、〈鄉土 vs.西潮——八〇年代以來的臺灣現代戲劇〉等 13 篇。正文前有龔鵬程〈「雲起樓論學叢刊」總序〉、馬森〈緒言〉，正文後附錄〈書中原稿發表資料〉、〈臺灣現代戲劇大事紀要（1900～2001）〉、〈作者著作年表〉。

中國文化的基層架構

臺北：聯經出版公司
2012 年 3 月，25 開，269 頁

本書從結構功用主義、神話研究、心理分析及文化原型的角度，討論中國文化在歷史發展中的基層架構及其影響。全書計有 1.文化的意涵；2.文明的成長、僵化與覆滅；3.人類文化的模式——繭式文化；4.周文化的歷史地位；5.神話與神話原型；6.商周的遞嬗與宗法制度；7.家族主義的形成與持續；8.周公與孔子等 22 章。正文前有馬森〈序言〉，正文後附錄〈馬森著作目錄〉。

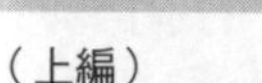
（上編）

（中編）

（下編）

世界華文新文學史——中國現代文學的兩度西潮（三冊）

臺北：INK 印刻文學生活雜誌出版公司
2015 年 2 月，18 開，1609 頁

本書綜論由 19 世紀開始至今，兩度西潮帶給中國、臺灣以及海外華文文學的衝擊與影響。全書分「上編——西潮東漸：第一度西潮與寫實主義」、「中編——戰禍與分流：西潮的中斷」、「下編——分流後的再生：第二度西潮與現代／後現代主義」三冊，計有：1.緒論；2.中國現代化的歷史軌跡；3.中國面臨西方文化的挑戰；4.第一度西潮東漸：西方文學的介紹與擴散；5.從桐城古文到口頭白話；6.敘述主體的遞嬗：清末民初的小說；7.晚清到民國詩歌的蛻變；8.新劇的肇始與文明戲的興衰等 44 章。正文前有馬森〈序〉。

【散文】

在樹林裏放風箏

臺北：爾雅出版社
1986 年 9 月，32 開，201 頁
爾雅叢書 189

本書集結作者發表於《工商時報》「天外集」專欄的文章。全書分「生命」、「自我」、「自由」、「愛」、「人際關係」、「時與空」、「自然」七輯，收錄〈穿越黑暗的森林〉、〈生命〉、〈生命的起源〉、〈生命的旅程〉、〈老的意義〉等 83 篇。正文後有馬森〈後記〉。

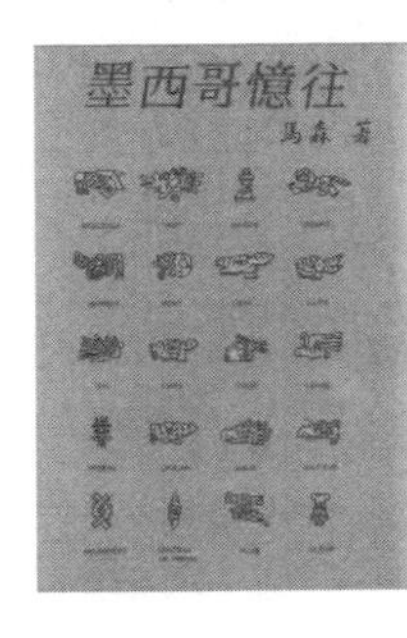

墨西哥憶往

臺北：圓神出版社
1987 年 8 月，32 開，196 頁
圓神叢書 41

本書為作者在墨西哥任教期間的生活隨筆。全書收錄〈我的房東〉、〈我的芳鄰〉、〈佣人們〉等 17 篇。正文前有照片集、瘂弦〈三面馬森——文學批評、戲劇小說與散文〉、馬森〈古墳的記憶——代序〉。

大陸啊！我的困惑

臺北：聯經出版公司
1988 年 7 月，新 25 開，178 頁
聯經文學 30

本書為作者 1980 年代造訪中國的心情隨筆。全書收錄〈我的夢〉、〈重踏上祖先的土地〉、〈我的第一個困惑〉等 21 篇。正文前有馬森〈前言〉，正文後有馬森〈結語〉、〈馬森著作目錄〉。

追尋時光的根

臺北：九歌出版社
1999 年 5 月，32 開，247 頁
九歌文庫 539

本書為作者追憶過往與故人的隨筆集。全書分「記憶是一條時光的河，從過去流向未來」、「朋友，我永遠記得你們！」兩輯，收錄〈我的演員夢——兼憶那個時代的戲劇青年們〉、〈我在師大的日子〉、〈我與《中副》——想起溫馨的大學生活〉等 28 篇。正文前有馬森〈追尋時光的根（代序）〉，正文後附錄〈作者著作目錄〉。

東亞的泥土與歐洲的天空

臺北：聯合文學出版社
2006 年 9 月，25 開，200 頁
聯合文叢 372

本書為作者旅遊世界各地的遊記。全書收錄〈菲律賓紀遊〉、〈西班牙的優雅與暴力——西葡行紀之一〉、〈天涯知音——西葡行紀之二〉等 11 篇。正文前有馬森〈旅者的心情〉，正文後附錄馬森〈懷念昔日在巴黎的朋友們〉、〈馬森著作目錄〉。

維城四紀

臺北：聯合文學出版社
2007 年 3 月，25 開，171 頁
聯合文叢 389

本書記錄作者定居加拿大維多利亞的生活。本書收錄〈秋日紀事〉、〈冬日紀病〉、〈春日紀遊〉等四篇。正文前有馬森〈自序〉，正文後附錄馬森〈從天堂到人間〉、馬森〈人緣與地緣〉、黃維樑〈評馬森〈秋日紀事〉〉、〈馬森著作目錄〉。

旅者的心情／周志文主編

上海：上海人民出版社
2009 年 1 月，25 開，228 頁
臺灣學人散文叢書

本書集結作者行走世界各地的遊記。全書分「旅者的心情」、「西葡行紀」、「再訪法國」、「在墨西哥的日子」、「返鄉行」五輯，收錄〈從天堂到人間〉、〈旅者的心情〉、〈人緣與地緣〉等 23 篇。正文前有周志文〈《臺灣學人散文叢書》總序〉、黃維樑〈穿梭在人間與天堂〉，正文後有王蒙〈跋——永遠的同學〉、馬森〈後記〉、〈馬森著作目錄〉。

【小說】

大學生活社 1972

爾雅出版社 1987

法國社會素描

香港：大學生活社
1972 年 10 月，32 開，146 頁
大學生叢書 8

臺北：爾雅出版社
1987 年 10 月，32 開，198 頁
爾雅叢書 219

短篇小說集。本書描繪生活在巴黎的小人物故事。全書收錄〈顧德一家〉、〈杜拉回太太〉、〈安娜的夢〉、〈社會助理員〉、〈加特琳的婚禮〉、〈保羅與佛昂淑娃絲〉、〈在巴黎的一個中國工人〉、〈郝叔先生的星期日〉、〈碧姬的迷惘〉、〈格佑姆・勒米雍〉、〈娜娜奶〉、〈野鴨〉、〈路〉共 13 篇。正文前有馬森〈前言〉。
1987 年爾雅版：更名為《巴黎的故事》。正文刪去〈路〉，〈在巴黎的一個中國工人〉更名為〈老于的故事〉，並新增席慕蓉的插圖。正文前有馬森〈前言〉、馬森〈懷念在巴黎的那段日子〉，正文後有〈馬森寫作及從事戲劇電影活動年表〉。

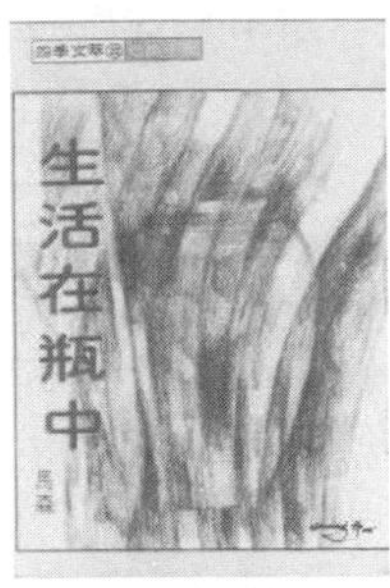

四季出版社 1978

爾雅出版社 1984

生活在瓶中

臺北：四季出版公司
1978 年 4 月，32 開，296 頁
四季文萃 22

臺北：爾雅出版社
1984 年 11 月，32 開，220 頁
爾雅叢書 151

長、短篇小說集。本書收錄《法國社會素描》部分短篇小說，以及長篇小說〈生活在瓶中〉。全書收錄短篇小說〈法國的小農生活〉、〈老于的故事〉、〈安娜的夢〉、〈加特琳的婚禮〉、〈碧姬的迷網〉、〈娜娜奶〉、〈野鴨〉共七篇；長篇小說〈生活在瓶中〉一篇。正文前有馬森〈懷念在巴黎的那段日子〉。

1984 年爾雅版：正文僅收錄長篇小說〈生活在瓶中〉。正文前有馬森〈重印序言〉，正文後附錄亮軒〈天問——我讀《生活在瓶中》〉、陳雨航〈馬森的旅程〉、〈馬森寫作及從事戲劇電影活動年表〉。

聯經出版公司 1979

人民文學出版社 1992

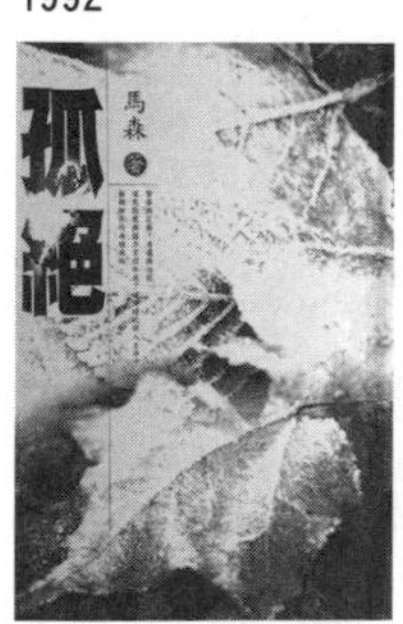

麥田出版公司 2000

孤絕

臺北：聯經出版公司
1979 年 9 月，32 開，200 頁
現代小說叢刊

北京：人民文學出版社
1992 年 2 月，14×20.5 公分，264 頁
臺灣當代名家作品精選集

臺北：麥田出版公司
2000 年 8 月，25 開，268 頁

短篇小說集。本書為作者 1976 至 1978 年創作的現代主義小說，主題縈繞在現代人孤獨的心靈。全書收錄〈父與子〉、〈陽臺〉、〈母校〉、〈海的滋味〉、〈鴨子〉、〈孤絕〉、〈雪的憂鬱〉、〈學笑的人〉、〈舞醉〉、〈失業者〉、〈最後的一天假〉、〈康教授的囚室〉、〈碎鼠記〉、〈等待來信〉共 14 篇。正文前有馬森〈獻詞與謝詞〉、馬森〈孤絕的人（代序）〉。

1992 年人民文學版：正文新增長篇小說〈生活在瓶中〉。正文前有郭楓〈「臺灣當代名家作品精選集」序〉，正文後有〈馬森著作目錄〉。

2000 年麥田版：正文與 1979 年聯經版同。正文前新增馬森〈孤絕釋義——麥田版序言〉、馬森〈三版序言〉，正文後新增龍應台〈孤絕的人——評析馬森《孤絕》〉、楊國榮〈象徵、規律、生死錯位——讀馬森的〈鴨子〉〉、吳海燕〈稠人廠座中的孤客——我看《孤絕》〉、〈馬森著作目錄〉。

爾雅出版社 1984

九歌出版社 2000

夜遊

臺北：爾雅出版社
1984 年 1 月，32 開，364 頁
爾雅叢書 139

臺北：九歌出版社
2000 年 12 月，25 開，403 頁
九歌文庫 983

長篇小說。本書共 61 章，講述一名旅居北美的臺灣女子，失婚以後遊蕩並搜尋著情慾與自我。正文前有白先勇〈秉燭夜遊——簡介《夜遊》〉，正文後有馬森〈後記〉、〈馬森寫作及從事戲劇電影活動年表〉。
2000 年九歌版：正文與 1984 年爾雅版同。正文後刪去馬森〈後記〉、〈馬森寫作及從事戲劇電影活動年表〉，新增龍應台〈燭照《夜遊》〉、〈《夜遊》評論資料彙編〉、〈作者著作年表〉。

時報文化出版公司 1984

時報文化出版公司 1994

北京的故事

臺北：時報文化出版公司
1984 年 5 月，32 開，308 頁
時報書系 508

臺北：時報文化出版公司
1994 年 4 月，12.5×18.8 公分，260 頁
紅小說 27

巴黎：友豐書店
2013 年，32 開，170 頁

短篇小說集。本書為影射文化大革命的寓言故事。全書收錄〈天魚〉、〈王大爺的驢〉、〈玫瑰怨〉、〈蜻蜓之舞〉、〈煤山的鬼魂〉、〈癩蛤蟆自殺！〉、〈蒼蠅〉、〈驅狐〉、〈北京烤鴨〉、〈愚公的花園〉、〈奇異的流行病〉、〈蝸牛的長征〉、〈英雄跟他的影子〉、〈鯉魚龍廷〉共 14 篇。

友豐書店 2013

正文前有李歐梵〈馬森的寓言文學——《北京的故事》序〉、馬森〈我寫《北京的故事》的前因與後果〉，正文後有馬森〈後記〉、蘇小歡〈是真性情乃成世界——論《北京的故事‧驅狐》〉、〈馬森寫作及從事戲劇電影活動年表〉。
1994 年時報版：正文與 1984 年時報版同。正文前刪去馬森〈我寫《北京的故事》的前因與後果〉，新增馬森〈新版序言〉，正文後刪去〈馬森寫作及從事戲劇電影活動年表〉，新增〈馬森著作目錄〉。
2013 年友豐版：本書為作者法文原作，正文新增〈秦老胡同的狐狸〉、〈風箏〉二篇。正文前有 Simon Leys〈序〉、馬森〈前言〉。

海鷗

臺北：爾雅出版社
1984 年 5 月，32 開，196 頁
爾雅叢書 145

短篇小說集。本書集結作者 1974 至 1981 年創作的短篇小說，內容以探索自由為主。全書收錄〈癌症患者〉、〈母親的肖像〉、〈沙上的野餐〉、〈遠帆〉、〈教父〉、〈尋夢者〉、〈典禮〉、〈奔向那一輪紅艷艷的夕陽〉共八篇。正文前有馬森〈海鷗的遐想（代序）〉，正文後有馬森〈象徵文學與文學象徵（代後記）〉、〈馬森寫作及從事戲劇電影活動年表〉。

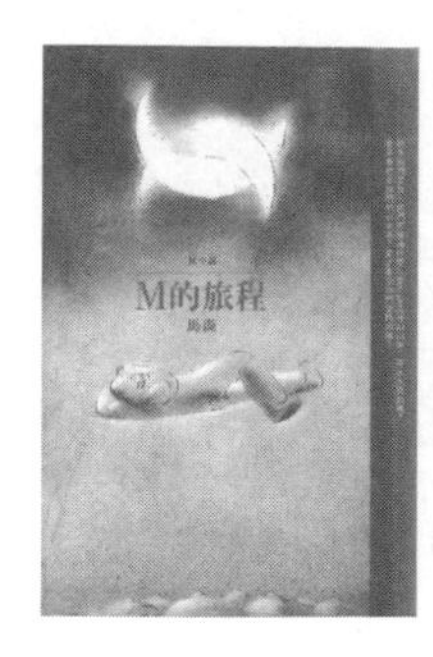

M 的旅程

臺北：時報文化出版公司
1994 年 3 月，12.5×18.8 公分，207 頁
紅小說 26

短篇小說集。本書以「M」作為主人翁的代稱，主題環繞人類的終極關懷與生命意義的探索。全書收錄〈M 的旅程〉、〈遺忘〉、〈迷失的湖〉、〈鏡〉、〈追鳥〉、〈一抹慘白的街景〉、〈畫荷〉、〈過關〉、〈災禍〉共九篇。正文前有黃碧端〈愛的形變（序）——我讀《M 的旅程》〉，正文後有〈M 的旅程檔案〉、〈馬森著作目錄〉。

【劇本】

聯經出版公司 1978

聯經出版公司 1987

馬森獨幕劇集

臺北：聯經出版公司
1978 年 2 月，32 開，215 頁

臺北：聯經出版公司
1987 年 10 月，新 25 開，291 頁
聯經文學 9

臺北：書林出版公司
1996 年 3 月，25 開，360 頁
戲劇叢書 8

書林出版公司 1996

本書收錄〈一碗涼粥〉、〈獅子〉、〈蒼蠅與蚊子〉、〈弱者〉、〈蛙戲〉、〈野鵓鴿〉、〈朝聖者〉、〈在大蟒的肚裡〉、〈花與劍〉共九篇。正文前有馬森〈文學與戲劇〉。
1987 年聯經版：更名為《腳色——馬森獨幕劇集》。正文新增〈腳色〉、〈進城〉。正文前新增馬森〈腳色式的人物（新版序）〉，正文後新增〈馬森著作目錄〉、亮軒〈看《馬森獨幕劇集》〉、林克歡〈馬森的荒誕劇〉。
1996 年書林版：更名為《腳色——馬森獨幕劇集》。正文新增〈腳色〉、〈進城〉。正文前新增馬森〈腳色式的人物（新版序）〉，正文後新增亮軒〈看《馬森獨幕劇集》〉、林克歡〈馬森的荒誕劇〉、林清玄〈戲劇文學的建立——讀《馬森獨幕劇集》〉、黃慶萱〈探荒——觀荒謬劇《腳色》有感〉、黃美序〈《腳色》的特色——評馬森《腳色》〉、徐學／孔多〈論馬森獨幕劇的觀念核心與形式獨創〉、曹明〈於荒誕中觀照人生——漫談馬森的戲劇創作〉、陳載灃〈〈花與劍〉的斷想〉、余林〈劇作與劇作家才情——〈花與劍〉留給我的思緒〉、〈馬森著作目錄〉。

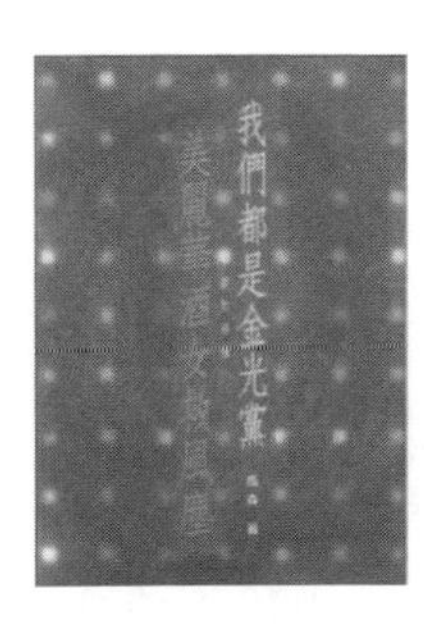

我們都是金光黨・美麗華酒女救風塵（劇作二種）

臺北：書林出版公司
1997 年 5 月，25 開，164 頁
戲劇叢書 20

本書收錄〈我們都是金光黨〉、〈美麗華酒女救風塵〉共二篇。正文前有馬森〈寫在〈我們都是金光黨〉的前頭〉、馬森〈創作新歌劇的道路〉。正文後有〈馬森著作目錄〉。

馬森戲劇精選集

臺北：新地文學出版社
2010年4月，25開，323頁
世界華文作家精選集叢書

本書收錄〈窗外風景〉、〈陽臺〉、〈我們都是金光黨〉、〈雞腳與鴨掌〉、〈蛙戲（歌舞劇）〉、〈蛙戲（話劇）〉共六篇。正文前有照片集、〈小傳〉、馬森〈序言〉、馬森〈〈窗外風景〉前言〉、馬森〈寫在〈我們都是金光黨〉的前頭〉、馬森〈從話劇到歌舞劇的〈蛙戲〉〉，正文後有〈著作與發表檔案〉、〈著作目錄〉、徐錦成〈馬森近期戲劇（1990～2002）的變與不變——一篇概論〉、陳美美〈馬森「腳色理論」析論〉。

【合集】

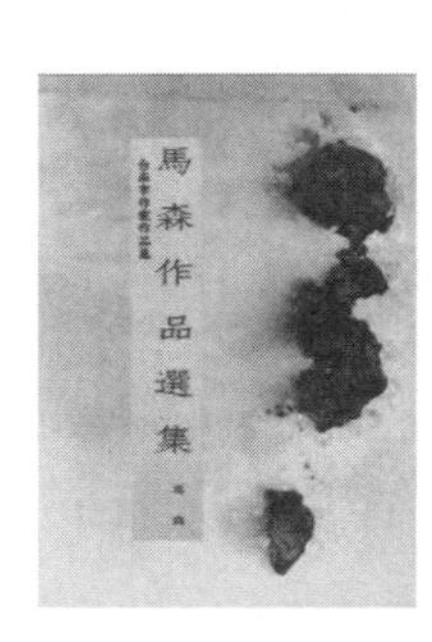

馬森作品選集

臺南：臺南市立文化中心
1995年4月，25開，430頁
南臺灣文學作品集（一）‧臺南市作家作品集

本書分「評論」、「散文」、「小說」、「劇作」四部分，「評論」收錄〈中國現代小說與戲劇中的「擬寫實主義」〉、〈電影、戲劇與小說〉、〈毛澤東的文藝理論與實踐〉等12篇；「散文」收錄〈返國三年〉、〈桂林之美，灕江水！〉、〈十剎海的落日〉等七篇；「小說」收錄短篇小說〈窖鏇〉、〈蘭花飛了〉、〈旋轉的木馬〉、〈打了一場勝仗〉、〈血總是要輸的〉、〈青春永駐〉共六篇；「劇作」收錄劇本〈美麗華酒女救風塵〉。正文前有施治明〈南臺灣文學（一）——臺南市作家作品集市長序〉、陳永源〈南臺灣文學（一）——臺南市作家作品集主任序〉，正文後有馬森〈創作新歌劇的道路〉、〈馬森著作目錄〉。

馬森文集

臺南：文化生活新知出版社
1991年3月～1992年9月，新25開

分「散文」、「小說」、「戲劇」三卷，共四冊。正文前有馬森〈馬森文集總序——四十年寫作的歷程：反省與自勵〉，正文後有〈馬森著作目錄〉。

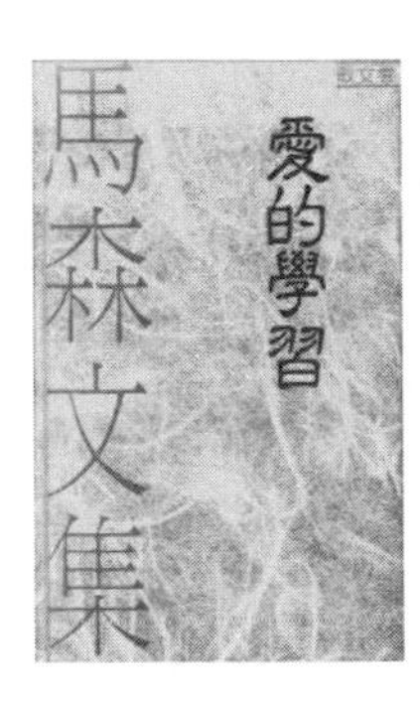

愛的學習

臺南：文化生活新知出版社
1991 年 3 月，32 開，279 頁
馬森文集・散文卷 1

本書收錄《在樹林裏放風箏》。正文與 1986 年爾雅版同。正文前新增文化生活新知編輯部〈序〉，正文後刪去馬森〈後記〉。

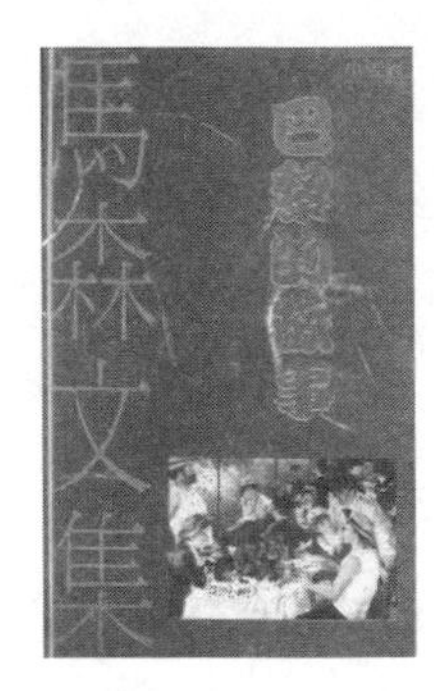

巴黎的故事

臺南：文化生活新知出版社
1992 年 2 月，新 25 開，190 頁
馬森文集・小說卷 1

本書收錄短篇小說集《法國社會素描》。正文刪去〈路〉，〈顧德一家〉更名為〈法國的小農生活〉，並新增席慕蓉的插圖。正文前刪去馬森〈前言〉，新增文化生活新知編輯部〈序〉。

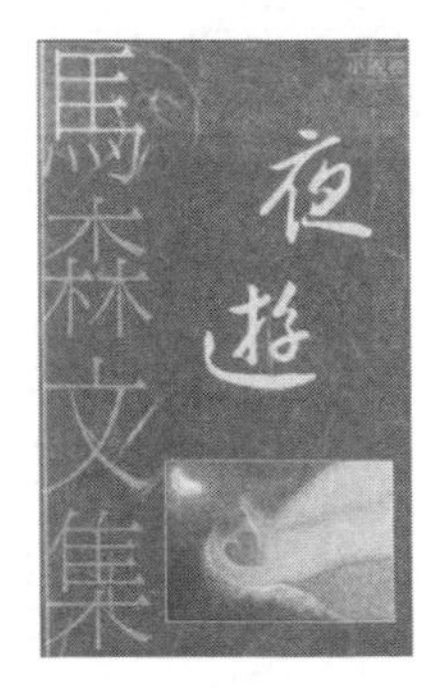

夜遊

臺南：文化生活新知出版社
1992 年 9 月，新 25 開，413 頁
馬森文集・小說卷 2

本書收錄長篇小說《夜遊》。正文與 1984 年爾雅版同。正文後刪去馬森〈後記〉、〈馬森寫作及從事戲劇電影活動年表〉。

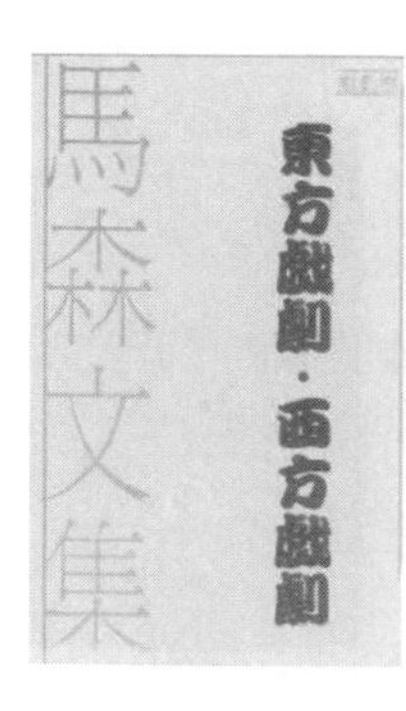

東方戲劇・西方戲劇

臺南：文化生活新知出版社
1992 年 9 月，新 25 開，429 頁
馬森文集・戲劇卷 2

本書以 1985 年出版《馬森戲劇論集》為底，增加作者 1985 年後的七篇論文，並刪去〈舞臺語言的問題〉一文。全書分「中國古典戲劇」、「中國現代戲劇」、「西方戲劇」三部分，收錄〈《竇娥冤》的時代意義〉、〈《竇娥冤》的世界〉、〈中國現代小說與戲劇中的「擬寫實主義」〉、〈中國現代舞臺上的悲劇典範——論曹禺的《雷雨》〉等 35 篇。正文前有舞臺劇劇照、文化生活新知編輯部〈序〉。

馬森小說集

臺北：INK 印刻出版公司
2006 年 4 月～2008 年 5 月，25 開

共三冊。正文前有〈編輯并言〉、馬森〈總序〉，正文後附錄〈馬森作品出版年表〉、〈馬森著作年表〉。

巴黎的故事

臺北：INK 印刻出版公司
2006 年 4 月，25 開，212 頁
馬森小說集 1

本書收錄短篇小說集《法國社會素描》。正文刪去〈路〉，〈顧德一家〉更名為〈法國的小農生活〉，並新增席慕蓉的插圖。正文前刪去馬森〈前言〉，新增馬森〈四十年寫作的歷程——反省與自勵〉，正文後新增〈相關評論及訪談索引〉。

生活在瓶中

臺北：INK 印刻出版公司
2006 年 4 月，25 開，237 頁
馬森小說集 2

本書收錄長篇小說《生活在瓶中》。正文與 1984 年爾雅版同。正文後刪去〈馬森寫作及從事戲劇電影活動年表〉，新增〈相關評論及訪談索引〉。

府城的故事

臺北：INK 印刻出版公司
2008 年 5 月，25 開，252 頁
馬森小說集 8

短篇小說集。本書集結在臺南的生活故事。全書收錄〈迷走的開元寺〉、〈煞士臨門〉、〈黑輪・米血・關東煮〉、〈無可迴轉的時光〉、〈來去大億麗緻〉、〈燦爛的陽光〉、〈囍宴〉、〈河豚〉、〈蟑螂〉、〈電梯〉、〈新居〉共 11 篇。正文前有馬森〈與府城之緣〉，正文後有賴香吟〈從天涯到臺南——年輕小說家賴香吟專訪「賢拜」小說家馬森〉、馬森〈府城文學獎特殊貢獻獎得獎感言〉。

馬森文集

臺北：秀威資訊科技公司
2010 年 12 月～2016 年 3 月，25 開

分「創作」、「學術」二卷，共 23 冊。正文前有馬森〈秀威版總序〉，正文後附錄〈馬森著作目錄〉。

孤絕

臺北：秀威資訊科技公司
2010 年 12 月，25 開，279 頁
馬森文集・創作卷 01

本書收錄短篇小說集《孤絕》。正文與 1979 年聯經版同。正文前新增馬森〈孤絕釋義——麥田版序言〉、馬森〈三版序言〉，正文後新增龍應台〈孤絕的人〉、張明亮〈朝朝暮暮，陽臺之下——讀馬森短篇小說《孤絕・陽臺》〉、楊國榮〈象徵、規律、生死錯位〉、吳海燕〈稠人敞座中的孤客〉、〈《孤絕》評論索引〉。

夜遊

臺北：秀威資訊科技公司
2010 年 12 月，25 開，431 頁
馬森文集・創作卷 02

本書收錄長篇小說《夜遊》。正文與 1984 年爾雅版同。正文前新增高行健〈馬森的《夜遊》〉，正文後刪去馬森〈後記〉、〈馬森寫作及從事戲劇電影活動年表〉，新增陳少聰〈她是清醒的夜遊者〉、龍應台〈燭照《夜遊》〉、〈《夜遊》評論索引〉。

M 的旅程

臺北：秀威資訊科技公司
2011 年 3 月，25 開，273 頁
馬森文集・創作卷 03

本書收錄短篇小說集《M 的旅程》。正文新增〈生命中如此美好的一段時光〉、〈迷途〉。正文後新增羅夏美〈延展夢境碎片；折射人生冷光——解讀馬森《M 的旅程》〉、唐瑞霞〈生活在繭中——《M 的旅程》解讀〉。

北京的故事

臺北：秀威資訊科技公司
2011 年 3 月，25 開，303 頁
馬森文集・創作卷 04

本書收錄短篇小說集《北京的故事》。正文與 1984 年時報版同。正文前新增馬森〈一九九四年時報版序言〉，正文後刪去〈馬森寫作及從事戲劇電影活動年表〉，新增簡文志〈想像態的抗議文學——論《北京的故事》書寫策略〉。

漫步星雲間

臺北：秀威資訊科技公司
2011 年 4 月，25 開，311 頁
馬森文集・創作卷 05

本書收錄《在樹林裡放風箏》。正文與 1986 年爾雅版同。正文前新增馬森〈新版序言〉，正文後刪去馬森〈後記〉，新增廖玉蕙〈以有限追無限——評馬森《在樹林裡放風箏》〉。

大陸啊！我的困惑

臺北：秀威資訊科技公司
2011 年 4 月，25 開，215 頁
馬森文集・創作卷 06

本書收錄《大陸啊！我的困惑》。內容與 1988 年聯經版同。

台灣啊！我的困惑

臺北：秀威資訊科技公司
2011年5月，25開，254頁
馬森文集・創作卷07

本書集結作者1998～2006年發表的社會評論。全書分「族群的認同」、「一個中國或兩個中國」、「日本情結」、「政權轉移以後」、「九二一以來的臺灣社會」、「親情與父權」、「學院與學術界」、「大陸的對照」、「我的祝願」九部分，收錄〈族群認同與文化認同〉、〈華人乎？中國人乎？人民霧煞煞〉、〈臺灣人的迷思〉、〈哭泣的伊利安——國族與自由之間〉、〈陳瑞仁 vs.顧立雄〉等61篇。正文前馬森〈序言〉。

花與劍

臺北：秀威資訊科技公司
2011年9月，25開，228頁
馬森文集・創作卷08

本書為獨幕劇〈花與劍〉中英對照版，講述一名成年人回到父親的墳前，父執輩的亡魂們輪番攪擾他／她對過去與現在的認知。正文前有馬森〈序〉、〈演出檔案〉、劇照集，正文後附錄〈馬森戲劇著作與發表檔案〉、陳載澧〈《花與劍》的斷想〉、余林〈劇作與劇作家才情——《花與劍》留給我的思緒〉、林國源〈馬森戲劇創作與戲劇批評的美學論辯——從《花與劍》的創作思辨談馬森戲劇批評的文化記號論〉、林湘華〈「我」詢問，故「我」存在——試析馬森《花與劍》〉、林蔭宇〈2011年1月北京「愛劇團」演出——林蔭宇教授的回顧小結〉、侯磊〈2011年1月北京「愛劇團」演出網評之一：選擇還是不選擇？——觀《花與劍》〉、容容〈2011年1月北京「愛劇團」演出網評之二：暗色調的《花與劍》——容容評《花與劍》〉、〈2011年1月北京「愛劇團」演出網評之三：我們從父輩那裡繼承了什麼？——評《花與劍》〉。

蛙戲

臺北：秀威資訊科技公司
2011年10月，25開，162頁
馬森文集・創作卷09

本書收錄獨幕劇〈蛙戲〉的話劇版和歌舞劇版，講述一群青蛙的集體狂熱。正文前有馬森〈序《蛙戲》〉、馬森〈從話劇到歌舞劇的《蛙戲》〉、2002年臺南人劇團海報、服裝設計圖、燈光圖、劇照集，正文後附錄2002年臺南人劇團歌舞劇版《蛙戲》演出資料、〈《蛙戲》評論〉、〈馬森戲劇著作與發表檔案〉。

腳色

臺北：秀威資訊科技公司
2011 年 11 月，25 開，448 頁
馬森文集・創作卷 10

本書以獨幕劇集《馬森獨幕劇集》為底，刪去〈蛙戲〉、〈花與劍〉，新增〈腳色〉、〈進城〉。全書收錄〈腳色〉、〈蒼蠅與蚊子〉、〈一碗涼粥〉、〈獅子〉、〈弱者〉、〈野鵓鴿〉、〈朝聖者〉、〈在大蟒的肚裡〉、〈進城〉共九篇。正文前有馬森〈腳色式的人物（新版序）〉、馬森〈文學與戲劇——《馬森獨幕劇集》序〉，正文後附錄〈馬森戲劇著作與發表檔案〉、亮軒〈看《馬森獨幕劇集》〉、林清玄〈戲劇文學的建立——讀《馬森獨幕劇集》〉林偉瑜〈中國第一位荒謬劇場劇作家——兩度西潮下六〇年代至八〇年代初期的馬森劇作〉、林克歡〈馬森的荒誕劇〉、黃慶萱〈探荒——觀荒謬劇《腳色》有感〉、黃美序〈《腳色》的特色——評馬森《腳色》〉、徐學／孔多〈論馬森獨幕劇的觀念核心與形式獨創〉、曹明〈於荒誕中觀照人生——漫談馬森的戲劇創作〉、彭耀春〈與五四以來的中國話劇傳統大異其趣——論馬森戲劇集《腳色》〉、朱俐〈馬森獨幕劇演出的哲理性與趣味性〉、陳美美〈馬森「腳色理論」析論〉。

海鷗

臺北：秀威資訊科技公司
2012 年 3 月，25 開，236 頁
馬森文集・創作卷 11

本書收錄短篇小說集《海鷗》。正文與 1984 年爾雅版同。正文後刪去〈馬森寫作及從事戲劇電影活動年表〉。

墨西哥憶往

臺北：秀威資訊科技公司
2012 年 3 月，25 開，216 頁
馬森文集・創作卷 12

本書收錄《墨西哥憶往》。內容與 1987 年圓神版同。

台灣戲劇——從現代到後現代

臺北：秀威資訊科技公司
2010 年 12 月，25 開，300 頁
馬森文集・學術卷 01

本書收錄《臺灣戲劇——從現代到後現代》。正文與 2002 年佛光版同。正文前刪去龔鵬程〈「雲起樓論學叢刊」總序〉，正文後刪去〈作者著作年表〉。

戲劇——造夢的藝術

臺北：秀威資訊科技公司
2010 年 12 月，25 開，341 頁
馬森文集・學術卷 02

本書收錄《戲劇——造夢的藝術》。正文刪去〈八〇年代臺灣小劇場運動〉、〈詮釋與資料的對話——談現、當代戲劇史的書寫問題〉、〈當代戲劇的歷史縱深〉、〈二度西潮的弄潮人——評《姚一葦戲劇六種》〉、〈對「後現代主義劇場」的再思考與質疑〉、〈任督二脈是否已經打通？——評鍾明德《從寫實主義到後現代主義》〉、〈二度西潮或二次革命？——評鍾明德《臺灣小劇場運動史》〉，刪去〈懷念劇作家吳祖光先生〉、〈老舍與《茶館》〉。

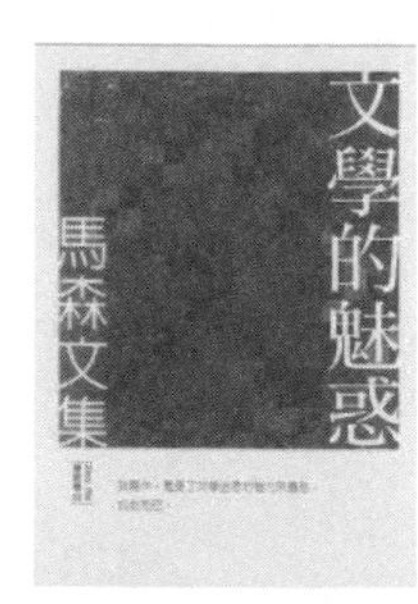

文學的魅惑

臺北：秀威資訊科技公司
2010 年 12 月，25 開，293 頁
馬森文集・學術卷 03

本書以《文學的魅惑》為底，增加六篇論文，並刪去「文學筆記」部分。全書收錄〈孤絕的人〉、〈海鷗的遐想〉、〈象徵文學與文學象徵〉、〈現代人的困局與處境〉等 34 篇。正文前有馬森〈文學的迷思（代序）〉，正文後附錄陳雨航〈馬森的旅程〉。

文學筆記

臺北：秀威資訊科技公司
2010 年 12 月，25 開，245 頁
馬森文集・學術卷 04

本書收錄《文學的魅惑》的「文學筆記」部分，並增加 2000 年後發表關於 20 世紀中國文學的文章。全書分「二十世紀中國文學之最」、「記逝去的文學先進」、「記五四」、「關於諾貝爾文學獎」、「文學在臺灣」五部分，收錄〈最有影響力的作家〉、〈最浪漫的詩人〉、〈最賣座的劇作〉、〈最長壽的作家〉等 42 篇。正文前有編者〈前言〉。

與錢穆先生的對話

臺北：秀威資訊科技公司
2011 年 5 月，25 開，146 頁
馬森文集・學術卷 05

本書為作者對錢穆《史學導論》的探究與反思。全書收錄〈論錢穆先生《史學導言》〉、〈兼論中國之前途〉二篇。正文前有馬森〈引言〉。

文化・社會・生活

臺北：秀威資訊科技公司
2011 年 9 月，25 開，256 頁
馬森文集・學術卷 06

本書收錄《文化・社會・生活》。正文與 1986 年圓神版同。

東西看

臺北：秀威資訊科技公司
2014 年 9 月，25 開，166 頁
馬森文集・學術卷 07

本書收錄《東西看》。正文與 1986 年圓神版同。

中國民主政制的前途

臺北：秀威資訊科技公司
2014 年 9 月，25 開，228 頁
馬森文集・學術卷 08

本書收錄《中國民主政制的前途》。內容與 1988 年圓神版同。

繭式文化與文化突破

臺北：秀威資訊科技公司
2014 年 11 月，25 開，177 頁
馬森文集・學術卷 09

本書收錄《繭式文化與文化突破》。正文與 1990 年聯經版同。

當代戲劇
臺北：秀威資訊科技公司
2016 年 3 月，25 開，270 頁
馬森文集・學術卷 10

本書收錄《當代戲劇》。內容與 1991 年時報版同。

電影 中國 夢
臺北：秀威資訊科技公司
2016 年 2 月，25 開，頁 253
馬森文集・學術卷 11

本書收錄《電影 中國 夢》。正文與 1987 年時報版同。正文後刪去馬森〈馬森寫作及從事戲劇電影活動年表〉。

文學年表

1932年	10月	3日（農曆9月4日），生於山東齊河馬氏老宅「中憲第」，本名福星，學名家興。父親馬傳方，母親孫鳳梅。
1937年	7月	七七事變爆發，隨祖母與母親逃難至濟南。
1939年	本年	返回齊河，進入文廟縣立小學就讀。
1940年	本年	由於馬家祠堂開辦學校，被迫轉入祠堂私塾學習。
1941年	本年	祠堂私塾師資不佳，重回文廟縣立小學就讀，期間接觸古典小說、新文藝與戲劇作品。
1943年	本年	開始書寫日記，並創作兒童故事〈貓鼠之戰〉。
		離家前往新成立的晏城中學就讀。
1945年	本年	中日戰爭結束，轉入濟南第三臨中就讀初中二年級。
1946年	本年	改名為「馬森」，以此名考入濟南第五臨中就讀。
1947年	本年	初中畢業，考入濟南第一臨中高中部，並加入話劇社。
1948年	9月	參與曹禺《雷雨》的排練，扮演二少爺周沖，但演出最終因濟南淪陷而取消。
	本年	冒險前往北京尋找在北京任職的父親，並轉入皇城根兒河北省立高中就讀。
1949年	4月	離開北京赴青島與父親會合後，輾轉來臺並進入淡水高中就讀二年級。
	秋	因父親前往蘇澳擔任警察分局長，轉往宜蘭中學就讀，期間和數學老師陳桂根及同學排演自己編導的啞劇《三個情人》。
1950年	2月	16日，第一篇散文〈吠夜的犬〉以筆名「白寧」發表於《竹

		風日報・竹風副刊》第 23 期。
	3 月	5 日，〈死〉以筆名「白寧」發表於《竹風日報・竹風副刊》第 29 期。
	9 月	考入臺灣師範學院（今臺灣師範大學）國文學系，與李行、白景瑞、劉塞雲等戲劇同好，組成「師院劇社」，演出《都市流行症》、《火燭小心》等。
1951 年	4 月	與李行、史惟亮及臺灣大學的同學們組成勞軍團，赴澎湖勞軍。
	本年	參加文藝協會演員訓練班，排演《樑上君子》。
1952 年	9 月	11 日，〈姑母與猴〉以筆名「白寧」發表於《聯合報》6 版。
	10 月	22 日，〈清末的警察〉以筆名「白寧」發表於《聯合報》6 版。
	本年	以短篇小說〈戎馬黃昏〉獲國父誕辰大專學生文藝創作比賽小說首獎。
		考入農業教育電影公司（今中影公司）接受演員訓練。
1953 年	5 月	4 日，詩作〈無題〉以筆名「飛揚」發表於《中央日報》6 版。
		17 日，詩作〈十四行抒情詩〉以筆名「飛揚」發表於《中央日報》6 版。
	6 月	27 日，翻譯 Aleksis Kivi〈悼歌〉，以筆名「飛揚」發表於《中央日報》6 版。
	7 月	31 日，詩作〈冥想〉以筆名「飛揚」發表於《中央日報》6 版。
	8 月	31 日，〈弟弟的松鼠〉以筆名「飛揚」發表於《中央日報》4 版。
	9 月	17 日，〈窗畫〉以筆名「飛揚」發表於《中央日報》6 版。
	11 月	3 日，〈琴聲〉以筆名「飛揚」發表於《聯合報》6 版。
	本年	主辦臺灣師範學院「五四文藝晚會」，擔任總監督。
1954 年	7 月	自臺灣師範學院國文學系畢業。

	9月	入伍服役，於鳳山接受預備軍官基礎訓練，後至臺南砲兵學校接受訓練，期間在校內參加辯論比賽獲得第一名。
1955年	本年	前往大甲中學任教。
1956年	本年	考入臺灣師範大學國文研究所第二期，但因修業年限問題選擇重考。
1957年	本年	考入臺灣師範大學國文研究所第三期。
1958年	本年	於臺灣師範大學國語教學中心兼課，並向裴玫修女學習法文。
1959年	6月	〈莊子書錄〉發表於《師大國文研究所集刊》第3期。
	本年	以論文〈世說新語研究〉獲頒臺灣師範大學國文研究所碩士學位，同時獲聘為臺灣師範大學國文學系講師。
1960年	11月	考取留法獎學金，於基隆港搭船，輾轉赴法研究電影與戲劇。
	本年	長篇小說〈暖陽〉於《慈音》雜誌連載兩年。
1961年	7月	16～23日，馬森應駐法大使館之請，赴亞維儂（Avignon）參加第15屆亞維儂劇展世界青年大會。
	8月	31日，〈記法國第十五屆安維寧劇展〉連載於《中央日報》5、8版，至9月5日止。
	秋	進入巴黎法國電影高級研究學院（Institut des hautes études cinématographiques, IDHEC）研習導演課程。
	本年	拍攝賽馬場訓練紀錄短片。
1962年	本年	指導根據左拉（Émile Zola）同名小說改編的影片《泰勒斯・哈甘》（*Thérèse Raquin*）。
1963年	7月	與樂安妮（Annick Lefloch）於巴黎結婚。
	本年	完成畢業作品《人生的禮物》（*Le cadeau de la vie*）以及畢業論文“L'industrie cinémathographique chinoise après la seconde guerre mondiale”（二次大戰後中國的電影工業）。
1964年	4月	15日，長女馬鏡遠（又名伊莎，Isabelle）出生。
	秋	入巴黎大學漢學研究所就讀博士班。

	本年	為瑞士電視臺拍製《在巴黎的中國人》。 任教於巴黎語言研究所。
1965年	5月	與熊秉明、程紀賢、金戴熹、李明明等留法友人一同創立《歐洲雜誌》，共出版九期。 〈創刊的話〉、〈路易・比女艾及其作品〉發表於《歐洲雜誌》第1期。
	9月	〈電影藝術的欣賞與創作〉、短篇小說〈法國的小農生活〉（筆名飛揚）發表於《歐洲雜誌》第2期。
	本年	於 École Alsacienne 中學教授中文，後至葛衣麥博物館（Musée Guimet）工作。
1966年	3月	〈《椅子》的舞臺形象〉發表於《歐洲雜誌》第3期。
	夏	因中國大陸發生「文化大革命」，將母親接至巴黎同住。 〈安東尼奧尼作品中的主題〉、短篇小說〈杜拉回太太〉（筆名飛揚）發表於《歐洲雜誌》第4期。
	秋	短篇小說〈安娜的夢〉以筆名「飛揚」發表於《歐洲雜誌》第5期。 翻譯 Raymond Louveau〈電影剪輯學〉，連載於《歐洲雜誌》第5～9期，至1968年止。
	冬	短篇小說〈社會助理員〉以筆名「飛揚」發表於《歐洲雜誌》第6期。
1967年	1月	應聘前往墨西哥學院（El Colegio de México）東方研究所任教，負責籌畫創立中國研究部。
	春	短篇小說〈加特琳的婚禮〉以筆名「飛揚」發表於《歐洲雜誌》第7期。
	夏	短篇小說〈保羅與佛昂淑娃絲〉以筆名「飛揚」發表於《歐洲雜誌》第8期。
	9月	17日，長子馬廣遠（又名伊夫，Yves）出生。

		26 日，應聯合國文教組織之邀，赴中南美六國大學巡迴演講中國文化，為期十日。
1968 年	冬	短篇小說〈在巴黎的一個中國工人〉、劇本〈蒼蠅與蚊子〉以筆名「飛揚」發表於《歐洲雜誌》第 9 期。
1969 年	12 月	〈集體制度的遠景〉連載於《展望》第 188～189 期。
1970 年	1 月	28 日，〈也談「原文」〉以筆名「牧者」發表於《大眾日報・副刊》7 版。
		30 日，〈也談留學政策與殖民地心理〉以筆名「牧者」發表於《大眾日報・副刊》7 版。
	2 月	14 日，劇本〈蛙戲〉發表於《大眾日報・副刊》7 版。
		17 日，〈國民健康〉以筆名「牧者」發表於《大眾日報・副刊》7 版。
	3 月	1 日，〈年輕人的頭髮〉以筆名「牧者」發表於《大眾日報・副刊》7 版。
		4 日，劇本〈野鵓鴿〉發表於《大眾日報・副刊》7 版。
		4～5 日，〈倫理！倫理！〉以筆名「牧者」連載於《大眾日報・副刊》7 版。
		6～7 日，〈恨的教育〉以筆名「牧者」連載於《大眾日報・副刊》7 版。
		8～9 日，〈兩代人〉以筆名「牧者」連載於《大眾日報・副刊》7 版。
		18 日，〈前瞻的文化與後顧的文化〉以筆名「牧者」發表於《大眾日報・副刊》7 版。
		19～21 日，〈性與愛〉以筆名「牧者」連載於《大眾日報・副刊》7 版。
	4 月	8 日，劇本〈朝聖者〉發表於《大眾日報・副刊》7 版。
		〈中國省聯政府的構想〉發表於《展望》第 196 期。

	5月	3 日，〈合理的社會〉以筆名「牧者」發表於《大眾日報・副刊》7 版。
		4 日，〈什麼叫「麻木」？〉以筆名「牧者」發表於《大眾日報・副刊》7 版。
		19 日，〈群婚制〉以筆名「牧者」發表於《大眾日報・副刊》7 版。
		21 日，〈利與義〉以筆名「牧者」發表於《大眾日報・副刊》7 版。
		25 日，〈公眾道德與嫉恨心理〉以筆名「牧者」發表於《大眾日報・副刊》7 版。
		28 日，〈「向上自由」與「向下自由」〉以筆名「牧者」發表於《大眾日報・副刊》7 版。
	7月	與李歐梵、李永平等合著小說集《康橋踏尋徐志摩的蹤徑》，由臺北環宇出版社出版。
	8月	6 日，〈考試方法與惡補〉發表於《中央日報》9 版。
1971年	2月	〈青年的話〉發表於《展望》第 216 期。
	7月	〈政權與黨權〉發表於《展望》第 226 期。
	11月	〈暴政、酷吏與人性〉發表於《展望》第 235 期。
	12月	〈民主政治的理想與現實〉連載於《展望》第 236、238 期，至隔年 1 月止。
1972年	1月	〈中華文化與中國之路論集〉發表於香港《明報月刊》第 73 期。
	4月	〈革命人物的歷史使命〉發表於《展望》第 245 期。
	5月	11 日，〈兩個世界、兩種文化〉發表於《中國時報》9 版。
	7月	〈正名與混水摸魚〉發表於《展望》第 250 期。
	9月	與家人移民加拿大溫哥華，同時赴加拿大英屬哥倫比亞大學修習社會學。

	10月	短篇小說集《法國社會素描》由香港大學生活社出版。
1973年	2月	〈中國的家庭制度與衣、食、住、行〉發表於香港《明報月刊》第86期。
		〈國共長期分治的利弊〉發表於《展望》第264期。
	5月	〈從《國王的新衣》到《毛主席的新衣》——介紹一本值得一讀的分析文化大革命的好書〉發表於《展望》第276期。
	本年	正式成為英屬哥倫比亞大學博士生。
1975年	2月	4～5日，短篇小說〈癌症患者〉連載於《中國時報》12版。
	10月	16日，獲得 Canada Council 博士獎助金，赴香港蒐集論文資料，隔年4月13日返回加拿大。
	12月	〈中國作家與諾貝爾獎〉發表於香港《南北極》第67期。
1976年	2月	〈公社、家庭、社會〉連載於香港《南北極》第69～70期，至3月止。
	4月	〈對唐書璇三部影片的一些感想〉發表於香港《南北極》第71期。
	12月	3～4日，劇本〈在大蟒的肚裡〉連載於《中國時報》12版。
1977年	1月	以論文“The Rural People’s Communes 1958-1965: A Model of Social and Economic Development”獲頒英屬哥倫比亞大學社會學博士學位。
	3月	20日，〈懷念史惟亮〉發表於《中國時報・人間副刊》12版。
	7月	劇本〈一碗涼粥〉發表於《現代文學》復刊第1期。
	8月	應聘前往愛伯塔大學（University of Alberta）東方系任助理教授，教授中國文學。
	12月	4日，短篇小說〈孤絕〉發表於《中國時報》12版。
		13日，〈考據精神〉以筆名「牧者」發表於《中國時報》12版。
		29日，〈歷史畫廊裡的人體〉以筆名「牧者」發表於《中國時

報》12 版。

1978 年 1 月 26 日，〈從兩本書說起：談中國社會之發展〉以筆名「牧者」發表於《中國時報》12 版。

2 月 劇本集《馬森獨幕劇集》由臺北聯經出版公司出版。

3 月 5～6 日，〈墨西哥的炎陽——我的編劇生活〉連載於《聯合報》12 版。

8 日，短篇小說〈學笑的人〉發表於《中國時報》12 版。

14 日，〈福利社會的兩個問題〉以筆名「牧者」發表於《中國時報》12 版。

短篇小說〈海鷗〉發表於《現代文學》復刊第 3 期。

4 月 長、短篇小說集《生活在瓶中》由臺北四季出版公司出版。

5 月 12～13 日，〈懷念在巴黎的那段日子〉連載於《中國時報》12 版。

7 月 14 日，短篇小說〈教父〉發表於《聯合報》12 版。

8 月 1～2 日，短篇小說〈舞醉〉以筆名「飛揚」發表於《中國時報・人間副刊》12 版。

24 日，〈西方拼音字母源於中國干支說——普立本教授對中西文字起源之重大假說〉以筆名「牧者」發表於《中國時報》12 版。

9 月 短篇小說〈失業者〉以筆名「飛揚」發表於《中國時報・人間副刊》12 版。

本年 赴加拿大維多利亞大學（University of Victoria）任教。

1979 年 1 月 10～11 日，短篇小說〈康教授的囚室〉連載於《聯合報》12 版。

短篇小說〈遠帆〉發表於《幼獅文藝》第 301 期。

〈個人的智慧、集體的榮光——記加拿大「神光使者社」的集團生活〉發表於香港《南北極》第 104 期。

	5月	5～6 日，中國文化學院（今中國文化大學）藝術研究所戲劇組學生演出劇作《獅子》。
		18～19 日，中國文化學院藝術研究所戲劇組學生演出劇作《一碗涼粥》。
	9月	20日，赴英國倫敦大學亞非學院遠東系任教。
		短篇小說〈碎鼠記〉發表於《幼獅文藝》第 309 期。
		短篇小說集《孤絕》由臺北聯經出版公司出版。
1980年	1月	14日，〈從天堂到人間〉發表於《中國時報》8版。
	2月	〈聖者、盜徒——讓・惹奈〉發表於《幼獅文藝》第 314 期。
	4月	〈竇娥冤的時代意義〉發表於《時報雜誌》第 20 期。
	7月	返臺度假，並觀賞第一屆「實驗劇展」。
		〈竇娥冤的世界〉發表於《時報雜誌》第 32 期。
		短篇小說〈沙上的野餐〉以筆名「飛揚」發表於《現代文學》復刊第 11 期。
	10月	〈我看《空山靈雨》及《山中傳奇》〉發表於《幼獅文藝》第 322 期。
		〈話劇的既往與未來——從《荷珠新配》談起〉發表於《時報雜誌》第 46 期。
	11月	劇本〈腳色〉發表於《幼獅文藝》第 323 期。
		短篇小說〈母與女〉發表於《現代文學》復刊第 12 期。
	12月	〈滑稽，還是無言之詩？——介紹馬歇・馬叟的啞劇藝術〉發表於《幼獅文藝》第 324 期。
1981年	3月	〈談徐克的《蝶變》〉發表於《幼獅文藝》第 327 期。
	4月	〈戲劇・社會・生活——談英國當下的舞臺劇〉發表於《時報雜誌》第 70 期。
	5月	〈中國人也要研究漢學嗎？〉發表於《時報雜誌》第 75 期。
	6月	〈絕對文化・老人文化與文化突破——中西文化的整合問題〉

發表於《時報雜誌》第 81 期。

7 月　〈體罰！體罰！！體罰！！！〉發表於《時報雜誌》第 83 期。
長篇小說〈夜遊〉連載於《現代文學》復刊第 14～18 期，至 1982 年 11 月止。

9 月　10 日，短篇小說〈典禮〉發表於《聯合報》8 版。
〈評《假如我是真的》〉發表於《時報雜誌》第 92 期。

10 月　向倫敦大學提出休假，並申請前往香港、中國大陸和臺灣講學、交流座談及蒐集戲劇資料，至隔年 3 月止。

12 月　〈讀杜隨感〉發表於《現代文學》復刊第 16 期。

1982 年　3 月　12 日，〈床之歌〉以筆名「飛揚」發表於《中央日報‧副刊》12 版。

4 月　29 日，〈時光的圜——龐褘的十二個月〉發表於《聯合報》8 版。

6 月　〈我看尤乃斯柯《席》的演出〉發表於《聯合月刊》第 11 期。
中國文化大學藝術研究所戲劇組學生演出劇作《花與劍》。

7 月　22 日，劇本〈進城〉發表於《聯合報》8 版。

8 月　28 日，〈甘蔗〉以筆名「飛揚」發表於《中央日報‧副刊》12 版。

10 月　25 日，〈攜箏走天涯〉以筆名「飛揚」發表於《中央日報‧副刊》11 版。

12 月　短篇小說〈奔向那一輪紅豔豔的夕陽〉發表於《現代文學》復刊第 19 期。

1983 年　2 月　27 日，〈禮物〉以筆名「飛揚」發表於《中央日報‧副刊》12 版。
〈愛丁堡藝術節中的幾齣邊緣戲〉發表於《時報雜誌》第 169 期。

3 月　3 日，於《中國時報‧人間副刊》以筆名「牧者」撰寫「東西看」專欄，至1986年2月6日止。

4 日，於《中國時報・人間副刊》以筆名「樂牧」撰寫「北京的故事」專欄，發表影射文化大革命的寓言故事，至隔年1月18日止。

30日，翻譯斯巴克〈掃葉人〉，發表於《聯合報》8版。

〈正確看待民主政治的病態〉發表於《時報雜誌》第170期。

4月　5 日，〈成人的權利與權力〉發表於《中國時報・人間副刊》8版。

17日，〈三訪馬克斯〉以筆名「牧者」發表於《聯合報》8版。

5月　1 日，〈夢境成真〉以筆名「飛揚」發表於《中央日報・副刊》12版。

31日，〈記大英圖書館〉發表於《聯合報》8版。

6月　7 日，〈一盞燈〉以筆名「飛揚」發表於《中央日報・副刊》12版。

〈實利主義與面子問題〉發表於香港《南北極》第157期。

8月　〈政治家的形象〉發表於香港《南北極》第159期。

9月　21～24 日，〈不堪回首話中國——英國漢學家面對中國的一次總結〉連載於《中國時報・人間副刊》8版。

〈大民族主義〉發表於香港《南北極》第160期。

應姚一葦之邀，返臺於國立藝術學院（今臺北藝術大學）客座一年。

10月　9 日，〈評《看海的日子》〉發表於《中國時報・人間副刊》8版。

11 日，〈摺紙〉以筆名「飛揚」發表於《中央日報・副刊》12版。

21日，〈可憐的沙特〉發表於《中國時報・人間副刊》8版；〈摘蘋果去〉以筆名「飛揚」發表於《中央日報・副刊》12版。

〈長跑與短跑〉發表於香港《南北極》第161期。

11月 4日，〈但漢章的情人〉發表於《中國時報・人間副刊》8版。

23日，〈兒子的選擇〉發表於《聯合報》8版。

24日，於《中國時報・人間副刊》以筆名「文也白」撰寫「述古道今」專欄，至1986年1月7日止。

〈話說幫閒階級〉發表於香港《南北極》第162期。

12月 8日，〈蘭陵的火花——評《代面》的演出〉發表於《中國時報・人間副刊》8版。

10日，〈接機有感〉以筆名「飛揚」發表於《中央日報・副刊》12版。

13日，短篇小說〈尋夢者〉發表於《聯合報》8版。

〈文化的躍升——評林懷民的現代舞劇《紅樓夢》〉發表於《聯合月刊》第29期。

〈不退休的老人〉發表於香港《南北極》第163期。

短篇小說〈尋夢者〉獲第二屆洪醒夫小說獎。

1984年 1月 9日，〈當前戲劇的危機——與聯副編者的對談〉發表於《聯合報》8版。

14～15日，執導國立藝術學院學生於耕莘文教院演出劇作《強與弱》、《腳色》、《母與妻》以及尤乃斯柯的《禿頭女高音》。

15日，〈一個新型劇場的誕生——記賴聲川導演的《我們是這樣長大的》〉發表於《中國時報・人間副刊》8版。

〈竊國大盜與人民導師〉發表於香港《南北極》第164期。

長篇小說《夜遊》由臺北爾雅出版社出版。

2月 14日，〈愛的涵義〉以筆名「牧者」發表於《聯合報》8版。

15日，〈從人的感覺出發——現代戲劇發展答問〉發表於《聯合報》8版；〈為七十三年戲劇節祝福——並盼私人財團興建劇院〉發表於《民生報》11版。

28 日，〈《玉卿嫂》的時代意義與電影感〉發表於《中國時報・人間副刊》8 版。

3 月　10 日，短篇小說〈M 的旅程〉發表於《中國時報・人間副刊》8 版。

17 日，〈我的演員夢——兼憶那個時代的戲劇青年們〉發表於《聯合報》8 版。

擔任「《自立晚報》百萬小說徵文」活動決審委員。

4 月　4 日，〈自由與創造〉發表於《聯合報》14、15 版。

10 日，〈「智能不足」的意涵〉發表於《中國時報・人間副刊》8 版。

19 日，〈評錢中平的《逆情》〉發表於《中國時報・人間副刊》8 版。

23 日，〈春的氣息〉發表於《聯合報》8 版。

〈國內舞臺劇的回顧與前瞻〉發表於《文訊》第 10 期。

〈我導演《禿頭女高音》的幾點體會〉發表於《聯合月刊》第 33 期。

〈從「鄉土文學」到「鄉土電影」〉發表於《真善美》第 130 期。

5 月　5 日，應中華文化復興委員會之邀，演講「現代人的困局與處境」。6 月，演講紀實發表於《新書月刊》第 9 期。

14 日，〈象徵文學與文學象徵〉發表於《中國時報・人間副刊》8 版。

18～19 日，〈海鷗的遐想〉連載於《聯合報》8 版。

27 日，〈我寫《北京的故事》的前因與後果〉發表於《中國時報・人間副刊》8 版。

30 日，〈容忍的限度〉（筆名牧者）、〈美國「紅娘」〉發表於《中國時報・人間副刊》8 版。

短篇小說集《北京的故事》由臺北時報文化出版公司出版。

短篇小說集《海鷗》由臺北爾雅出版社出版。

6月　20日，〈牽牛與蘭花〉以筆名「飛揚」發表於《中央日報・副刊》12版。

7月　12日，〈小劇場終於出現了！〉發表於《中國時報・人間副刊》8版。

8月　9日，〈進念二十面體劇團的衝激〉發表於《民生報》3版。

15日，〈生活的電影——一個新潮〉發表於《民生報》3版。

9月　13日，〈一個失去的時代——讀林海音的《城南舊事》〉發表於《中國時報・人間副刊》8版。

11月　〈大圈圈與小圈圈〉發表於《聯合文學》第1期。

長篇小說《生活在瓶中》由臺北爾雅出版社出版。

12月　10日，翻譯維廉・特雷沃爾〈史密斯小姐〉，發表於《聯合報》8版。

22日，〈倫敦影展的幾部中國電影〉發表於《中國時報・人間副刊》8版。

〈電影、戲劇與小說〉發表於《文訊》第15期。

〈楚浮之死〉發表於《聯合文學》第2期。

1985年　1月　12日，〈電影的感官性〉發表於《中國時報・人間副刊》8版。

短篇小說〈遺忘〉發表於《聯合文學》第3期。

3月　18日，指導倫敦大學學生演出中文劇作丁西林的《壓迫》。

〈電影是娛樂還是藝術？〉發表於《400擊》第1期。

4月　11日，〈讓我們成為有聲的民族〉發表於《聯合報》8版。

24日，〈《金瓶梅》的作者呼之欲出〉發表於《中國時報・人間副刊》8版。

26日，〈我的房東〉發表於《聯合報》8版。

〈中國現代小說與戲劇中的「擬寫實主義」〉發表於《新書月刊》第19期。

〈電影的寫實與實寫〉發表於《400擊》第2期。

主編《七十三年短篇小說選》由臺北爾雅出版社出版。

5月　24日，〈我的芳鄰〉發表於《聯合報》8版。

〈什麼是腳色式的人物？〉發表於《新書月刊》第20期。

〈具有實驗精神的《小城之春》〉發表於《400擊》第3期。

6月　〈真假莎士比亞〉發表於《聯合文學》第8期。

〈電影應該分類嗎？〉發表於《400擊》第4期。

8月　24日，〈給你以新的看〉發表於《中國時報．人間副刊》8版。

應邀參加由文訊雜誌社於臺北舉辦之「文學批評的時代來臨了？——《龍應台評小說》」討論會。10月，討論會紀實發表於《文訊》第20期。

9月　3日，〈再談舞臺語言的問題〉發表於《聯合報》8版。

7日，〈我看《譚郎的書信》〉發表於《中國時報．人間副刊》8版。

17日，〈學車記〉發表於《聯合報》8版。

26日，〈界限〉以筆名「飛揚」發表於《中央日報．副刊》12版。

28日，短篇小說〈鏡〉發表於《中國時報．人間副刊》8版。

《馬森戲劇論集》由臺北爾雅出版社出版。

應邀參加於牛津大學舉辦的英國漢學協會年會。

10月　2日，〈我的犯法行為〉發表於《聯合報》8版；〈七等生的情與思〉發表於《中國時報．人間副刊》8版。

11月　10日，〈別看走了眼〉發表於《中國時報．人間副刊》8版；〈撞車記〉發表於《聯合報》8版。

		13 日，〈建議設立一個東方的諾貝爾文學獎〉以筆名「牧者」發表於《聯合報》8 版。
	12 月	4 日，〈賈寶玉為什麼不能與林黛玉成婚？〉以筆名「牧者」發表於《聯合報》8 版。
		29 日，〈自己做〉以筆名「飛揚」發表於《中央日報・副刊》12 版。
		30 日，〈電影中國夢——從倫敦影展中的幾部東方電影談起〉發表於《中國時報・人間副刊》8 版；〈莫里那〉發表於《聯合報》8 版。
1986 年	1 月	6 日，〈托爾斯泰的心靈真面目——理想主義者的黑暗心靈〉以筆名「牧者」發表於《聯合報》8 版。
		12 日，〈貂皮大衣〉以筆名「飛揚」發表於《中央日報・副刊》12 版。
		13 日，〈姜太公的神話與老人文化〉發表於《中國時報・人間副刊》8 版。
		21 日，〈舊鍋〉以筆名「飛揚」發表於《中央日報・副刊》12 版。
		《文化・社會・生活》由臺北圓神出版社出版。
	2 月	1 日，〈奧達小姐〉發表於《聯合報》8 版。
	3 月	5 日，〈穆該吉與黛安娜〉發表於《聯合報》8 版。
	4 月	16 日，〈幾個法國的探險者〉發表於《聯合報》8 版。
	5 月	短篇小說〈追鳥〉發表於《聯合文學》第 19 期。
	6 月	1 日，〈回生之杯〉發表於《聯合報》8 版。
		14 日，〈怕不怕煙薰肉的容顏?〉以筆名「牧者」發表於《聯合報》8 版。
		〈倫敦的一場中文話劇〉發表於《當代》第 2 期。
	7 月	17 日，〈我的三個女同事〉發表於《聯合報》8 版。

28 日，〈短褲，穿不得！〉發表於《聯合報》8 版。

8 月　14 日，〈攜手日同遊——孤絕以外的人生經驗〉發表於《聯合報》8 版。

16 日，以「墨京人物誌」為題，〈薇哈小姐與馬雷那先生〉、〈紅塵裡，多煩惱！〉發表於《聯合報》8 版。

〈D. H. 勞倫斯搬進西敏寺〉發表於《當代》第 4 期。

9 月　2 日，短篇小說〈一抹慘白的街景〉發表於《聯合報》8 版。

〈商品與戲劇——英國莎劇團所遭遇的問題〉、〈邊緣人的悲喜劇——看金士傑的《家家酒》〉發表於《當代》第 5 期。

《東西看》由臺北圓神出版社出版。

《在樹林裏放風箏》由臺北爾雅出版社出版。

11 月　9 日，〈金錢能使人胡說〉以筆名「牧者」發表於《聯合報》8 版。

短篇小說〈畫荷〉發表於《聯合文學》第 25 期。

12 月　與樂安妮協議離婚。

1987 年　2 月　17 日，〈失根的人——塔爾考夫斯基之死〉發表於《聯合報・副刊》8 版。

26～27 日，〈蠻荒之旅〉連載於《聯合報・副刊》8 版。

4 月　15 日，〈反祖現象〉以筆名「牧者」發表於《聯合報》8 版。

參加倫敦大學文教考察團，赴蘇聯訪問各大學，了解當地學制與教育狀況。

6 月　《電影 中國 夢》由臺北時報文化出版公司出版。

7 月　18 日，〈古墳的記憶〉發表於《聯合報・副刊》8 版。

短篇小說〈迷失的湖〉發表於《當代》第 15 期。

應邀至成功大學中國文學系擔任客座教授，並兼任《聯合文學》總編輯。

8 月　26～27 日，〈旋轉的木馬〉連載於《聯合報・副刊》8 版。

短篇小說〈過關〉發表於《聯合文學》第34期。

《墨西哥憶往》由臺北圓神出版社出版。

10月 短篇小說集《巴黎的故事》由臺北爾雅出版社出版。

劇本集《腳色——馬森獨幕劇集》由臺北聯經出版公司出版。

12月 9日，於臺北舉辦「當代劇場發展的方向」座談會，與會者有姚一葦、楊世彭、瘂弦、黃美序、賴聲川、金士傑、鍾明德等人。隔年3月，座談會紀實發表於《聯合文學》第41期。

29～31日，〈莫斯科之春〉連載於《聯合報・副刊》8版。

1988年 1月 4日，〈歸來〉以筆名「牧者」發表於《聯合報》22版。

11日，〈臺北，希望之城〉以筆名「牧者」發表於《聯合報》22版。

18日，〈文化震盪〉以筆名「牧者」發表於《聯合報》22版。

24～27日，〈中國大陸啊！我的困惑——我的夢〉連載於《聯合報》22版。

擔任成大劇社指導老師。

4月 6～7日，〈看戲〉連載於《聯合報》22版。

6日，〈當代英語文學風貌——介紹英國名家布爾蓋斯的書評專集〉以筆名「飛揚」連載於《聯合報・副刊》21、23版，至6月6日止。

成大劇社演出劇作《花與劍》，獲大專戲劇比賽首獎。

5月 4日，〈彌補「五四」的斷層現象〉發表於《聯合晚報》8版。

11～13日，〈中國大陸啊！我的困惑——上大陸旅館〉連載於《聯合報》22版。

7月 《中國民主政制的前途》由臺北圓神出版社出版。

《大陸啊！我的困惑》由臺北聯經出版公司出版。

8月 正式應聘為成功大學中國文學系教授，辭去《聯合文學》總編輯職務。

	9月	11～12 日，〈當代小說的幾個潮流〉連載於《聯合報・副刊》21 版。 〈愛慾的文化意義〉發表於《聯合文學》第 47 期。
	11月	27 日，〈小評楊明顯〈完達山傳奇〉——以兒童的觀點描述〉發表於《聯合報・副刊》21 版。 主編《樹與女——當代世界短篇小說選（第三集）》由臺北爾雅出版社出版。
	本年	父親馬傳方過世。
1989年	1月	1 日，〈鮮活的語言——評楊明顯〈冰潔〉〉發表於《聯合報・副刊》23 版。 9 日，〈當代劇場的中國精神〉發表於《聯合報・副刊》21 版。
	6月	9 日，〈寫畫的人——為楚戈巴黎畫展而作〉發表於《中央日報・副刊》16 版；〈血色的黎明〉發表於《聯合報・副刊》27 版。
	8月	22 日，短篇小說〈災禍〉發表於《聯合報・副刊》27 版。
	9月	21 日，〈虛實悲喜是人生——評《紅鼻子》〉發表於《民眾日報・鄉土文化》15 版。 25～26 日，〈兩個《紅鼻子》〉連載於《中央日報・副刊》16 版。 與邱燮友、張學波、田博元、李建崑、張文彬合著《國學常識》，由臺北東大圖書公司出版。
	10月	20 日，〈中西劇場的發展與交融〉發表於《民眾日報・鄉土文化》15 版。
	11月	2 日，〈從「相聲」到「戲劇」——評《這一夜，誰來說相聲？》〉發表於《民眾日報・鄉土文化》15 版。 22 日，〈東方＋西方＝現代〉發表於《聯合報・副刊》25 版。

	12 月	15～16 日，〈暴力籠罩下的中國電影〉連載於《聯合報・副刊》29 版。 31 日，〈「政治劇場」是今年劇場的特色〉發表於《民眾日報・鄉土文化》22 版。
1990 年	1 月	12 日，〈備而不忘或備而忘之？——評屏風表演班《民國 78 年備忘錄》〉發表於《民眾日報・鄉土文化》22 版。 《繭式文化與文化突破》由臺北聯經出版公司出版。
	2 月	3 日，〈新年新氣象？——「質的排行榜」評選報告〉發表於《聯合報・副刊》27 版。
	3 月	11 日，〈海奈電影與「新小說」之間的淵源〉發表於《中央日報・副刊》9 版。 26 日，〈追尋時光的根〉發表於《聯合報・副刊》29 版。
	4 月	2 日，〈中美文化在戲劇中交流——奧尼爾與中國〉發表於《聯合報・副刊》29 版。 17 日，以「三個極短篇」為題，小說〈打了一場勝仗〉、〈血總是要輸的〉、〈青春永駐〉發表於《聯合報》29 版。
	5 月	〈介紹歐洲雜誌〉、〈我主編過的《聯合文學》〉發表於《幼獅文藝》第 437 期。
	6 月	17 日，〈預言的魅力——談弗雷茲・朗的《大都會》〉發表於《聯合報・副刊》29 版。 應邀參加由《聯合報》副刊舉辦之「海峽兩岸作家文藝座談會」。
	8 月	〈中國大陸的「荒謬劇」——以高行健的〈車站〉為例〉連載於《文訊》第 58～59 期，至 9 月止。
	9 月	4 日，〈文學界悼念王禎和——他把最好的留下〉發表於《聯合報・副刊》29 版。
	10 月	10 日，〈返國三年〉發表於《聯合報》29 版。

〈演員劇場與作家劇場——論二十年代的現代劇作〉發表於《中外文學》第19卷第5期。

劇本〈美麗華酒女救風塵〉發表於《聯合文學》第72期。

11月 23日,〈藝術的退位與復位——評高行健的小說《靈山》〉發表於《聯合報・副刊》29版。

12月 7日,〈《黑的雪》〉發表於《中國時報・開卷》29版。

〈文學中永恆的主題:情欲——評黃有德的《異教徒之戀》〉發表於《文訊》第62期。

1991年 2月 〈西潮東漸與中國新劇的誕生〉連載於《文訊》第64～65期,至3月止。

3月 4日,〈四十年寫作歷程:反省與自勵〉發表於《聯合報・副刊》25版。

11日,〈海奈電影與「新小說」之間的淵源〉發表於《中央日報・副刊》9版。

28日,〈《救國株式會社》與時代的脈搏合拍〉發表於《自立晚報・本土副刊》19版。

《愛的學習》由臺南文化生活新知出版社出版。

4月 14日,〈永遠的梧桐〉發表於《聯合報・副刊》25版。

《當代戲劇》由臺北時報文化出版公司出版。

5月 2日,〈按捺不住的對藝術的傾倒與嚮往〉發表於《聯合報・副刊》25版。

6月 27～28日,〈中國現代戲劇的兩度西潮〉連載於《聯合報・副刊》25版。

7月 與熊好蘭合譯《當代最佳英文小說導讀 I》(筆名飛揚),《中國現代戲劇的兩度西潮》由臺南文化生活新知出版社出版。

8月 11～12日,〈誰來聽廣播劇?〉連載於《聯合報・副刊》25版。

20～22 日，應邀參加由中國古典文學研究會主辦的「20 世紀中國文學——臺灣、香港、日本三地學者學術交流會」，發表〈中國現代舞臺上的悲劇典範——論曹禺的《雷雨》〉。

9月　4 日，〈在我用工人的感覺感覺、用工人的思想思想的時候……〉發表於《中央日報・副刊》18 版。

〈今日我們不讀書〉發表於《幼獅文藝》第 453 期。

10月　4 日，〈以心理分析和反種族歧視的小說名重一時〉發表於《中央日報・副刊》16 版。

7 日，〈評〈瘟神傳奇——曾文溪流域王船祭巡禮〉〉發表於《聯合報・副刊》25 版。

與熊好蘭合譯《當代最佳英文小說導讀 II》（筆名飛揚），由臺南文化生活新知出版社出版。

11月　4 日，〈願「千古風流人物」的盛宴不要一去不再！〉發表於《聯合報・副刊》25 版。

14 日，〈劇作家也是迷惘中的一條魚〉發表於《民眾日報・鄉土文化》22 版。

19 日，高雄南風劇團將馬森獨幕劇作〈在大蟒的肚裡〉、〈腳色〉、〈花與劍〉集合為創團演出《三個不能滿足的寓言》。

12月　9 日，〈我在師大的日子〉發表於《中央日報・副刊》16 版。

以筆名「飛揚」翻譯 Antoine de Saint-Exupéry《小王子》，由臺南文化生活新知出版社出版。

本年　母親孫鳳梅過世。

1992年　1月　〈我的文學因緣〉發表於《幼獅文藝》第 457 期。

2月　13 日，〈官方文化與民間文化〉發表於《民生報》14 版。

長、短篇小說集《孤絕》由北京人民文學出版社出版。

短篇小說集《巴黎的故事》由臺南文化生活新知出版社出版。

3月　26 日，〈《歐洲雜誌》幾時重印？〉發表於《民生報》14 版。

	5 月	12 日，〈文學危機中的新潮小說〉發表於《聯合報》25、39 版。
	6 月	1 日，〈文學的濟南〉發表於《聯合報・副刊》25 版。 3 日，〈桂林之美，灕江水！〉發表於《聯合報・副刊》25 版。
	7 月	28 日，〈馬叟無聲勝有聲〉發表於《中國時報》29 版。
	8 月	22 日，參加臺灣及海外作家訪問團，赴北京拜訪蕭乾、冰心與夏衍。
	9 月	《東方戲劇・西方戲劇》、長篇小說《夜遊》由臺南文化生活新知出版社出版。
	10 月	16 日，〈我所認識的高行健〉發表於《民生報》14 版。 向成功大學申請休假一年，赴香港嶺南學院（今嶺南大學）客座。
	11 月	〈戲劇——造夢的藝術〉發表於《表演藝術》第 1 期。
	12 月	〈不要讓劇作家的權利沉睡了！〉發表於《表演藝術》第 2 期。
1993 年	1 月	〈世界上最久的演出〉發表於《表演藝術》第 3 期。 與徐秀玲結婚。
	2 月	〈導演「主政」的得失〉、〈金絲籠裡會唱歌的鳥〉發表於《表演藝術》第 4 期。
	3 月	〈文化・語言・戲劇〉發表於《表演藝術》第 5 期。
	4 月	〈中國話劇——三〇年代及以後〉、〈演員劇場的魅力〉發表於《表演藝術》第 6 期。
	5 月	26～30 日，於香港參加由鑪峯學會和香港中文大新亞書院共同舉辦之「兩岸暨港澳文學交流研討會」，發表〈臺灣文學的地位〉。
	6 月	〈別忘了觀眾是誰！〉發表於《表演藝術》第 8 期。

7月 〈所謂京味話劇〉發表於《表演藝術》第9期。

8月 24日，次女馬慧遠出生。

〈如果我們用臺灣國語寫戲〉發表於《表演藝術》第10期。

9月 〈從兒童演戲娛樂成人到成人演戲娛樂兒童〉發表於《表演藝術》第11期。

10月 19日，〈腳色鮮明・對白有味——李國修到臺南徵婚〉發表於《民生報》19版。

〈戲劇有必要自我放逐於文學之外嗎？〉發表於《表演藝術》第12期。

11月 31日，參加香港中文大學舉辦的「當代華文戲劇創作國際研討會」，擔任大會主席、講評及專題演講。

〈從沙田到嶺南——記香港的文友〉發表於《幼獅文藝》476期。

〈後現代的表演藝術模糊了既有的藝術類型〉發表於《表演藝術》第13期。

12月 〈為南部的戲劇觀眾發言〉發表於《表演藝術》第14期。

1994年 1月 26日，〈棄嬰與養子〉發表於《聯合報》35版。

〈當代華文戲劇的交流年〉發表於《表演藝術》第15期。

2月 〈尋根的當代華文戲劇〉發表於《表演藝術》第16期。

3月 15日，〈迷失自我的危機——與演員談哲學〉發表於《聯合報・副刊》37版。

25日，〈談談裴在美的小說〉發表於《中央日報・副刊》18版。

〈矯情的荒謬與荒謬的現實〉發表於《表演藝術》第17期。

短篇小說集《M的旅程》由臺北時報文化出版公司出版。

4月 8日，〈山海塾登臺看臺灣〉發表於《聯合報》35版。

〈表演者的權利〉發表於《表演藝術》第18期。

短篇小說集《北京的故事》由臺北時報文化出版公司出版。

5月 〈文化的邊緣與中心〉發表於《表演藝術》第19期。

〈對立的統一：荒謬永存！——悼尤乃斯柯〉發表於《聯合文學》第115期。

6月 〈政治劇場與宣傳劇〉發表於《表演藝術》第20期。

〈翻不出佛洛伊德手掌心的《戀馬狂》〉發表於《聯合文學》第116期。

7月 〈一個時代的過去〉發表於《表演藝術》第21期。

8月 〈兩岸的戲劇交流〉發表於《表演藝術》第22期。

9月 〈老人劇團與社區戲劇〉發表於《表演藝術》第23期。

10月 《西潮下的中國現代戲劇》由臺北書林出版公司出版。

11月 〈表現的意象世界——評林克歡的《戲劇表現論》〉發表於《表演藝術》第25期。

12月 〈對「後現代主義戲劇」的再思考與質疑〉發表於《中外文學》第22卷第7期。

1995年 1月 〈秋菊與阿Q〉發表於《幼獅文藝》第493期。

〈一九九四年幾齣突出的舞臺劇〉發表於《表演藝術》第27期。

3月 24日，〈畫家之眼詩人之筆——為蘇雪林先生百齡華誕而寫〉發表於《中央日報・副刊》19版。

4月 應教育部之請，與黃美序赴加拿大各地巡迴演講，主講當代戲劇與電影。

〈創新與復古〉、〈詮釋與資料的對話——談當代戲劇史的書寫問題〉發表於《表演藝術》第30期。

合集《馬森作品選集》由臺南臺南市立文化中心出版。

6月 10～11日，〈有關牟宗三先生的幾件小事〉連載於《聯合報・副刊》37版。

	7月	26日，〈水果與我〉發表於《自立早報・大地副刊》26版。
	9月	〈鼓勵前衛藝術！〉發表於《表演藝術》第35期。
	11月	17日，〈看到《中副》想起溫馨的大學生活〉發表於《中央日報・副刊》18版。 〈為臺灣文學定位——駁彭瑞金先生〉發表於《當代》第115期。
	12月	〈實驗劇的道路〉發表於《表演藝術》第38期。
1996年	1月	〈任督二脈是否已經打通？——評鍾明德《從寫實主義到後現代主義》〉發表於《中外文學》第24卷第8期。
	3月	12日，〈出人意表的驚奇——評《網人》〉發表於《中央日報・副刊》18版。 〈樂美勤的《留守女士》〉發表於《表演藝術》第41期。 劇本集《腳色——馬森獨幕劇集》由臺北書林出版公司出版。
	4月	9日，〈奉獻的代價——評《眼睛》〉發表於《中央日報・副刊》18版。 〈潛在的戲劇觀眾〉發表於《表演藝術》第42期。
	5月	〈八〇年以來的臺灣小劇場運動〉發表於《中外文學》第24卷第12期。
	6月	1日，〈大手筆——祝賀「百年來中國文學學術研討會」〉發表於《中央日報・副刊》18版。 劇本〈我們都是金光黨〉發表於《聯合文學》第140期。
	7月	9日，〈從銀幕到舞臺——評紀蔚然的《黑夜白賊》〉發表於《中國時報・人間副刊》19版。 16日，〈大學聯考公平嗎？〉發表於《中華日報・副刊》14版。
	8月	28～29日，〈講不完的北京的故事〉連載於《中國時報・人間副刊》19版。

		29 日,〈父親的祝福——在伊夫婚禮上說的一段話〉發表於《中華日報・副刊》14 版。
		〈集傳統之大成,開未來之新端〉發表於《表演藝術》第 45 期。
	12 月	8 日,〈尤乃斯柯與聯副〉發表於《聯合報・副刊》37 版。
		10、16 日,〈聚散離合隨風逝——我看《傷心咖啡店之歌》〉連載於《中華日報》15 版。
		12 日,〈那一年,在鳳山陸軍官校〉發表於《中央日報・副刊》18 版。
		23 日,〈當過門房、掃過廁所的劇作家曹禺〉發表於《中央日報・副刊》18 版。
		〈武俠話劇的可能〉發表於《表演藝術》第 49 期。
1997 年	1 月	21 日,〈憶金銓〉發表於《聯合報・副刊》37 版。
		〈《京戲啟示錄》啟示了什麼?〉發表於《表演藝術》第 50 期。
	2 月	3 日,〈校園戲劇與校園劇展〉發表於《中華日報・副刊》14 版。
		15 日,翻譯尤乃斯柯〈四人戲〉,發表於《聯合報・副刊》37 版。
		〈中國現代戲劇的曙光——追悼曹禺先生〉發表於《聯合文學》第 148 期。
		〈性與關於性的書寫——評鄭清文〈舊金山、1972~1974 的美國學校〉〉發表於《中外文學》第 25 卷第 10 期。
	3 月	〈潛伏在心靈中的「魔」〉發表於《表演藝術》第 52 期。
	4 月	7 日,〈文學不是為道德修補罅隙——評《不可告人的愛情紀事》〉發表於《中華日報》15 版。
	5 月	1 日,〈熱情與堅持——哭一葦先生〉發表於《聯合報・副

刊》41 版。

2 日，〈新人類的創發力——評第三屆府城小說獎獲獎作品〉發表於《中華日報・副刊》16 版。

劇本集《我們都是金光黨・美麗華酒女救風塵（劇作二種）》由臺北書林出版公司出版。

8 月　12 日，〈編寫二十世紀中國新文學史〉發表於《聯合報・副刊》41 版。

與邱燮友、皮述民、楊昌年合著《二十世紀中國新文學史》，由臺北駱駝出版社出版。

9 月　11 日，〈老舍與祥子〉發表於《中國時報・人間副刊》27 版。

〈讀劇與演劇〉發表於《表演藝術》第 57 期。

10 月　10 日，〈戲劇與政治——學者眼中的達里歐・佛〉發表於《中央日報・副刊》18 版。

12～13 日，〈我看現當代小說的主潮〉發表於《中華日報・副刊》16 版。

25 日，〈一個被遺忘的小說家〉發表於《中央日報・副刊》18 版。

11 月　《燦爛的星空——現當代小說的主潮》由臺北聯合文學出版社出版。

12 月　〈鳳凰花開在鳳凰城〉發表於《表演藝術》第 60 期。

1998 年　1 月　〈話說職業演員〉發表於《表演藝術》第 61 期。

2 月　24 日，〈背叛〉發表於《聯合報・副刊》41 版。

自成功大學退休，轉任南華管理學院（今南華大學）文學研究所教授。

3 月　12 日，〈六個尋找作者的劇中人〉發表於《中國時報・開卷》42 版。

24 日，〈寬恕的靈魂——朱西甯小說中的人物〉發表於《中央日報・副刊》22 版。

30～31 日，〈劇本仍然是戲劇的靈魂！〉連載於《中華日報・副刊》16 版。

4 月　27 日，〈愛國乎？愛族乎？——「皇民文學」作者的自我撕裂〉發表於《聯合報・副刊》41 版。

5 月　3 日，獲頒第一屆「五四獎」文學評論獎。

6 月　〈戲劇與教育〉發表於《表演藝術》第 66 期。

主編「現當代名家作品精選」系列，由臺北駱駝出版社出版。

7 月　22 日，〈外傘頂洲蒙難記〉發表於《中華日報・副刊》16 版。

9 月　4 日，〈謝幕演出〉發表於《民生報》19 版。

於《文訊》第 155～182 期每月撰寫「文化與生活」專欄，至 2000 年 12 月止。

10 月　3 日，〈在特別的日子，說一句特別的話……〉發表於《聯合報・副刊》37 版。

〈從「荒謬劇場」到「荒唐劇場」〉發表於《表演藝術》第 70 期。

11 月　17 日，〈小說不應拋棄情節與人物〉發表於《中華日報・副刊》16 版。

12 月　9 日，〈臺灣文學的定位〉發表於《聯合報・副刊》37 版。

〈荒謬劇的先驅——皮藍德婁〉發表於《聯合文學》第 170 期。

1999 年　2 月　2 日，〈老舍與二十世紀——為「老舍百年國際學術研討會」而寫〉發表於《聯合報・副刊》37 版。

8 日，〈孤絕的夜遊〉發表於《中央日報・副刊》22 版。

4 月　10 日，〈一個活躍的青年藝術家——我讀石光生的散文集〉發表於《中華日報・副刊》16 版。

18 日，〈寫作從不太遲〉發表於《中央日報・副刊》18 版。

	5月	13 日，〈時代三部曲——《黃金時代》、《白銀時代》、《青銅時代》〉發表於《中國時報‧開卷》42 版；〈在黑暗中摸索——「劇本組」決審報告〉發表於《聯合報‧副刊》37 版。
		《追尋時光的根》由臺北九歌出版社出版。
	8月	23 日，〈二度西潮或二次革命？——評鍾明德《臺灣小劇場運動史》〉發表於《中央日報‧閱讀》22 版。
		〈夕陽的魅力〉發表於《表演藝術》第 80 期。
	9月	〈今日我們不讀書〉發表於《幼獅文藝》第 453 期。
	11月	〈含苞待放——二十世紀的臺灣現代戲劇〉發表於《文訊》第 169 期。
	12月	〈孤兒情結與邊緣意象〉發表於《表演藝術》第 84 期。
	本年	籌備於成功大學舉辦的「1999 臺灣現代劇場研討會」。
2000年	1月	8～9 日，參加於臺灣師範大學舉辦之「解嚴以來的臺灣文學國際學術研討會」，發表〈情色與色情文學的社會功用〉。
	4月	〈當代戲劇的歷史縱深〉發表於《表演藝術》第 88 期。
	6月	30 日，〈又一次人間四月天〉發表於《聯合報‧副刊》37 版。
	8月	〈出籠之鳥與離水之魚〉發表於《文訊》第 178 期。
		短篇小說集《孤絕》由臺北麥田出版公司出版。
	9月	14 日，〈最有影響力的作家：魯迅〉發表於《聯合報‧副刊》14 版。
		15 日，〈最浪漫的詩人——徐志摩〉發表於《聯合報‧副刊》37 版。
		17 日，〈最賣座的劇劇〉發表於《聯合報‧副刊》37 版。
		19 日，〈最長壽的作家——一〇二歲〉發表於《聯合報‧副刊》37 版。
		20 日，〈責任〉發表於《聯合報‧副刊》37 版。
		26 日，〈最悲慘的作家之死：老舍〉發表於《聯合報‧副刊》

37 版。

27 日，〈最無行的文人〉發表於《聯合報・副刊》37 版。

〈從現代主義到後現代主義——臺灣「新戲劇」以來的美學商榷〉發表於《聯合文學》第 191 期。

轉任佛光人文社會學院（今佛光大學）文學所教授。

10 月　3 日，〈最暢銷的作家〉發表於《聯合報・副刊》37 版。

4 日，〈最有親和力的作家：林海音〉發表於《聯合報・副刊》37 版。

5 日，〈最博學的作家〉發表於《聯合報・副刊》37 版。

21 日，〈最孤僻的作家：張愛玲〉發表於《聯合報・副刊》37 版。

11 月　《戲劇——造夢的藝術》由臺北麥田出版公司出版。

翻譯 Antoine de Saint-Exupéry《小王子》，由臺北聯合文學出版社出版。

12 月　18 日，於《自由時報・副刊》撰寫「四方集」專欄，至 2001 年 8 月 27 日止。

長篇小說《夜遊》由臺北九歌出版社出版。

2001 年　2 月　〈逃亡：追求個人自由的必經之路——評《一個人的聖經》〉發表於《聯合文學》第 196 期。

3 月　11 日，〈沒有主義〉發表於《中國時報・人間副刊》13 版。

4 月　7～8 日，〈臺灣人的迷思〉連載於《中國時報・人間副刊》23 版。

〈弱勢文化的悲哀——對高行健現象的反思〉發表於《文訊》第 186 期。

6 月　27 日，〈尋不見故城〉發表於《中央日報・副刊》18 版。

劇本〈陽臺〉發表於《中外文學》第 30 卷第 1 期。

7 月　4 日，〈搬不動的童年〉發表於《中央日報・副刊》18 版。

11 日，〈舊城與新城〉發表於《中央日報・副刊》18 版。

11～13 日，參加南京大學中國現代文學研究所主辦的「中國現代文學傳統國際學術研討會」，擔任開幕發言人、大會主席，同時發表論文〈中國現代文學的兩度西潮〉。

18 日，〈一叢春樹擁齊河〉發表於《中央日報・副刊》18 版。

25 日，〈城的意義〉發表於《中央日報・副刊》18 版。

劇本〈窗外風景〉發表於《聯合文學》第 201 期。

8 月 1 日，〈城的經濟〉發表於《中央日報・副刊》18 版。

8 日，〈縣城中的宗親〉發表於《中央日報・副刊》18 版。

15 日，〈馬家的傳奇〉發表於《中央日報・副刊》18 版。

2002 年 2 月 17 日，〈回首諦視——評程抱一《天一言》〉發表於《中國時報・開卷》15 版。

4 月 《文學的魅惑》由臺北麥田出版公司出版。

6 月 《臺灣戲劇——從現代到後現代》由宜蘭佛光人文社會學院出版。

7 月 1 日，〈從話劇到歌舞劇的《蛙戲》〉發表於《中國時報・人間副刊》39 版。

10 月 14 日，〈綠波橫渡〉發表於《聯合報・副刊》39 版。

19 日，佛光人文社會學院於佛光山臺北道場舉辦「閱讀馬森——馬森作品學術研討會」。

11 月 〈對臺灣現當代文學研究的幾點意見〉發表於《文訊》第 205 期。

12 月 8 日，獲頒第八屆府城文學獎特殊貢獻獎。

本年 臺南人劇團演出歌舞劇《蛙戲》。

2003 年 2 月 15 日，〈臺北的早晨〉發表於《自由時報》39 版。

3 月 10 日，短篇小說〈生命中如此美好的一段時光〉發表於《中國時報・人間副刊》39 版。

		18～19日，〈重訪大甲〉連載於《中央日報・副刊》17版。
		23～25 日，〈跨世紀臺灣小說成績單〉連載於《自由時報》39版。
	4月	15～16 日，〈何處是吾家？〉連載於《聯合報・副刊》E7版。
	5月	12 日，〈潘老師，您慢慢走〉發表於《中央日報・副刊》17版。
	10月	主編《中國現代文學大系——臺灣 1989—2003・小說卷》，由臺北九歌出版社出版。
	11月	23 日，〈小說家的本來面目——評李銳《寂靜的高緯度》〉發表於《中國時報・開卷》B2版。
2004年	2月	短篇小說〈迷走的開元寺〉、〈煞士臨門〉、〈無能迴轉的時光〉發表於《印刻文學生活誌》第6期。
	4月	8～9 日，短篇小說〈來去大億麗緻〉連載於《中國時報・人間副刊》E7版。
	5月	〈第一次〉發表於《文訊》第223期。 劇作 *Flower and Sword*（《花與劍》）於芝加哥 Bailiwick Repertory Director's Fest 演出。
	8月	9日，〈電梯〉發表於《聯合報・副刊》E7版。
	11月	17～18日，〈秋日紀事〉連載於《中央日報・副刊》17版。
	本年	移居加拿大維多利亞。
2005年	2月	2～3 日，短篇小說〈燦爛的陽光〉連載於《中國時報・人間副刊》E7版。
	6月	28 日，〈燒出一片天〉發表於《中國時報・人間副刊》E7版。
	7月	4～5日，短篇小說〈新居〉連載於《聯合報・副刊》E7版。
	8月	8～9日，〈春日紀事〉連載於《中央日報・副刊》17版。

	12月	〈冬日紀病〉發表於《聯合文學》第254期。
2006年	2月	8日，〈詩人變流氓〉發表於《世界日報・世界副刊》L8版。 《中國現代戲劇的兩度西潮》韓文版（姜啟哲譯）由首爾韓國外國語大學出版社出版。
	3月	8日，〈卡奴的命運〉發表於《世界日報・世界副刊》L8版。
	4月	〈話說長篇小說〉發表於《文訊》第246期。 短篇小說集《巴黎的故事》、長篇小說《生活在瓶中》由臺北INK印刻出版公司出版。
	6月	7日，〈難以抗拒的誘惑〉發表於《世界日報・世界副刊》J8版。 21日，〈高官親屬的原罪與原惡〉發表於《世界日報・世界副刊》J8版。
	8月	〈夏日紀趣〉發表於《聯合文學》第262期。
	9月	《東亞的泥土與歐洲的天空》由臺北聯合文學出版社出版。
	10月	25日，〈中國豬與日本狗〉發表於《世界日報・世界副刊》J8版。
	11月	22日，〈陳瑞仁 vs. 顧立雄〉發表於《世界日報・世界副刊》J8版。
	12月	20日，〈去中國化所為何來？〉發表於《世界日報・世界副刊》J8版。 29日，〈難捨校園〉發表於《聯合報・副刊》E3版。 《中國現代戲劇的兩度西潮》由臺北聯合文學出版社出版。
2007年	3月	〈人緣與地緣〉發表於《聯合文學》第269期。 《維城四紀》由臺北聯合文學出版社出版。
	7月	4日，〈文壇的奇人異行〉發表於《聯合報・副刊》E7版。
	10月	24日，〈逝者〉發表於《聯合報・副刊》E7版。
2008年	4月	1日，〈也說浩然〉發表於《聯合報・副刊》E3版。

		15 日，〈英倫的兩位文學先進〉發表於《聯合報・副刊》E3 版。
	5 月	短篇小說集《府城的故事》由臺北 INK 印刻出版公司出版。
	7 月	〈另一種的紀實小說——讀郭楓《老憨大傳》〉發表於《文訊》第 273 期。
	8 月	1 日，〈晨走〉發表於《聯合報・副刊》E3 版。
		〈回顧與前瞻——賀《文訊》25 週年慶〉發表於《文訊》第 274 期。
	9 月	應邀擔任東華大學駐校作家，為期一年。
	10 月	31 日，〈懷念王敬羲〉發表於《聯合報・副刊》D3 版。
2009 年	1 月	《旅者的心情》由上海人民出版社出版。
	3 月	短篇小說〈三隻小豬〉發表於《文訊》第 281 期。
	4 月	16 日，〈布洛克的夢幻世界〉發表於《聯合報・副刊》E3 版。
		〈五四與我〉發表於《文訊》第 282 期。
	7 月	〈1949——我生命中的關鍵時刻〉發表於《文訊》第 285 期。
	12 月	14 日，〈對王壽康先生的不同印象〉發表於《聯合報・副刊》D3 版。
		〈看山的日子〉發表於《文訊》第 290 期。
2010 年	4 月	劇本集《馬森戲劇精選集》由臺北新地文學出版社出版。
	6 月	25～26 日，〈高行健與臺灣的淵源〉連載於《聯合報・副刊》D3 版。
	8 月	14 日，〈為臺灣文學史補漏〉發表於《聯合報・副刊》D3 版。
	9 月	15 日，短篇小說〈迷途〉發表於《中國時報・人間副刊》E4 版。
		29 日，〈樂聲如水〉發表於《聯合報・副刊》D3 版。
	12 月	〈我所認識的葉石濤先生〉發表於《文訊》第 302 期。

《台灣戲劇——從現代到後現代》、《戲劇——造夢的藝術》、《文學的魅惑》、《文學筆記》、短篇小說集《孤絕》、長篇小說《夜遊》由臺北秀威資訊科技公司出版。

2011年 3月 短篇小說集《M 的旅程》、《北京的故事》由臺北秀威資訊科技公司出版。

4月 《漫步星雲間》、《大陸啊！我的困惑》由臺北秀威資訊科技公司出版。

5月 《與錢穆先生的對話》、《台灣啊！我的困惑》由臺北秀威資訊科技公司出版。

9月 《文化‧社會‧生活》、劇本《花與劍》由臺北秀威資訊科技公司出版。

10月 〈幼年時所喜歡的幾位作家〉發表於《文訊》第312期。
劇本《蛙戲》由臺北秀威資訊科技公司出版。

11月 劇本集《腳色》由臺北秀威資訊科技公司出版。

2012年 3月 《中國文化的基層架構》由臺北聯經出版公司出版。
《墨西哥憶往》、短篇小說集《海鷗》由臺北秀威資訊科技公司出版。

10月 3日，〈八十自述〉發表於《聯合報‧副刊》D3版。

11月 獲頒成功大學李國鼎科技與人文講座教授。

12月 13日，〈海外蓓蕾，成大開花〉發表於《聯合報‧副刊》D3版。

2013年 3月 〈匕首、投槍 vs. 幽默小品——《中國現代文學的兩度西潮》（第十七章）〉、〈莫言小說特色與諾貝爾文學獎〉發表於《新地文學》第23期。

8月 14～15日，〈中國文學與世界文學〉連載於《聯合報‧副刊》D3版。

本年 短篇小說集《北京的故事》法文版由巴黎友豐書店出版。

2014年 1月 〈海外華文文學概覽〉連載於《文訊》第 339～341 期，至 3 月止。

2月 8 日，〈白求恩遺事——讀薛憶溈《首戰告捷》短篇小說集〉發表於《聯合報‧副刊》D3版。

6月 〈兔災與人禍〉發表於《文訊》第344期。

9月 〈追念戴熹〉發表於《文訊》第347期。

《東西看》、《中國民主政制的前途》由臺北秀威資訊科技公司出版。

11月 《繭式文化與文化突破》由臺北秀威資訊科技公司出版。

2015年 2月 《世界華文新文學史——中國現代文學的兩度西潮》（三冊）由臺北INK印刻文學生活雜誌出版公司出版。

4月 25日，〈吃了一隻蒼蠅〉發表於《聯合報‧副刊》D3版。

12月 〈我的文學歷程〉發表於《印刻文學生活誌》第 148 期，「2015第二屆全球華文作家論壇特輯」。

2016年 2月 《電影 中國 夢》由臺北秀威資訊科技公司出版。

3月 《當代戲劇》由臺北秀威資訊科技公司出版。

9月 11 日，應菲莎文化講壇之邀，於列治文市安惠公司（Alphay）講廳演講「從文學和社會學角度看文革」。

參考資料：

- 石光生，《馬森》，臺北：行政院文建會，2004年12月。
- 馬森，〈馬森寫作及從事戲劇電影活動年表〉，《電影 中國 夢》，臺北：時報文化出版公司，1987年6月，頁289～298。
- 馬森，〈馬森著作目錄〉，《當代戲劇》，臺北：秀威資訊科技公司，2016 年 3 月，頁 261～270。

輯三◎研究綜述

孤絕的劇作家、小說家與文學史家

馬森評論綜述

◎須文蔚

壹、前言

馬森（1932 年 10 月 3 日～），是華文文學界中多產的戲劇家、小說家、評論家與文學史家。他漂流於濟南、北京、淡水、宜蘭等地就讀中學的經歷，打造了他開闊的人生經歷。在就讀臺灣師範學院國文學系時，他就展露了戲劇與創作的才華，師大國文研究所後，1961 年赴法國巴黎電影高級研究院（Institut des hautes études cinématographiques, IDHEC）研究電影與戲劇，並在巴黎大學漢學院博士班肄業。1965 年在巴黎創辦、主編《歐洲雜誌》。然後繼續赴加拿大研究社會學，獲英屬哥倫比亞大學（University of British Columbia）社會學博士學位。

馬森先後任教於臺灣師範大學、法國巴黎語言研究所、墨西哥學院東方研究所、加拿大愛伯塔及維多利亞大學、英國倫敦大學亞非學院遠東系、香港嶺南學院、國立藝術學院戲劇系、成功大學中國文學系等校，並曾兼任《聯合文學》總編輯。1998 年自成功大學中文系退休後，曾任南華管理學院文學所、佛光大學文學所教授、東華大學駐校作家。

馬森創作文類相當廣泛，包括論述、小說、散文、劇本。知名的劇本有《花與劍》、〈父親〉、〈人生的禮物〉、《腳色》、《我們都是金光黨・美麗華酒女救風塵》等。知名的小說有《康橋踏尋徐志摩的蹤徑》、《法國社會素描》、《生活在瓶中》、《北京的故事》、《孤絕》、《夜遊》、《海鷗》、《巴黎的故事》、《M 的旅程》等。散文集有《在樹林裏放風箏》、《愛的學習》、《墨西哥憶往》、《大陸啊！我的困惑》、《追尋時光的根》等。他同時也是重要的戲劇評論者與文學史家，重要論述有：《馬森戲劇論集》、《當代戲劇》、《中國現代戲劇的兩度西潮》、《東方戲劇・西方戲劇》、《燦爛的星空——現當代小說的主潮》、《戲劇——造夢的藝術》、《文學的魅惑》、《台灣戲劇——從現代到後現代》、《世界華文新文學史——中國現代文學的兩度西潮》等。

身為小說家、劇作家、批評家的馬森筆觸敏銳，文字抽象，風格鮮明，關懷文學與社會。劇本《馬森獨幕劇集》曾於 1980、1990 年代風靡臺灣的戲劇界，他的作品象徵意味濃厚，崇尚用荒誕的方法來寫荒誕的社會，又能反映中華文化影響下的社會。高行健曾盛讚長篇小說《夜遊》，這之前恐怕還沒有誰把海外華人的生活寫得如此豐富而又這樣有分量，無疑是臺灣現代文學的一部重要的作品。[1]龍應台直指馬森的作品：「透露多重的孤寂感。」[2]在教學與創作之外，馬森致力於當代戲劇與文學史之研究，著有多種戲劇評論與文學史專著，影響巨大。並曾編譯《當代最佳英文小說導讀》，對當代英文小說評介的引進臺灣，貢獻卓著。曾獲洪醒夫小說獎、第一屆五四獎、府城文學獎特殊貢獻獎等獎項。

本文擬集中在馬森的生平論述、戲劇、小說等層面，以後設的角度探討相關研究與評論的大要與重點，提供讀者與研究者認識馬森淵博、深邃與充滿創造力的文學創作與實踐成就。

貳、馬森生平研究綜述

馬森有四篇文獻，分別是〈四十年寫作的歷程——反省與自勵〉[3]、

[1]高行健，〈東方西方，來去自由——馬森的《夜遊》〉，《聯合報》，2010 年 11 月 27 日，D3 版。
[2]龍應台，〈孤絕的人——評析馬森的《孤絕》〉，《龍應台評小說》（臺北：爾雅出版社，2000 年）。
[3]馬森，〈四十年寫作的歷程——反省與自勵〉，《愛的學習》（臺南：文化生活新知出版社，1991

〈小傳〉[4]、〈文學與戲劇〉[5]與〈八十自述〉[6]，提供了相當完整的傳記資料，搭配陳明順（陳雨航）的採訪，可以構成作家研究重要的參考資料。

馬森出生於山東，幼時歷經一段流離遷徙的歲月，先後在中國與臺灣完成中等學業。大學時代粉墨登場，便開始興趣盎然地為劇場撰寫腳本，專注在小說的創作上。然而其後進入了中國文學研究所，以學術研究為主，暫時壓抑了寫作的衝動。研究所畢業後，於 1961 年遠赴巴黎深造，從此展開新的一段流浪生涯。他曾於墨西哥執教，之後於 1972 年赴加拿大研究社會學。獲得博士後，再度遊走四方，足跡遍及英國、香港、臺灣、中國等地：「由亞洲而歐洲，由歐洲而美洲，由亞洲復至歐洲，然後歸復亞洲。」[7]

馬森簡述過小說創作的歷程，從在法國創作的《巴黎的故事》開始，他的足跡遍及歐洲、中美洲、北美洲等地。馬森詳細地介紹重要小說創作的歷程：

> 在法國完成的《巴黎的故事》系列，是採取社會人類學田野調查的方式加以文學化的社會寫真。在墨西哥完成的《生活在瓶中》和《北京的故事》就完全不同了。前者運用了內在獨白的技巧，企圖表現出人物內在心象和外在世界真幻對反的感覺領域，後者則通過寓言的形式對那一場令人毛骨悚然的文化大革命進行反思。《孤絕》和《海鷗》兩個集子中的作品，是在加拿大寫成的，恐怕已經沾染了北國的清冷氣息……。《夜遊》是到目前為止我所寫的最長也最複雜的一部小說，那是念完了社會學以後完成的作品。[8]

年）。

[4]馬森，〈小傳〉，《馬森戲劇精選集》（臺北：新地文學出版社，2010 年），頁 1。

[5]馬森，〈文學與戲劇〉，《馬森獨幕劇集》（臺北：聯經出版公司，1978 年）。

[6]馬森，〈八十自述〉，《聯合報》，2012 年 10 月 3 日，D3 版。

[7]馬森，〈小傳〉，《馬森戲劇精選集》，頁 1。

[8]馬森，〈四十年寫作的歷程——反省與自勵〉，《愛的學習》，頁 14～15。

足見馬森遊歷歐洲與美洲的過程，他的小說創作也沾染了生涯不同空間的氣息。

根據馬森自述，他的現代主義啟蒙與在法國第一次的觀戲經驗有關，1961 年夏天，他在巴黎拉丁區一家小劇院看了尤乃斯柯劇作的演出，當時無法領略其中的好處，於是開始追索：「在東方文化陶冶下長大的人與西方文學、藝術隔膜之處何在？」經過多年的觀察，他發現，東西方文化，在「感情」與「感覺」方面距離極大，東方人對情方面獨有所鍾，西方人則長於感覺，不管文學、戲劇、繪畫、音樂與電影，東方都欠缺西方那種放縱自肆的氣息。[9]他豐富的歐洲經典劇作演出的觀賞經驗，讓他得以近距離接觸西方劇場；同時，浮雲遊子的身分使他抽離意識，始終跟西方保持距離，並以比較的視野沉思東西方的差異，並稟持東方哲學的特殊性。使他能接受西方現代主義，但現代主義絕不是他的美學歸屬。[10]馬森著名的劇作《花與劍》以及劇本集《腳色》裡收錄的劇本大多是旅居墨西哥時期（1967～1972）的產物。這樣的生涯多少讓他的作品沾染離散基調與憂傷底蘊：他不屬於中國、臺灣或任何地方，但他似乎同時屬於每一個他暫時棲息的所在。他的作品在很多層面和法國以貝克特與尤乃斯柯為代表的荒謬劇存在著極大的差異。馬森自言：

> 我所採用的戲劇表達方式與所表達的內容，不是傳統的，既不是西方的傳統，更不是中國的傳統，然而卻受著西方現代劇與中國現代人的心態的雙重支持。換一句話說，在形式方面接受了西方現代戲劇的影響，在內容方面表達的則是中國現代人的心思。[11]

同一篇文章裡，馬森提及，他的「表現的方式並不盡相同，但都與五四以

[9]馬森，〈文學與戲劇〉，《馬森獨幕劇集》。
[10]林偉瑜，〈中國第一位荒謬劇場作家——兩度西潮下六〇年代至八〇年代初期的馬森劇作〉，《腳色》（臺北：秀威資訊科技公司，2011 年），頁 277～300。
[11]馬森，〈《馬森獨幕劇集》序〉，《腳色》，頁 27。

來的中國話劇傳統大異其趣」。但是他所寫的內容，他所關懷的生命議題卻是五四的延續。[12]

馬森不僅透過創作提倡與改造現代主義美學，他有另一個重要但受到忽視的貢獻，就是 1965 年馬森主編臺灣留法同學創辦的《歐洲雜誌》，為臺灣現代主義文學運動提出了重要的理論框架，也矯正了過度仰賴美國、英國與日本資訊的狀況。《歐洲雜誌》於 1965 年 5 月創刊於法國，由當時首批臺灣公費青年留法學生共同籌辦、主持，馬森負責主編，至 1968 年 12 月停刊，發行三年，累計有九期。馬森當時正攻讀巴黎電影高級研究院，有了創辦雜誌的想法以後，獲得了留法學生的共鳴，由於經費短缺，中華民國駐法大使館吳斌祕書幫忙向華僑募集了一小筆款項，作為創辦費，掛在「臺灣留法同學會」名下發行，第三期之後發行人才終於正式登記為「歐洲雜誌社」。《歐洲雜誌》的創辦動機乃因當時政治封閉的臺灣，接觸歐洲文化不易，即使有，也都是以英語文學為主，如此轉譯與二手傳播，不免讓人慨嘆「縱然偶然見到一鱗半爪，多半又是從英文或日文轉譯而來，已不知經過了多少手，攙了多少糠粃，要想一窺歐洲文學藝術現狀及其趨勢的真實面貌談何容易。」[13]顏訥指出，《歐洲雜誌》決定以向臺灣介紹歐洲文學為主要編輯方向，又集中範圍在在歐洲文化中居主導地位的法國，以成員的地利之便及語言優勢，翻譯、評論法國文學，與《文學雜誌》、《現代文學》、《文星》上的翻譯，來源從美國出版發行的英譯本大異其趣。[14]《歐洲雜誌》譯介歐洲哲學、文藝和社會思潮中，特別以譯介沙特、卡繆的存在主義哲學，以及貝克特、尤乃斯柯的荒誕派戲劇，最具規模與影響力。[15]

---

[12]紀蔚然，〈臺灣戲劇與現代主義：馬森的實踐〉，《戲劇研究》第 11 期（2013 年 1 月），頁 74～75。

[13]馬森，〈創刊的話〉，《歐洲雜誌》第 1 期（1965 年 5 月），頁 4。

[14]顏訥，《臺灣香港存在主義文學傳播現象——以五〇至七〇年代現代主義文學報刊與書籍為對象》（東華大學華文文學系碩士論文，2010 年）。

[15]胡星亮，〈轉型：從寫實傳統到現代主義——論 1960 至 70 年代臺灣話劇的發展〉，《臺灣研究集刊》2005 年第 2 期，頁 84。

相較於巴黎時期豐富的生平資料，有關於馬森其他階段的學思與創作影響，可從他的散文中，窺得大師的身影。《墨西哥憶往》是記錄了馬森在墨西哥六年教學一段日子的人與事。《大陸啊！我的困惑》則記錄了馬森1981 年在大陸講學、訪問、旅遊四個多月的實錄和感想，可以理解他情迷家國的情思，也可作為分析他中國系列小說寓言的重要參考資料。[16]至於在加拿大求學與創作的歷程，則可參看陳雨航的訪談記錄，透露了馬森轉供社會學的心路歷程：

> 這件事在我的生命中是個很大的決定。這件事受「文化大革命」的影響很大。中國人到底發生了什麼問題，怎麼做出這樣的事情來呢？作為一個中國人，我很關切中國的社會和文化，她到底發生了什麼病症呢？

正因為重新回到學校當學生，生活型態的轉變，心態更為年輕，馬森在1975 到 1978 年間的小說的產量相當驚人，短篇小說集《孤絕》（聯經）、《海鷗》（爾雅），長篇小說《夜遊》與《艾迪》，均完成在此階段。[17]

馬森在加拿大住了七年，獲得社會學博士後，分別在愛伯塔及維多利亞大學任教。1979 年，馬森應聘赴英國倫敦大學亞非學院執教，1980 年取得倫敦大學的終身聘後，照理說應當定居英倫，但 1980 年他決定向將近三十年的異國漂泊告別，回到臺灣。他說：

> 一種出於自擇的屢屢播遷，卻也足以說明在內心中我存有一種自己來掌握一己命運的企圖，不耐認命的被動安排或隨波逐流。[18]

他在府城落腳，繼續寫作小說、評論與文學史，在〈八十自述〉中他強

[16]馬森，〈四十年寫作的歷程——反省與自勵〉，《愛的學習》。
[17]陳明順，〈馬森的旅程〉，《新書月刊》第 9 期（1984 年 6 月）。
[18]馬森，〈四十年寫作的歷程——反省與自勵〉，《愛的學習》，頁 11。

調，一生執教最久的是成功大學，從那裡退休，而且藕斷絲連，退而未休多年，作育英才，講學書寫，府城濃郁的人情與溫暖，安頓了創作與論述的心靈。[19]

參、馬森戲劇的綜述與研究

馬森剛開始嘗試寫劇本的時候，適逢戰鬥文藝的風潮，他遵循著寫實的路線創作，但總覺得與自身感受不合，因此也就漸漸失去了寫劇本的興趣。[20]直至 1960 年代，受到現代主義文學運動影響，在《劇場》雜誌、李曼瑰、張曉風、姚一葦等力量的推波助瀾下，馬森在法國接受了現代派戲劇啟蒙，重新開始創作。林偉瑜指出，馬森轉而繼受了西方荒謬劇場的內涵與形式，將現代主義戲劇帶進了臺灣的劇場界，其劇作《馬森獨幕劇集》的前衛地位，贏得了「中國第一位荒謬劇場劇作家」的美稱。[21]胡星亮更一進步點出馬森戲劇創作中關注和表現「現代人的孤絕感」，形式上運用抽象、變形、荒誕、象徵等現代派手法，但內在則緊扣社會人生的哲理思考。胡星亮認為：

> 馬森稱此為「不像花的人工花」，卻又是「比真花更真的花」，因為在這裡，「荒謬比理性更為理性，虛幻比真實更為真實」。馬森戲劇審美的意象呈現、魔幻現實、寓言象徵，就是這種「不像花的人工花」，而它所揭示的社會人生內涵是真實、深刻的。[22]

顯然評論者已經發現，馬森的戲劇創作有著模糊性、多義性、豐富性的特

---

[19]馬森，〈八十自述〉，《聯合報》，2012 年 10 月 3 日，D3 版。
[20]馬森，〈文學與戲劇〉，《馬森獨幕劇集》，頁 8。
[21]林偉瑜，〈中國第一位荒謬劇場作家——兩度西潮下 60 年代至 80 年代初期的馬森劇作〉，《閱讀馬森——馬森作品學術研討會論文集》（臺北：聯合文學出版社，2003 年 10 月），頁 207～226。
[22]胡星亮，〈轉型：從寫實傳統到現代主義——論 1960 至 70 年代臺灣話劇的發展〉，《臺灣研究集刊》2005 年第 2 期，頁 84～85。

徵，理性思考勝過感性情節的描寫，哲理思辨勝過戲劇故事的虛構，表現出中國現代派戲劇家獨特的精神世界和藝術創造。

如再就具體的作品探討，馬森曾夫子自道其早期作品的創作歷程：1967 年時，受了西方當代劇場的影響，寫出〈蒼蠅和蚊子〉和〈一碗涼粥〉，作品中有荒謬劇的影子，精神上反映了存在主義哲學，並加上獨創實驗的「腳色簡約」、「腳色錯亂」等技法。1969 年發表的〈獅子〉一劇，則改採「魔幻寫實」的手法，在舞臺劇中加入電影，手法相當前衛，以多媒體元素擴大舞臺劇表現形式。1970 到 1976 年間，接連發表了〈弱者〉、〈蛙戲〉、〈野鵓鴿〉、〈朝聖者〉（以上 1970 年）、〈在大蟒的肚裡〉、《花與劍》（1976 年）等劇，均展現了反寫實劇的風格，表現人在時空以外的孤絕處境。1983 年馬森應姚一葦之邀，回到尚在草創中的國立藝術學院（今臺北藝術大學）戲劇系任教，其特殊的創作觀點深獲青年喜愛，與當時新興的劇場氛圍結合，他的劇作是 1970 到 1980 年代大學小劇場中，經常搬上舞臺的作品[23]，讓當時尚在萌芽階段的小劇場平添一股「前衛」的色彩，也展現出馬森劇作的影響力與經典意義。

馬森並非片面繼受西方的荒謬劇，他不時內省，東方的生存方式、文化陶冶對他都有著深刻的影響，這使他比西方人更多一些心理平衡和曠達樂觀的態度，自然也使他的戲劇創作，隱含著中國文化的精神意涵。[24]紀蔚然指出，細讀馬森這時期的作品，不難發現馬森的劇作與西方現代主義荒謬劇場的形式相似，然而其內容上發抒的情感，卻與國族的歷史情境，國人的流離失所，政治上的專制獨裁關係密切，只是五四新文學以寫實筆法書寫，但馬森卻以隱喻、荒謬的形式呈現他言志的情懷。紀蔚然直指：

荒謬劇場到了馬森手裡當然無可避免地又歷經一番改造。馬森的戲劇充

[23]《馬森獨幕劇集》（1978 年）在出版後，該書便以荒謬劇的前衛性，吸引大專劇團選取其中劇本演出，並引起甚多回響與討論。

[24]馬森，〈文學與戲劇〉，《馬森獨幕劇集》，頁 1～17。

> 滿虛無，瀰漫無路可出的幻滅。但這虛無和幻滅並不純然源自存在主義或法國荒謬主義。同時，馬森的戲劇世界並不是實相與幻覺二元對立的僵局。在他的戲劇世界裡，實相已不可知，因此何謂幻覺亦不可察。往往呈現在觀眾面前的是相對立場或相對發言位置導致的僵局，它是矛盾找不到妥協契機的僵局。[25]

馬森獨特的一面，在於他轉化了荒誕派劇作家的觀念，又有所不同。他的劇作雖然也不強調因果關聯與情緒連貫，但他仍然以理性化的語言去表現非理性的世界。他雖然也表現現代人的疏離與落寞，表現現代人內心對生命的疑懼與不安，但並不抱著玩世不恭的態度，把世界表現為一齣出滑稽可笑的鬧劇。[26]

林克歡分析馬森戲劇，則跳脫形式與主題的辯證，而進入馬森的精神世界與悲劇視野來觀察，馬森早期的戲劇，超越光怪陸離的生活表象，直接揭示被眾生浮相所掩蓋的本質真實，亦即現代工業社會的質疑、國族命運的悲嘆與困惑，以及認同焦慮等。在短小的篇幅中，演述作家的生命感觸與在人生哲理上的感悟，創造了與法國荒謬劇場或存在主義之間有一定距離的精神世界。[27]徐學與孔多也有類似的觀察：

> 就作品的思想內容而言，作者對生命意義的感悟，多於對現實生活表象的逼真描摹；對人性本質的追索，多於對社會歷史問題的探討與揭示；對人類未來命運的迷惘、悲觀的體察多於自信樂觀的展望。[28]

可見，馬森的悲劇意識具有相當濃厚的當代社會反思，源於「世紀末

[25]紀蔚然，〈臺灣戲劇與現代主義：馬森的實踐〉，《戲劇研究》第 11 期，頁 76。
[26]林克歡，〈馬森的荒誕劇〉，《劇本》1985 年第 3 期，頁 91。
[27]林克歡，〈馬森的荒誕劇〉，《劇本》1985 年第 3 期，頁 92～93。
[28]徐學、孔多，〈論馬森獨幕劇的觀念核心與形式獨創〉，《臺灣研究集刊》1994 年第 1 期，頁 102～108。

情緒」，而使得他的作品帶有濃厚的悲觀主義色彩，刻畫出無路可出的僵局，隱喻中國自民國以來現代化的進程與迷失。

相較於早期戲劇的悲劇與前衛色彩，1990 年馬森創作的 12 場歌劇《美麗華酒女救風塵》[29]，是一部喜劇，而且是古典新編，加入了音樂的元素。六年後，他又在《聯合文學》發表的十場話劇《我們都是金光黨》，以辛辣的筆調對詐欺犯罪進行了有力的諷刺。兩部作品一改青年時期的陰鬱氣息，但是對現實的關懷，依舊沒有稍減。在形式上的變化，顯然馬森對於小劇場與後現代戲劇的發展頗感憂心，有意矯正青年們的演出既無場景，又無情節和人物，而且不用劇本，採取即興的方式隨意拼合。馬森企圖透過大劇場的形式，清新明朗的筆調，架構一個雅俗共賞的文本，充分彰顯文學劇本在戲劇中的重要性。[30]而在精神層面，思辨與批判力道並沒有稍減，兩齣戲劇深刻批判了拜金社會的低俗與空洞，《我們都是金光黨》更進一步提醒了觀眾，並不是只有騙徒在危害社會，所有自覺或不自覺的你我都是共犯，都是金光黨，一同打造出了一個無法相互信任的社會結構，馬森的社會批判力道更勝於前。

肆、馬森小說創作的綜述與研究

馬森以話劇創作聞名，他從 1960 年代開始出版《巴黎的故事》、《生活在瓶中》、《孤絕》、《海鷗》等現代主義小說集，而他的長篇名作《夜遊》，允為最受重視的作品，不但受評論界重視，也同時受到讀者的歡迎。[31]

---

[29]《美麗華酒女救風塵》是馬森根據元人關漢卿的《趙盼兒風月救風塵》改編而成，妓女趙盼兒以其智慧和勇敢，安排周密的計畫，征服了商人周舍，拯救出受其欺騙和凌辱的結伴姊妹宋引章。馬森將該劇改編時賦以現代的角色特徵，劇中女主角趙盼盼是臺北市美麗華酒家的酒女，她的同事宋引章受大公司董事長之子周舍欺騙，嫁入豪門後，受盡折磨與凌辱，向趙盼盼求救。趙盼盼有鑑於周舍貪財好色、喜新厭舊，於是設計使周舍與宋引章離婚，從而使友人脫離牢籠。

[30]曹明，〈表現臺灣現代都市人的心態——漫談馬森的戲劇創作〉，《臺灣研究》1997 年第 4 期，頁 86。

[31]根據廖淑芳的研究指出，《夜遊》曾入選 1984 年「十本最具影響力的書」之一，據 1985 年「金石堂暢銷排行榜」統計資料，馬森《夜遊》仍入列當時的全國暢銷排行榜 34 名，可見馬森的小說叫好又叫座。見廖淑芳，〈由《生活在瓶中》到《夜遊》：論馬森的文學現代性與 1980 年代前期臺灣文學場域〉，《臺南作家評論選集》（臺南：臺南市文化局，2015 年 3 月），頁 195～234。

馬森從事小說創作，始於 1960 年代旅居法國巴黎時，原名「法國社會素描」的《巴黎的故事》自 1965 年於《歐洲雜誌》連載，是日後馬森系列小說的先聲。[32]馬森自陳，《巴黎的故事》是以人類學或社會學田野調查視野下，像畫家的素描一般，盡量減少想像與臆造的成分，只用白描的筆法來摹寫法國社會，和作家眼中的法國各色居民與移民的日常。[33]稍晚於 1970 年，他以法語書寫《北京的故事》，這本政治寓言基本上是靠直覺，和大量文革時期的新聞資料寫成，李歐梵就曾從比較文學的角度，肯定馬森以帶有「感時憂國」情感的藝術幻想，表達對時代的批判，再現難以言喻的真實，同時他因為熟悉西方文學傳統，能把動物式的寓言（fable）變成更深一層的哲學寓言（allegory 和 parable），使本書成為一本發人深省的政治寓言。[34]

《生活在瓶中》是馬森第一部出版的長篇小說，寫作時已經離開巴黎，在墨西哥懷念在巴黎的日子，且還籠罩在荒謬劇的形式衝擊下，馬森曾在《生活在瓶中》〈舊版序言〉中自言：「《生活在瓶中》寫作的時間雖然遠早於《夜遊》，可是在結構上可能要比《夜遊》新穎一些。……抱有突破傳統小說中「時」與「地」的觀念……」[35]確實，從本書結構來看，全書時空較為隱晦、跳接與超現實。引來正反不同的批評，康來新相當含蓄地質問：「對學院出身的作者言，小說的寫作有類於填字遊戲的進行，往往過度自覺地以知性去填充與架構『藝術』的作品；這麼一來，會不會使其作品成為哲學的可信（卻不可愛），而不是文學的可愛（但並不全然可信）

---

[32]「法國社會素描」系列小說，在 1970 年 7 月，其中四篇與李歐梵等人的作品一起集結成《康橋踏尋徐志摩的蹤徑》一書，由臺北環宇出版社出版。1972 年 10 月，13 篇故事以《法國社會素描》為書名，由香港大學生活出版社出版。這本《法國社會素描》即是日後《巴黎的故事》（臺北：爾雅出版社，1987 年）的前身。再經作者自行刪去最後一篇〈路〉，現在通行的版本僅收 12 篇。

[33]馬森，〈自序〉，《巴黎的故事》，頁 2。

[34]李歐梵，〈馬森的寓言文學──《北京的故事》序〉，《北京的故事》（臺北：時報文化出版公司，1984 年），頁 1～9。

[35]馬森，〈舊版序言〉，《生活在瓶中》（臺北：INK 印刻出版公司，2006 年），頁 12。

呢？」[36]而廖淑芳則正面評價此書，就創作時代言，1980 年代臺灣仍是在一個「生活在瓶中」的狀態，如果那是一個玻璃瓶，那麼就是雖然可以透過透明的玻璃瓶看見外面，卻是無法有實際觸覺的。因此本書以現象學的角度分析，可以發現馬森透過一個超現實的故事，提出「何為真實」的「反省」與「解悟」，可以說是從否定面出發的探討，雖然有其隱晦之處，但「此一否定式的辯證，使全書的語言不是在往前走，而是不斷以自我否決的方式，先前進一步再後退一步，彷彿自相矛盾的表述。存在主義式的困境，一切並沒有發生或結束」。[37]可謂肯定此書的前衛與時代意義。

馬森最受歡迎與重視的長篇《夜遊》成稿於 1978 年，在復刊後的《現代文學》上連載了一年多，1983 年出版，白先勇為之寫序，盛讚作者與本書：「由馬森複雜迂迴的文化背景，我們可以測知他對中西歐美各種文化傳統之間的異同衝突必也曾下過工夫深入研究比較。事實上馬森的長篇小說《夜遊》在某一層次上可以說是作者對中西文化價值相生相剋的各種關係做了一則知性的探討與感性的描述。」[38]陳少聰在〈她是清醒的夜遊者〉中認為此書與臺灣時代的變遷相呼應，《夜遊》是一本相當特出的書，在近二十年臺灣文壇上似乎沒見過類似的小說，其最重要的特徵是場面、情景、對話等等的處理上，作者都必須採用寫實的手法，不能過分戲劇化或超現實，一改馬森過去擅長的超寫實筆法，「清醒的夜遊者」所處的情節安排之所以令讀者信服，無非真實、合理與細緻。[39]這也說明了馬森跳脫了《生活在瓶中》的風格，在《夜遊》中以一個女性的情感命運為情節線索，串起意志自由、東西文化衝突、文明進展、婦女解放、酷兒政治等多種議題，引領了時代的風潮。[40]

[36]康來新，〈生命瓶頸寫作瓶頸〉，《聯合文學》第 8 期（1985 年 6 月），頁 217～218。
[37]廖淑芳，〈由《生活在瓶中》到《夜遊》：論馬森的文學現代性與 1980 年代前期臺灣文學場域〉，《臺南作家評論選集》，頁 195～234。
[38]白先勇，〈秉燭夜遊——簡介馬森的長篇小說《夜遊》〉，《中國時報》，1984 年 1 月 9 日，8 版。
[39]陳少聰，〈她是清醒的夜遊者〉，《聯合報》，1984 年 5 月 31 日、6 月 1 日，8 版。
[40]朱立立指出：「這是一篇企圖心很大的散發著知識分子氣息的作品，起碼在思想的廣度上給人這

龍應台曾批評《夜遊》，認為該書「直接說理的成分太重，或許是擲地有聲的論文，以小說的標準來看，卻嫌不夠含蓄、不夠複雜」。[41]同時在批評《孤絕》時更說「馬森的優點也正是他的弱點：他對社會人性的洞察使他思想深刻，但一旦急切的想傾吐這些抽象的思想，小說就輕易成為腦的遊戲」。[42]都強調馬森是一個注重意念、思想與哲理的小說家，不無過度偏重問題意識的問題。但廖淑芳卻認為，《夜遊》的角色相當豐富，主人翁的叛逆、探索、挫敗與覺醒，不但其內心的起伏變化扣人心弦，幾幅她與邊緣人物的互動與場面，尤其對感官經驗的描寫更達到極絕美深刻的穿透力，使本書既不枯燥，又值得深思。[43]

馬森短篇小說集《M 的旅程》，其中與書名同題的短篇〈M 的旅程〉最早完成，寫於 1984 年，是馬森的另一系列現代主義小說的實驗作品。黃碧端直指：「《M 的旅程》是費解的。它似乎太『新』，讀者得重新學會適應這樣的閱讀經驗；它又其實很固有，遊過地府的但丁或目蓮，想像過各類奇風異土的李汝珍或斯威夫特（Jonathan Swift, 1667-1745），都是在設計旅程，且都藉了那設計在傳達故事之外的訊息。」透過細讀，黃碧端點出，馬森是當代小說家中最擅用象徵手法，也最勇於突破小說布局的一位，縱使讀者眩惑於謎題的難解，但是解謎的快樂，解謎旅程的哲思探討，對於生命傳承意義的思索，處理景象和人際細微處的抒情片斷，都使此書充滿誘人的氣息。[44]

在新近出版的短篇小說集《府城的故事》一書中，馬森說：「我一生在世界各地流徙不止，輾轉於亞、歐、美三大洲之間，持續經受著異文化的

個印象。一個作品表現這些思想議題的方式仍然是訴諸感性的，將比較抽象的思考融進了情節和人物中。」參見朱立立，〈漫游敘事與都市人的精神突圍——重讀馬森的長篇小說《夜遊》〉，《華文文學》2011 年第 1 期，91～95 頁。

[41]龍應台，〈孤絕的人——評析馬森《孤絕》〉，《龍應台評小說》，頁 33。

[42]龍應台，〈孤絕的人——評析馬森《孤絕》〉，《龍應台評小說》，頁 49。

[43]廖淑芳，〈由《生活在瓶中》到《夜遊》：論馬森的文學現代性與 1980 年代前期臺灣文學場域〉，《臺南作家評論選集》，頁 195～234。

[44]黃碧端，〈愛的形變——我讀馬森的《M 的旅程》〉，《聯合文學》第 113 期（1994 年 3 月），頁 155～159。

衝擊和挑戰，養成了對付外在環境的耐力，同時也使我有機會領略到異國風俗與語言的不同韻味，在深感不虛此生之餘，對我的寫作自然會增添一些顏色。」[45]謝鴻文指出，《府城的故事》裡的 11 篇短篇小說，聚焦在臺灣銀髮族的生活、精神、慾望與無奈，馬森捕捉老人肉身與精神衰頹時的困境，俯瞰臺灣眾生相，既對臺南地理、歷史、史蹟加以描繪，也深刻描寫老者心理意識，筆調和緩，不少篇章展現出溫暖的氣息[46]，一反青年時期的悲觀與憤怒了。

伍、結語

如同瘂弦精彩的命名「三面馬森」，一則他講究邏輯分析、論證嚴謹，是個冷肅的學者；在他勇於實驗、創新的小說與戲劇中，他是個塑造風格的藝術家；而在散文中，他勇敢與流動的遊歷，展現他是個生活者。本文主要從馬森的生平與生活，戲劇與小說，分別討論馬森與著名評論家，如何看待他在文學創作上的表現，但受限篇幅與主題，無法兼顧馬森豐饒的學術論述、文學批評、文學史研究乃至散文創作等面向，但是為求周延，本次選文中，仍然收錄評論馬森學術與散文表現的文章，供讀者參考。

馬森念茲在茲的是，不要讓現代主義文學的成果，湮滅在中國大陸的文學史書寫中，他在《中國現代戲劇的兩度西潮》中，就提出了「二度西潮」的理論建構，其後這個理論又引導出三巨冊《世界華文新文學史》，如同李奭學的理解：「五四前後的西化運動引進西方的寫實劇場，而這是西方劇運初次的來潮。待其二度東來，時序已進入 1980 年代。前者以中國為據點，後者則移師臺灣，一連串的小劇場運動風起雲湧。」[47]如改以現代詩與小說的西化，第二度的西潮可以提前到 1950 代臺灣的現代主義文學運動，

---

[45]馬森，《府城的故事》（臺北：INK 印刻出版公司，2008 年）。

[46]謝鴻文，〈俯視人生的晚景——讀馬森《府城的故事》〉，《全國新書資訊月刊》第 117 期（2008 年 9 月），頁 29～31。

[47]李奭學，〈見「林」不見「樹」——評馬森著《中國現代戲劇的兩度西潮》〉，《中時晚報》，1991 年 9 月 15 日，10 版。

與五四相輝映。這兩本著作固然引發了不少的批評，但馬森能夠以恢弘的觀點，不限區域的視野，將現代文學史的研究置於華文文學的範疇，以一人之力點評經典作家、作品與文學社團，為現代文學史研究，樹立了相當難超越的門檻，也凸顯了臺灣文學的重要性，此一貢獻，不容忽視。

作為生活家的馬森，高行健的點評相當生動：「毫不戀棧，東方西方，來去自由，何等瀟灑！」[48]綜合生平與文學創作，廖玉如評價馬森可說最為精要：

> 馬森生於戎馬倥傯、鐵蹄紛亂的時代，他見證了歷史的荒謬性，和為獲得權力而貪殺嗜血的人性。另一方面，馬森因為長期旅居西方各國，西方文化對他產生的直接影響，自然更甚於其他作家。他關注的是傳統威權之下變調的現代生命，其作品的現代性書寫，反應他長期處於中西文化的薰陶和撞擊之後，所處理的不僅是個人與他人的疏離，也是家庭人倫關係的崩毀，以及現代與傳統之間的斷裂。[49]

無論小說和戲劇的創作，馬森一直探索人類的「自由與恐懼」，特別是華人面對政治、文化和種族的局限，都市文明的傷害，使人們經常處於孤寂中，也打造了馬森創作中特殊的「孤絕感」。他的前衛、深刻、批判與跨領域的特質，還沒有獲得當代研究者充分理解，本書不妨作為一個解謎的起點，讓我們能以更多詮釋與研究，理解這位多面向的文學家。

[48]高行健，〈東方西方，來去自由——馬森的《夜遊》〉，《聯合報》，2010 年 11 月 27 日，D3 版。

[49]廖玉如，〈追尋自由（自我）的獨孤客——馬森小說戲劇的現代性思索〉，《閱讀馬森 II——2012 馬森學術研討會論文集》（新北：新地文學出版社，2014 年 9 月），頁 258。

輯四◎

重要評論文章選刊

文學與戲劇

寫在前頭

◎馬森

白灰的天棚、瓷磚鋪地，一床、一几、一桌、一椅，空空蕩蕩的一間大房。一邊是落地的玻璃窗，靠街，除了上端小小的一扇氣窗，從不打開；夏日炙熱的陽光便實實落落地打在上頭。玻璃窗上有些漂亮的花紋，白天，不敢盯視在上面，否則眼前就是一片金星繚亂。這間房通向另外更大的一間廳房；門老是關著。另外一扇門通向一間小小的浴室，用一襲普通的白布隔開。當另一邊的氣窗打開的時候，這白布簾便飄呀飄地鼓蕩起來。

這是我初到墨西哥，在墨西哥學院東方研究所執教的時候住的房間。從報上找到了這間房，就租下了。房東是一個四十來歲的中年人，一張方方正正的棕色的臉，一撇八字鬍，典型的墨西哥人；看起來有點像墨西哥的革命英雄薩巴達。房東的太太很白淨，不用說多一半流著西班牙人的血液。她梳著光潔的黑色髮髻，不大愛說話。房東的女兒約 20 歲左右，有一張俊俏的臉，每天都梳裝齊整地端坐著。但眼神很遲鈍，坐著不動的時候，真像一座泥塑的美人。一走動，就顯露出她的跛腳，所以她常常呆坐著。我剛到的時候，還不會說西班牙文，他們一家也不懂法文、英文，更不用說中文。我們對坐著，彼此都有謎樣的感覺。墨西哥是一個奇異的國家。我到達墨西哥城的時候並非夏季，而是應該稱作冬季的一月。並且很僥倖地遇到了墨西哥城三十年來未嘗一遇的雪。天上的日頭熱烘烘地，腳下竟有積雪，真是少見的景象。報紙上都用大字標題來渲染這次的雪景。但這裡的雪只有幾個鐘頭的壽命，以後就完全與雪絕緣。到了二月，天氣好的時候，便跟夏季再沒有什麼分別了。又過了些日子，到把該看的看了，該遊的遊了，下課後便自覺有太長的時間呆在這間空蕩蕩的房間裡。逛街吧，太陽太毒；公園裡倒有些扶疏的花影，但又被太多的人群與手提收音機的喧鬧盤據了視與聽的二度空間。我便常常懶懶地躺在床上，仰望著灰白的天棚出神。腦裡盤旋著剛剛離開不久的巴黎，以及跟墨西哥那麼不同的歐洲風光，還有遠拋在巴黎的家人和友人的面影。一忽兒又轉念到離開已久的故園，以及那跟墨西哥風土更為迥異的東方情調；自然還有一批更熟悉親切的面影也一齊浮現出來。

幾次生活在這麼不同的國度裡，一切都覺得似幻又真。生活中的浮相常常掩蓋了生活的實質，於是眼睛追逐於光怪之色彩，耳朵放逐於陸離之聲域，在多彩多姿的土風異俗中竟渾然忘卻了人之所以為人之處。然而眾花繽紛的喧鬧，不過是潛伏在種子中的那種基本的生機的表相，心神收攝的時候，心靈就逐漸接觸到莊子所謂的「大同異」。透過了不同的膚色、不同的語言、不同的習俗，忽然見到人的一樣的血肉、一樣的慾望、一式的幻想與夢境。於是我的注意力似乎越過了表相，企圖去把握一些更直接、更真實的東西。我拿起筆來開始寫這個集子中所收的一個獨幕劇〈蒼蠅與蚊子〉。第二齣戲也是在這間屋子裡寫成的。以後我就搬到別的地方，墨西哥所帶給我的鮮豔的色彩也就逐漸淡落下去。

其實這個集子裡所收的戲，都不是我所寫的第一個劇本。我的第一個劇本是一個三幕劇，是我在大學時代寫的，題目已經忘了，自然很不成熟。後來又寫過兩個電影劇本，同樣已不知丟到那裡去。還寫過一個獨幕劇，記得題目是「飛去的蝴蝶」。當時我很喜歡美國田納西・威廉斯（Tennessee Williams）的劇作，所以多少受了些他的影響，在塑造人物及製造戲劇氣氛上下了些工夫。那時我拿給一個朋友看，很受了些鼓勵。但不知為什麼，雖然我自己在大學時代的舞臺上頗為活動，後來到了歐洲又繼續研究戲劇與電影，但沒有再繼續寫戲（計畫大綱與未完成的片斷倒是有的），反倒寫起小說來。到了墨西哥以後，才又再度有了這種用我早已熟悉的表達方式來發揮某種內在渴望的衝動。

我相信一切文學的、藝術的創作，都是由於一種內在的急切的與人溝通的需求。文學與藝術的作者，在現實生活中常常是些羞怯的典型，並不多麼善於表達自己，這才沉浸在一己的夢想裡，說一些夢話。這夢話也就是一種自我表達，也就是出於一種與人溝通的需要。不管在現實生活中表現出多麼孤獨的人，都不能避免這種企圖與人溝通的慾望。人到底天生的是一種群居的動物。

我自己並不是特別孤獨的那種類型，但仍自覺在現實生活的人際關係中有一種巨大的阻障與隔膜。我可以在舞臺上通過劇中的人物來盡情表達自己，也可以朗朗地演說或辯論，但一到現實的生活中，譬如說在一種交際的場合，無論是酒會、宴席或與陌生人會晤，需要與人寒暄溝通的時際，便感到慌張失措。為了掩飾這種慌張失措的心情，很可能表現出一種落落寡合的模樣，這就更加拉遠了與人的距離。在現實中與人有所隔膜的隱痛，遂加強了企圖用另一種方式與人溝通的欲求。我所選擇的方式，就是文學。我既不想自我窒息，又不願與人隔絕，我就只能以我自己感到自由舒適的方式在我與人間搭起一座橋樑。

我把戲劇也看作是文學的一種形式，因為戲劇除了在舞臺上搬演以外，一樣可以當作文學作品來讀。不過，有些劇作，如不搬上舞臺，便很難顯現它的特色，像尤乃斯柯（Ionesco）的戲就是如此。所以戲劇又並不完全是文學，還有它具體形象與動作的一面。做為一個觀眾所得到的舞臺上的印象，與做為一個讀者所得到的文學上的印象，有時候距離極大。我自己的經驗是，愈是現代劇，這種距離就愈大。因為古典劇依賴對話的成分較重，劇情常常是只靠對話來轉折發展；現代劇則開闢了別種使劇情得到轉折發展的途徑，對話就不及在古典劇中那麼重要了。因此愈是現代劇，就愈有脫離文學尋求自我發展的傾向。然而也只是傾向而已，沒有文學價值的現代劇是沒有的。所以就是現代劇，仍具有戲劇與文學的雙重價值。

我這裡所謂的現代劇是指二次大戰以後，特別是 1950 年代在法國發達起來的以幾個非法國土產的劇作家如尤乃斯柯、貝克特（Samuel Beckett）、阿達莫夫（Arthur Adamov）等為代表的荒謬劇而言。荒謬劇，就如存在主義在文學中所探索與表達的荒謬一般，實質上並不真是荒謬的，只不過是一種觀點的轉移。如果站在傳統的觀點以為現代是荒謬的，那麼站在現代的觀點同樣會感覺傳統是荒謬的。現代人，不容否認地，對我們所居留的世界、宇宙，及對人之為人的心態，有更為深入廣闊的探求與發現，遠超過傳統的繩墨範籬之外。這就在各方面都產生了觀察深度的增長與觀察角度的放大與轉移。一方面這好像表現了人的立場再不如在傳統的方式中那麼穩定，但另一方面卻也表現了人有了更大的自由。這種自由早已顯現在經濟、政治、社會組織、自然科學、文學、藝術等不同的領域中，引起了現代人的生活方式、思維方法以及欣賞趣味的極大變化。因此，現代劇的表現方式與內容，自與傳統的劇戲大異其趣。我覺得，正像現代文學、現代繪畫、現代音樂一般，現代劇戲不但不曾破壞了戲劇之為戲劇的特性（雖然有人用了反戲劇一詞），反倒豐富了戲劇的形式與內容，拉近了戲劇與現代人感受的距離。

談到戲劇的特性，應以其與其他藝術表現方式不同之處立論。沒有導演與演員固然不能演出戲劇，沒有劇場與觀眾同樣不能演出戲劇。這是傳統上一致的看法。美國的所謂「活戲劇」（Living Theater）企圖泯除演員與觀眾的界限，同時也意欲使劇場擴大到無處不在的地步，街頭巷尾茶肆酒店無不可做為劇場。雖然如此，也只能說對演員與劇場定義之擴大，並非否認演員與劇場之為必要。所以戲劇仍是劇作家，通過演員，在一定的場地，與觀眾彼此溝通的一種藝術形式。

我說彼此溝通，而不用教育、宣傳等字眼兒，是因為我堅信教育與宣傳不是文學家或藝術家的目的，至少我自己在寫作的時候沒有任何這一類的意圖；我自覺沒有比別人更高明的見解。但是我既為人類的一分子，便不能不感到一份為人的寂寞，我有被人了解的欲求，因此我盡可以任性地道出一己的心聲，冀望獲得他人的反應、共鳴、補充與批評。

我所採用的戲劇表達方式與所表達的內容，不是傳統的，既不是西方的傳統，更不是中國的傳統，然而卻受著西方現代劇與中國現代人的心態的雙重支持。換一句話說，在形式方面接受了西方現代劇的影響，在內容方面表達的則是中國現代人的心態。

中國的話劇，在形式上本來就是一種西方劇的移植。我們知道，中國戲劇的發展，不但與西方根源不同，而且時間上也晚進了許多。在希臘的悲劇已經具備了戲劇的結構的時候，中國還只有雜技與歌舞。到了元明雜劇與傳奇鼎盛的時代，仍循著歌舞的路線發展，而從未出現過純以對話為主的話劇（一向認為以對白為主的武漢臣的《天賜老生兒》，四折中曲子也有三、四十支）。直到近代，中國受了西方文化的侵襲之後，歐陽予倩等一批留日的學生，才第一次組織劇團（春柳社），演出話劇。然而他們初時所演仍是翻譯的西方話劇，而不是中國話劇。如果說中國現代文學受了西方文學極大的影響，那麼中國的話劇則不止是影響，而至少在形式上是完完全全西方戲劇的東移。意外的是在極短的時間內就受到中國群眾的歡迎與接受。嗣後，這種新興的戲劇形式在中國循著兩條路線發展：一條路線是與中國的地方戲合流的文明戲；另一條路線就是遵循西方話劇的規格，但以改革社會及宣傳政教為目的的社會宣傳劇。那時中國正遭遇到一個經濟、社會、政治各方面都急劇變革的大時代，社會宣傳劇遂大行其道，成為改造社會與宣揚政教的有利工具。中國幾個有名的話劇作家，直接承受著西方早期的劇作家如易卜生（Henrik Ibsen）、奧尼爾（Eugene O'Neill）、契訶夫（Chekov）等人的影響，雖然有時求助於誇張的手法，但總以寫實為體。然而由西方所來的影響，初時常常是經過日本轉折而來，在時間上往往與西方發生脫節的現象，因此較晚的德國的印象主義與法國的超現實主義的戲劇，在中國的話劇中都不曾留有任何明顯的痕跡。

現代的中國雖然也遭受著急劇的社會變革，這一代中國人的心態雖然也與上一代大相迥異，然而幾十年的話劇並沒有什麼新發展；顯然出現停滯不前的現象。

我開始嘗試寫劇本的時候，也是遵循著寫實的路線來寫的，但總覺得與自己的感受不合，因此也就漸漸失去了寫劇本的興趣。後來到了巴黎，接觸到西方現代劇的表現方式，才覺得是一種表現我自己的感受的有效工具。記得我第一次看西方的現代劇，是在拉丁區所謂的「口袋戲院」（小型戲院）裡。時間好像是 1961 年的夏天。戲院只有五十幾個座位。因為座位少，據說每場都是滿座；票價也相當昂貴。我是請一位好友一起去看的。為了怕臨時買不到票，所以幾天前就把票訂好了。原想第一排該是最好的座位，誰知戲院實在太小，就是坐在後排的觀眾與舞臺的距離也並不太遠，坐在第一排，簡直就在演員的腳下。不過也有好處，倒像自己也在舞臺上一般。那家戲院是專演尤乃斯柯的戲的；而且專演尤乃斯柯的兩個獨幕劇：《禿頭女高音》（*La Cantatrice chauve*）與《教訓》（*La Leçon*）。那時已經不停歇地演了五年了。演員也早換了好幾批。戲一開幕，是一對英國夫妻坐在客廳裡閒聊，說些個莫名其妙的話。聊呀聊地，既沒有其他動作，也不見其他演員。我跟我的朋友都焦灼地等著戲中的主角禿頭女高音出場，一直互相詢問著：「怎麼禿頭女高音還不出來呀？」然而直到閉幕，不但不見禿頭女高音，連女高音也沒有，禿頭的也不見。當觀眾掌聲雷動的時候，我直覺得奇怪，莫非巴黎人都有點神經？一齣莫名其妙的戲，碰到一群莫名其妙的觀眾！我想我那時的感覺跟一個看慣了具象繪畫的人突然站在一幅抽象畫的面前那種手足無措的感受一般。待看到第二齣《教訓》的時候，才終於看出一點門道來。這一點門道是通過那莫名其妙的教授跟莫名其妙的學生，通過他們莫名其妙的對話與莫名其妙的動作意味出了點象徵的意義。這就是我當時所有的收穫。

又過了好些年，我才開始漸漸懂得，在東方文化陶冶下長大的人與西方文學、藝術隔膜之處何在。東西方文化，在理性思考方面，各有所長，不相上下，唯獨在「感情」與「感覺」方面距離極大。東方人對情方面獨有所鍾，西方人則長於感覺。因此，由東方文化培育成的我，面對著一篇文學作品或藝術作品的時候，我所用的是「情」和「理」。第一我問這件作品能不能使我感動（這種感動常常不把快感包括在內），第二我要分析它有些什麼含意。我偏偏想不到，也不懂如何運用我的感覺來直接接觸它的形式、顏色、線條、光影、結構、節奏……種種對西方人非常重要而為我們所忽略了的因素。我後來又仔細思考（又是東方式的存在方式）東方人之所以不習慣於運用感覺的道理，我發現恐怕與東方人對性的壓抑有密切的關係。在生理上說，性器官是人體最敏感的部分，在心理上也是一樣。人不感覺則已，如一任一己的感覺（包括視、聽、嗅、觸、味）任意馳騁起來，不是集中到性感就是與性感連繫起來。如想對「性」採取控馭壓抑，唯一的辦法就是不讓感覺任意馳騁，把它範之以理，導之以情，這就是東方人的感覺方式。這在東方人（不只中國人，日本、韓國、甚至印度人都包括在內）的舉止態度上很明顯地表現出來。東方人跟東方人在一起的時候，不自覺有什麼不同，但一與西方人接觸，差異就立刻顯現出來。譬如在世運會或國際會議這種場合，不管多麼活潑的東方人與西方人在一起都顯得非常古板拘謹，不能適應西方人那種人際之間身體的自然接觸。反映在文學、藝術上就是東方對感覺世界的窒息。不管文學、戲劇、繪畫、音樂與電影，都欠缺西方那種放縱自肆的氣息。這是我在西方生活了多年之後才漸漸領會到的。

我後來曾經有意識地開拓我自己的感覺領域，我發現我不但可以具有與西方人類似的感覺，而且我自覺有這種生理與心理的需要。感覺上的開拓，毋寧等於開展了我的生存範圍，提高了我的生存意義，使我更能領略到生之歡樂。然而這並不能說我已全部西化了。事實上東方的生存方式仍然是根深柢固的。這種東方的文化陶冶，也帶給我許多西方人難以獲得的珍寶。我自覺比西方人更多一些心理上的平衡，和曠達樂觀的態度。這是東方文化帶給我的長處。然而一不留意，東方式的禁慾習慣就冒出頭來，阻礙著我自由運用我的感覺。我需時時地加以疏導，使其無所障蔽，雖然對我來說並不是件易事。由於我自己的經驗，我深信東西方文化的交融，對雙方都會帶來莫大的益處。雙方可以互相吸取優點、互補缺失，自會促成文化與生存境界的豐富與提高。

到我逐漸領略了西方人的心態的時候，我也開始能夠領略西方的文學與藝術；自然也開始領略到西方的現代劇。現代劇的出現並不意味著對古典劇的反抗與排斥；毋寧說是一種推陳出新，豐富了已有的戲劇傳統。同在巴黎，同一個時間，你可以看到現代劇，但你也可以看到莎士比亞的《哈姆雷特》、莫里哀的《守財奴》或契訶夫的《櫻桃園》。我自己就偏愛契訶夫的戲。不管用什麼語言演出的契訶夫，我都愛看。我喜歡他那種在寫實劇中少有的詩意與淡淡的哀愁。我喜歡契訶夫，但我卻不願去模仿契訶夫；正如我喜歡李白，我也不願去模仿李白的詩一樣。因為我們生在不同的時代，有著不同的生活環境與意識型態。說到底，與我自己的心態最接近的還是現代劇作者的心態。對於現代劇，我不止是喜愛，而自覺它是我生活中的一部分。雖說如此，我卻並不曾把現代劇的形式與技巧立時搬來應用之。因為當時雖覺開拓了視界，但還不知道如何化為己有。後來經過了五、六年的醞釀與消化，才在西方現代劇的基礎上摸索出一些更適合於表現自己感受的方式。在居留墨西哥的五年間，我一連寫了十幾個獨幕劇，表現的方式並不盡相同，但都與五四以來的中國話劇傳統大異其趣。

五四以來，中國話劇的發展，已有良好的基礎，質與量的收獲並不下於小說與散文，可以說遠超過詩歌之上。唯一比不上現代詩歌之處，是始終局限於寫實的框框中，且常常以宣傳說教為主，以致形成形式上的單調與內容上的貧乏。因此，我以為在寫實劇以外另闢一條路徑，並不意味著對我國已有的話劇傳統的鄙棄與反抗；正好相反，是意圖豐富這既有的傳統。

我不知道我的表達方式是否易於為國人所接受，但我想我的心態並不是孤立的。生活在同一個時代，類似的生活環境的人，該不會完全不能理解我的一些夢囈。別人該也有某些類似的夢囈的經驗。即使沒有過，該也會偶然從一句夢話中，或一種特異的形相中，接觸到潛意識中的某種隱痛，因而受了一驚，竟突然覺得那些原來散亂的模糊的形象具體化了起來，領悟到荒謬比理性更為理性，虛幻比真實更為真實。

我的人物沒有什麼個性。雖然有時候有性別、職業與年齡，但並不是多麼重要的。背景也不重要。時間也不重要。什麼才是重要的呢？重要的是他們的夢囈，是他們的舉動，是他們在我所賦予他們的世界中的生命。我們在夢中所夢見的人物，儘管面貌、衣著、個性模糊不清，但對那個人物的感覺可以持久不忘，因為那個人可能是你，可能是我，或是你加上我，或是你我的一部分。對我而言，演員在舞臺上的夢囈，也就是觀眾在臺下心中的夢囈。如果觀眾有一種衝動，企圖把自己的夢囈表達出來，也不妨奔上臺去，把演員推向一旁，奪取了演員的地位來夢囈一番。戲劇原本是群眾的藝術，需要群眾的共同參與。

戲劇雖說是群眾的藝術，但仍有它的獨特性，仍有它的作者。配稱為一個作者的人，總應該在某種藝術上有點獨特的貢獻。這獨特的貢獻代表了作者一點對人生的獨特的觀望角度與獨特的領會。一個作者不需要去綜合別人的心得，也不需要去揣測他人的心理，他盡可以大膽地表現自我。如果他真有些獨特之處，自會有人欣賞，自會引起共鳴，因為讀者與觀眾並不都是傻瓜與笨蛋。作者自不應把不能產生陽春白雪的責任推到下里巴人的身上。

我說這樣的話，也許有人要冠我以「脫離群眾」的罪名。然而群眾在那裡？有人說：群眾在工人那裡，在農民那裡，在低收入的廣大的人群中。這話說得不差，不過我覺得與人溝通的正常方式是說自己要說的話，而不是說別人要聽的話。如果你盡說別人要聽的話，雖形似溝通，其實卻絕未溝通。因為你並未說出你要說的話，不論你怎麼說，別人對你仍不認識、仍不了解。其實你所要說的，也並不一定就是別人不要聽、不能聽、不愛聽的話。因此，我以為一個文學作者或藝術工作者服務人群的最好方式，還是說自己要說而想說的話。只有別具用心的人才一味把群眾局限在一個固定的框框中，認定了群眾只配接受某種樣式，而絕不能接受他種樣式。好像說群眾只配喝小米稀粥，絕不懂得欣賞清蒸魚翅的滋味。於是大家都該來煮小米稀粥。要是誰膽敢為群眾燒一味清蒸魚翅，那就是冒犯了群眾的口味，犯下了脫離群眾的大罪。這豈不是等於說工人永遠該事事限在工人的框框裡，農人永遠該事事限在農人的框框裡，命定了永生永世喝著小米稀粥，永不准翻身？小米稀粥自有小米稀粥的價值，不容否認，但論情論理也絕對該讓群眾嚐嚐清蒸魚翅的滋味。如果到時候群眾果然不領教清蒸魚翅，寧願只喝小米稀粥，那時候讓群眾自己來說，勿庸他人多嘴！

我總覺得文學、藝術，不但是人與人之間溝通的重要媒介，也具體地代表了人向無限未知的領域中探索的自由。人類的文化就是這麼一點一滴地積累起來的。沒有了新的探索，也就沒有了新的累積，人類也就不會再有任何發展的可能，只有僵滯在既成的一灘死水中。新的探索並不一定都會帶來收獲，但如無探索則絕無收獲可言。基於這種觀點，我在寫作時就只說我要說的，而不關心別人要聽些什麼。我自己也是群眾中的一分子，我既未嘗遺世而獨遊，則不必操心是否脫離。

在任何新的探索中，如有所收獲，則必定是整體的。一件真正的藝術品也必定有形式與內容的一致性。在文藝批評中常用的那種「舊瓶裝新酒」的比喻，實在是一句似是而非的話。藝術上形式與內容的關係，絕不宜以酒與瓶來對比。酒與瓶可合可分，藝術的形式與內容則是不可分割的。如一定要比，則只能以有機物作比，因為藝術的本體也是有機的，某種形式只能裝與其相當的內容，內容的改變也勢必影響到形式的更新。在我的劇中，可以看出來，我所關心的問題，我所企圖要表達的意念，跟我所採用的表達形式有密切的關係。換一句話說，一方面內容決定了形式，另一方面形式也決定了內容。當一齣戲在孕育的階段，我不曾嘗試在不同的方式中選取某一種來表達我的意念，我也不曾嘗試選取某一種意念灌注在我所意欲採用的形式中。實際的情形是形式內容同時產生，同時具體而微地在我的心田中萌芽、茁長，以致開花結實。也許別人有不同的經驗，但對我而言，這是我唯一的創作方法。

這個集子中所收的九齣戲，以寫作的先後排列，除了最後一齣是最近在溫哥華寫成的外，其他都是在墨西哥城寫成的。墨西哥城的驕陽、急雨、棕色的皮膚、玉米餅、馬爾牙乞樂隊的歌聲、嘈雜泥濘的菜市場、喧譁的節日、孩子們擊打的紙獸、冥祭的鮮花與骷髏頭、聖母寺前把膝頭磨傷了的跪拜的人群、印地安人多彩多姿的舞蹈、曬焦了的草原、拖著驢子的老婦人、在塵土中賣鸚鵡的幼童、流入都市向人伸手討錢的印地安農民、昏臥路旁的酒鬼，還有矗立在原始森林中馬雅文化的遺址，象徵著人類文化之夭亡的金字塔、宮殿，說不完的異樣的事物都銘刻在我的記憶中，都直接或間接地給予我一些不同的感觸。也就是在那個環境中，我同安妮，還有我們的孩子伊莎、伊夫度過了五年平靜而安穩的歲月。現在回憶起來，那段生活在我的生命中是一個驛站，是急流中的一個湖泊，給予我一個反芻的機會，使我除了寫了這些戲以外，還寫了一篇長篇小說、一本用法文寫的故事集，譯了一本法文的中國小說選，出版了一本《法國社會素描》、一本西班牙文的《老舍小說選》，以及為報章雜誌寫了不少雜文。到了加拿大以後，不管在研究寫作上，還是在生活上，都發生了巨大的變化。我變成了一個與前大不相同的人。我好像重新獲得了一次生命，又投入了生活的急流中，無暇休歇了。從此開始了我生命中另一個截然不同的階段。這個集子的內容雖與墨西哥沒有直接的關係，但它的產生與我在墨西哥的生活大有關連，特別是與安妮共同的生活。因此，我願意把這個集子獻給安妮和我的墨西哥的朋友們。

寫到這裡，我應該感謝金溟若先生的鼓勵。我在墨西哥的頭幾年，他正在臺北編《大眾副刊》。我有許多作品是應他的邀約催促而寫的。他不但多次來信表示對其中幾齣短劇的欣賞，並且例外地為我出了多次戲劇專刊。如果沒有他的鼓勵，我不知是否有勇氣繼續寫下去。今日，金先生的墓木已拱，我自己也由東方而西歐，由西歐而中美，由中美而北美，已輾轉流徙數萬里，今後尚不知歸於何處，人事滄桑，能不悽然！

1976 年 8 月於溫哥華

——選自馬森《馬森獨幕劇集》

臺北：聯經出版公司，1978 年 2 月

四十年寫作的歷程
反省與自勵

◎馬森

四十年，在宇宙的時光中不過是短暫的一瞬，但對個人的生命而言卻是一段相當漫長的歲月。從中學時代發表第一篇文章算起，到今天已經超過了四十個年頭了。回顧這四十多年的生涯，就是累累積疊而起的一連串與紙筆廝磨的日子。

中指上的老繭，是筆桿堅硬的外殼所留下的磔痕；微駝了的背部，則是伏案過久所造成的肉體遺憾。四十多年中，有多少個日夜，是孤獨地蟄伏在書房的一隅以筆代言度過的？寂寞嗎？如果說是，也忍下了；卻寧願說不，因為是自己選擇的道路。

從幼稚的小學時代已經受到了文字的蠱惑，竟一發而不可自止。先是沉浸在傳統的說部和西洋的翻譯中，繼則侵入五四一代自由放恣的心靈。文字的背後竟蘊藏著如許洞徹玄妙的思維、廣袤遼闊的天地，實在神奇！設想自己如是一介文盲，便只可井蛙般地管窺頂上的一方青天，耳目所接，也不過是鄉閭間的俗聞瑣事。文字的魔幃一旦揭開，眼前立刻就花果搖曳，彩雲璀璨，風光無限了。邈迢的古昔摶扶搖馳至目前，遼遠的異域乘野馬如在眼下，說不盡的人事奇詭、景色旖旎，真是如夢如幻，終至如飲醇醪般地癡迷起來。

對文字的癡迷，是由沉溺於讀而漸及於寫，這過程蓋所謂的從欣賞到模擬，再到創造吧！一進入創造的境界，便益發不可收拾了。

青年的時代也寫過詩，唯因詩趣不濃，轉而杜撰情節，摹寫人物，興致盎然，欲罷不能。等到自己在大學中粉墨登場，便開始發興為劇場撰寫腳本。嗣後，主要興趣，在此二端。

然而因為進入了中國文學研究所的關係，不得不強抑感性的創造，自我督責於理性的考據或分析。在好長的一段時光中，鑽入鑽出於故紙堆中，雖自覺無趣，卻不能不耐下心來說服自己，學術研究才是今後的正途，編寫小說劇本只能算是旁門末技。

直到西渡歐陸，置身在明媚亮麗的花都巴黎，心眼才又為之一開，靈泉沛然而瀉，遂不可遏止。以後輾轉於歐、美、亞三大陸，蹀躞於學術研究與創作之間，時而一本正經地撰寫學院中的論文，時而恣肆地奔馳在小說和劇作的園地。此處帶有情感指涉的用詞，不能因詞而害意，只不過表白我徘徊在二者之間的一番矛盾迂曲的心理。事實上，前者是我應該肯定的職業，使我覺得對社會較有實質的貢獻；後者是我心嚮往之的事業，多少偏向於放縱一己的情懷。如果在我國憑一部像樣的小說或劇作，就足以保障數年的生計，也許我早已在學術的領域中引身而退，專注於感性而恣肆的創作活動了。

藝術創作純粹是一種個人的活動，其中蘊含了個人的自由、自主與尊嚴，不管崇尚社會主義的藝文評論家用了多麼大的力氣企圖把藝術和文學推向「社會工具」或「政治工具」的途徑，除了摧折了藝術和文學創造的生機，並沒有分毫改變創造力湧生的正當途徑和來源。也許，只換得比較乖巧的作者言不由衷地呼出幾聲「為人民服務」的口號而已。

如果在創作中沒有個人任性恣肆的自由，便不可能有真正的創作。因為個人的任性恣肆是打開意識層面以下的潛意識和無意識的一把鑰匙，鎖門一開，尚不可知的種種潛能才會由此汩汩然釋放而出。人類真正的前途、未來文化的繁花勝景，端賴此活水靈泉。任何扼殺創作自由的手段，不管藉口是多麼堂皇、典正，都在自扼生路！

自由創作所結成的花果，自會反饋社會與人群；但不應倒果為因，以服務社會與人群做為創作的先決條件。自由創作不容帶有任何條件，否則便不稱其為自由創作。不自由的創作，便不是真正的創作，因為欠缺了打開靈泉的那一把鑰匙。智泉與靈泉的涸竭，才是人類真正的浩劫大難！近半世紀的半個世界的發展已經印證了這一個事實。

我的半生的創作活動，都趨向於創作的自由這樣的一個目的，寧受物質世界的種種磨難，也不容在這一個大方向上有任何的卻步或委屈。因此，我的作品大都趨向內在衝動的自發流瀉，而非曲應外在的要求，不管是政治的、商業的，還是榮譽的。當然，這並不排除對外在世界的人生經驗和歷史社會事件刺激的正常反應。這些外來的因素，必定經過一定的過程，形成內在的一部分，才能流瀉而出。我的意思是說：外在的世界對作者人格的形成自然是重要的條件，作者在一定的時空中塑造成某一種具體的個性，這種具體的個性勢將影響到文字表現的風格，但外在的世界卻不能直接向作者索求非基於作者內在衝動而生的產品。

另外不受外在世界左右的是創作的慾望。那應該是超越時空、亙古常存的一種神祕的基因，也就是人不分古今中外所共同具有的一種本能——是把人類從野蠻帶向文明，照耀了人類前程無限黑暗的一束神祕的星火！神祕，是因為我們對此所知有限。人從何處來？人往何處去？人為什麼具有其他生物所未嘗具有的創造的才能？這種種問題，至今仍是生物學、生理學、考古人類學以及神學都未曾解開的謎。但是我們卻深深地感覺到創造力的存在和它散發出來的巨大的力量！

我除了也受著這種神祕的不可解說的創造力的左右外，我個人人格的形成卻是有跡可循的。B 型的血型本應該注定我外向樂觀的傾向，但是幼年孱弱的體質和欠缺父親形象的支柱卻人為地造成我內向的性格。小時候多疾多病，比同齡的兒童都要瘦弱，從來沒有穿過一身合適而體面的衣服，臉上恐怕也泛現不出什麼健康活絡的顏色。跟其他的孩子在一起，除了欣羨他人的靈活躍動的生機以外，時時懷抱著的是不如人的自慚。再加上我出生的那個古老而保守的小城，並不是什麼人文薈萃之地；那裡的居民，雖說樸質，但似乎一個比一個更加癡騃，一個比一個還要愚魯，環顧四周，也實在找不到多少開闊眼界、啟發性靈的事物。我只像一棵無用而又無所倚附的小草般在荒野中默默地生長了起來。幸而戰亂使我脫離了那個封閉的環境，又幸而這種相當早熟的自覺迫使我努力突破個人性格和身體上的障蔽，譬如說強迫自己參加演說比賽、參加演劇，用以矯正怯場和與人正常交接的退縮感，勤練游泳、舉重，用以填補體質上的缺陷。這幾項自覺自發的行動，在我的成長過程中都產生了正面的效果，使我在體質和行為上都獲得了相當程度的改善。首先，身高逐漸拔升，竟達一米八〇，超過了我雙親的身材，因而減輕了一些心理負擔。不過，在很長的一段時間，仍為電線桿型的細長而苦惱。後來靠了持恆的游泳，到了大四的時候居然獲得了 72 公斤的標準體重。這樣的體重，至今從未改變。原來吐字不清的口齒也愈來愈清晰，庶幾能夠跟我素所欽佩的朋友一樣地侃侃而談。這都是出於演講、演劇所賜。這種種變化，無形中增強了個人的自信，甚至使我覺得自己彷彿就是一個脫胎換骨自我改造成功的人。有了自信，才會產生好強爭勝努力不懈之心。我能順利地通過大學考試以及以後留學考試、高級學位考試，都不是僥倖獲得的，而是力拚的結果。記得當日為了投考大學，特別是在戰亂蹉跎了中學的歲月之餘，不得不加倍地努力，幾個月日夜不停地苦讀，累到幾乎吐血。那壓力並非來自我的家庭，而是來自我自己的要求，我家裡並沒有人真正在意我是否考得取大學。這樣的經驗，使我深深感到一分努力必有一分收穫。世界上並非絕無僥倖而致者，譬如說原來出自高官世宦或財閥富賈的家庭，在人生的奮鬥過程中肯定會收到事半功倍之效，但這種比率畢竟是微小的，芸芸眾生無不要依靠自己的力量！事實上，也唯有經自己的汗水灌溉結成的果實才品嚐得出甜美的滋味。而這樣的甜美，也才是自己願意珍惜的滋味！

正因為我有了頗強的自信，而後才會造成我屢屢顛沛播遷的命運。七年巴黎的生活，物質上可以說是不虞匱乏，精神上是非常的自由放任。幾乎沒有一個社會像法國社會使人覺得那般的豐沛寬容，也幾乎沒有一個文化像法國文化使人覺得那般的優游自在。這也許正是我的許多謹慎而睿智的中國好友終老是鄉的原因。而我，卻捨棄了已經穩固的工作和自己也頗感舒適的生活，只是出於探險尋奇的心理，就奔向在當日西歐的標準認為尚是蠻荒之邦的墨西哥。到達墨西哥以後，才發現那邊的環境遠比預料的要好。六年過的是中上階層的生活。執教的學校是墨西哥的知識分子爭相擠入的最高學府，待遇是高級學府中的高級薪資，住在椰林婆娑繁花盛放的墨西哥公園之旁，各種家事有傭人可以代勞，本該也是有了穩定下去的充足理由。可是由於個人精神上的騷動和追求新知的慾望，使我毅然訣別了墨西哥安逸的日子，到加拿大重溫學生時代的舊夢。等我又熬過了五個苦讀的年頭，拿到了社會學博士學位的時候，卻不得不在一個陌生的國度重起鑼鼓，除了新獲的學位以外，過去的資歷在此幾乎等於零了。兩年中換了兩個大學，不是代理休假的教授，就是只有一年短期的聘約。幸而英國倫敦大學在約我飛渡大西洋的一次訪談後下了四年的聘書，才使我的教職又再度穩定下來。四年後，終於接到了倫敦大學的終身聘，然而我卻已不耐四海流浪的日子，在定居倫敦八年後，決定向將近三十年的異國漂泊告別，回歸我生長的第二故鄉臺灣。這般驛馬似地顛沛，從一個異土到另一個異域，從一個尚未稔熟的文化到另一個完全不了解的文化，從一種剛剛順口的語言到另一種尚感懵懂的語言，從一群交接未久的朋友到另一群從未謀面的陌生人，若非靠了十分的自信，何以敢輕易嘗試呢？這種出於自擇的屢屢播遷，卻也足以說明在內心中我存有一種自己來掌握一己命運的企圖，不耐認命的被動安排或隨波逐流。

我生命中的衝力和我寫作上的衝力，我想是出自同一個來源：我要好好珍惜這唯一的一去不返的生命！

我既不相信佛家的輪迴，也不能認同基督教的靈魂不滅，在我的心智所可理解的範圍之內，我以為生與死之間是一個人唯一的一次存在的機會。人在偶然的機遇中來到這個世界，並沒有先決的責任，也沒有一定的使命，好歹全靠自己的安排。人既有這種先天的自由，豈不正擁有自我創造、自我完成的良機？是在如此的思辨下，我才不肯輕易放過每一分、每一秒自我完滿的機會。我既不必向任何人負責，卻不能不向自己負責，至少要把自己塑造成足以令自己滿意的那種型態吧！成為一個文字的藝術家，也正是使我這一生足以自我滿足的一個遠程的目標了。

說到文字的藝術，便脫離了實利的考慮。藝術，正是諸般創造力的最精緻的表徵。工業產品無不可以複製，只有藝術作品只重原本。藝術作品不尚模仿，只重創造，哪怕只是微末的一點、一線、一個句子、幾個音符，也都是直接從靈動的心田中湧現而來。

文字的藝術在諸般藝術中是最簡易，也最迷人的一種。它不需要特殊的體能及昂貴的材料和配備，卻能在簡單的紙筆中揮灑出幾乎無限的天地。但是，在文字藝術的創造上所花費的時間和精力，並不能獲得相對的報酬，至少在我國是如此。我的對文字藝術的癡迷，只是在追求自我滿足，執筆的活動早已浸浸乎形成我性格中的一部分，也是在這個欠缺必然使命與意義的世界中由我自己賦予使命與意義。通過了文字藝術和創造，使我感覺與這個看似空幻的世界鉤連了起來。

我坦然地表露了我對文學的理念以及我從事文學的態度，並不意味我否認一個作家也擔負了某種社會的責任。作家做為一個社會的組成分子，他像任何人一樣，該當兵的時候當兵，該納稅的時候納稅。他也可以積極地參與社會上的公益活動或建立政治關係，他也當然可以擁護或反對某一個黨派，有他自己的政治主張。但這一切活動都該只是他做為一個公民的人格表現，而不必帶入創作的領域中。不過，在國家社會遭逢危機的關頭，作家的公民人格便容易擴張，使他不能再繼續保持冷靜，他也會以筆為矛、為槍，發為戰鬥文藝，但這樣的作品常常不免流於粗糙的情緒發洩，事過境遷，幾同廢紙！創作所需要的是超然和客觀，作家的心靈在創作的過程中需要超越於他的公民人格之上。否則，他的創作不是蒙上過多個人的偏執，就是太過局限於實利的顧慮。歸根，創作應該是使一個人的人格向更高更上的層次昇華的一種鍛鍊。

我把文學的目標懸掛得相當高了，仔細檢查這四十年來的作品，是否符合這樣的一個目標呢？老實說，我覺得還有一段相當遙遠的路程，仍然需要不停不息地繼續努力。不過，在漫長的四十多年的寫作歷程中，我時時都有催迫自己向前的自覺。我的已出版的小說，每一本都企圖突破自己既有的成績，另創一種新的面貌。在法國完成的《巴黎的故事》系列，是採取社會人類學田野調查的方式加以文學化的社會寫真。在墨西哥完成的《生活在瓶中》和《北京的故事》就完全不同了。前者運用了內在獨白的技巧，企圖表現出人物內在心象和外在世界真幻對反的感覺領域，後者則通過寓言的形式對那一場令人毛骨悚然的文化大革命進行反思。《孤絕》和《海鷗》兩個集子中的作品，是在加拿大寫成的，恐怕已經沾染了北國的清冷氣息，而且每篇都具有一些實驗小說的用心，有的是在情節布局上，有的是在人物的勾勒上，有的是在敘事方式上，有的是在意象呈現上，有的是在象徵比喻上，有的是在文字運用上，企圖創新的痕跡斑斑可見，因此生澀之處也就在所難免了。《夜遊》是到目前為止我所寫的最長也最複雜的一部小說，那是念完了社會學以後完成的作品，是否受了社會學之累，我自己在此不想判斷，好在已有不少對這本書議論的文章。尚未出版但已經單篇發表過的「M 的旅程」系列，則將是另一種截然不同的面貌，該算是我內心中最感真切的超現實的幻象。

我的劇作，到目前已出版的，都是簡短的篇章，只有〈花與劍〉曾經做過一整晚的演出，其他的諸如〈一碗涼粥〉、〈獅子〉、〈弱者〉、〈野鵓鴿〉、〈在大蟒的肚裡〉、〈腳色〉等等，都可在一小時內演完。在《腳色》一集中收入的這些劇作，大概都具有一個特點，就是從人所扮演的「腳色」這樣的一個觀點來表達人間的種種對待關係。劇中人物的屬性既不是類別的、典型的，也不是個性的、心理的，而是腳色的，因此我稱之為腳色式的人物，以別於荒謬劇中符號式的人物。格局有一定自設的局限，但未嘗不可以做為另一種戲劇形式的門徑。在這裡，我本來就寧願躺下身來，做為後來者墊腳的石塊。另外根據關漢卿原作改編的歌劇〈美麗華酒女救風塵〉，已經在《聯合文學》發表，尚未出版。

我的散文寫的不多，只有寥寥幾個集子。在這少數的幾個集子中，雖然都可視之為散文，但主題和寫作的方式都極不相同。《愛的學習》，是對宇宙、人生自由抒懷的小品，《墨西哥憶往》則是記錄我所懷念的在墨西哥那一段日子的人與事。《大陸啊！我的困惑》是我於 1981 年在大陸講學、訪問、旅遊四個多月的實錄和感想，雜糅了家國情思和文化、政治層次的批評。我在歐、亞、美各地的遊記多篇早已發表，尚未蒐集成書。

目前成書最多的是學術論文、一般評論和專論。《莊子書錄》、《世說新語研究》、《二次大戰後的中國電影工業》（法文）、《1958 至 1965 年的中國人民公社：一個社會及經濟發展模式》（英文），都是我在不同的研究所修習學位時的論文。我對文化、社會的評論，已出版的有四部：《文化・社會・生活》、《東西看》、《中國民主政制的前途》和《繭式文化與文化突破》。預備出版的尚有社會評論《傳統的與現代的》、文學評論《現代文學菁華》和文化評論《中國文化的基層架構》。

至於專業的論述，關於戲劇的有《馬森戲劇論集》，關於電影的有《電影 中國 夢》，以及即將出版和預備出版的兩部有關戲劇的著作《當代戲劇》和《中國現代戲劇的兩度西潮》。

還有幾本翻譯和編輯的書以及與友人合作的著作，就在此從略了。

創作、評論的並駕齊驅，多少反映了我自己在職業上不得已的苦衷。對自己作品的成敗，無法自己置喙，只有留給客觀而有見地的文評家去做了。

四十多年的歲月使我耗費了成桶的墨汁，使用和撕裂的稿紙也可以疊成屋架一樣高了。其中交迭而至的辛酸與歡樂，只有自己心知肚明。最艱難的應該是在創作中如何把一己化為眾人，如何探測人類陰暗的心理森林。在舞臺上扮演眾生相的演員，需要深入角色的內心，劇作家何嘗不要進入他所塑造的每一個人物心理隱晦的深層？莎士比亞必定自己先品嘗了哈姆雷特的疑慮優柔、李爾王的昏聵悲涼、奧賽羅的嫉妒懊惱、馬克白斯的野心恐懼以及雷查三世的詭詐陰險。當然，他也應該跟奧菲莉亞一塊兒發瘋，和茱麗葉一起殉情。小說家也不例外，福樓拜說過他就是包娃利夫人，托爾斯泰也應該是安娜·卡列尼娜，D. H. 勞倫斯是查泰萊夫人，曹雪芹是賈寶玉和林黛玉，蘭陵笑笑生是西門慶和潘金蓮，杜斯妥也夫斯基是謀殺生父的凶手卡拉瑪佐夫兄弟，傑克·倫敦則是那頭被野性呼喚的土狼。因為這其中牽涉到性別的錯位、人獸的認同、敗德甚至犯罪心理的蠡探，對一個潛心的作者而言，並不是一件容易的事情。演技精湛的演員常因深入角色一去而不歸，十分投入的作家自然也會面臨同樣的困擾與危險。我自己的經驗是常常在創作時精神上陷入興奮、煩躁、驚懼的心境，肉體上也會產生渾身冷汗的激動、戰慄或痙攣。但是作品完成後，自我復位的紓解與暢快也就足以彌補創作過程中所遭受的痛苦了。

四十年來我已寫了不少，仍然要繼續寫下去。有時候當然也不能不捫心自問：在肆意放懷的創作態度中，到底對社會、對人群做出了什麼樣的貢獻？對這個問題我不願以取寵的態度說一些自謙自抑言不由衷的話，寧肯誠誠實實地面對社會與人群。我覺得每一個渺小的個人在群體中都在盡一份能盡而應盡的力量，最好的服務人群的態度就是誠懇地按照自己所信服的方式去完成個人的責任。經驗使我特別懼怕那些太過熱心的「先天下之憂而憂」的志士，怕一再地陷入他們那種連自己都掌握不住的在邀寵和權力慾交爭之餘的陷阱。有些人甚至乾脆把文學當作是爭名奪位的渡橋，就如同那些把自己至愛的人推入娼門一樣的面不改色，真是太對不起文學了！五四以來的作家中，有太多這樣的前例，在惺惺地熱烈地擁抱群眾，哀憐飢貧，自命為具有救世心懷的英豪之後，不旋踵間就又換上了一副讒諂奉迎或作威作福的嘴臉，最後只能令人覺得啼笑皆非；害人害己，則又是前所未料之事。這樣的作家，叫我害怕！因此，在我做為一個公民的時候，我也寧願站在一個批評者的地位，而不願披甲執銳去滿足權力的慾望。坦白地說，我並無意說自己已經超脫於世俗的慾望之外，而是太難以忍受始則偽飾而終必畢露的權力慾為人間所帶來的災難，才產生這種自制預設的防衛心理。

我的這種個人的態度，勢必也會反映在我的作品中。我既然寫了不少篇幅其中充盈著相當個人立場和觀點的文化、社會批評，那麼在我的虛構的創作中，就寧願捨棄了正面的批判，而去尋思人間更為根本的問題：生、死的迷惑，愛、恨、貪慾的掙扎，自我的尋求與定位，個人與他人締合的關係種種。而這些問題，都沒有立刻而容易的答案，只是藉著不同的情境，不同人物的經驗，去繼續細味與覓索。因此，一個作家在對人生的探索上，和讀者是平等的，大家都是在人生茫原中的探險者。如今我們已經進入一個教育普及、資訊暢達、政治民主、經濟自由的歷史階段，自詡為人類靈魂工程師的時代已經一去不返了。今日的一個作家，只是一個肯於把自己的感覺經驗和思維成果呈現出來與人共享的人罷了。

我選擇了文學做為我終生獻身的鵠的，歸根是一件非常幸運的事，我想沒有另一種事業可以帶給我更多的快樂與滿足。我雖然只問耕耘，文學卻並不負我！四十年後回首，就覺得半生不曾虛度。令我感覺充實的倒並非是已經結成的果實，而是在播種耕耘中一滴一滴真真實實滴入泥土中的汗水！

文化生活新知出版社所出版的我的文集，正好為這四十年來的創作做一次階段性的總結，其中盡量結集了可以蒐集到的我的作品，包括小說、戲劇（電影在內）、散文和評論四大類。我誠摯地感謝為這次結集貢獻心力、提供材料的所有友人。

1991 年 1 月 27 日於臺南

——選自馬森《愛的學習》

臺南：文化生活新知出版社，1991 年 3 月

八十自述

◎馬森

過去胡適之先生在不惑之年寫過《四十自述》，是一本書，不只是一篇文章，主要因為他 40 歲的時候已有大成就，或自覺已有大成就，因此可以為自己立傳了。我們後學活得比他久，成就卻遠遠不及，有沒有資格也寫篇自述呢？提起筆來，心中並不踏實，也就是沒有胡適之先生那樣的自信，雖然走過了比他多一倍崎嶇迂迴的道路。

胡適之那一代的人適逢滿清傾頹，民國建立的大時代，又遇到轟轟烈烈的五四運動，每個知識分子似乎都胸懷大志，大有英雄用武之地，要為國家社稷做一番事業出來，這可說是他們的幸運。我們這一代遭遇的卻多半是戰亂，先是日本的侵略，後是國共的鬩牆，接下來是世界性的冷戰加區域性的熱戰，如韓戰、越戰等。又遭逢強人的領導，不容你任意出聲喘氣。我們一生或身臨戰禍，或屈身噤口，常在戰爭與高壓的死亡威脅之中，身不由己，感覺自己非常渺小，對國家社會似乎都無能為力。很難說是幸或不幸，因為沒有用武之地，也可落個輕鬆自在。

他們那一代可稱為叛逆的一代，不但打倒孔家店，而且把中國固有文化都視為封建的糟粕，要求全盤西化。我們這一代也同樣叛逆，不過是叛逆的叛逆，不同意中國的固有文化是漆黑一團，當然也不認為有全盤西化的必要。但是我們兩代人的追求與希望是一樣的，都期待我們有一個民主自由的環境和豐衣足食的生活。說起來我們更加幸運，我們看到了一部分民主自由的環境和豐衣足食的生活的實現，而胡適那一代的人卻沒有看到。我們之所以能夠看到，不只是因為我們比他們年輕，也因為我們在這個世界上待得更長更久。

昔人說「人生七十古來稀」，杜甫四十多歲已經滿頭白髮、齒牙動搖，慈禧太后 40 歲後被稱作「老佛爺」，皆因生命短促的緣故。胡適那一代的人這句話還可適用，到了我們這一代恐怕已經過時了。如今活到 80 歲以上的人多如過江之鯽，我的左鄰右舍多的是快要百歲的老人，個個耳聰目明，腰幹挺直，開車的依然開車，除草的依然除草，80 歲的我在他們眼中還顯得青嫩呢！多年的老朋友葉嘉瑩教授已經八秩晉五，還沒有從南開大學退休，每年暑假也必飛回溫哥華來開設暑期班（當然不是營利，課程是免費的，教室是商借的），聲音依然宏亮，站立開講兩小時面不改色。這叫做教書成癮，總強過博弈或菸酒成癮的吧？

我沒有教書成癮，雖然在講堂上也覺得好自在，按照臺灣各大學的規定，屆時就身退了。退休後並沒有閒下來，要完成的寫作計畫一大串，總覺得時間不夠分配。日子過得像噴射機一樣的迅速，每天起床，練完氣功、做完運動、晨走半小時，吃過早餐，最多只能工作兩小時，就到了吃午飯的時間。吃過午餐，小睡一小時，太陽已經偏西了，趕緊到花園裡剪剪枝、除除草，洗個澡，再打開電腦，沒打幾個字又到了晚餐時間。晚餐後聽聽新聞，一眨眼就該熄燈就寢了，一天能做的事實在有限。一天天飛過，生命也就自然日漸消蝕，不管保健做得多麼好，終有油盡燈熄的一天。

我的保健祕訣就是生活規律，每天有適當的運動，不動菸酒，不暴飲暴食，加上練練氣功。必須感謝我們的祖先發現了氣對生理的功用，又被當代的氣功師傅發揚光大，才有今天嘉惠眾生（包括科學發達的西方人士）的結果。我自幼身體羸弱，初中的時候瘦弱得讓老師擔心會被一陣風給吹跑了。戰時物資缺乏，營養不足，我自己也很擔心，這樣下去怎熬得到 30 歲呢？既然有了這種自覺，就立馬想法子補救。記得當時我買到的一本有關保健的書，是成舍我寫的《我怎樣恢復健康的》。多虧這本書傳授我一些保健的常識。我首先說服沒有保健知識的母親在家庭經濟情況允許的範圍內盡量改善我們的飲食習慣，其次我自己決心選一種每天可做的適當運動。那時，我跑也不行，跳也不行，想來想去只能在水中慢慢游動，既活動了筋骨，又不會太花力氣。可是要學會游泳並不那麼容易。我在河水中偷偷嘗試過多次，都未成功。為什麼要偷偷嘗試？因為太排骨了，不敢在人前寬衣。後來還是到了臺灣之後，天氣太熱，自然想泡在水裡，在淡水的沙崙海濱居然學會了游泳，海水的浮力大，自然而然就會漂浮起來的緣故。從此我愛上游泳，不管到哪裡，總想辦法每星期游三、四次。在成功大學執教的十多年，我一直是成大早泳會的會員，在標準的游泳池裡每晨風雨無阻游他一千公尺。到了退休的前後，我曾經四次橫渡過日月潭。那時的身體跟我幼年的羸弱體質比起來真是判若兩人。所以我相信一個人的健康和一個人的命運完全掌握在自己的手裡。決心和恆心就是掌握自我的基礎。

我的命運一向都是由自己來操縱，雖說對大環境無能為力，對自己的方向總得要自我掌控。前半生的經驗使我看到那些原來心懷愛民救國大志的英雄志士，一旦成功掌握了權力，立刻搖身一變成為專橫跋扈的暴君，毫不吝嗇地屠戮他本該愛護的眾生。也有些看來正氣凜然的漢子在權力的誘惑下蛻變成貪婪無度的小人。甚至當人們擁有了一星半點的權力，也會因而作威作福，與人為難。權力使人腐化，真是句千古不易的至理名言。縱觀人類的發展史，為人群造福的是農夫、工匠以及在科技、經貿、教育、文學、藝術、音樂、宗教等領域的人士，政治人物多成為給人類製造災禍的根源，不是壓榨已經貧瘠的人民的膏脂以供其無度地奢侈，就是假借國族之名或什麼崇高的理想把無辜的百姓送上殺戮戰場，而且都是年輕力健者，近代所謂的革命領袖尤其如此。人如果是由禽獸進化而來，源自獸性的權力慾、財貨慾在政客的身上發揮得可謂淋漓盡致。歷史的確是一面鏡子，看到他人如此，自己能夠例外嗎？因此，對我而言，權力就形同一種道德的陷阱，一個修身自愛的人怎可盲目陷入其中？遠離權力，必須先遠離政治，這是我一生所遵守的原則。很早我就決定了自己要做一個與政治無干的平凡人，棄絕權力，便不會有危害他人的任何可能，只把自己本分內的事情做好，行有餘力盡量付出，這樣也就足夠了。我所選擇的教育園地還算是一方淨土，雖然也免不了有時有些小小的傾軋，但是很容易置身事外，如果自己不想陷入的話。到了 80 歲的關卡，回首前塵，仍覺得自己的選擇十分正確。

從出生算起，輾轉流徙數大洲，先後久居過無數城市，包括世界上繁華的大城：濟南、北京、臺北、巴黎、墨西哥、溫哥華、倫敦等，但住得最久的是較小、較安靜的臺灣府城，也是我一生最懷念的地方，我的小女兒即出生於此。如果我不住在那裡，隔一段時間總想辦法重溫一下府城的舊夢。自我 28 歲離開臺灣赴歐遊學，先後在歐美和亞洲的眾多大學執教，結交了不少談得來的朋友，教了更多熱心上進的學生，有的事業有成，有的失去了聯繫，但是他們都活在我的心中。我執教最久的算來仍是府城的成功大學，不但從那裡退休，而且藕斷絲連，退而未修者多年，成為我心中最惦記的學府。今年那裡的同事，還有一群散布在臺灣眾多學府的學生、故舊，群議聚會一天，各自發表一篇學習和研究的報告來祝賀我走過了 80 年的歲月。還有臺南大學戲劇系的師生也熱心撥冗演出拙作來助興。我心中既為他們犧牲寶貴的時間，又南北奔波而不安，同時也感到人間的一份溫暖。更使我意外的是，在退休 15 年後竟當選今年度成功大學的「李國鼎科技與人文講座教授」，那就是說全成大的同事們還相信我有能力站在講臺上不會語無倫次，而且在科技外也看重了人文的價值。我為此當然感到欣慰，也感謝提名和投票的同事們對我的信任。

其實，活到 80，並未感覺到與 70 歲，甚至 60 歲時有什麼巨大的差異，同樣起居生活，同樣閱讀、寫作，只是不再按時上課教書罷了。唯一的不同可能是如今凝視自我內心多於瀏覽外界的風光，總覺得可見可聞的那些事物都不過是過眼煙雲，轉瞬就將煙消雲散。

僥倖記憶力尚佳，雖然已失去年輕時過目難忘的能力。自覺腦力並未退化，筆下與腳下還一樣硬朗。一部花了多年光陰篇幅浩繁的文學史即將完稿，同時也仍然有新作問世和舊作重出。今年最高興的是出版了兩本新書：一本是年初由聯經出版公司出版的《中國文化的基層架構》，甫出版就被嗅覺敏銳的上海人民出版社簽去了簡體字版，此亦足見彼岸也漸能包容殊異的觀點。這是我思索多年的一本著作，發揮了我所建構的「老人文化」和「鬮式文化」兩個觀念，前者自認是驅入中國文化核心的必要門徑，後者則可視為了解文化變遷的一把可用的鑰匙。另一本是巴黎專出版有關中國著作的友豐書店正在付印的《北京的故事》法文版。這並非譯本，而是我原始手寫的底稿，中文的《北京的故事》反倒是後來重寫的版本，卻早就搶在前面出版了。為了銷路，友豐建議請身兼漢學家和法文暢銷作家的 Simon Leys 寫一篇序言。Simon Leys 是李克曼（Pierre Ryckmans）的筆名，他是比利時皇家學院的院士，又教出現任澳洲總理的學生，身價不凡，但恰巧是我的舊識，只是像我一樣乃退休之身，我們也多年失去了音訊。為此事又重新聯繫，不巧適逢李克曼一隻眼睛開刀，耳朵又重聽，不能直接聽電話，加以拒用電腦，只好靠李夫人在中間傳話。他用另一隻眼睛讀完原稿，寫了序文，這是令我十分感激而不安的。出版社卻因此大喜，似乎認為有這篇序言就銷路無礙了。

所出版的不管是學術著作，還是創作，總覺得好像生兒育女一般，可以傳諸後世，其實多半都塵封在出版社的書庫裡，或圖書館的書架上，如今的年輕人人手一隻 iPhone，哪裡還有時間閱讀？我們這樣努力地寫作，不知為誰辛苦？有鑑於今日電子化的大勢所趨，雖說一生努力的成果不能使人樂觀，但好在努力的過程更為重要，就如無果之花，體驗到盛開時的榮耀也就差堪自慰了。

——選自《聯合報》，2012 年 10 月 3 日，D3 版

對話馬森

◎龔鵬程*

世事難料，我與馬森先生因緣匪淺，他曾花了十年心血助我辦南華與佛光大學，後來我才有機緣辦關於他的研討會，出版了《閱讀馬森》（2003年，聯合文學出版社）。不想如今又有機會對話，套句古語，真是「幸何如之」呀！

當年馬森曾撰文勸那不識好歹的唐僧勿自毀長城，耽誤了取經。誰知十年後，孫猴子自己寫成真經《中國文學史》，馬先生也在離開佛光大學後寫出了《世界華文新文學史》。逆緣增上，花開兩枝，思之亦不禁莞爾。

他的大作深閎偉岸，令人欽羡不已，篇幅比我的多了一倍呢！

我的《中國文學史》只寫到清末，原因是：此後的文學業已接枝換種，屬於西方文學之摹本，非中華文化之裔孫，故應裁篇別出，不附入中國文學史之列。馬先生此書，其實大旨近似，所以剛好接著講我那不願說、不忍說的新文學身世。

依他的描述，新文學之血統，本於西力東漸之現代化思潮。現代化，影響著近代中國之各個方面，文學部分，西潮主要帶來了寫實主義。只因日寇侵華，此等影響頗有中斷，抗戰勝利之後方才恢復。但此時兩岸又已分治，故現代化僅能繼續施行於臺灣，大陸則要到改革開放以後才再接上這一潮流，分流者又漸漸合趨。而後一期的西潮影響主要在現代主義和後現代。

這個框架當然還可爭辯，但也可以先暫時同意這一描述。只不過，在

---

*北京大學中國語言文學系特聘教授、文化資源研究中心主任。

這個描述下，馬先生與我對「事實」卻顯然有不同的評價。

馬先生基於進化論與傳播論，認為中國之接受西潮影響，猶如落後者接受進步者送來的禮物，是十分自然的事。而且此一接受歷程，亦正是近百年歷史發展之主軸及歷史階段之特點所在，故修史者宜予點明之揭露之。

可是我不免疑慮：一種山寨版的仿擬品，價值何在？

前幾個月，上海復旦大學做宣傳片，被發現是抄日本東京大學的；灰頭土臉之餘，趕緊改了一版，又被發現是抄德國的，頭臉更沒地方藏放。上個月，大陸票房大賣的電影《夏洛特煩惱》又被人揭發全片抄襲《時光倒流未嫁時》，惹得製片方出來強力闢謠。假若我們的整個文學新旅就都是仿擬影響之作，則其榮耀何在，有什麼理由再去恥笑別人抄襲？

說抄襲或許言重了，但影響、學習、仿擬，或像現在影視界說的「向某某某致敬」，怎麼能成為史著的主軸？例如寫「工藝史」，誰會去大談浙江義烏小商品和北京秀水街假名牌奢侈品呢？無論如何總要講點自主品牌、自創技術、改造加工的東西吧？這些才應該是敘述的主體，何況是強調「創作」的文學活動！

換言之，西潮或許強勁，但作為史著，應當談的，我以為不是隨波俯仰、步趨跟風的那些仿擬物，而是抵抗它或予以加工改造的努力。

如果說抵抗和加工改造太少了，或其成果尚不足觀，我們這一百年就只是個學習西方的過程，只能仿冒只能假擬只能稗販。那也罷，文學史是不是該具體告訴讀者誰學誰、某篇模仿某篇，好讓我們選用真品、脫離仿冒？

可是，抄抄日本、仿仿歐美，把這些東西稱為「中國」新文學，恐怕也仍然不適合。

不再使用「中國」，而把它們放到更大的格局，例如「世界華人文學」中去，也許是個好辦法，可以避開一些尷尬。

但捨己徇人，附從於現代化的世界格局中，雖確實參與了其世界，華文文學之主體性仍難見著，問題恐怕是一樣的。

何況，這是誰的世界呢？如從依賴理論，第三世界或後現代許多論點看，那個現代化的世界格局實際上並不是真的世界，只是一種歐洲中心主義、資本帝國主義、工業生產體系的擴張，對歐美以外地區是有宰制性、侵略性、剝削性的。文學家對此等現代化情境，是僅附其波流以弄潮自樂，還是有所批判呢？

這就涉及了對現代化或現代主義內涵之理解。西潮東漸以來，社會之現代化十分明顯，政治、經濟、社會體制、教育系統可說全面披靡；但文學與藝術上的現代主義與政經社會之現代化，並不是同一回事。文學藝術上的現代主義，對 18 世紀以來社會之現代化，毋寧是有批判有反省的。

現代化，看來雖帶動了社會的繁榮富強、科技便捷、自由民主、啟蒙理性等等，可實質上形成了更大的壓迫。早先現代主義文學家藝術家固然還不太了解科技與工業對生態的危害，但已深刻揭發了人在現代化工業都市體制中彷徨、疏離、煩倦、壓抑、心理扭曲之苦，對現代化是否真是進步的、值得傳播的，都頗有質疑。

因此，現代主義或現代文學，我以為實際上是與現代社會背道而馳之物。寫實主義，更是意在揭露，有批判精神。有一度甚至還大興社會主義寫實主義，欲革資本主義的老命。

這些文學，看來乘著社會現代化之狂飆而起，席捲一世，推倒傳統，實則為現代社會之棄嬰。現代社會從不理會其呻吟，仍兀自擴張著它的工具理性、技術思維、機器邏輯、金錢遊戲及科層官僚體制。

這樣的社會，當然也仍然需要文學與藝術來塗飾來點綴，但通行的，並不是馬先生所描述的那些東西，或大部分不是。乃是被稱為通俗的、大眾的讀物。

現代社會的特徵之一，正是世俗化。政教分離以來，上帝的歸上帝，撒旦的歸撒旦。世界已不再由信仰與道德統領，代之而起的是慾望。因此它的邏輯已轉為物競天擇、適者生存，而這恰好是禽獸的行為準則。要建構的，乃是世俗的而非靈性的社會。

在這樣的社會中，寫手要提供的是競爭的技巧、成功的楷模、厚黑的心理訓練、教人馴化的勵志雞湯。此外就是緋聞八卦、錢權交易祕辛、飲食男女、刀光諜影、日常生活指南。這些，就構成了通俗大眾文學的版圖。而這個版圖，可要比號稱是嚴肅文學的大多了。

因此，馬先生所介紹的詩文小說戲劇，在這個社會中其實多是極邊緣之物。詩基本上沒人讀，報紙不肯刊、出版社不肯出，只有詩人自我陶醉，美滋滋地幻想戴了桂冠去跳舞。戲劇，大抵乞食四方，劇團都要靠人養，或尋求政商資助。小說，同樣不能望通俗流行讀物之項背。

不僅臺灣大陸香港如此，也不僅華文世界如此，歐美也差不多。站在時代風火輪上的，乃是通俗流行的歌、影、戲、文，惡趣溢豔，蔚為巨觀。

所以，如果我來寫新文學史，可以仍採用馬先生的大框架大脈絡，但敘述的主軸可能就會改為通俗大眾文學，因為這才是符合現代社會之肌理與現實的。

馬先生所介紹的重要作家，市場上常找不著他們的書，社會上也沒啥人曉得，寫的東西又不能呈現現代社會之精神，多是些不適應現代的神經質病患之牢騷與夢囈，鬆弛的聲帶，唱著囁嚅的歌。關於它們，至少篇幅應該大予刪減。

而假如敘述主軸改到通俗作品，我們就又會發現這其中受歡迎的，除了上述那些呼應或反映現代社會精神風貌的俗豔篇章之外，還頗有些與現代精神並不符合者卻依然可以受到歡迎，與所謂嚴肅文學之境遇不甚相同。

例如金庸、梁羽生、諸葛青雲、臥龍生、司馬翎的武俠小說，高陽、南宮搏的歷史小說等等。這些作家與作品之受歡迎，反而在於它們有不太接近「新文學」的性質，同樣也不附從於現代性。其文類比較接近傳統，文字的情節內容、意識型態也較趨近於古典。

同理，整個「散文」，我覺得就不是現代文類。無論作家自己怎麼看，現代工業社會的新興文體都只能是小說而非散文。中國人或華文作家寫散文，依循的，也不是西方散文傳統，什麼蒙田、培根、蘭姆、英國小品或近世西方現代作家，都影響稀微，典範只是被近人詮釋的晚明小品，只不過愈發其小而已。可是即使如此，若去問問出版社的朋友就知道：散文要遠比詩歌戲劇小說好賣。

也就是說，西潮東漸，看起來現代文學新聲代雄，波瀾壯闊，實則現代文學只是文學領域中的浮漚，小小浪花，遠非主流。而那似乎已被打倒的傳統，已遭揚棄的元素，一方面抵抗著現代化，一方面深入現代社會，與推動社會現代化的大眾通俗讀物既頡頏又儷行，更值得我人關注。

這是就其大脈絡說的，就書中具體敘述而言，我又覺得馬先生真是仁厚長者：因尊重疼惜許多文字工作者的辛勞，拚命列舉了各家名氏與作品目錄，而頗壞史體。

修史不是編目錄、存文獻。一個朝代，入史的不過幾百人，入《儒林傳》、《文苑傳》的更是寥寥，豈有什麼阿貓阿狗都放進去的道理？我知道馬先生此書曾因漏列了一些人而被詬病，其實列上去的都該大事削芟，何況沒列的？依我看，圖片基本沒必要，那是鄭振鐸亂搞的惡劣影響。文字則至少應刪一半。臺灣部分，如此臃腫；海外廣大寰宇，如此簡素，更是不合理的，馬先生太把在臺灣吃現代文學飯的人當一回事了。

——選自《INK 印刻文學生活誌》第 148 期，2015 年 12 月

馬森的旅程

◎陳明順*

○

「很早我就養成了一種把每日所見、所遇、所感記錄下來的習慣。我的日記打 12 歲開始，一直持續了將近 20 年，才因工作與家事的繁忙而中斷了。除了寫日記以外，我也寫故事……」

「大學時期，大概是民國 42、43 年吧，我參加了教育部舉辦的大專青年創作比賽，獲得小說第一名，那時候國內還沒有電視，倒是上了在戲院正片之前放映的新聞片，記者問我將來是不是計畫成為小說家？」

「我回答說，我也不知道。」

一

基隆碼頭，1960 年。

年輕的馬森揮別了家人、熟悉的土地，航向他的未來——

到巴黎去學電影。

・為什麼是巴黎？為什麼是電影？

馬森：那時候，我是師大國文系的講師，我很喜歡法國文學和藝術，所以學習了法文。正好法國提供了三名獎學金，我便參加了教育部主辦的這次考試。

*本名陳雨航。小說家、編輯家。發表文章時為《工商時報》副刊組副主任。

我在國內的大學和研究所念的是中文，總不能到法國去念中文吧。另一方面，我在大學時代便參加了師大劇社的活動，也曾一度加入中影公司的前身農教公司當演員，雖因進研究所而作罷，但是對電影的興趣仍不稍減，有這樣一個機會到法國去，自然要學習電影和戲劇這樣的課程，所以我進了法國巴黎電影高級研究院學導演。

二

・《生活在瓶中》的序〈懷念在巴黎的那段日子〉裡，您描述了那個時期的一些事情，感覺上相當浪漫，是這樣嗎？

馬森：不全然是，我也有格格不入的感覺。大體上，我在巴黎的日子是相當忙碌的，尤其是我當學生的時期。我每天看兩部到三部的電影，還要上課、寫論文，觀賞戲劇演出等等。

在這段學生時期，馬森拍攝和剪輯紀錄影片，導16釐米短片，受演員訓練，編導35釐米的影片《人生的禮物》等，並且完成畢業論文〈二次大戰後中國電影工業之發展〉。

畢業後的馬森，本想以自己對電影的認知與技術投入電影界，但一個東方人要打進法國影界非常困難，馬森只為瑞士電視臺拍製過一部紀錄電影：《在巴黎的中國人》。

不久，馬森回到他的老本行，教書。他在巴黎大學教授中國文學，同時在巴黎大學漢學研究所修博士課程。

・在這段時期，我們不免會想到《歐洲雜誌》，是不是能夠談一點這本雜誌當時的情形？

馬森：到巴黎幾年後，中國同學越來越多，有學畫的、有學文字的、也有學法律的、經濟的，我們常在一家咖啡館裡會面，《歐洲雜誌》便是從這裡醞釀出來的。雖然大家都很熱心，可是也都忙於生活問題，不容易有足夠的時間撰稿。當時對這本雜誌出力最多的是金戴熹，編輯工作多半是由他支持起來的。《歐洲雜誌》在 1965 年創刊，發行雖不廣，為期也不久，但也發生了一些影響。後來《歐洲雜誌》因為國內缺少負責人而難以維持下去，那時，我已經離開法國到墨西哥一年了。

・是什麼原因使您離開住了七年的法國而往墨西哥去呢？

馬森：在巴黎的生活並不都是歡樂舒暢的。因為我幼年時代是那麼的動盪不安，戰禍的悲慘、親人的生離、生活的艱苦，早就使我隱隱地察覺到人生似乎是為受苦而來的。在巴黎看到法國人的歡樂與安詳，總覺得有些格格不入，並且深深地感覺到我是應該屬於另外那受苦的一群。這恐怕是我選擇離開法國的潛在原因吧！

另一方面，我的教書工作雖然還得心應手，但在心情上卻不太帶勁。碰巧有一個機會到墨西哥去，我便做了決定。

三

在墨西哥，馬森是墨西哥學院東方研究所的中文部教授，墨西哥學院是墨西哥革命黨（執政黨）培養高級幹部的場所。在整個中美洲西班牙語系的學院中，中文研究所僅此一家，他又是唯一的教授，因此，在墨西哥的五年馬森沒有壓力，生活悠遊愜意，寫作生活也具體起來。

這段時期，馬森最主要的作品是：1.後來結集為《馬森獨幕劇集》的一系列獨幕劇；2.長篇小說《生活在瓶中》；3.《北京的故事》系列短篇小說。

・《馬森獨幕劇集》可以說是一系列的荒謬劇，您能告訴我們您的觀點和所受到的影響嗎？

馬森：荒謬劇，就如存在主義在文學中所探索與表達的荒謬一般，實質上並不真是荒謬的，只不過是一種觀點的轉移。如果站在傳統的觀點以為現代是荒謬的，那麼站在現代的觀點同樣會感覺傳統是荒謬的。現代人，不容否認地，對我們所居留的世界、宇宙，及對人之為人的心態，有更為深入廣闊的探求與發現，遠超過傳統的繩墨範籬之外。這就在各方面都產生了觀察深度的增長與觀察角度的放大與轉移。一方面這好像表現了人的立場再不如在傳統的方式中那麼穩定，但另一方面卻也表現了人有了更大的自由。這種自由在各個不同的領域中，引起了現代人的生活方式、思維方法以及欣賞趣味的極大變化。因此，現代劇（包括荒謬劇在內）的表現方式與內容，自與傳統的戲劇大異其趣。

我並不認為我的劇與西方的荒謬劇完全相同。

在我的劇中，我所關心的問題，我所企圖要表達的意念，跟我所採用的表達形式有密切的關係。換一句話說，一方面內容決定了形式，另一方面形式也決定了內容。它的表達方式與內容，不是傳統的，既不是西方的傳統，更不是中國的傳統，然而卻受著西方現代劇與中國現代人的心態的雙重支持，換一句話說，在形式方面接受了西方現代劇的影響，在內容方面表達的則是中國現代人的心態。

‧《生活在瓶中》的背景是巴黎，這有可能意味著您的生活嗎？

馬森：並不。我有一些作品是近於自傳的，也有的作品牽涉到我的親人、朋友的，我都不便發表。

《生活在瓶中》和獨幕劇的大部分一樣，大體上是醞釀在巴黎，而於墨西哥寫就的創作。

‧《北京的故事》呢？我們很驚訝地發現它早在 1970 年就完成了，而遲至去年（1983 年）才在國內發表。另一方面，您那時並未到中國大陸去，它是怎樣完成的呢？

馬森：我是在濟南附近的齊河出生的，中學時代曾經在北平住了一年多，對那裡很熟悉，也很喜歡。

《北京的故事》基本上是靠我的直覺和資料寫成的，那時候是「文革」時期，在報章雜誌上有著大量的資料。

《北京的故事》最先是用法文寫的，我的一位法國作家朋友看了，覺得不錯，為我介紹了一家出版社，那家出版社的編輯在會審時，誤會了我這部作品是翻譯的，所以沒有出版。我的法文被認為是翻譯的文筆這件事使我很灰心。後來另一家出版社計畫在香港出版中法文對照本，都談好了，那家出版社突然倒閉，結果又未能出版。

之後，我用中文改寫了前面三、四篇，在香港《明報月刊》發表，用的是筆名，不少人誤以為作者是從大陸逃出來的呢。在《人間副刊》上發表的是重新改寫的。

四

・是什麼原因使您離開您稱之為「急流中的湖泊」的墨西哥歲月，而到加拿大去呢？

馬森：我到加拿大是去重新做學生的，我去念社會學。

這件事在我的生命中是個很大的決定。這件事受「文化大革命」的影響很大。中國人到底發生了什麼問題，怎麼做出這樣的事情來呢？作為一個中國人，我很關切中國的社會和文化，她到底發生了什麼病症呢？我很想分析這些問題，可是我過去的學歷全是文學、藝術、戲劇等方面的，沒有能力在社會和文化等方面做研究和分析。雖然那時我有回國的念頭，但趁著人在西方，可以利用這個機會再學一點社會科學方面的知識，以便有能力分析中國的社會與文化問題。正好我有一位比利時的朋友在加拿大英屬哥倫比亞大學教書，我問了那邊的情況後，便下了決心，於1972年到加拿大去。

・從爾雅版《夜遊》附錄的寫作年表裡，我們發現您在 1975 到 1978 年那幾年間的產量相當豐富，計有已經結集的短篇小說集《孤絕》（聯經）、《海鷗》（爾雅），長篇小說《夜遊》和未發表的長篇小說《艾迪》等，有什麼特別的因素嗎？

馬森：這倒是真的，到了加拿大後，我的生活發生了很大的轉變。

年輕的時候，我一直在學校裡，不是當學生，就是教書，雖然我也參加戲劇演出和很多其他的活動，但是都沒有參加社會上的活動，對人生的體驗不夠，好像青春一忽兒就過去了，大致可以說是「純純的」那種青春。到法國之後，重做學生，與年輕的同學為伍，彷彿又有了第二個青春，卻又因功課壓力極重，沒有什麼時間認識人生的問題。

到了加拿大，由一個教授第三度成為一個學生。我的同學仍然是十分年輕，他們也未發覺我與他們的年齡差距，加以加拿大自由的環境，我忽然在心理上年輕起來，我發現我還可以再過年輕時未曾經歷的生活。那幾年我過得十分自由自在。這第三度的青春給了我許多生活的刺激和情緒上的發展。我過去的情緒一直是收斂的，那幾年的加拿大生活，文化空氣和心理的因素使我的情緒爆發出來，我又重新發現了自己，這一點對我寫作產量的增加可能有影響。

一個作家要能寫出東西來，第一要有自己的生活；第二要情緒能發揮出來。否則只能成為一個學者的作家，那就是只用腦子的作家，文學作品不只是腦子的活動，而是一個完整的人的活動，包括情緒、思想、經驗等一切整體的表現。

・在什麼情況下寫成《孤絕》和《海鷗》的？

馬森：《孤絕》和《海鷗》裡的短篇小說都是在加拿大的時期寫成的。《海鷗》這本書的時期拉得比較長，而《孤絕》的時間比較短，差不多是我在寫博士論文的同時，可以說是我的論文的副產品。

我在論文寫得很煩的時候，便停下來寫小說。一個是理性的，一個是感性的，兩者配合得很好，使我的精神獲得一種平衡。我完成了論文（第三世界的經濟社會發展），同時也完成了許多短篇小說。

・您研究社會學，對於您想分析中國的問題，提出了答案嗎？

馬森：我當初曾經考量中國未來的方向，那時我想，中國應當找出有別於西方和蘇聯的模式而走出第三條道路來，它也許具有西方的長處而又可保留中國的特點。

這第三條道路很難尋，我研究了多年社會學，可並沒能尋出一條路子來。然而對第三世界的社會、經濟畢竟加深了了解。

・然後就是您那部長篇小說《夜遊》了。《夜遊》探討了性觀念、婦權、人類的未來、文明與野性等等文化方面和社會方面的問題，主題十分龐大，您是怎樣去構思這部小說的？

馬森：住在加拿大溫哥華的期間，我感覺到許多中西文化衝突的現象，那時，因為研究社會學的關係，我常常用社會學的觀點來看這些問題。我忽然想到也許可以用文學的方式把這些問題表現出來。

一開始的構思是比較抽象的觀念，後來，我覺得應該藉一個女人的眼光來看這些問題。因為我是一個男性作者，我自己過去對女性也有一些偏見，這本書多少也有些自我批判的意味。我應該多離開我自己的觀點，想辦法深入另一個性別的觀點來看這些社會問題。

我特別感到中國也好西方也好，女性在工作和家庭方面都是很吃虧的，有許多事情，男人可以做，女人卻不可以做。而在傳統以男性為主的社會，常常鼓勵女性去做對男性有利的事情，而不以女性的立場來辨別哪些是對女性有益的事。《夜遊》嘗試著以女性的觀點和視野來分析一切。

另一方面，我是生長在傳統社會中的男性，眼光受到很大的局限，我過去寫的書很少用女性的觀點來看問題，這次做新的嘗試，希望突破我自己，也就是說突破我過去的作品，也突破我過去生活裡的行為和看法。

我以為作為一位男性作者應該站在公正的立場說話，畢竟男女性的關係十分密切，不必那麼壁壘分明。我希望讀者，特別是男性讀者，應該想辦法超脫自己的局限，承認女人有權力說話，有權力看問題，也有權力表現她自己的感覺。

過去有許多作品，都是從男性的感覺出發，甚至有許多女作家作品裡的觀念也是以男性對她的要求出發的，她有時不敢寫她真正的感覺。《夜遊》希望能讓女性勇於表達她們真正的感覺。

這本書大致寫了一年的時間，完稿後，曾經拿給白先勇看，他提出了不少意見，我因此又刪改了一番，成為現在的面目。

五

馬森在加拿大住了七年，獲得社會學博士後，分別在阿爾白塔及維多利亞大學任教。1979 年，馬森再度「遷徙」，他應聘赴英國倫敦大學亞非學院執教，在那裡，他成為終身職。

1980 年，去國 20 年之後，馬森第一次返國。

「離開這麼長久，在飛機上，我想當我踏上故土時，我也許會熱淚盈眶，或者會感情激動，不能自抑，但是沒有，我行過中正機場的航空大廈時，覺得它和歐洲的那些大機場一樣，雄偉而現代。我表現得很冷靜，雖然我內心裡高興極了。」

那次之後，馬森又回來了一次。去年，他應國立藝術學院之邀第三度回臺，在戲劇系擔任客座教授。

一年來，馬森成了國內學藝界最活躍的人士之一，他在藝術學院授課，帶表演課程，導演他自己的幾齣戲《強與弱》、《母與妻》、《腳色》以及尤乃斯柯的《禿頭女高音》等。教書之餘，他還經常應各大學或其他單位的邀請演講。

在寫作方面，馬森除了在《中時・人間副刊》發表「北京的故事」及撰寫「東西看」專欄之外，還經常應各報刊雜誌編輯之邀，撰寫有關戲劇及電影的文章。馬森說這是他最忙碌的一年。

繼五、六年前在國內出版《馬森獨幕劇集》、《生活在瓶中》、《孤絕》三本書之後，馬森在今年年初由爾雅出版社出版了《夜遊》，和以往不同的，《夜遊》獲得了讀者強烈的反響，短短三個月間即銷行到第四版，以較嚴肅的小說而言，這是十分難得的現象。緊接著，《北京的故事》（時報）與《海鷗》（爾雅）又即將出版。

・您的作品，以《夜遊》的反應最大，有一些讀者認為您提出的問題都太「前衛」了而很難接受，不知道您的看法如何？

馬森：在一個文化裡，就需要有不同的意見來沖激這個文化。一個文化如果要往前推進，就不能只允許一個意見一成不變的繼續下去，而是需要時時有新的反省，時時有新的刺激和沖激，這是一種辯證的發展。不一定新的就一定比老的好，但新的一定有和老的不一樣的地方。

・在您的作品裡，「存在主義」似乎是無所不在，這是您作品中的特色之一，您能告訴我們「存在主義」對您的影響嗎？

馬森：在國內時，尚未有存在主義的引進，1960 年，我到法國時，從一些存在主義作家沙特、卡繆、貝克特、尤乃斯柯等人的作品接觸到這個思潮。由於這些存在主義作家的看法與他們的生活的一致，使我很能接受他們的看法，自然就受到了影響。存在主義有兩點對我的影響特別大。一是它確定人到世界上來是自由的，一旦你有了自覺，自己作為一個個人的存在以後，你就完全自由，你可以做各種各樣的選擇。其次，因為你有自由，你就負了很大的責任，你要為別人負責，但更重要的是你要對你自己的存在負責，也就是不辜負你自己的存在現象。生命是短暫的，你如何完成你短暫的生命是一個重要的課題。

我曾經為自由和責任思考過很久，所以我想在我的作品裡自然會無意中流露出來。

・早期，您是研究中國文學的（師大國文系、國文研究所），然後您在西歐、拉丁美洲、加拿大等地長住過，研究的範疇則擴展到電影戲劇和社會學等等，這樣複雜的地緣關係與截然不同的文化，對您產生的影響究

竟有多大？

馬森：影響很大，至少使我對文化與社會的看法十分客觀。

我最早受儒家思想的影響很大，我不敢說能跳開它的影響。到了法國以後，讓我脫離了中國的文化，發現到另一個西方的文化，到了墨西哥之後又發現語言與文化和法國又完全不同，墨西哥文化是西班牙與印第安文化的複合體。這三種不同的文化與標準已經使我有超越文化藩籬的傾向。到了加拿大，加拿大的歷史十分淺，居民都是各地來的，各種各樣的文化都在此交互影響，交互沖激，使我益發感覺到從前的主觀。以前認為可貴的不再覺得就是那麼可貴；以前輕視的，不一定就該那麼輕視。那時，我得應用新的角度來衡量一切，而這新的角度更能超越文化的範限。

我現在與從未出過國的朋友談話，就發現到他們無法超越他們的文化母體；甚至我與從臺灣只到過美國留學的朋友談話，也發現到他超越了他的文化母體，卻又掉進另一個文化裡面去，他發現原來的文化有許多都不對了，對的是美國的文化，也就是說，他從一個絕對到了另一個絕對。

我轉了這麼多彎之後，不會從一個絕對跑到另一個絕對，我對很多事情都採取一種相對的看法，都不是一個絕對的態度。因為我覺得沒有一個文化是絕對的，每一個文化都有他的主觀成分在內，也許把幾個文化都比較了以後，才能找到一個「比較」客觀的東西。今天的看法，我懷疑有所謂絕對的客觀，只是都是相對的；我也懷疑有所謂絕對的真理，真理也是相對的，你在追求真理的時候，真理也在一天天的改變，你接近它的時候，它又離開你了。這種感覺和我在不同的國家的不同的生活很有關係。

‧「孤絕感」是現代人的寫照，也是您作品裡的一大特點，這是否多少與您長久生活在不同的文化裡，且一再遷移有關？

馬森：不是這樣的原因，至少不是主要的原因。「孤絕」最重要的還是表現目前西方工業化社會所帶來的疏離感。這也可以說代表著臺灣的現在與未來，因為臺灣現在已工業化，也接近了孤絕與疏離的心境了。

我為什麼說孤絕並不代表一個外國人生活在異國的文化裡的心境呢？因為我是一個很容易適應的人，我在法國適應得很好，同時我也和法國人結婚，適應了他們的社會。但是說到參與，我在法國並沒有真正參與到他們的社會裡去，在墨西哥也是一樣，我唯一真正參與進去的社會是加拿大。為什麼我在加拿大能成功地參與進去呢？因為加拿大先天是個移民的國家，她有各種各樣的人在其中，我感覺自己不受排斥，事實上我感覺到加拿大的朋友和其他的人都敞開懷抱來接受我，這是連法國都沒能做到這樣徹底的地步，雖然我和法國人有著婚姻的關係。我的法國婚姻的家庭整個接受我，但在社會上，並不感覺到法國人接受一個中國人，因為法國是一個單純的國家，一個外來的人，很明顯的可以看出來。有特別的情形可以接受你，可是整個的社會卻不接受你。加拿大則是可能有特別的情形不接受你，但整個的社會接受你。

我在加拿大被社會接受，而不是孤絕於社會以外的人。為什麼還有孤絕感呢？那就不是我一個人的問題，而是整個工業社會的現象。

所以，孤絕的形象是當前工業化社會的普遍現象，而不是一個異國人所感覺的現象。

・評論家曾經指出您的感覺敏銳纖細，您在《馬森獨幕劇集》裡，也談到中西方對「感覺」不同之處。「感覺」的描述成了您作品的特色之一，請問您如何看待「感覺」？

馬森：基本上，中國的文化太傾向思想而輕忽感覺。我曾經寫過一篇論文〈論老人文化〉，認為中國從周朝開始就是一個老人文化，一切以老人的思想與視野來看問題。因為老人的感覺都退化了（除了味覺），所以偏思想而輕感覺。老人以老人的視野看問題，就是年輕人也偏向老人的視野，所以使得整個文化壓制感覺，不讓感覺發散出來，譬如說對性的壓制，甚至將性視為汙穢或不道德等歪曲的觀念。西方過去也有這種障礙，不過經 18、19 世紀，科學與心理學方面的洗禮，已經超越了這種問題，可以將之視為自然客觀，不再視為神祕。中國人未能超越這種問題，因之在感覺方面受到壓抑，使得中國的文學與藝術受到窒息。

我自己是生長在中國文化裡的，雖然經過後天的努力，也不能完全擺脫幼年所受到的影響。

經過幾個文化的轉折，我在感覺上開放了自己，特別在感覺的觀念上開放了自己，不再抱持成見。

因為身體有許多自然的需要，譬如說吃東西、飲水以及性的需要，是不是應該說吃飯是可貴的，而性又是卑賤的呢？是不是應該有一種成見將各種慾望和需要加以類別呢？我想，這不需要。原來存在的東西都有它原來存在的道理和價值，不須以後天文化性的成見來約束，否則，人整個的發展就會受到扭曲，反而不健康了，這是我個人對感覺的看法。

- **批評家同時認為您在《夜遊》裡直接說理的成分太重，雖然擲地有聲，卻不夠含蓄，不夠複雜，您認為這種看法如何？**

馬森：我認為文學和藝術最重要的出發點是感覺，而不是從理性出發。評論家認為我的小說太重理性，也許他說得對，我未能做到擺脫理性人的地步，我應該要做到完全從感性出發。如果我在《夜遊》裡未能做到，那是我失敗的地方，我想他的批評是對的，對我很有幫助。

- **您的寫作方式，傾向於對人的感覺世界的描述與對人心內在之體察，也就是「內在的寫實」或「主觀的寫實」（《孤絕》序），為什麼您會做這樣選擇呢？**

馬森：西方寫實主義與自然主義的作品是我過去最喜歡的作品，像福樓拜爾、左拉、屠格涅夫、托爾斯泰等人的作品都是寫實主義的作品，我大學時期看的小說也就是屬於這一類。我覺得他們用很客觀的態度去呈現真實的人生，雖然人生有許多悲苦，人性有許多陰暗，他們也都毫無掩飾的表露出來，而不以教化的藉口去掩飾許多人生的真象，這都是很可取的地方。

我後來在法國接觸到許多現代主義的作品，從卡夫卡以降，有許多包括戲劇在內的文學作品，其形式都不是寫實的，與 19 世紀的寫實主義相差很大。可是我發現它的精神還是寫實的，也是要發掘人生的真象，只是形式上不是寫實罷了。我就領悟到，所有的文學作品和藝術作品都是追求一個真實，只不過在形式上有所不同，為什麼我們一定要堅持在形式上如照相般呈現才是寫實，而用另外的如素描、潑墨、書法等其他看起來不像模擬人生，其實表現人生更深入的層面的手法卻不是寫實呢？「外在的寫實」我指的是 19 世紀福樓拜爾、左拉他們那一派，以及模擬這一派的作品。像中國五四以來的作品。中國五四以來模擬寫實主義的作品，小說也好，戲劇也好，有許多是很失敗的，它外貌上模擬，但內裡觀察人生不夠深刻，未能忠實表達人生，常有虛矯之處，也就是在寫實的外貌裡卻攙進了理想主義或者虛構的東西，這個我稱之為「擬寫實主義」或「假寫實主義」，在我的看法裡，極不可取。真正的寫實主義雖然很好，但我認為並不是唯一的道路，所以我稱之為「外在的寫實」。「內在的寫實」，其表現手法、文學形式不一定是寫實的，可能是象徵式的或夢境式的，可是它顯示出更多的真實。我在《孤絕》裡採取的就是「內在的寫實」。在那本書裡面，我用了各種方法，有許多文字上的嘗試，描述上的嘗試，或者是表現上的嘗試，企圖在「內在的寫實」的表現上創立一個新的形式。至於成功與否，就有待讀者和評論家來看了。可惜，這本書似乎沒有什麼反應。

六

・記得您第一次回國時，對國內的戲劇有很深的印象，經過這幾年，您有什麼新看法嗎？

馬森：戲劇又朝前發展了。那時剛剛嶄露頭角的蘭陵劇坊已經有了其他不同的表現，比過去進步。蘭陵之外，又還有其他的小型劇團出現，像方圓、小塢等等。

最重要的是有許多好的劇本產生，尤其是年輕人當中，也有相當不錯的創作劇本，這一切都給了我很大的鼓舞。

很可惜的是我們仍未有職業劇團出現，但我認為遲早都將產生，只是時間的問題。

・電影呢？

馬森：三年前我初次回來時，覺得文學有長足的進步，卻歎息於電影的退步。但這一年來卻是大不相同，這次回來正好趕上電影的新潮，我看了不少重要的新出的電影，像《油麻菜籽》、《風櫃來的人》、《看海的日子》等，都有新的表現，我覺得電影與文學結合得很好。

・您認為文學在現代社會裡，應當扮演怎樣的角色？

馬森：文學是一種藝術，主要是以思想、感覺為內容而以文學形式表達。文學的內容與形式是一致的。文學本身是自足的，它的本身就是目的，而不是手段，當然更不是教育的工具。

我並不是反對文學有教育功能，但以為文學的主要功用並不在教訓他人。我認為文學的主要社會功用倒在於——第一、使這個社會裡的人藉著追求藝術，能夠表現自己的情慾和情感。第二、文學擔當了人與人之間溝通的橋樑，讓作者與讀者間能夠產生互通、了解、同情、共鳴。我並不認為作者的思想必須要比讀者高明。要作者作之君、作之師去教訓別人，我不贊成。作為一個作者，我並不認為我比別人高明到哪裡去，我不過是要別人了解我的問題，同情我的問題而已。

文學最重要的目的不是教育或教化別人，我想沒有一個作者有資格敢於做別人的老師去教訓人，特別是在當代教育是這樣普及的情況下。

寫作了這麼多年，馬森依然在這條途程上堅定往前，他認為文學在一國的文化發展中占了一個重要的地位。

大概是在這種信念之下吧，馬森曾經轉述過法國前總統季斯卡的一段話——

季斯卡說：「當總統並非我的第一志願，我的第一志願是成為一個小說家，然而我實在是寫不過莫泊桑、福樓拜爾，只好退而求其次當總統了。」

七

馬森，一百八十多公分高的頎長身材，歲月飛逝如斯，卻只能在他的臉上留下些微跡痕，黑框眼鏡之後是飛揚的眼神，他的談話從容，時而露出智慧的話語。

——選自《新書月刊》第9期，1984年6月

生命瓶頸寫作瓶頸

◎康來新*

瓶花無根，瓶水終將乾涸，生命一旦局限在如此的瓶中困境裡，那麼任是萬物之首的靈智人類，恐怕也只有像羅瑞（《生活在瓶中》的男主人翁），以懨懨無生氣的「我想我是快死了」作為開場的第一句告白吧！

羅瑞是 1968 年馬森筆下一位浪跡巴黎的中國畫家，舊作新版的 16 年後，作者馬森雖自稱「在感覺的觀念上開放了自己」，並肯定小說乃是從「感性」出發的（見書後所附陳雨航的專訪）；然而回顧當年執筆的走向「我想」應該還是多過「我感覺」。「我想我是快死了」不免讓讀者聯想到哲學上的「我思故我在」，恰可證諸作者涵泳於存在主義與荒謬劇的深厚背景，而作者屢屢以劇場或電影的技巧來處理小說寫作，則又是馬氏另一項專業學養的投射了。亮軒先生以為以馬氏的學院出身，作品卻嗅不出「學院派」的氣氛；雖長久居留西方，其筆觸較之國內某些作者，竟是更要「土氣」與「中國」呢。關於前者，取材固然有關，但更是關鍵所在的或是因馬氏在心態上沒有一般學院派劃清界線的優越感吧。但從另一方面看，作者事事關心、聲聲入耳，甘於苦苦思索、反覆質疑問難的生命形態，豈不是孔子「入太廟，每事問」道道地地知識分子的嫡傳嗎？至於後者，是的，馬氏在遣詞造句上確乎不沾什麼牛油氣味，但若說其「土氣」，若說其「中國」，則以馬氏曾受教並執教於正統所繫師大國文系所的履歷來看，馬氏毋寧要算是相當的「不中國」了，相當不「鄉土」的中國，也相當不「古典」的中國。

*發表文章時為中央大學中國文學系教授、紅學研究室主持人，現為中央大學中國文學系退休教授。

走筆至此，馬氏於當代中國的芸芸作者中，遂突顯出一份戛戛獨造、踽踽孤行的特殊來，難得馬氏的學養、見識、器度都具有國際的水平，然而這種種的優秀並不意味馬氏就是天生的一位小說作者；對學院出身的作者言，小說的寫作有類於填字遊戲的進行，往往過度自覺地以知性去填充與架構「藝術」的作品；這麼一來，會不會使其作品成為哲學的可信（卻不可愛），而不是文學的可愛（但並不全然可信）呢？

其實瓶中之境也並非只有「要死了」一途吧！小小物件就非得只是窘迫與窒息嗎？曾經，玉壺可以是一片冰心之所寄；曾經，葫蘆可以是神仙所居的原鄉。當然，當傳統逐漸崩毀的現代，傳統之美也就隨之蕩然了，要突破瓶頸的又豈止是一份生活？那取材生活的文學寫作與命脈該是更為艱難的一樁課題吧！

——選自《聯合文學》第 8 期，1985 年 6 月

由《生活在瓶中》到《夜遊》

論馬森的文學現代性與 1980 年代前期臺灣文學場域

◎廖淑芳*

一、前言

從今天的角度回看，20 世紀 80 年代應視為臺灣一個相當特殊的時代，在《狂飆八〇——紀錄一個集體發聲的年代》一書中，即以「狂飆」將 1980 年代訂為一個充滿集體與群眾聲音的年代。確實，1980 年代存在一種「火辣辣的群眾的意象和反叛行動」(頁 7)。從 1980 年代伊始，這些似乎彌天蓋地的文化、社會、政治運動便風起雲湧，由下而上、沛然莫之能禦地終於促使國民黨政府終結統治臺灣幾十年的戒嚴。1987 年的「解嚴」，標誌一個臺灣新的轉型時代，一個各種階級、性別、族群解放時代的來臨。雖然解嚴並非意味民主自由的全面到來，然而，隨後鄭南榕、詹益樺的自焚，說明當時乍暖還寒的時代氛圍及對於一切禁忌試探與反叛的開始，而這一切的反叛是以「身體」開始的。

在這樣的狂飆的年代，「1980 年代前期」便成了一個頗為值得注目的階段，一個或者可以視之為斷裂之前的「間隙」「過渡」階段。用南方朔的說法，「從 1984 到 1986 年，那是臺灣政治開始飆起的時候，當時的臺灣氣氛詭譎而低沉，殘餘的反動派公眾人物一個個都被小案子套住，好幾所國中的操場不時在辦人潮洶湧的坐監惜別會，……它彷彿雨雲已達到飽和的

*成功大學臺灣文學系副教授。

程度只等一聲霹靂」。(《狂飆八〇——紀錄一個集體發聲的年代》,頁 23)

極有意思的是,1984 年,馬森從英國回臺,講學於國立藝術學院[1],除了擔任戲劇教職,也同時活躍於電影、文學等其他場域,當時不但一口氣出版《夜遊》、《北京的故事》、《海鷗》、《生活在瓶中》四本長短篇小說集[2],從一份 1984 年 8 月的報紙標題「年度風雲人物,馬森中旬赴英」,更可以知道馬森當時在文藝界炙手可熱之一斑。[3]有評論指出,《夜遊》曾入選 1984 年「十本最具影響力的書」之一(〈喜歡,不喜歡——從「孽子/夜遊」說起〉),據 1985 年「金石堂暢銷排行榜」統計資料,馬森《夜遊》仍入列當時的全國暢銷排行榜 34 名。值得注意的是,同年的白先勇《臺北人》排行 53、蕭麗紅《桂花巷》排行 48、《張愛玲短篇小說集》則排行 49(〈文化工業運作下的臺灣文學現象分析——以金石堂暢銷排行榜為例(1983~1997)〉)。[4]而馬森在《孤絕》〈三版序言〉中也說到,「這本書 1979 年出版,算來已經有六年了。從 1979 到 1984 年,五年間只賣出了一版。第二版是去年出版的,不到一年已經賣光……也就是這本冷凍了多年的書忽然間出現了一批意想不到的讀者。」據馬森自己的推估,他也認為多少是「受到比較暢銷的長篇小說《夜遊》的影響」。[5]

素來馬森被當作一位偏向現代主義與存在主義創作精神與風格的劇作家和小說家,其劇作《馬森獨幕劇集》並被視為「中國第一位荒謬劇場劇

---

[1]當時應稱為「國立藝術學院」,校區暫借在臺北市國際青年活動中心,於 1990 年始遷至關渡,並於 2001 年 8 月改名為國立臺北藝術大學。參〈北藝大校史〉,http://1www.tnua.edu.tw/about/super_pages.php?ID=about3。瀏覽日期:2011 年 10 月 20 日。

[2]此四書分別由爾雅(《夜遊》、《海鷗》、《生活在瓶中》)及時報(《北京的故事》)出版,其中《生活在瓶中》曾於 1978 年由四季出版。

[3]參見《中國時報》1984 年 8 月 11 日,9 版。又《中國時報》1984 年 8 月 1 日,9 版,亦有以「《夜遊》是馬森返國大收穫」為標題的一段短訊,其中說明馬森在《夜遊》、《海鷗》出版後成為國內文壇熱門人物,「除了應邀演講、參加座談會,《新書月刊》第 9 期還以他為封面人物,對他的創作歷程及《夜遊》這本書作了詳盡的介紹。」又《民生報》1984 年 8 月 20 日,9 版,也以「馬森客座一年,既多產又熱門,滿載收穫赴英,去了還要再來」為題,再度說明其現況。

[4]必須說明的是,金石堂的暢銷排行榜當時剛成立二、三年,只有設在臺北的兩家分店。所以其代表性仍有相當的局限。

[5]馬森,《孤絕》(臺北:秀威資訊科技公司,2010 年),頁 13。本文其他部分《孤絕》,皆從九歌版。

作家」(〈中國第一位荒謬劇場劇作家——兩度西潮下六〇到八〇年代初期的馬森劇作〉),如果從一個較通泛的概念,我們或者可以極簡單地對應出一個潛在的問題,現代主義普遍具有的共通缺陷:即僵硬的理性風格與過於自覺的精簡語言,這些缺失似乎也不可避免地出現在馬森的文學作品中(〈燭照《夜遊》〉,頁 384~386),那麼此一乾硬的文學風格,為何不妨礙其受歡迎的程度呢?為何《夜遊》一書甚至比如今看來更具有民間味的《桂花巷》要受歡迎?

這自然不是一個簡單的因果分析便可以論定,更不是靠論述可以解決的問題。筆者在此關懷的是,如果把 20 世紀 80 年代前期當作一個臺灣正由傳統「軍事威權」法則轉為由暢銷排行榜所代表的「市場商品」法則[6]的過渡階段,那麼,馬森文學的受歡迎,是否可當作解讀此一轉折過程的象徵性現象,一種試圖了解當時文學場域關係性結構的切片或側面?

尤其,如果我們從其當時出版的兩本小說《生活在瓶中》與《夜遊》,其書名標題彷彿便隱喻般指向一種具特定發展趨向的力量——一種對存在本真性的探問,及在漂浮的非本真存在中把握瞬間、短暫、偶然真實的努力。而作為深具存在主義意涵的小說創作,這些作品同樣都聚焦在主角個人內在心靈的情思起伏,而拒絕提供較廣幅或清晰的歷史與社會結構的大背景。本文希望透過《生活在瓶中》與《夜遊》兩書內容、形式的簡要分析,聯結說明其與外在文學與文化場域形成怎樣的力的結構。也試圖由此一側面切入,繼續追問此一關係力量在後來的臺灣文學場域結構變遷中又可能具有什麼變化?並嘗試指出此一關係及變化所代表的文化意涵。

同時,比較《生活在瓶中》與《夜遊》兩作,也可以發現,兩作在身體敘寫上的重大差異。兩書雖都涉及存在意義與價值的探問,但是《生活在瓶中》人物互動都只停留在觀念的對話或獨白,缺少身體的敘寫;但

---

[6]此借自張誦聖 *Literary Culture in Taiwan—Martial Law to Market Law* 一書「由軍事法則到市場法則」的說法。需強調的是,雖然張誦聖在書中多少也有談及 1980 年代前後期發生的文學現象或相關背景事件等,但她並未在書中特別突顯或區隔 1980 年代前後期的差異,此為筆者所設定的論述。

《夜遊》一作的存在探問則是以主角人物的「身體」互動去展開，因此，《夜遊》一作的受歡迎，是否正說明了，前面所謂當時整個乍暖還寒的時代氛圍下，試探與反叛的開始。這一以「身體」為核心的試探與反叛，讓過去為抽象虛無的精神與觀念世界所籠罩的所謂「客觀存在」，一轉而為更真實的臺灣社會的「肉身存在」？

二、存在的探問——《生活在瓶中》與《夜遊》生命幻影的虛與實

（一）八月夏景中凝結的笑聲——《生活在瓶中》存在真實的問題

《生活在瓶中》主要是關於一個住居巴黎的畫家羅瑞一段經歷與心境的敘寫。情節一開始就以羅瑞的孤絕心態與處境切入故事，「我想我是快死了。已經有兩天躺在床上，沒有吃任何東西，沒有人來看過我，大家都把我忘了；我原不是值得人們憐惜的一個生物。」（頁 17）在描寫完這處境與心境之後，情節轉到主角對這表象世界的感受來，而對這表象世界的感受更帶出究竟何為存在真實的思考：

> 陽光很好，像每年的八月的天氣。我看見一片雲，軟綿綿地，掛在那個傾斜的小窗口的一角。
> 陽光也好，雲也好，與我有什麼關係呢？我閉上眼睛，不就只是漆黑的一團？也沒有陽光，也沒有雲，過一會兒等我閉上了心智的眼睛，便也沒有八月，也沒有我，什麼也沒有了，這原是極自然的事，可是我始終也不曾想通過，世界上一切的存在只是我的幻想呢？還是它們真正客觀地存在我的想像之外？
>
> ——《生活在瓶中》，頁 17

這一視表象世界為不真實的看法，強調的是即使一切可見性都歸之於「眼睛」，包括可接收物理光影的視覺眼睛，還有依賴心智作用的靈魂的眼

睛，但最終卻是只要閉上眼睛，這世界似乎就什麼都不是，什麼都沒有了，如此一來，還有什麼是真正客觀存在的嗎？

從文中情節，隨後我們知道這一將萬物存在化為意識生滅論的說法，並不只是一種哲學的思維，背後還有主角現實遭遇的因素在。原來主角羅瑞愛上一個叫英格麗的英瑞混血女人，她在一個假期裡和他相遇於巴黎盧森堡公園，而八月夏景中公園裡孩子的笑聲，及英格麗似乎含著無限歡樂的雙眸，讓這個原本不快樂的人因此畫出一幅「孩子們的笑聲」的畫作來。此一偶然的機緣不但讓羅瑞遺忘了自己的不快樂，也讓凝結的笑聲轉為他們彼此的愛情。

但英格麗最後告訴他原來自己已經有了丈夫和孩子，這只是一個假期裡的愛情，她最後仍要回到丈夫和孩子的身邊。她述說在自己和羅瑞相遇的經驗裡，她重新理解了母親，理解了從小棄她另嫁的母親，正是不願讓表面好男人的父親自私地只要把一個妻子栓牢了，不准母親有任何慾望。然而，她重新理解了母親，卻自私地未對羅瑞吐實，最後甚至要羅瑞不要泥在情感的泥沼裡。於是，當失落的羅瑞在同樣的八月夏景中重新來到盧森堡公園，孩童的笑聲像是凝結的記憶，卻不再真實。

羅瑞問誰騙了我？誰欺了我？卻發現他和英格麗都已經是可以對自己的行為完全負責的成年人，亦即成年人兩廂情願的愛情其實談不上欺騙。然而他又認為如果如英格麗所說她有當母親的責任，那麼似乎盧森堡公園裡的太陽、藍天、綠樹、笑聲都不再是真實的了。從主角羅瑞的角度，它象徵「本真性的存在」是不長久的，因為不長久，它也是不真實的。笑聲很好，但笑聲會消失，就像陽光很好，但只要閉上眼睛，陽光也會消失。

在隨後的敘述中，羅瑞為了養活自己，準備變賣英格麗畫作給原本有興趣購買的仲馬太太。詭異的是，明明是羅瑞常來的聖・凡和內街 20 號，卻找不到仲馬太太；而當他到香山飯店找一位跑堂的歪子先生，卻同樣沒有歪子先生；更奇特的是，羅瑞後來想尋求與他有了孩子的佳琳娜接受他，和他結婚共同撫養孩子時，八月夏景中的盧森堡公園卻同樣成為佳琳娜出現然後又消失的場景，而羅瑞這時一邊追著那位女子的背影，一邊自問自答說「為什麼我這麼喊，那是佳琳娜嗎？我不知道，但既是我這麼喊了，那就得是佳琳娜，那必是佳琳娜。」（頁168）

以上幾段荒謬的情節片段，讓全文脫離原本即較為稀薄的現實感，使部分的現實成為一個漂浮的幻影。如文中最後：

> 要是我走進盧森堡公園，我知道我準又會在八月的陽光下中追尋孩子的笑聲。一切都在時間的隙縫裡膨脹著，把空間裡充滿了現實，把現實裡充滿了幻想，又在幻想裡填進了空間與時間的交融體。……要是我不再想著這些也便就靜靜地安息在我不知道的黑暗裡。然而，我還想著這些，我便抓住些什麼在掌心裡，雖然打指縫裡水似地、沙似地流走了現實，便也抓不住現實，也不明白什麼才是現實，只是些飛向了時間之外的幻影。
>
> ——《生活在瓶中》，頁176～177

「幻影」是全文最後對存在具體的真實感受。存在既如同幻影，現實自然也只是全書一開頭所說的：「世界上一切的存在，只是我的幻想」（頁17），是心靈的純粹構作。

然而，現實並非全是心靈的構作，因為羅瑞遇到了英格麗、佳琳娜，還有書中出現的許多人，如果他沒遇到這些人，他的心靈不會起作用，就像當羅瑞與英格麗第一次相遇於盧森堡公園時，羅瑞把他畫的英格麗送到她面前，並且告訴疑惑的英格麗說他畫的不是英格麗，而是英格麗眼睛裡的東西，英格麗問：「既然您只是想像，為何剛才您不讓我走開？」羅瑞回答：「因為您一走開，我就沒法想像了。」（頁105～106）

由此看來，文中透過主角羅瑞與英格麗人物互動所試圖處理的「現實」，至少便有了二個層面：一是日常生活中偶現的片段，另一個是與幻想結合後的現實。書中不時出現的陽光、鴿子、藍天、綠樹、笑聲……便是這第一重的現實面向，這些偶現的片段往往隨機、零散、未見意義，尚待知覺加以統合；而羅瑞初遇英格麗時所畫的一張繪畫——「孩子們的笑聲」，羅瑞說畫的不是英格麗，而是她眼睛裡所看到的東西（頁 107）。那可畫出的、「凝結的笑聲」便是第二重的，與幻想結合後的現實。

本書中提出的存在的問題是：盧森堡公園裡孩子的笑聲，和被畫出的笑聲，這兩重現實都是羅瑞透過英格麗眼睛裡所看到。對羅瑞而言，一樣是八月的夏景，一樣是孩子的笑聲，但在時間的隙縫裡，少了英格麗，一切與想像結合的現實不再可能，被畫出的笑聲也真正成了「凝結的笑聲」。明明是還依稀聽到的笑聲，卻不再有當下的歡樂感染意味，那麼這樣的笑聲還是真實的嗎？這種對「何為真實」的「反省」與「解悟」，可以說是從否定面出發的探討。此一否定式的辯證，使全書的語言不是在往前走，而是不斷以自我否決的方式，先前進一步再後退一步，彷彿自相矛盾的表述，而「凝結的笑聲」也成為全書探討「何為真實」最具象徵意味的辯證性意象。

承上，「繪畫」在文中所象徵的「媒介」意涵便也顯現出來，「繪畫」如同語言，都希望承載一種時空中的「真實」，但語言與真實精準一致的時刻永遠不會到來，或者當嘗試捕捉的時刻，真實也過去了；然而，我們只有倚賴如語言、繪畫，把我們所曾以為的真實捕捉下來。書中一幅英格麗的畫像，最後被截作兩段甚至被擲進火裡，「一幅畫還不就值得烤烤火嗎？」但這彷彿已被否定了的英格麗的畫像，在情節最後卻還是出現在窗口傾斜的陽光打進來的光線裡。暗喻前面的一切並沒有發生或結束，一個典型的存在主義的「困境」（aporia）。[7]

本文雖偏重在描寫羅瑞的感受，但在英格麗自述對孩子有責任後，羅瑞只以反身自省兩廂情願的愛情談不上欺騙，對這一困境的質疑便戛然而

[7]此字或譯為難解之境、僵局、絕境、困境。源自希臘，是德希達解構主義中的一個常用字。指的是所有文本都在時間中自我瓦解，破壞了它想要抓住確切意義的主張（*The Field of Cultural Production: Essays on Arts and Literature*, pp. 7-44）。

止。羅瑞可能有的悲傷、低潮、失落等較為情緒化的反應，因為被分割在不同的時間與場景中而幾乎被隱蔽，使全書仍鎖定在偏向知性思維的探討上。尤其設定主角羅瑞為畫家身分，全書藉他的畫作延展不少藝術、現實與人生關係的知性討論，在這重重的隱蔽與知性思維中，全書乃呈現為一種極待解碼的符號化狀態。書中基本的「現實」問題，即來自愛情之中必然夾帶的「責任」與「承擔」，此海德格所謂「共在」（be with）的問題，在本書中只成為一種聯繫的背景，並未被其括納在存在真實的「本真性存在」討論框架中。

（二）日出前的「天使之死」——《夜遊》中存在的象徵交換與死亡

《夜遊》故事女主角汪佩琳，一個由臺灣去加拿大的女留學生，雖未拿到留學碩士學位，卻嫁給國際知名的科學研究教授英國人詹。原本似應有著美好安定生活的汪佩琳，有一天卻突然決定棄夫離家，展開她個人的叛逆之旅。

她在好友朱娣的帶領下，進入溫哥華一家酒吧「熱帶花園」，並在那裡遇見一群帶著邊緣性格的特殊朋友，如道格、愛蓮妮、雷查、喬治等，及一位後來與她有著不尋常關係的 19 歲魁北克美少男——麥珂，她和麥珂的往來也構成了本書的主要情節。

麥珂是位有同志傾向，嗜酒、失業、不事生產，並且有吸毒前科的年輕人。他表面一無是處，卻以純真的形象強烈吸引著汪佩琳，以致汪佩琳不計一切決定與他同居，甚至無私地供應他生活。然而，這位大膽、叛逆、勇敢做自己的汪佩琳，雖在與這群朋友尤其是與麥珂的互動中，逐漸領悟情感關係的多重可能，但是當她看到男主角麥珂與另一個男性同在床上時，她歇斯底里的尖叫仍顯示了她的無法接受。因此，我們可以說汪佩琳仍是位掙扎在傳統與現代文化夾縫中的「夜遊者」[8]，她反抗的不只是婚

---

[8]更具體地說，書中還以麥珂隨後對汪佩琳的指責點出，這種對歡愉身體的罪惡感，是中國人特有的觀念。「妳們根本不懂得享受妳們的身體，放縱妳們的身體，讓妳們的身體來表現妳對人們的愛心，而不只是燃燒在腦中的一種幻想。妳們真是一種退化了的族類。」（頁 312）

姻關係中沒有自我的狀態，也包括內化在身上掙脫不了的傳統價值觀。因為，即使她的棄夫離家、與麥珂同居說明了她的自由意志，但終究無法跳脫她與麥珂間擺盪在「母子」或「情人」間的模糊液態關係。故事最終，麥珂和道格雙雙神祕失蹤，汪佩琳重回單身的生活，如果從故事主角互動的結局來看，「夜遊」的結果似乎仍是難以逃脫的「困境（aporia）」，仍然「生活在瓶中」。

然而，也就在這種終是困境的共同基礎上，我們看到《夜遊》不同於《生活在瓶中》的嶄新思維與差異內容。在麥珂離開之後，汪佩琳不吃不喝地在床上躺了兩天，像生了一場熱病，像帶著迷濛的暈眩下墜在夜的海波，而滿天星斗，空間、物質、時間壓縮在同一平面……經過一段幽靈式的「永夜」之後，汪佩琳卻起身梳洗，在對鏡自照中忽覺「活著真好」：

> 但是我要生活！我要生活！我要感到自己的存在！我要經歷種種不同的經驗，來確定我並不是別人投擲的一個幻影，而確是活生生地像個人似的活過了……每個人都該有權決定自己的命運，是生還是死，這也應該超出於愛的力量之上的。我對麥珂又有何憾？……我要找一個工作，我要活著。
>
> ——《夜遊》，頁 375

如果我們單純從人我互動的倫理情境這個角度來看，所謂「我對麥珂又有何憾？」恐怕不易理解，畢竟麥珂的失蹤和她脫不了關係。然而，如果我們搭配汪佩琳在身體探索過程的知覺變化，那麼這樣的轉變便也不難解釋。比如汪佩琳在喬治的公寓「自願被強暴」時，她的腦中浮起母親黑髮高高梳起兩鬢一絲不亂靜坐窗前的剪影，但她的身體感受到一種不曾經驗的舒暢，像嬰兒一樣任人擺布的舒暢。事後在一場夢境中，她夢見自己塌陷在一個泥淖中，而那泥巴變成糞便卻又聞不到任何臭氣。此一探索中既拒且迎的感受，像是一場汪佩琳身體探索的「前奏曲」，一種推離「母性空間」(《恐怖的力量》)的懼怖感。

相對來看，隨後汪佩琳和麥珂在第一次裸露共眠一夜之後，她在一陣鳥雀的清晨鳴叫聲中醒來：

> 尖銳的海鷗的嘶叫聲夾雜著雲雀婉轉的歌喉。我睜開眼來，窗上映著一片日出前的乳白曙光。窗仍然半閉著，正好調節了室內極容易上升的溫度……這時麥珂仍酣睡著……麥珂側伏地睡在那裡，一腿向前稍稍彎曲，一臂向前，另一臂壓在身下，臉半側向前方，棕色的髮覆了大半個臉，卻露出他的眼和鼻。從側前方看去，他的鼻非常挺直，他的長睫毛投下的陰影也清楚可見，他的飽滿而紅潤的唇微微地張開。他這種睡姿讓我驟然間想起了不知在哪個博物館裡見過的一幅《天使之死》的畫。現在所缺的就是背上兩隻翅膀之間洞穿心臟的那一枝致命的箭，還有就是溢在草地上的那一灘鮮紅的血。
>
> ——《夜遊》，頁 176

這個「日出前」的絕美畫面事實上是發生在麥珂伏身向下的堅持自守中，她勃動的慾求，經歷了怨恨、神經緊繃、迷醉朦朧，最終又猶如泅泳在清澈湖水中的溫暖平靜境地。在性與身體的探索裡，她領略著麥珂與喬治對她的不同，「面對喬治，是一種探險的激奮，混雜著一種自棄的情緒；面對麥珂，我的感覺卻是一任自然……我所以現在用自己的手把自己的衣服一件件地剝脫下來，不過是為了滿足我自己那點自主的勇氣，全不是為了麥珂的要求，也沒有期待從麥珂那裡求取任何報償。」(頁 171)

這讓我們想到，麥珂就是汪佩琳此一夜遊的探索之旅的「天使」，而最終她的覺醒與新生也源自麥珂的失蹤這象徵性的「天使之死」。類似維琴妮亞・吳爾夫《戴洛維夫人》中的珂樂麗莎，在聽聞到那位自殺的年輕人的死訊後，她決定回到宴會中的人群那裡，感覺這是多麼不尋常的一個夜晚。於是那個年輕人彷彿代替了她的死，讓她活了下來。就像麥珂的失蹤，使汪佩琳找到了活著的需要與新生的力氣，這段經歷於是變成汪佩琳確定自己不是別人投擲的「幻影」的證明。唯有如此我們才能接受在不吃不喝地在床上躺了兩天之後，原本為麥珂的失蹤悲傷不已的汪佩琳，為何可以在對鏡自照中迅速忽覺「活著真好」。

值得注意的，這篇作品不論比起《戴洛維夫人》或馬森先前的小說《生活在瓶中》，都要來得平實易讀很多，除龍應台在〈燭照《夜遊》〉中所說，《夜遊》讀起來並不枯燥是因為「其中有些令人停頁深思的問題」（《夜遊》，頁 386）之外，全書細述汪佩琳的叛逆、探索、挫敗與覺醒，不但其內心的起伏變化扣人心弦，幾幅她與麥珂等這些邊緣人物的互動與場面，尤其對感官經驗的描寫更達到極絕美深刻的穿透力。在汪佩琳的「夜遊」探索中，這些感官經驗都具有一種象徵交換與死亡的轉換關係。從《生活在瓶中》八月夏景中凝結的笑聲，到《夜遊》中麥珂這象徵性的「天使之死」，可以發現八月夏景的熱烈，正反差對比《生活在瓶中》書中羅瑞的存在虛無感；而《夜遊》中由夜到日的轉換，則突顯了汪佩琳開拓新局的勇氣。汪佩琳原本有如同羅瑞般「幻影」式的存在，是在麥珂的象徵性死亡中得以找到化虛為實的可能。

這種「象徵性死亡」說明什麼呢？或者我們可以從讀者反應角度來加以注意。馬森在〈一封致讀者的信〉便引到一位讀者的來函：「自從去年購閱了《夜遊》之後，其餘盪直至今日仍未稍減……裡面所激發出來的許多新奇深刻的思想、意念改變了慣常僵化的思考方式。」但這位讀者接著提到她對父親的看法改變了，「他不再是個和藹可親的老人，原來只是個愚蠢的沮喪的醜陋不堪的老人」（《文學的魅惑》，頁 213～214）。雖然這位讀者提到，她最終仍恢復了對父親慈愛的形象，但是這種覺今是而昨非的轉變，顯然都是以一種排斥──推離的暴力，摒棄一位牽纏最深的關係人物的心理倫理行動。唯有透過此一推離的淨化過程，「我」的主體才得以建立。

因此，《夜遊》和王文興的《家變》一樣，都具有某種對傳統文化的顛覆性。如果說發表在 1970 年代的《家變》還具有某種驚世駭俗的反動性，不易為當時的世人所接受，那麼，《夜遊》中汪佩琳的叛逆，只是適度地呼應了時代的需求而已。同時，本書不僅寫汪佩琳和麥珂，也交織有各種同性戀、雙性戀，及幾個婚姻狀態下的人物關係。如她的丈夫詹，在後來才告知她自己和前妻的關係並不如他過去所說的親愛和諧；又如她的母親，雖力阻汪的離婚，卻也不得不承認自己婚姻的殘破真相。尤其幾次汪身體經驗的重要時刻，汪的母親明淨光潔的形象便浮湧而現，此一意象代表的中華傳統文化對身體的壓制力量也是本書極重要的部分。只是其反思表象與真實，辯證文明與野性的主題特質前人已多有論述，本文在此不再贅述。

本文在此希望強調的是，在過去的小說中，這些充滿身體感官經驗的描寫不是不曾出現，但《夜遊》特殊之處在於，它以一種較為平實易讀的風格，探討一個臺灣女子如何在異國的虛無都會中，勇敢地以身體探索存在。它不同於過去以漂泊離散為主題的留學生文學，多為強烈的家國主題；也不如早期存在主義小說，往往缺少較為具體可感的現實性。相反的，它既有存在主義追求深刻意義感的菁英性，又因本來就架構在異國的時空背景，而不致因為就出現在臺灣這一較可驗證的時空而容易招致寫實與否的批評。陳少聰在一篇〈她是清醒的夜遊者〉中如此說到：

> 夜遊是一本相當特出的書，在近二十年臺灣文壇上似乎沒見過類似的小說。難怪自今年初發行以來，已連續出了四版，這顯然不是偶然的，這一方面也反映出臺灣社會思想型態的發展趨向。

究竟陳少聰對《夜遊》評論所說「近二十年臺灣文壇上似乎沒見過類似的小說」所指為何？我們可以在《夜遊》書中，找到諸如意志自由、兩性關係、婦女解放、文明進展等如今看來已嫌平常的大議題。但我想它真正的特出之處應在：它藉由與意志自由、兩性關係、婦女解放、文明進展這些大議題的相互嵌合，將身體感官經驗與情感多樣化的可能，作了極深刻動人的描寫。

尤其如果將此書與他之前的《生活在瓶中》對比，其差異更形明顯。《生活在瓶中》的主角羅瑞雖力圖生活的現實與真實，卻是個標準的虛無人物，將「情愛」與「真實」拆解成兩個相互對立、毫無交融空間的母題，使情節內容多少顯得僵硬不可信；但《夜遊》卻相對進一步辯證了，情愛與真實不可交融的真正關鍵，可能就隱藏在「身體」裡。有如前文註中提過的一段引文「妳們根本不懂得享受妳們的身體，放縱妳們的身體，讓妳們的身體來表現妳對人們的愛心，而不只是燃燒在腦中的一種幻想」。（頁 312）因此，《生活在瓶中》與《夜遊》不僅是寫作上的前後差別，如前所說，其書名標題彷彿也隱喻般指向一種具特定發展趨向的力量——一種對存在本真性的探問，及在漂浮的非本真存在中把握瞬間、短暫、偶然真實的努力。一種由「生活在瓶中」的封閉與幻影狀態，走向「夜遊」的探索，透過夜遊中探索之旅的象徵交換與死亡，換取覺醒與新生的可能。

三、馬森的文學現代性與臺灣文學場域變遷

馬森曾在《生活在瓶中》〈舊版序言〉中自言：「《生活在瓶中》寫作的時間雖然遠早於《夜遊》，可是在結構上可能要比《夜遊》新穎一些。……抱有突破傳統小說中『時』與『地』的觀念……」（頁 12）。確實，從本書結構來看，全書時空較為隱晦、跳接，幾段荒謬的情節片段，更頗為超現實，比起較為傳統寫實、時空明確的作品顯得極為特別。然而，較新的手法未必引起更高的接受度，具有較為完整情節性的《夜遊》還是比《生活在瓶中》受歡迎許多。因此如果進一步扣合本文另一個重要的論題——即馬森小說的文學現代性與 1980 年代前期臺灣文學場域的關係，尤其是由前論《生活在瓶中》到《夜遊》相同關懷議題卻不同思維內涵的差異變化來觀察，下一個值得關注的議題應該是，他的此一形式與內容的變化到底說明了什麼意義？

用布爾迪厄的說法，文學場域相對於其外在具制約性的文化場域仍是

一具自主性的象徵空間，各個不同的文學行動者（agent）在文學活動中以其特有的習性（habitus）來進行其資本積累與占有位置（position-taking）（*The Field of Cultural Production: Essays on Arts and Literature*）。那麼，我們需要觀察，馬森是否在 1980 年代前期的文學場形成什麼「占位」的現象？又如何認識此一現象具有的意義？

（一）「女性主義」式感覺經驗的「現前」變遷與「都會感官」的後現代身體感性

雖然，按前面由《生活在瓶中》到《夜遊》的討論，可以發現相較於《生活在瓶中》，《夜遊》是明朗寫實許多的作品。但是，筆者以為正是這一較為寫實的形式使其「前衛性」足以打入人心。筆者以為其因至少可以從以下幾個面向去理解。

首先，本書突顯了一位「女性」的都市漫遊者形象。雖然無論出於被動或主動，古今中外文學史上「漫遊者」的故事都不少，唯從波特萊爾以降，都市漫遊者便具有一種為都市與現代文明的瞬間、短暫、偶然留下見證的匿名英雄味道，具有流連徘徊和自由觀看的特質。他清醒地旁觀一切，又代表著一種「騷動不安的女性化男性氣概」。據波特萊爾所稱這些人還包括詩人、拾荒者、女同性戀、老女人和寡婦以及娼妓和流鶯等，然而，他們之中現身街頭的女性多半帶著「墮落」的意味，充滿著性慾的逾越性。有人因此認為漫遊者不屬於女性（《性別、認同與地方：女性主義理學概說》，頁 208～212）。

然而，這樣的「娜拉」型女性，無論在傳統或現代社會中向來不乏其人，如易卜生筆下的娜拉、魯迅筆下的子君、安娜卡列尼娜、包法利夫人與查泰萊夫人等等（〈漫遊敘事與都市人的精神突圍——重讀馬森的長篇小說《夜遊》〉，頁 93）。而在 1980 年代工商消費的新社會型態下，尤其隨後女性主義風潮興起的氛圍中，這一不計一切追尋自我的女性漫遊者，更顯得理直氣壯，多了一分清醒的覺知與實踐的可能。因此，她的出走，雖然驚世，卻不一定駭俗。「我是我自己的，不是任何人的附屬品」，這句話和袁瓊瓊當時極具代表性的小說〈自己的天空〉類似，都像是新女性主義的一種劃時代宣言和開創先鋒。而《夜遊》更特別的一點還在，它卻不是出於一位女性的創作者，而是一位高大俊拔的男性作家。

同時，這作品充滿一種現代都市無拘無束卻又無依無靠的都會感性，《夜遊》中以「熱帶花園」酒吧聚集的一群同性戀或雙性戀者，他們或她們容或對婚姻與愛情有各種不同的選擇，並不都是快樂的，卻多是自主的，愛情的多重型態在這本書中首次有了極為開闊而具寬容辯證性的處理。所以即使以喬治，這位「強暴」了汪佩琳的角色，他也具有相當的人性的一面，和汪佩琳最終也能繼續當朋友。本書將這樣極難想像的關係寫得極其自然，絲毫不顯突兀或不可信，也就是本書突顯出一種波特萊爾所謂「過渡、短暫、偶然」的現代性，這些都市漫遊者或者有放浪形骸的時刻，卻又都同時具有相當的清醒性，因此他們的情感關係反而再現了現代社會中這種依違在理性與感性之間，複雜多變卻又高度理性的（後）「都會感官」現代身體特質。

在隨後 1990 年代初期大量出現的感官小說中，無論異性戀、同性戀、酷兒，這類作品已大膽到出現不少身體器官與性愛場面的摹寫，可謂體液與氣味四散瀰漫，相較而言，《夜遊》可能要顯得保守壓抑許多。但不可忽略的，1980 年代中期以後的解嚴，使臺灣社會面臨價值體系巨大的崩解與重組，這些書寫的前衛態度，往上逆推，不一定比還在將明未明之際的 1980 年代前期具有更大的挑釁意味。因此，馬森的前衛美學位置正在後面將論及的小劇場新興風潮與《夜遊》帶有前衛叛逆性中奠定。其前衛美學的導師性地位也可以從 1990 年代他為三本「新感官小說」撰寫的書評〈邊陲的反撲：評三本「新感官小說」〉看出來。這三本「新感官小說」分別是紀大偉《感官世界》、洪凌《異端吸血鬼列傳》與陳雪《惡女書》。這是皇冠出版社於 1995 年一口氣推出的四本情慾小說其中三本。[9]以「邊陲的反撲」為題，

[9]第四本為曾陽晴的《裸體上班族》，為何只寫三本的書評而不是四本，尚待查證。

已有明顯為這些小說正名背書的味道。又如同年他也有〈城市之罪——論現代小說的書寫心態〉一文，都會的、感官的議題抉為馬森重大的關懷是可以確定的。

這些都市感官身體經驗的敘寫在 1980 年代女性文學筆下還是看不見的，女性文學在 1980 年代的崛起已是文學史共知的事實，然而不少文學史家多以「閨秀」風格去稱呼這個時期興起的女性小說家們，此中除了李昂是明顯以女性知識分子形象區隔於其他女性小說創作者，並以此取得其文學聲譽（〈佔位與區隔——八〇年代李昂的作家形象與文學表現〉，頁 364～387）之外，1980 年代最引起震憾的情慾文學可能還是以《夜遊》和比它早一年出版的《孽子》最為受重視。白先勇的《孽子》寫一群流連在臺北新公園青春鳥的同志們愛慾情仇的故事，其驚世與駭俗的程度自不待言，相對於《孽子》男性的、臺灣在地的、激昂熱烈的身體書寫風格，《夜遊》是女性的、異國的、較為溫和內省的。

然而，筆者以為，正是這樣的融和知性與感性，朝向身體感官探索卻又不那麼激情熱烈的身體書寫，它可以更精準地去標誌出 1980 年代前期，那個「彷彿雨雲已達到飽和的程度只等一聲霹靂」的將明未明的「前歷史」階段特有的一種疏離卻又充滿張力的時代氛圍。這是如雷蒙・威廉斯所說，是一幾乎不必特意表述便知的特有社群經驗，一種感覺經驗的「現前（emerging）的變遷」（“Structures of Feeling”, pp. 128-135）。

呂正惠在〈七、八〇年代臺灣現實主義文學的道路〉一文中認為臺灣 20 世紀 70、80 年代現實主義鄉土文學的發展是對前二十年思潮的反動。而且在它前面，沒有類似俄國 19 世紀 30 至 50 年代的預備階段和現實主義第一階段，而是一下子就被迫跳入 19 世紀俄國 60、70 年代現實主義的第二階段中，執迷於意識型態的爭論，誤以為這就可以造成好的文學，因此雖然「題材有所突破」，但形式不脫「譴責小說」窠臼，甚至有些描寫「造作而呆板」（頁 67）。

這個批評雖然略嫌苛刻，卻可以看出 1980 年代文學，在創作意識上確實都有一種「真實」現前的緊迫特質，這當然和 1970 年代鄉土文學論戰到美麗島事件後的現實情境有緊密的關係。相對的，一般被劃入現代主義文學的書寫表現如《夜遊》，它似乎與土地更為疏離和遙遠。有趣的卻在，當我們比較這些代表「鄉土」與「現代」不同位置所表現出的特質時，不論鄉土或現代，他們卻都共同在「書寫議題」上具有相當高的突破性。

也就是說，書寫手法不論，「鄉土」位置甚至隨後明顯浮上檯面的「本土」位置，他們可能更關注公共領域空間中政治教育體制的箝制，「現代」位置可能更關注私密個人領域情慾與性別權力的問題，但是他們在 1980 年代前期共同在題材上表現出相當有意把藝術重新融入生活的「前衛」創作意圖。只是從《夜遊》的角度，他可能更容易抓住在傳統與現代間掙扎，卻希望跨到現代社會來的都會女性知識分子的內在心聲。

這種女性知識分子的掙扎往往在於，她自認要跨進的現代、自我的主體追求的過程中，是需要一個作為象徵交換的麥珂去作為中介的，必須有一個「麥珂」的象徵性的死亡，這樣的轉換才會完成。白先勇認為，汪佩琳讓麥珂搬進她的住處，照顧他、縱容他，可以說是他的「母親替代」（《夜遊》，頁 9）。這樣的說法自然有其道理，但筆者以為，本書的趣味在於，汪佩琳並不想當「母親」，而是想當「自己」。

發表於 1980 年代的袁瓊瓊短篇小說〈自己的天空〉正是標誌了此一轉變的著名篇章，文中女主角靜敏在丈夫良三要求她搬出家裡，讓給已懷孕的情婦時，靜敏發現自己並不真正悲傷地決定「我們離婚吧」。同時在一番經歷後她自己也成為了別人的情婦（《自己的天空》，頁 133～151）。許多人曾質疑，靜敏在文中的結局究竟算是真正找到自己的天空了嗎？從她仍然依附於一男性而言當然不是的，但從她自主地決定她要做些什麼，確實已可說明她找到了「自己的天空」。

〈自己的天空〉雖僅只是一短篇小說，但因為是一女性作者，又適時出現於當時的時空，其引起的轟動與意義早經確定自不待言。和〈自己的天空〉相較，《夜遊》卻是以一長篇的篇幅，遊走探索、跌跌撞撞於女性主體的建立。因此，麥珂是汪佩琳「天真未鑿」、「野性本能」的象徵，是一個通向黎明之途的「天使」。汪佩琳必須經由與麥珂的一番「夜遊」，並且再度棄麥珂而去，她才可能打破「生活在瓶中」的局限，並且脫「瓶」而出。這是一種女性主義式的感覺結構的「現前」變遷。她最後說的要「去生活，去工作」，意味的是她終將大膽地邁向「白晝」。因為相較於白晝，「夜遊」終究是一種「過渡」。但「夜遊」卻正是這一種「現前的變遷」的探索與「過渡」，說明一個更新的時代即將來臨。

1980 年代前期的臺灣，便是在這樣一種充滿變革現實的期待意圖，現實卻又將明未明的「夜遊」狀態下，開始了各種充滿張力的集體狂飆行動，而文學場域之中，女性文學與政治文學、原住民文學等繁花茂盛的多元文學發展也相應而起。隨之而來 1989 年突然出現的羅青《什麼是後現代主義？》，彷彿早到地預告臺灣後來不斷求新求變卻不知伊於胡底的（後）現代都會社會甚至全球化時代的消費軸心體質。而馬森既以他的荒謬劇作，代表著新興「前衛」思潮，甚至超前於現代主義的後現代主義思維，又以充滿飽和與寫實故事性的《夜遊》說服了臺灣的讀者，讓我們知道《夜遊》一書固然充滿「身體」的都會感性，卻仍執著於存在本真性與意義、深度的追求。同時，主角汪佩琳式都會女性漫遊者的精神探索之旅，呈現出的不是「夜遊鬼」的頹廢虛無，而是以「身體」的探索去達到一種如巴塔耶所謂的「耗費的普遍經濟」（〈巴塔耶的神聖世界——編者前言〉）的神聖「夜遊神」[10]態度。

---

[10]「夜遊神」為筆者自鑄語，主要源自巴塔耶把這種非功利非目的性的耗費視為具有神聖性的概念。汪民安在《色情、耗費與普遍經濟——喬治・巴塔耶文選》的導論〈巴塔耶的神聖世界〉中提到，巴塔耶的論述中，作為被改造的自然的人類的「性」與「色情」和反功利與目的論的「獻祭」是對世俗世界再否定的兩種強烈形式。世俗世界的特徵是具體的現實功利性生產，巴塔耶稱為「有限經濟」，但「普遍經濟」則是有限經濟的反面，是更開闊地將地球的能量看成一個相關性的整體。巴塔耶從「普遍經濟」的角度提出「耗費」的必要性，它並非生產性的消費形式，不試圖占有和獲利，它的目的僅及於自身。這和《夜遊》中汪佩琳的探索及對麥珂的付出有其類似之處，如汪佩琳比較面對喬治和麥珂的不同：「面對喬治，是一種探險的激奮，混雜著一種自棄的情緒；面對麥珂，我的感覺卻是一任自然……我所以現在用自己的手把自己的衣服一件件地剝脫下來，不過是為了滿足我自己那點自主的勇氣，全不是為了麥珂的要求，也沒有期待從麥珂那裡求取任何報償。」（頁 171）

（二）商品消費社會的成形與身體書寫的興起

但在當時社會整體都浸染其中的「現前的變遷」之外，另外一個問題卻也逐漸滲透入 1980 年代知識界（尤其是左翼知識界）對臺灣社會的文化造型力量，同時，也滲透入自 1950 到 1970 年代影響臺灣最深遠的主導文化（以美國為主要媒介）之中。這屬於另一種「心理認同」層次的「族群」，未必因為 1980 年代的到來才發生，但卻逐漸「由外在轉向內在，由『特殊具體』而逐漸轉向『普遍抽象』的模式」（〈崩解的自我：現代主義、畸零人與戰後臺灣鄉土小說〉，頁 17）。它消失了「族群」原始作為「具體地域」的可辨識特性——沒有特定地域，也可能有特定地域，唯靠同一族群之人憑其相互共同的氣味、特徵、記憶而彼此辨識。在 1980 年代，它隨著報禁解除、黨禁解除、戒嚴解除、各種可以解除之解除的禁忌之陸續崩潰而全面到來。即一種因為資本現代性力量的無孔不入而化身的——「商品消費社會」的悄然成形。

此一消費社會的成形和臺灣的 1980 年代的經濟高度發達自然有更直接的關係，在資訊快速流通之下，都會物質景觀逐漸趨於繁榮縟麗，社會秩序人際關係社會價值面臨新一波的調整，經濟領域中交換價值的行為取代由個人工作角色提供的認同感，成為一種新的認同方式。人們通過「消費」，標誌人際間的社會地位與距離，以衣著、飲食、娛樂等「日常生活」經驗彰顯異於其他社群的生活風格，同時界定彼此的差異。從而，消費品除了其實際的使用價值外，更成為建構認同與角色扮演的重要象徵。「消費」並從而改變了世界觀與價值體系：

> 消費社會的產生，原是隨著生產的「剩餘」而來，而「開始產生剩餘」意味著人們開始有時間去從事基本生存以外的需求和慾望，對一個社會而言是十分重大的轉變。由於剩餘時間的產生，使人們可以開始去接觸思索生活基本需求以外的事物進而加以重新解釋、改造或重組，而這也促使了世界觀和價值體系的重大改變。

——〈臺灣八〇小說的感覺結構〉，頁 94

人們在「消費」中學會了快速汲取、快速拋棄、快速遺忘。也形成一種由「直觀的慾望」形成的「消費」意識，「人通過對慾望的凝視與消費完成對自我存在的認知與意義」(〈臺灣八〇小說的感覺結構〉，頁 98)。

以 1971 年創刊的 *Echo*（後改名為《漢聲》雜誌）為例，它持續以英文「介紹中國文化，讓外國人認識臺灣」，報導臺灣鄉土民俗而廣受矚目，如媽祖、皮影戲、國劇的引介等，當時華航就曾以一萬本的訂量放在飛機座艙中供旅客閱讀，「如此鄉土、傳統結合現代精緻攝影技術的接合模式」(《七〇年代臺灣左翼運動》，頁 157)，傳統和現代在一種足以催化感官的精緻意象中無比和諧地接合了起來——在機艙中「閱讀」鄉土——如此一來，鄉土得以在「想像」中回歸，商品消費行為也得以完成。

這種「當下現前」的「消費」意識即後現代式的消費，這在西方被稱為後現代的商品美學，在 1980 年代臺灣社會的城市人經驗中也逐漸被感知。但 1980 年代的臺灣，是否算是「後現代社會」？這頗引起過一些爭議，因為由左翼關懷所凝聚而出的社會力才剛剛在進行著臺灣歷史記憶的重新出土，就文學而言，如呂正惠所說，連寫實主義風潮都還未曾成形。但無論如何，解嚴之後隨著社會力的釋放，反對陣營政治力與本土知識分子努力重整禁錮了幾十年的臺灣歷史記憶，直到 1990 年代大量回憶錄、口述歷史出現的同時，一種輕薄短小的暢銷書大量出現——《十句話》、《幽默一百》、《智典》，1980 年代後期，還出現了一波由禾林引出的羅曼史文化工業，以羅曼史的模式迅速填充和複製。延續到 1990 年，在口味加重需求下，再染以肢體器官橫陳泛濫的淺薄情色。如陳明柔所觀察，1980 年代末期所謂「純文學」似乎「早已失卻了主導市場消費的地位，其所代表的地位與品味象徵的效用與價值，均大不如前」(〈臺灣八〇小說的感覺結構〉，頁 96)。

然而，如果如陳明柔所言，1980 年代末期所謂「純文學」似乎「早已失卻了主導市場消費的地位，其所代表的地位與品味象徵的效用與價值，均大不如前」，那麼 1980 年代前期則還處在一個巨變前的特殊階段。王汎森在一篇懷念高信疆的短文〈八〇年代的塵埃〉中便說明了當時高信疆引進海外的一大群學者文人為臺灣的副刊寫文章，是臺灣文化史的一件大事，這些海外學者與文人為 1970、1980 年代的臺灣文化界帶進許多原來沒有的內容和觀點。而《中國時報》在 1980 年代舉辦的系列公開演講空前成功，有時會吸引到上千聽眾，他引用朋友陳浩的話說：「這實在很不正常。」相較於如今聽眾極難超過百人的演講，甚至只有十來個聽眾不到，王汎森的小文提醒我們，這階段的特殊氛圍和特定媒體人的推動所引起的對媒體效應有關。但同時，它產生了一個效果，即王汎森提到：「1980 年代副刊的一種氣氛，那種氣氛現在已經不大存在了，那就是文化與學術還在同一個平臺上，兩者還不是橋歸橋、路歸路那樣涇渭分明。當時的余英時、林毓生、張灝、杜維明等人就常常出現在副刊，所以副刊既是文學的，也可以是學術的。」(《高信疆紙上風雲》，頁 103)

這段文字透露了一個訊息，《中國時報・副刊》帶動的一種學術的、知識分子的副刊風格，可能也正是讓馬森這位知識分子特質的文學家，在 1980 年代透過《中國時報》「崛起」於文壇的重要因素。關於他的知識分子形象部分將在下節再談，本段將注意的是，其文學比如《夜遊》一作和正在快速興起成形的直觀消費意識可能具有的關係。

前已提過，《夜遊》仍是充滿存在主義意涵的小說，但卻是以身體的敘寫為核心去追索。其中身體敘寫的重點在書中並不是性慾的滿足與交歡甚至其細節，相反的，本書是對身體的「凝視」書寫，在一步步的凝視中，他的作品不僅出現麥珂的裸體，以及投注在麥珂男體上的目光。而且是主角汪佩琳逐漸解放自己的身體後，最終能與麥珂裸身以對的「兩性對看」。因此它寫性慾，但不是一種性慾勃發的強烈身體感官經驗，而是一種兩性如何可能在對自我主體的自覺中，逐漸解離拘束，脫掉象徵著自己的文明的束縛的「衣服」，赤身裸體且自在地面對另一個異性的身體的過程，及由拘束到解放的變化中的層次與種種可能。讀者在這樣的閱讀中，可以感受到這完全不是一本色情的小說，卻充滿著豐富的身體情色語彙，與對身體的知性思維。因此，它可以被直觀地截段閱讀，即進行極快速愉悅的消費性閱讀，也可以慢慢沉浸於其中的哲學思維，細審其中提出的性別與身體話語。這在當時的文壇不僅極為少見，簡直是驚人的挑動。

我們可以說，這是一本情與色高度平衡，讀來頗能達到愉悅效果的一本書，雖然故事中的人物最後或者失蹤或者死亡，但對當時的讀者，這不啻是一本可讀性高又充滿知性感性的好小說，它足以吸引的不僅是純文學的讀者，而且還有大批的一般讀者大眾。因為它不像純文學小說那樣嚼不爛，而具有直觀消費的新興身體意識的可能。[11]

值得注意的是，這樣的時代氛圍一旦過去，當臺灣的現實成了日日在媒體上被過度曝光的「新聞」，民主的果實被恣意的咬嚙、踐踏，身體已是過度食傷而無味。這些終究帶著存在主義「知性」意味濃厚的成長啟蒙式「夜遊書寫」，固然仍可喚起些年輕敏銳的心靈困頓時的強烈呼應，卻只能是極為小眾的，難以激盪出更大的知識視野與文化生產。如 1990 年代朱少麟有《傷心咖啡店之歌》、《燕子》等著作，雖然同樣成為暢銷作品，「傷心咖啡店」也像「熱帶花園」，同樣是一個充滿「邊陲的反撲」的異質空間場景，然而它能產生的反撲力道極為有限，這某種程度說明了讀者對於「真實」的理解，更為落定為物質性脈絡，存在主義較為唯心式的現代主義美學，在 1990 年代文化場域中，未必仍具有菁英性、知識性和國際性格，或者是前衛進步的象徵意義，反而可能正「表徵」著中產階級的唯美保守心

---

[11]如果再對照網路尚未發達，「出國旅遊」甚至「歐洲旅遊」的觀光消費型態尚未普遍出現的 1980 年代臺灣社會，馬森於 1987 年左右出版的《墨西哥憶往》、《巴黎的故事》等都在書名標榜異國的色彩，充滿著召喚讀者「觀看」的消費慾望。《墨西哥憶往》初版於圓神出版社，同年《巴黎的故事》亦由爾雅出版社出版。但馬森居住墨西哥時間應為 1960 年代末到 1970 年代初，居住巴黎時間則為 1960 年代前期。而《巴黎的故事》原名「法國社會素描」，自 1966 年便開始於《歐洲雜誌》連載，1970 年 7 月，其中四篇與李歐梵等人的作品一起集結成《康橋踏尋徐志摩的蹤徑》一書，由臺北環宇出版社出版。1972 年 10 月，13 篇故事以《法國社會素描》為書名，由香港大學生活出版社出版。這本《法國社會素描》即是日後《巴黎的故事》（1987 年 10 月，爾雅）的前身。現在通行的版本僅收 12 篇，刪去最後一篇〈路〉。

態。這也是為何有郭強生〈美在藝術蔓延時：談「燕子」的耽美情懷〉這樣的評論出現。自然，馬森的《夜遊》也曾引發過於「空靈」的批評，但是因為時空背景不同，其效應與因此轉換成的文化資本也截然不同。

這或許說明，存在主義美學已難再具有為 1990 年代甚至 21 世紀後現代文化場域制定新規則的前衛知性視野。存在主義文學因為偏重理念的探討，較少觸及感官身體的經驗敘寫。然而，如詹明信〈時間的終結〉一文所言，相對於現代社會時間的輪子是不斷向前跑的，人與社會也有一個可辨認的傳記性自我或個人化的命運，因此會不斷在時間的流變中得到學習與成長，但後現代去掉時間的個人性，實現了一種新的私密性和自由，就是從過去和將來的桎梏中解放出來的絕對的「當下」，指向的不是永恆，而是物化，指向自己的身體，而且是個想像的概念統一體。後現代社會時間似乎終止了不斷成長的可能，而是「身體」和「當下」成為後現代的時間形式（“The End of Temporality”；《小說的時間性與現代性——歐洲成長教育小說敘事的時間性研究》，頁 187～210）。

詹明信的話不禁讓我們深思，《夜遊》象徵的不僅是一種汪佩琳式的都會女性漫遊者的精神探索之旅，它更是終止了成長的後現代社會一則平實的寓言。從文學場域的角度，《夜遊》一書在當時引起的注目自有其特殊的文化資本與進步性象徵意味，但即使離開了那樣的時代，《夜遊》仍然表徵著後現代社會身體與當下的核心性，尤其透過汪佩琳對個人存在意義深度探索，卻只能尋找一作為象徵交換的黎明前的「天使之死」來達成，其追尋方式弔詭地提出，這種「晝短苦夜長」，永遠向著「白晝」敞開的「夜遊」，似乎是後現代人類更為真實的、永恆性的狀態。因為白晝極短甚至一直未到，人類所能想像的黎明與成長，或者只能持續以一種向著黎明「想像」「過渡」的「夜遊」狀態到來。

（三）文化資本：1980 年代前期新興小劇場風潮與馬森「前衛」知識分子形象

然而，要理解馬森與臺灣文學場域的關係，臺灣 20 世紀 80 年代的小劇場運動更是不可忽視的一環。從今天的角度來看，一般我們會把小劇場運動當作臺灣 1980 年代政治運動的一環。如 1988 年 2 月 20 日王墨林與周逸昌在蘭嶼策畫了一場反核的行動劇，號稱為臺灣第一齣「將劇場與社會運動結合的政治劇場」(《都市劇場與身體》，頁 108)。此外「臨界點劇象錄」等高舉「反體制」的小劇場也在當時相繼出現，讓小劇場運動從此逐漸和臺灣的各種社會運動匯流，積極參與了環保、農運、學運、無住屋和各種政治改革運動，在 1989 年底的國會改選，更達到「美學與政治齊飛」的最高點 (《臺灣小劇場運動史》，頁 204)。雖然小劇場運動後來的勃興及與政治改革運動的結盟與熱烈表現，是否即意味 1980 年代前期，當時的劇場工作者已對臺灣現實具有高度之關懷，甚至有再現當時臺灣現實的追求，可能是需要質疑的 (〈1980 年代臺灣小劇場運動的歷史意義——以「實驗劇展」開始與結束為例〉，頁 23～29)，但可確定的是，現代劇場界當時洋溢一片求新求變的氛圍，卻是不可否認的事實。這意味著，那還是個臺灣現代劇場界「美學感知」超過「政治感知」的年代，是小劇場運動「政治性格」(《臺灣戲劇——從現代到後現代》，頁 107) 將現未現的階段。它是充滿可能的年代，也是一切還曖昧未明的年代。

一般談到小劇場勃興，多會從姚一葦當時推動的五屆「實驗劇展」談起，認為那是臺灣劇場生態蓬勃發展的契機，也是許多第一次走進劇場的年輕人重要的啟蒙經驗 (《臺灣小劇場運動史》，頁 83；〈1980 年代臺灣小劇場運動的歷史意義——以「實驗劇展」開始與結束為例〉，頁 24)。溯其原因，據鍾明德的分析，1980 年代前期小劇場所以能從奄奄一息的業餘話劇活動，並風雲際會蔚為 1980 年代知識青年的一種「運動」，主要至少有以下四個原因：就內部來說如話劇斷層與積弱不振、歐美日等前衛劇場的影響，對外來說如臺灣政治經濟社會文化的現代化成果及所面臨的轉型危機及戰後嬰兒潮的成年等 (《臺灣小劇場運動史》，頁 14)。雖然 1960 年代有《劇場》雜誌的創辦，引介不少西方現代戲劇論述與前衛知識等，甚至曾演出《等待果陀》等劇。又如臺灣現代劇場最主要的精神支柱姚一葦，他在 1965 年一片反共抗俄主題和擬寫實風格的話劇時代，已因受到布萊希特「史詩劇場」影響而寫出反寫《西廂記》的古典改編劇〈孫飛虎搶親〉，在 1971 年也有帶荒謬劇色彩的〈一口箱子〉等的創作（〈突破擬寫實主義的先鋒——論姚一葦劇作的戲劇史意義〉），但基本上這些都只是一種個別零散的嘗試，無法真正形成風潮。直到蘭陵劇坊〈荷珠新配〉大受歡迎，引起相當重視，而以臺灣戰後嬰兒潮年輕世代為主所組織的小劇場趁勢而起，這些新生力量才逐漸擴大而造成所謂的小劇場風潮。

在這些值得重視的轉捩點中，1983 年馬森應尚在草創中的國立藝術學院（今國立臺北藝術大學）第一屆戲劇系主任姚一葦力邀回來任教，便是值得記上一筆的大事。[12]其特殊的「背景」迅速與當時新興的劇場氛圍結合，讓當時尚在萌芽階段的小劇場平添一股「前衛」的色彩。同時，這種「前衛」色彩也反過來為馬森的文化資本迅速增加總和。

馬森的「特殊」之處在於，他早年在取得師大國文系碩士身分不久，便留學法國學電影導演，又輾轉住居墨西哥任教，並遠赴加拿大取得社會學博士學位。這些資歷造就了他「融合東西文化」的現代知識分子形象。按王淳美原稿、郭澤寬增訂之〈臺灣現代戲劇大事紀要〉一文，《馬森獨幕劇集》1978 年在出版後，該書便以其中不少荒謬劇的前衛性，吸引大專劇團選取其中劇本演出，並引起甚多回響與討論。1979 年他又發表小說《孤絕》，1982 年前後他也陸續發表相關的評論〈聖者、盜徒——讓・惹奈〉、〈滑稽，還是無言之詩——馬歇馬叟的啞劇藝術〉、〈話劇的既往與未來——從荷珠新配談起〉、〈隱藏在臺灣本土的一塊美玉——論七等生的小說〉（《夜遊》，頁 391～392）等等。對讓・惹奈罪人與聖人形象的引介與推崇，及對七等生內視型風格的創作如何掌握住臺灣島嶼特有的鬱綠色彩等意見，往往能讓人由其中發現其獨到見解，並引發深思。

從創作到評論，從戲劇到小說，多面向的身分與投注，已充分展露他

---

[12]當時被邀請回國的，除了馬森，還有留學美國的賴聲川，1984 年賴聲川成立表演工作坊，1985 年並推出〈那一夜我們說相聲〉同樣引起轟動，是劇場打入民眾生活之中的重要例子。

多方面的才華。而他 1983 到 1984 這一年，密集而多元的藝文參與與出版，更使人發現原來他且身材頎長，長相俊挺。這些特質尚不包括他原已創作多年，早年留學法國時期，並曾參與發行《歐洲雜誌》而結識不少藝文圈與學界優異的作家與學者。甚至再推早到大學時期，他更因參與「師院劇社」(《臺灣戲劇──從現代到後現代》，頁 193）[13]也認識不少後來相當著名的藝文名家，如李行、劉塞雲、金慶雲、白景瑞……等，這些豐厚多元的人脈，使馬森更能左右逢源。在 1980 年代小劇場開始求新求變之際，馬森率先帶領出的「荒謬劇」也以一種前衛的符號姿態衝激著臺灣的校園，提供了一套新的知識視野，使馬森從「前衛美學」的位置迅速攫取了一定的聲譽與影響力。前面「年度風雲人物」的頭銜，充分說明了當時聲譽的取得。

馬森曾以「中國戲劇的兩度西潮」來說明西方傳來的寫實主義與現代主義對臺灣與中國的巨大影響，而據馬森幾篇針對鍾明德「後現代主義劇場」中現代與後現代概念的質疑與對話論述（《臺灣戲劇──從現代到後現代》，頁 119～158)，也可以看出其論述不僅是一種學術對話與探討，也是對自我文化習性與可能性配置的清醒認知。在其中的〈從現代主義到後現代主義──臺灣「新戲劇」以來的美學商榷〉一文，馬森以斯邦諾斯（William V. Spanos）的說法認為，「後現代主義並非限定於英語國家，『而是一場真正的國際性運動。它的主要形成性影響是歐洲的存在主義，主要是海德格的存在主義』。它的主要實踐者是存在主義作家及荒謬劇作家，諸如沙特、貝克特、尤乃斯柯等人」(《臺灣戲劇──從現代到後現代》，頁 143)。這雖然是一種學術分析，但是馬森小說創作的存在主義特質與戲劇創作的荒謬劇色彩已足可說明，他相當信服這一說法，並且在現代劇場界，他應當也認為他的「荒謬劇」應該被放在「後現代」的美學位置。[14]

---

[13]馬森就讀大學當時今天的師範大學仍稱「臺灣師範學院」，該劇社合併自原來的「戲劇之友社」與「人間劇社」，而「臺灣師範學院」改制後則改稱「師大劇社」。

[14]在 2011 年 11 月 28 日與馬森的電話訪問中，馬森也同意此一說法。

如張誦聖所說，許多前衛思潮在思潮本身的擴散過程中，其知識系譜（genealogy）經常被隱藏而其內容迅速被轉化為絕對值。甚至經由強大的象徵性儀式性作為一種新視野注入文化場域，儼然成為推動文化生產的主要動力（《文學場域的變遷》，頁 197～198）。如果按照培德・布爾格的說法，前衛（Avant-Garde）的本意是要「打破藝術與生活的距離」，重新把生活拉進藝術之中（《前衛藝術理論》）。筆者以為，1980 年代前期新興小劇場風潮雖然並未正式以一種文化參與的方式進入政治運動之中，卻已產生重要的象徵儀式意義，它處在一個現代劇場界與臺灣社會結合的「前歷史」階段，而有自覺，有不自覺。馬森在其中可謂適時地以「中國第一位荒謬劇場劇作家」（〈中國第一位荒謬劇場劇作家──兩度西潮下六〇到八〇年代初期的馬森劇作〉）的創作者兼劇評家身分，加入小劇場運動行列，提供了相當的推動文化生產的動力。置諸今天的臺灣文學場域，林偉瑜的「中國第一位荒謬劇場劇作家」的說法，難免引我們思考是否改以「臺灣」來稱呼更為恰當與否的問題。這[15]也更意味著「1980 年代前期」這一特殊的歷史時刻所具有的「過渡儀式」階段的意義。

四、結論

以上對馬森的文學現代性與 1980 年代前期文學場的關係作了簡要分析。不足之處仍多，唯筆者捻出馬森二書《生活在瓶中》到《夜遊》為題，明顯是帶有隱喻意涵的，意即筆者以為 20 世紀 80 年代前期雖然「現實現前」，但社會普遍上仍是在一個「生活在瓶中」的狀態，如果那是一個玻璃瓶，那麼就是雖然可以透過透明的玻璃瓶看見外面，卻是無法有實際觸覺的。前期臺灣「實驗劇場」的氛圍說明了各種從美學形式進行的探索，但是對於現實終究是將明未明。這是一個仍以「美學」為主，尚未進

[15]林偉瑜一文成於 2003 年，與本文所提的 1980 年代前期乍看並不能相互聯結。但本文想突顯的主要是 1980 年代前期統獨的對立論述開始浮上檯面，卻尚未發酵並引發社會與群眾大規模對立的狀況。

入「政治」性的年代。而馬森的回國，從教學創作與各種參與，他等於加入當時臺灣文學場域這一場秩序重整結構翻轉的夜遊之旅。他的《夜遊》，既「前衛」又「知性感性兼具」。在現代主義美學似乎即將退潮、現實主義美學正在強大起來的轉換階段，它不如《生活在瓶中》如此哲學符號化，而有更實際明朗的情節性帶出「都會」「女性」的現實議題，尤其被禁錮的身體感官經驗的探索，也適切地表徵著 1980 年代前期將明未明的「前歷史」氛圍。

引用書目

一、中文書目

・王炎，《小說的時間性與現代性——歐洲成長教育小說敘事的時間性研究》，北京：外語教學與研究出版社，2007 年。

・王淳美原稿；郭澤寬增訂，〈臺灣現代戲劇大事紀要〉，收錄於馬森，《臺灣戲劇——從現代到後現代》，臺北：秀威資訊科技公司，2010 年。

・王墨林，《都市劇場與身體》，臺北：稻香出版社，1990 年。

・〈北藝大校史〉，國立臺北藝術大學，http://1www.tnua.edu.tw/about/super_pages.php?ID=about3，瀏覽日期：2011 年 10 月 20 日。

・〈年度風雲人物，馬森中旬赴英〉，《中國時報》1984 年 8 月 11 日，9 版。

・朱少麟，《傷心咖啡店之歌》，臺北：九歌出版社，1996 年。

・朱立立，〈漫遊敘事與都市人的精神突圍——重讀馬森的長篇小說《夜遊》〉，《華文文學》第 1 期，2011 年，頁 91～95。

・克莉斯蒂娃著；彭仁郁譯，《恐怖的力量》，臺北：桂冠圖書公司，2003 年。

・呂正惠，《戰後臺灣文學經驗》，臺北：新地文學出版社，1992 年。

・汪民安，〈巴塔耶的神聖世界——編者前言〉，收錄於汪民安編，《色情、耗費與普遍經濟——喬治・巴塔耶文選》，吉林：吉林人民出版社，2003 年，頁 1～36。

・季季等編，《高信疆紙上風雲》，臺北：大塊文化出版公司，2009 年。

・林偉瑜，〈中國第一位荒謬劇場劇作家——兩度西潮下六〇到八〇年代初期的馬森劇作〉，收錄於龔鵬程編，《閱讀馬森——馬森作品學術研討會論文集》，臺北：聯合文學出版社，2003，頁 207～226。

- 胡蘊玉，〈文化工業運作下的臺灣文學現象分析——以金石堂暢銷排行榜為例（1983～1997）〉，淡江大學中國文學系碩士論文，1998 年。
- 袁瓊瓊，《自己的天空》，臺北：洪範書店，1981 年。
- 馬森，《海鷗》，臺北：爾雅出版社，1984 年。
- 馬森，《北京的故事》，臺北：時報文化出版公司，1994 年。
- 馬森，〈城市之罪——論現代小說的書寫心態〉，收錄於鄭明娳主編，《當代臺灣都市文學論》，臺北：時報文化出版公司，1995 年，頁 179～203。
- 馬森，〈邊陲的反撲：評三本「新感官小說」〉，《中外文學》第 24 卷第 7 期，1995 年，頁 140～145。
- 馬森，《夜遊》，臺北：九歌出版社，2004 年。
- 馬森，《生活在瓶中》，臺北：印刻出版社，2006 年。
- 馬森，〈突破擬寫實主義的先鋒——論姚一葦劇作的戲劇史意義〉，發表於國立臺北藝術大學戲劇學系所、姚一葦藝術基金會主辦之「再造臺灣劇場風雲：姚一葦國際學術研討會」，2007 年 6 月 2～3 日。
- 馬森，《夜遊》，臺北：秀威資訊科技公司，2010 年。
- 馬森，《孤絕》，臺北：秀威資訊科技公司，2010 年。
- 馬森，《文學的魅惑》，臺北：秀威資訊科技公司，2010 年。
- 馬森，《台灣戲劇——從現代到後現代》，臺北：秀威資訊科技公司，2010 年。
- 培德・布爾格（Peter Burger）著；蔡佩君、徐明松譯，《前衛藝術理論》，臺北：時報文化出版公司，1998 年。
- 張誦聖，《文學場域的變遷》，臺北：聯合文學出版社，2001 年。
- 郭紀舟，《七〇年代臺灣左翼運動》，臺北：海峽學術出版社，1999 年。
- 郭強生，〈美在藝術蔓延時：談「燕子」的耽美情懷〉，《中央日報》1999 年 8 月 30 日，22 版。
- 陳少聰，〈她是清醒的夜遊者〉，《聯合報》1984 年 5 月 31 日～6 月 1 日，8 版。

- 陳正熙，〈1980 年代臺灣小劇場運動的歷史意義——以「實驗劇展」開始與結束為例〉，發表於國立臺北藝術大學戲劇學系所、姚一葦藝術基金會主辦之「再造臺灣劇場風雲：姚一葦國際學術研討會」，2007 年 6 月 2～3 日。
- 陳明柔，〈臺灣八〇小說的感覺結構〉，東海大學中國文學所博士論文，1999 年。
- 楊宗潤，〈喜歡，不喜歡——從「孽子／夜遊」說起〉，《文訊》第 18 期，1985 年，頁 358。
- 楊澤主編，《狂飆八〇——紀錄一個集體發聲的年代》，臺北：時報文化出版公司，1999 年。
- 維琴妮亞・吳爾夫著；孔繁雲等譯，《戴洛維夫人》，臺北：志文出版社，1988 年。
- 劉乃慈，〈佔位與區隔——八〇年代李昂的作家形象與文學表現〉，《臺灣文學研究學報》第 13 期，2010 年，頁 361～387。
- 鄭千慈，〈崩解的自我：現代主義、畸零人與戰後臺灣鄉土小說〉，淡江大學中國文學系碩士論文，2005 年。
- 龍應台，〈燭照《夜遊》〉，收錄於馬森，《夜遊》，臺北：九歌出版社，2004 年，頁 384～386。
- 鍾明德，《臺灣小劇場運動史》，臺北：楊智文化出版社，1999 年。
- 羅青，《什麼是後現代主義？》，臺北：楊智文化出版社，1989 年。
- McDowell, Linda 著；徐苔玲、王志弘合譯，《性別、認同與地方：女性主義理學概說》，臺北：群學出版社，2006 年。

二、英文書目

- Benjamin, Andrew. ed. *Post-structuralist Classics*. New York: Routledge, 1988.
- Bourdieu, Pierre. *The Field of Cultural Production: Essays on Arts and Literature*. Polity Press, 1993.
- Chang, Sung-sheng Yvonne (張誦聖). *Literary Culture in Taiwan—Martial Law to Market Law*. New York: Columbia University Press, 2004.
- Jameson, Fredric. "The End of Temporality". *Critical Inquiry, 29*(4). Chicago:

University of Chicago, 2003. pp. 695-718

- Williams, Raymond. "Structures of Feeling". In Raymond Williams, *Marxism and Literature*. Oxford: Oxford University Press, 1978. pp. 128-135.

——選自《臺灣學誌》第 6 期，2012 年 10 月

追尋自由的獨孤客
探討馬森作品中傳統與現代的裂罅

◎廖玉如*

馬森是臺灣難得的全方位作家（小說、戲劇、散文）兼學者，也是少數長期居住三大洲——亞洲、美洲、歐洲的文化人。中文系、所出身，之後研究西方電影和社會學。從中國古典文學到西方現代影劇和社會科學，馬森的經歷，已透露其寬廣性和超越性。由於特殊的生命旅程及身為臺灣知識分子，馬森旅居異地時，必然面對西方文化的衝擊和伴隨而來的矛盾心理。睽諸其作品，我們不難發現馬森對於不同文化及不同世代的衝突尤為關注。馬森小說、戲劇的人物有其共同點，無論他們身處何處，總是形單影隻，踽踽而行，「孤絕」幾乎貫穿馬森所有的創作作品。無論是身陷在異國文化或泥足於中國傳統，他的角色渴望掙脫現有的環境而尋求屬於自己的界域；易言之，即是對傳統文化的詰問。透過其作品，馬森亟欲探索的即是華人世界的現代性問題。

西方的現代性和自由精神有其不可分的關係，赫勒（Ágnes Heller）說：「自由成為現代世界的基礎。它是沒有什麼東西以它為基礎的基礎。」[1]卡洪（L. E. Cahoone）也認同此觀點，他說：「儘管我們周而復始地遭遇到各種逆流，我們仍然不能拋棄現代性，因為現代性是自由——不管是寫進西方各民族憲法和良心的自由理想，還是在西方民主社會中經驗到極大程度的自由的現實——的基礎。」[2]現代性當然還包括理性主義、自我認同、批判

*廖玉如（1959～2015），發表文章時為成功大學中國文學系副教授。

[1]赫勒（Ágnes Heller），《現代性理論》（北京：商務印書館，2005 年），頁 24。

[2]卡洪（L. E. Cahoone），《現代性的困境——哲學、文化和反文化》（北京：商務印書館，2008

精神等特色。但是這些特色皆必須在自由意志下才能逐一完成。因此，「自由」成為現代性最基本的要件。

啟蒙運動以理性為本，理性自然成為現代性要素之一。然而榮寵幾世紀的理性，卻在戰火頻仍硝煙瀰漫的 20 世紀蒙上一層陰影。科學上，海森堡的測不準原理（Principle of Indeterminacy），讓我們了解還有一個無理且混亂的自然世界；成為 20 世紀顯學的精神分析學派，將人類行動的趨力推向潛意識；哲學上，存在主義對理性的高度質疑，更顯示 20 世紀的西方人再也不若前人盲信理性的力量。存在主義強調存在先於本質，除了人的生存之外沒有天經地義的道德或靈魂，而道德和靈魂都是人在生存中創造出來的。人沒有義務遵守所謂的道德標準或宗教信仰，卻有選擇的自由，存在主義彰顯的是個人的獨立自主和主觀經驗。

馬森曾明言其作品深受存在主義的「自由」和「負責」之說的影響。[3] 其實，作者不必明言，讀者仍能從其作品感受濃厚的存在主義特色。馬森作品常呈現的是人類生存狀態的神祕、困惑和焦慮之感，以及面對空無時的絕望心情，因此「孤絕」、「自由」往往充盈於馬森的小說和戲劇，成為最突顯的主題。馬森的著作豐富，但臺灣學者多以其《夜遊》、《生活在瓶中》和劇本《花與劍》為研究對象。本篇論文探討馬森六篇少人問津的中長篇小說和兩齣劇本，期待能填補馬森作品長期被學界忽視的現象。此八篇作品有一共同點，即是死亡的陰影無處不在，無論角色是「避死」或「趨死」，死亡皆是馬森人物面對其生命最重要的思索對象；而在他們面對有限生命時，所呈現的自由意識，則是此論文討論的焦點。存在主義的自由之說，尤其沙特的論述，提供此篇論文最佳的參考依據。

年），頁 40。

[3]馬森說：「存在主義有兩點對我的影響特別大：一是它確定人到世界上來是自由的，一旦你有了自覺，自己作為一個個人的存在以後，你就完全自由，你可以做各種各樣的選擇。其次，因為你有自由，你就負了很大的責任……我曾經為自由和責任思考過很久，所以我想在我的作品裡自然會無意中流露出來。」見馬森，《文學的魅惑》（臺北：麥田出版公司，2002 年），頁 359。

壹、中國傳統文化中的個人主義

馬森的小說和戲劇取材不一，卻有一共同特色，其人物常處於糾結的家庭倫理關係，上下兩代不同的觀念造成下一代難以掙脫的束縛。上一代和下一代觀念的分歧，代表傳統和現代的嚴重斷裂，而人際關係的疏離，往往暗示家庭的崩解。馬森作品常透過「家」，指涉其背後一個錯綜複雜的人倫體系。馬森的「家」絕非只是家庭人際關係的描述，而是指稱整體文化加諸於個人的關係。因為相較於西方社會，中國政治社會結構是以家庭為基礎，英人裘斯頓（R. F. Johnston）的觀察頗為中肯，他說：「要了解中國這奇異的安定及長久不墜的社會制度，沒有比這個事實更重要了；即社會與政治的單元是同一的，而此一單元不是個人而係家庭。」[4]金耀基補充說明，中國的家庭橫的擴及到家族、宗族、而至氏族；縱的上通祖先，下及子孫，故中國的家是一「展延的、多面的、巨型的家：中國傳統社會由於家的過分發達，以致一方面沒有產生如西方的『個人主義』，壓制了個體的獨立性；另一方面沒有開出會社的組織型態。」[5]中國傳統社會下的每一個體不是獨立者，而是倫常網絡裡的依存者，這種權威至上的現象，即是父子關係擴大的結果。

余英時也提出類似說法，但是他認為「個人」或「自我」觀念在中國傳統文化裡有其重要性，不論是儒家或道家，特別是道家的莊子，或是佛家的禪宗，都重視個人的精神自由。然而不同於西方文化以個人為本位，中國是在群體與個體的界線上考慮自由的問題，介於個人主義與集體主義二者之間，不全以個人為主導。[6]我們從中國經典（尤其四書），可見儒家重視個人修為，但其目的是推己及人，個人背後還有一個龐大的群體，即家庭、國家和天下。「個人」或「自我」的自主性和自由度深受人倫網絡的

[4]金耀基，《從傳統到現代》（臺北：時報文化出版公司，1989 年），頁 71。
[5]金耀基，《從傳統到現代》，頁 71。
[6]余英時，《中國文化與現代變遷》（臺北：三民書局，1992 年），頁 169～170。

影響。

相對而言，西方的現代性精神充分辯證自由的重要，尤其存在主義提供豐富的論述。海德格認為人在成為真正的自我之前只是個「某一」（the One），是「不具個人人格的大眾生物」[7]，人可以自由選擇成為真正的自我，也可以僅做「某一」，他認為自我「是人對自己採取選擇態度的存在」。[8]沙特將此選擇稱為自由，他認為「是自由的」這種表述不意味「獲得人們所要求的東西」，而是「由自己決定去要求」。換言之，對自由來講，成功與否無關緊要，其著重點是選擇的自主性。沙特強調，人有選擇的自由，但是緊隨而來的卻是責任，人為他所抉擇的負全部的責任。然而人類擁有自由的同時也體悟虛無，因為無論選擇那一個，將失去另一個，那是永遠的不足和失落。

馬森的八篇作品所處理的人際關係糾葛，不是直擊上下兩代的親情衝突，即是旁敲同輩之間的感情變數；但無論是親情或感情，上一代永遠成了下一代的心靈枷鎖，甚至演變為加害者。下一代在上一代的淫威之下，不是噤聲即是身殘甚或殞命，然而身體的殘缺遠遠不如心靈的創傷。從身體以至心靈，彷彿拼圖的缺角，永遠渴望被填補，而填補之途即是他們追尋自由之路。為了方便深究馬森角色之間的人倫扞格，下文將分別以「上下關係」和「平行關係」討論馬森人物追尋自由之路的迂迴心境。

貳、傳統與現代的斷裂：上下關係

〈母校〉的袁愛雲就讀中學時因未婚懷孕被迫退學，數十年後再訪母校，卻是以取得美國博士學位並事業有成的身分，來見當年逼她流產的校長。然而數十年後她所見的仍是習以為常的畫面：訓導主任手執修剪樹枝的大剪刀，把女生的長髮自耳根剪下。她每剪一刀，女生的頸後就留下一條滲血的傷痕。「訓導主任仍然揮舞著她那把大剪，把突出隊伍的學生的頭

[7]白瑞德（William Barrett）著；彭鏡禧譯，《非理性的人》（臺北：志文出版社，1984年），頁252。
[8]項退結，《海德格》（臺北：東大圖書公司，1989年），頁69。

蓋跟肢體都克嚓克嚓地剪下去……不久隊伍就給剪成方方正正的一塊，真像紐約中央公園裡的樹叢一樣整齊。」[9]這些被修剪的身體不僅是袁愛雲被剝奪的青春，也是所有學子被壓抑的個人自主性。在極度威權的教育制度下，可以任由宰制；踰矩者不是被修剪成體制內的模型，就是被迫離開，甚至成為犧牲品，就像校長指給袁愛雲看的玻璃櫃嬰兒標本，那些標本是歷年來學生被迫墮胎的遺留物。以愛為名的校長蒐集未成型的嬰兒標本成為展示品，向袁愛雲宣示，多年來屬於她的權勢不容侵犯。然而接受西方教育的袁愛雲，再也不是當年逆來順受的高中生，她是為報復校長而來的。

她追殺校長，看著鼓著大肚子的校長流血至死時，才驚覺彷彿是當年她被迫流產的模樣。原來那個青春靈魂早在被迫離開學校時已然死去，而支撐她出國繼續學業並取得成就的是強烈的恨意。結尾之處，讀者才了解這是袁愛雲的幻想，是多年後她站在危樓林立的校園所想像的畫面。袁愛雲年輕時無法獲得的自主權，在數十年後以一位社會精英回到斷垣殘壁的母校才夙願以償。她無法親自報復曾傷害過她的人，但是以一位功成名就的校友身分，在幻想中獲得慰藉。

被傳統威權摧殘的袁愛雲，在多年的煎熬中，選擇另闢一個更寬廣的生存空間，卻也失去一般人所渴望的幸福，而且這份恨意支撐她後半生，她追求的自主性，卻是落得「孑然一身」換來的。看著危樓的袁愛雲，縱使事業有成，生命仍是不圓滿，因為瓶子裡的嬰兒標本，提醒她那段青春歲月早已消失。她被迫選擇一條彳亍而行的寂寞之路，最終就像眼前的廢墟一樣，了無生氣。然而我們也可以從自由的意義，詮釋袁愛雲的選擇。她被迫離開學校後，以多年的努力獲得曾經被剝奪的學位，並以成功人士身分回來，而非離開學校之後即自我放逐。她選擇一條在異國重新立足之路，而且完成更高的成就。

---

[9]馬森，《孤絕》（臺北：麥田出版公司，2000年），頁63。

馬庫斯（Herbert Marcuse）曾說：「決定人類自由程度的決定性因素，不是可供個人選擇的範圍，而是個人能夠選擇的是什麼和實際上選擇的是什麼。自由選擇的判準絕不可能是絕對的，但也不完全是相對的。自由選擇主人並沒有使主人或奴隸歸於消失。」[10]馬庫斯的自由權之說乃指政治而言，但也適用於袁愛雲的例子。袁愛雲的復仇幻想，並沒有使校長得到實質的懲罰。過去的威權雖不復存在，那段經驗依然影響袁愛雲的生命。至少在記憶深處，那是永難抹滅的痕跡，因此主人和奴隸的主客體關係仍未消失，她還是數十年前那位受傷的女孩。袁愛雲在校長壓制下，選擇範圍的確被壓縮到必須倉皇離校。

然而她選擇回到傷心處，面對過往的歷史，並在意淫中解怨消仇，完成多年的宿願。結尾描寫：「她放回粉盒，忽然瞥見那張返紐約的回程票，就小心地朝皮包深處按了按。明天，明天就要走了。」[11]明天她將奔回世界繁華中心，另啟新的生活，也將揮別歷史傷口，開始書寫由她主導的歷史。實際上，她選擇另一條更寬廣的路對付她的敵人，亦即活得比對方更堅強，超越對方的期待。那片廢墟暗示校長的處境，也象徵傳統教育的敗壞。當年校長不可一世的氣焰，如今已煙消灰滅，反而襯托袁愛雲頂著名人頭銜的勝利之姿。這是在西方獲得自由發揮，得以一展長才的下一代，對僵化不化的傳統教育最有力的反擊。

〈鴨子〉的何正光是留美學生，中途放棄學業，他寫給父母卻撕掉的信，透露課業繁重是輟學原因，然而真正休學的動因則是對於生命意義的迷茫不解。他暗戀的留學生鍾成，正面臨轉校的抉擇。原讀經濟的鍾成為了日後容易維生而考慮改讀電腦。鍾成像一般人只想依循正常軌道走完人生旅程，例如：畢業後找工作，然後「娶妻、生子，退休、等死，人人如

---

[10]馬庫斯，《單向度的人》（臺北：桂冠圖書公司，1990 年），頁 18～19。馬庫斯（1898～1979）是德裔美籍哲學家，為法蘭克福學派左翼的代表。最有名的著作《單向度的人》，指責藝術的大眾化和商業化，導致人和文化的單向度發展。另一重要著作《愛慾與文明》，乃是以佛洛伊德理論補充馬克斯理論，對西方文化所作的剖析。

[11]馬庫斯，《單向度的人》，頁 67。

此，沒有例外。」[12]何正光卻想脫離這條所謂的正常軌道，他告訴鍾成自殺可以破壞這個程序，生命可以由自己安排。

何正光的自殺傾向除了來自愛情無法圓滿之外，難以符合父母的期待，也是他對人生感到困惑的原因。他常夢到自己既孤獨又焦慮地坐在沒有方向的火車上，他自問縱使能從火車一躍而下，「可是跳下去又為什麼呢？」脫離這條軌道，是否有屬於自己的人生方向呢？何正光想掙脫的是一個人人遵行、或受父母束縛的常軌。他想成為不依既定規律生活的自由人，但是人生的規律早已在漫長的習慣中養成，例如細緻地洗刷身體、做晨操、吃維他命 C、準時出門、做影印工作、回家、機械式地打開冰箱；這些一成不變的生活，就是何正光的人生常軌。楊國榮認為何正光的規律生活是無法掙脫的，若要掙脫竟只有死亡，不能不說是現代人的悲哀。[13]

〈鴨子〉的死亡陰影雖然不若〈母校〉的嬰兒標本直逼視覺，然而無論從何正光的夢、他口中揮之不去的苦味、心中有件未完成的事，和鍾成談及同性戀作家三島由紀夫的自殺，皆可看出死亡陰影早已罩頂，暗示同性戀的何正光最後也將重蹈三島由紀夫之轍。當他來到人跡罕至的湖邊，看到一幅寧靜的畫面：湖水、樹叢、鴨子，他恍然若有所悟，這幅景色似曾相識，這是早已貯藏在他腦中的永恆歸宿；原來那件「未完成之事」竟是死亡，死亡才是他可以順利完成的事業。

沙特解釋死亡與自由的關係時，強調每一個人對一切都負有責任。在我放棄生命時，我肯定我是活著的，並且我將這個生命當成不好的生命來擔當。他顯現的即是一種自由，這種自由完全展現出自身，並且他的存在就寓於這個展現本身之中。[14]以沙特的論點觀察何正光的自殺行為，就是絕對自由的表現。何正光視一般人選擇的常軌為「不好的生命」，而極度想脫逸於這個軌道。他孤獨但自主，以犧牲生命換得自由，以永久安眠獲得自

[12]馬森，《腳色——馬森獨幕劇集》（臺北：書林出版公司，1996 年），頁 82。
[13]楊國榮，〈象徵、規律、生死錯位——讀馬森的〈鴨子〉〉，《孤絕》，頁 231。
[14]沙特，《存在與虛無》（臺北：桂冠圖書公司，1990 年），頁 768～769。

我。對他人而言，何正光的死就像那群鴨子輕輕滑過湖水，瞬間了無痕跡；但對自己而言，他做了舉足輕重的抉擇，是泰山壓於頂的英雄本色，而這正是沙特所言的自由真諦。一般人視自殺為不負責任的懦弱行為，是無法面對人生挑戰的規避反應。然而沙特重視的是選擇的自由，是主動而非被動。何正光的自戕行為，乃是拒絕父親的期待、社會的價值和傳統的束縛。他以死亡徹底否決那一成不變的規律生活，也否決虛矯且空洞的傳統價值觀。

獨幕劇〈一碗涼粥〉的父母三年來足不出戶，守著兒子的屍體，常年只喝涼粥度日。兒子是傳宗接代的唯一命脈，是他們養老的依靠，然而兒子外出工作認識女同事之後，希望與她成親，不願娶父母選定的鄰村女孩。兩老則認為兒子應該唯父母是從，因此一棒打死兒子。此劇雖寫上下兩代的衝突，但是父母背後代表的是一個龐大的家族力量，任何人都難以脫離這個人倫網絡而自行其是。

夫：咱爺爺病的時候，咱爹打腿上割塊肉給他吃。

妻：咱爹病的時候，咱也打腿上割塊肉給他吃。

夫：（捲起自己的褲腿）你看這塊疤！

妻：一看見這塊疤，祖宗在墳墓裡都笑得合不攏嘴來啦！

夫：（自己笑得合不攏嘴來）咱們活著還不是為了祖宗嗎？

妻：要是沒有祖宗，咱們根本用不著活著。

夫：要是沒祖宗活著是沒有意思的。

妻：咱們得守著祖宗留給咱們的這間屋子。

夫：兒子也得守著祖宗留下的這間房子。

妻：兒子也得守著咱們。

夫：我病的時候，也得吃塊兒子腿上的肉。[15]

---

[15]馬森，《腳色——馬森獨幕劇集》，頁37～38。

這是一齣標誌禮教吃人的作品，個人在傳統的宰制下毫無自由，連生命也是受限於上一代。這種一代接替一代的所謂孝順模式，是天經地義的人倫常理；但接受新式教育、追求自由的兒子，不見容於這樣的常理，當然成了傳統禮教的犧牲者。表面上這是兩代人的衝突，實是現代與傳統的衝突。傳統的束縛往往是無遠弗屆，它在任何時間任何地方，都會起了或多或少的作用，並影響現代人的人生觀和價值觀，傳統於是成了現代人無法擺脫的夢魘。

此劇的兒子成為傳統威權下的犧牲品，遵行傳統規範的父母，何嘗不是傳統價值體系下的受害者。兒子死了，香火斷了，他們只能孤苦無依、日復一日地苦嚐涼粥；涼粥象徵沒有熱度的生命，對失去兒子的老夫妻而言，生命就如一碗又一碗的涼粥，食之無味棄之可惜。室外大雪籠罩下的蒼白天地，和屋內黑布覆蓋下的屍體，隨時提醒他們那段陪兒子成長的歡樂歲月已杳然無蹤，獨留這片黑白世界伴他們終老。追尋自由的兒子雖成為傳統威權下的犧牲者，但失去生命熱度的父母晚景更是淒涼。我們看到傳統和現代的衝突中，兩敗俱傷，沒有一個完好者。

〈花與劍〉是馬森劇作中被討論最多的代表性作品，此劇也描述上下兩代的扞格關係，但探討的層面比〈一碗涼粥〉更多元也更複雜。和〈一碗涼粥〉一樣，此劇只有兩位演員：一人飾兒子，一人則以不同面具分飾父、母、友和鬼四個角色。兒子扮相中性，既陽剛又陰柔，在外漂泊二十年之後，回家鄉尋根。他在雙手墓前，透過和四個角色一對一的詰問，以了解他父母和他們共同的朋友之間的愛恨情仇，同時也為困擾他多年的愛情難題尋找答案。

二十年前父、母和友的異性、同性和雙性戀關係，正是目前他和丘立安及丘麗葉兄妹的三角關係。兒子繼承父親的遺物：一把生鏽但鋒芒銳利的劍，及一朵枯萎但香氣四溢的花。兒子分別把劍和花贈送給丘立安和丘麗葉；他同時愛兩個人而無法抉擇，正如父、母當年也難以解決三人之間的愛恨情仇。父親建議兒子殺了兩個人，就像他當年為了獲得解脫，殺死妻子和朋友一樣。然而父親並不快樂，因為妻子與朋友雖已死亡，他的愛情仍綿延不絕，他還是沒有獲得自由。

母親也身陷既愛又恨的深淵而無法自拔，因為「連恨也沒有的時候才真無法活，我們彼此折磨卻也快活」。父親跟母親原來彼此相愛，但兒子出生後，兩人關係頓時成了三角關係，彼此憎恨對方愛兒子比愛自己多一些；當兩人同時愛上朋友之後，又痛恨對方愛朋友甚於愛自己。這是個難解的三角習題，無論是站在哪一方，都無法獲得知足。誠如沙特所言，無論選擇哪一個，必將失去另一個，結果都是失落，人在擁有自由的同時也看到虛無。

有學者和評論者將「花」與「劍」視為愛與恨的對立[16]，也視為生與死的衝突。[17]馬森則親自做了詮釋，他是「寫一個年輕人要回去面對並非發生在他的身上，但卻是切身問題的歷史。在這樣的過程中，他一步步揭開歷史的真相，發現這歷史原來是個問題，就是題目呈現的花與劍、柔美與剛強、秩序跟非秩序的。在質感上，劍代表一種秩序，花代表一種感覺」。[18]無論花與劍代表愛與恨、生與死、或秩序與非秩序，它們都是一體兩面，既是對立也是共生，缺一不可，人生充滿這些既對立又相輔相承的因素。父、母、友的愛情糾葛及兒子和丘家兄妹的三角戀，皆說明人心之複雜，難以究其詳。亮軒提出：「以『鬼』來表現人世的多姿多樣，層層面具象徵我們自己都弄不明白的這顆心。」[19]人心難以捉摸，則情感也無法確定，無論是親情或愛情，我們都無法掌握其深度和廣度。

---

[16]林國源，〈馬森戲劇創作與戲劇批評的美學論辯——從《花與劍》的創作思辨談馬森戲劇批評的文化記號論〉，收錄於龔鵬程編，《閱讀馬森——馬森作品學術研討會論文集》（臺北：聯合文學出版社，2003 年），頁 49。彭耀春，〈與五四以來的中國話劇傳統大異其趣——論馬森戲劇集《腳色》〉，龔鵬程編，《閱讀馬森——馬森作品學術研討會論文集》，頁 178。亮軒，〈看《馬森獨幕劇集》〉，收錄於《腳色——馬森獨幕劇集》，頁 277。

[17]林國源，〈馬森戲劇創作與戲劇批評的美學論辯——從《花與劍》的創作思辨談馬森戲劇批評的文化記號論〉，收錄於龔鵬程編，《閱讀馬森——馬森作品學術研討會論文集》，頁 49。亮軒，〈看《馬森獨幕劇集》〉，收錄於《腳色——馬森獨幕劇集》，頁 277。

[18]林克歡，〈馬森的荒誕劇〉，收錄於《腳色——馬森獨幕劇集》，頁 287。

[19]亮軒，〈看《馬森獨幕劇集》〉，收錄於《腳色——馬森獨幕劇集》，頁 279。

林湘華認為面具本有「遮蔽」的意味，乃是假定背後有一種客觀的存在。然而揭開面具卻更顯示事實的糾纏，面具之後又是面具，反詰背後究竟有沒有真實的存在？即使有，在虛幻與實在、主觀與客觀混同的心象中，它還能被得到嗎？[20]易言之，兒子可以相信死人的話嗎？他可以從這四個鬼魂中獲得尋找多年的答案嗎？

林湘華悲觀地認為劇末兒子拒絕父親的呼喚，指向一個人「內在引導」的失敗；真相的不可追尋，指向自我形象認定的破滅。[21]兒子無法從上一代獲得歷史的真相，父親生前寫三本書卻又拒絕別人閱讀，寫完立即燒毀，已暗示敘事是多餘，真相是隱蔽的；而對於父母和朋友之間的關係和死因，父親否定了母親的說法，朋友又否定了父親的說法，鬼則標示以上皆非，更說明真相永遠不可知。兒子回鄉尋找答案，卻落得空空如也，最後他拋棄父親遺留給他的白袍，拒絕重蹈覆（父）轍，赤身裸體茫然望向天空：「我的路在哪裡？」

如果我們細究兒子千里迢迢回鄉尋找答案，經過四重的詰問之後，卻又毅然拋棄父親遺物，則不免質疑林湘華的觀點。表面上，兒子無法獲得答案，即是林湘華所說的「自我形象認定的破滅」；事實上，兒子毅然拒絕步父後塵，則是發揮自由選擇的可貴。無論兒子的路在哪裡，脫離傳統即是兒子走向真正自我的第一步；他仍將孤獨而行，也將再次追尋，但這次他選擇自己的路，而非被動地聽由父母的指示。當初母親要他離開而且永遠不要回來，因此他浪跡天涯二十載。但是引領他回鄉尋根的是來自父親遙遠的聲音：「回去吧！回到你父親埋葬的地方。」或許此聲音也是他內心的呼喚，是他多年離家而想歸巢的期盼。但是當父親出現在他面前再次引領兒子跟隨他時，兒子已非昔日少不更事的少年，他懂得說「不」。

無法從一個人身上剝奪的主要自由，終極的自由，就是說一聲「不」，

[20]林湘華，〈「我」詢問，故「我」存在——試析馬森《花與劍》〉，收錄於龔鵬程編，《閱讀馬森——馬森作品學術研討會論文集》，頁 232。
[21]林湘華，〈「我」詢問，故「我」存在——試析馬森《花與劍》〉，收錄於龔鵬程編，《閱讀馬森——馬森作品學術研討會論文集》，頁 236。

這是沙特對人類自由看法的基本前提：自由在本質上是否定的，雖然這種否定性也具有創造力。[22]脫掉父親遺留給他的白袍，即是最明顯的拒絕動作，他拒絕接受父母的指引，他要走出自己的路。有了這場尋根之旅，兒子才能真正擺脫羈絆一生的束縛——來自傳統的束縛，重新開創自己的旅程，就像袁愛雲必須回到母校，再次經驗歷史的傷口，才能徹底放下，也才能優雅轉身。

此四篇作品皆著力於揭發人性中的非理性特質，及探索現代人面對傳統威權，所表現的無助但也敢於叛道而行的勇氣。他們負隅頑抗，不願安之若素只做無聲的玩偶。此四人面對上一代父權的直接壓迫，其追尋自由的代價，是遠走他鄉、自絕生命、死於非命或徘徊於人生的十字路口，然而這是他們的選擇。誠如沙特所言，對自由來講，成功與否無關緊要，它意味著選擇的自主，而這正是馬森作品吸引人之處。馬森作品除了呈現父執輩對下一代利誘脅迫，直接撞擊兩代的關係之外，也頗費功夫描寫父母婚姻對子女生命的間接影響。

參、傳統與現代的斷裂：平行關係

〈尋夢者〉的女人有戀父情結，她像個追夢者，苦苦追尋愛情，卻只為追尋父親的分身。其先生是她接觸過的男人中最像父親者，但是三年的婚姻仍走到盡頭。小說開始，她正在律師事務所簽離婚證書，坐在對面的先生對她視若無睹。文中沒有說明他們的婚姻生活，卻通篇描述她和父親的相處及她對父親身體的感覺。「只有跟父親在一起的時候，她才能夠好好地利用她的五官，感覺到這個世界的真實性。」[23]女人撫摸先生卻意淫父親，因為她這一生最大的遺憾，是從未碰觸過父親的唇。因此她利用先生熟睡時，撫摸他的唇，想像的卻是父親生前細緻地吻過她的每一根手指的情景。馬森很技巧性地將兩個景象重疊：被她撫摸而醒來的先生對她施暴

[22]白瑞德（William Barrett）著；彭鏡禧譯，《非理性的人》，頁 232。
[23]馬森，《海鷗》（臺北：爾雅出版社，1984 年），頁 102。

性侵及她和父親在沙灘上躲避大雨狂奔喘息。兩個同時並置的景象，乃暗示她對父親強烈的渴求。

她父親生前跟她身體的接觸，成為一幅幅永恆的畫面。死亡使父親在她心中成了不可超越的完美形象，卻也影響她和其他男人的相處。在離婚之際，她突然發現嘴唇像父親的先生，竟然和父親毫無相似之處，原來跟她擦肩而過的男人，「只是夢裡的人，並不曾真實地存在過」。真正存在的是她父親紅潤的嘴唇、柔順的黑髮和安祥的睡臉。她渴望和父親有更多的接觸和相處，甚至終生陪伴他；但是父母離異，跟隨母親的她，只能望著睡夢中的父親，「靜靜地坐在那裡，心中一片空寂」。

和馬森的其他人物一樣，她也是活在父親的大氣場裡，生命完全受限於上一代。不同的是，其他角色極欲掙脫上一代的影響，她卻沉浸在父親的溫暖羽翼下。然而這個羽翼卻禁錮她擁有幸福的婚姻，因為她再也無法和任何男人正常交往；她將身邊的男人視為父親的代替品，她先生抱怨他們的婚姻生活「簡直如地獄」，明確說明她對身邊的男人無愛無情又無感。有了這段婚姻，她才了解原來她追尋的只是父親的唇。簽下離婚證書時，她頓覺身輕如燕，一派輕鬆，「好像迎接一次新生命似地那般欣悅與焦急」。也許這是她獲得自由的契機，她不再當個尋夢人，讓身邊的男人成為一個又一個的過客。

沙特認為人在沒有勇氣迎向自由的情形下，也為了去除焦慮，多數人選擇「自欺」。沙特分別說謊和自欺的差別：「說謊的本質在於：說謊者完全了解他所掩蓋的真情。」[24]說謊乃是有欺騙他人之意，而自欺是我對自己掩蓋真情，是不負責任的做法。〈尋夢者〉的女人即是以自欺來化解她對父親的渴望，將此渴望轉移至身邊的男人。當所有的男人陸續離開，且三年的婚姻也結束後，她才勇於面對自己的自欺心態，當她擺脫自欺時，她才成為自由人。

[24]沙特，《存在與虛無》，頁 87。

我們也可以從另一方面解讀。女人擺脫婚姻束縛，恢復自由身，不必再當「尋夢者」，不必在不同男人身上，找尋父親的影子。但是她仍被禁錮在父親無邊無際的羽翼下，當她父親在她心中成為完美形象時，她已喪失和其他任何男人建立正常關係的能力。表面上，她迥異於馬森其他人物受制於父母的威權；實際上，她仍是上一代大氣場下的犧牲者。扭曲的戀父情結，讓她難以掙脫上一代不幸婚姻帶給她的束縛，她仍是個不自由的尋夢者，尋找記憶中父親溫柔的唇。

中篇小說〈奔向那一輪紅豔豔的夕陽〉提供更複雜的故事和更細緻的人物心理描繪。羅伯是因戰亂而移居美國的中國人，與妻子琳達和好友喬治同遊墨西哥。羅伯和琳達個性上南轅北轍，平時忙碌難以交集尚能和平相處，旅遊時則日夜接觸，反而突增磨擦。而琳達和喬治都是美國白人，同文同種更容易溝通，羅伯似乎成了第三者，和他們格格不入。鬱悶不樂的羅伯獨自外出蹓躂時遇到小偷，他雖追回皮夾並懲罰小偷，但因此被小偷及其同伴尋仇跟蹤，並在打鬥中喪失生命。

小說描寫羅伯常聽到水滴聲，半夜被吵醒心情苦悶時，充盈於耳中的皆是水滴聲。臨終時，羅伯才恍然大悟，原來這是他的心跳和血流激盪聲，其實就是死亡之聲。小說籠罩濃厚的死亡景象：羅伯小時候在戰火中顛沛流離，琳達前男友死於越戰，喬治在越戰中被擄並承受酷刑的經驗，說明這三個角色都曾經歷劇烈的創傷。受戰火蹂躪的羅伯，雖然後來安居美國，但從未認同這個國家，到了陌生國度墨西哥則更像異鄉人。然而他渴望和別人身體上的接觸，因為在沒有空隙的身體接觸中，他才能獲得真實的存在感。因此，他熱衷於柔道運動，常和他人較勁，他也因此認識喬治。

羅伯和琳達的婚姻，彷彿是父母翻版。他父母勞燕分飛，母親怨恨的情緒，拉開他和他父親之間距離。然而他母親的怨不僅來自於自己不幸的婚姻，也來自於上一代更糾結的婚姻關係。彷彿活在一個難以突圍而出的繭，羅伯就喘息於一代傳一代的宿怨中，因而影響他的婚姻生活。琳達雖嫁給他，但心繫於戰死越南的情人，羅伯認為琳達「不完全的愛」吸乾他的力量，他想掙脫婚姻的束縛和責任。

羅伯是個不易衝動的人，對於自己輕易動手打小偷感到困惑不解。如果我們探究其打人動機，必然了解小偷只是他發洩的對象，其背後因素才是他訴諸武力的原因：來自他對琳達與喬治的憤怒，也來自他對父母的不滿，甚至來自對其生命的匱乏。他渴望透過跟別人身體上的接觸，以解決心靈的空缺。如果我們再細究其動機，則將發現他想掙脫束縛的同時，也有趨死的念頭。當他被墨西哥人刺殺時，他似乎看到母親手持匕首含笑刺他，羅伯認為他母親為了兒子苟且偷生，一定樂於看到羅伯結束生命，她也可以了此一生。他的死表面上是一場意外，實際上是他的潛意識所追求的，死亡才是他等待的結局，死亡即是自由。當他的靈魂飄回旅館，看到琳達和喬治做愛，他的腳「軟軟地踏過他們的身體，並不曾驚動他們分毫。他心中寬舒地想道：『一個新生的嬰兒誕生了！』」[25]這個新生嬰兒終於找到自由。

此篇小說的主線敘述三人錯綜複雜的愛情關係，副線則是描寫煙硝戰火下荒蕪的心靈。他們皆各自承受戰爭的蹂躪，羅伯因此遠離家鄉僑居美國，琳達則成了「半死的人」，而直接參與戰爭的則是喬治。沙特借用羅曼（Jules Romains）的名言「戰爭中沒有無辜的犧牲者」[26]，解釋戰爭的本質。他認為縱使戰爭是別人宣布進行，但是戰爭只為我而且只透過我而存在，因為每個人有絕對的選擇權，而這個選擇是他能勇於擔當的。[27]依沙特對戰爭的詮釋，此三個角色雖未發動戰爭，卻必須為自己在戰爭中的命運負責。

琳達甘於受戰爭的摧殘，讓生命呈現灰暗狀態，因而影響她和羅伯的婚姻。羅伯選擇離開戰地，卻難逃婚姻的戰火。眼看琳達和喬治愈來愈親

[25]馬森，《腳色——馬森獨幕劇集》，頁 184。
[26]此句引自沙特的《存在與虛無》，頁 765。羅曼（1885～1972）是法國詩人，並寫劇本。
[27]沙特，《存在與虛無》，頁 766～767。

密，他無能為力，只能以眼神在海邊追逐他們的身影，甚至離開旅館獨行於墨西哥街頭。羅伯面對戰爭的選擇，永遠是脫逃的。反之，喬治則是直接面對，他被越共凌虐所遺留的灰色指甲，隨時提醒他戰爭尚未消失。他要求羅伯狠狠鞭笞他，因為肉體愈疼痛，愈能喚起戰爭的殘酷，愈能記得父親加諸於他的束縛，同時也愈激勵自己超越這些磨難，而淬鍊出生命的精髓。

喬治說：「戰爭的真正的目的，無非是父親集體地謀殺兒子！天地間如果真有一種所謂的『正義』，與其讓做父親的殺死兒子，不如讓做兒子的殺死父親倒更合理些！」[28]羅伯以離開的方式擺脫上一代的枷鎖，喬治則以弒父解除上一代的束縛。喬治的弒父理論說明西方文化培育下的個體，以最直接的方式對抗傳統和威權，而深受中國文化影響的羅伯卻不斷脫逃以獲得自由。他從戰地中國逃到自由美國，又從婚姻戰火逃向死亡之境。他永遠在逃避背後那股龐大的壓迫力量，而那股力量來自父母也來自母國。上一代及上上一代不幸的婚姻，影響他的個性，戰禍連年的家鄉則威脅他的生命。我們再次看到現代和傳統的斷裂，傳統成了羅伯生命中揮之不去的夢魘。

〈陽臺〉的女人因男人執意離去而自殺，死後卻念念不忘男人，再次回到生前常和男人一起欣賞夕陽的陽臺。小說描寫的是鬼魂和男人的一段愛情辯證過程，男人無法理解女人死後為何還糾纏他。女人強烈的占有欲，讓男人失去自由，而男人只想成為不被束縛的人。〈陽臺〉所處理的是愛情中的依附問題，當愛情愈濃烈時，男女之間的拘束力就愈強。小說的男人想掙脫愛的羈絆，女人卻以此度量愛情的濃度。

跟〈花與劍〉的邏輯一樣，愛恨是相輔相承，愛有多深恨就有多深。女人強調為了愛他，她甚至失去自己，只做他的影子，成為一個沒有自主性的妻子。然而警覺失去自己之後，她又陷入不可自拔的自虐和虐人的輪

---

[28]馬森，《腳色——馬森獨幕劇集》，頁 161～162。

迴中，她既想愛男人又想保有自己。令她最難以承受的是，她發現她的婚姻正是父母的翻版，她複製了父親的模式。他父親是位沒有聲音的人，一輩子只是她母親的影子。女人發現她愈來愈像父親，於是她可憐父親卻也恨他，就像她自憐也自棄一樣。她愈是擔心像父親，就愈覺得非要像他不可，因為「我如果不像我的父親，我發現我就不能再繼續愛你。……一旦發現不再愛你的時候，我就覺得我整個人都乾涸了」。[29]女人的生命依賴愛情的滋養，不是愛情就是死亡。表面上，男人的離開，讓她走向自絕之路，然而失去愛他的熱情才是她致死的原因。

女人像個菟絲花，依附在男人身上，一旦發現不再愛男人，她就成了自己的陌生者。縱使求助於心理醫師，但透過催眠所見的，仍是「靜靜地坐在客廳一角的父親」；女人因此認為父母婚姻對她的影響無遠弗屆，已是不可逃避的命運。女人小時渴望母親的面霜空瓶子，卻被狠狠摔碎，母親的舉動等同於斷了小女孩成為女人的渴望，她再也無法長大成人了。女人提醒男人：「你也在尋找你媽媽摔碎了的面霜瓶子」，她認為男人脫離不了父母的影響，他也是家族陰影下尚未長大的男人。男人卻否認女人的說詞，他不願受限於自虐和虐人的輪迴；他要開拓自己的人生，離開她就是開創新生命。最後他憤恨地撕咬她，當他吐出一灘鮮血時，朝陽也悄悄升起，乃說明他選擇一條跟她背道而馳的路，父母的婚姻無法牽制他的人生，就像她自虐虐人的愛情也不能阻止他的離去。

沙特的「虐待狂」（sadism）[30]和「被虐狂」（masochism）[31]論點頗能解釋此篇小說的意涵。沙特認為理想的愛情是主體和另一主體的關係，他既肯定自己的自由，同時也肯定被愛者的自由。「虐待狂」和「被虐狂」的愛情，卻是我主體他客體及他主體我客體的關係。虐待狂將被愛者客體化，

---

[29]馬森，《腳色——馬森獨幕劇集》，頁 52。

[30]薩德（Marquis de Sade, 1740-1814）是法國有名的情色作者，所描寫的情色幻想著作引起當時社會的撻伐，但日後引起廣大的研究題材，虐待主義（sadism）即以其姓氏為名。

[31]馬佐赫（Leopold Sacher-Masoch, 1836-1895），法國小說家，作品多描寫受虐狂內容，「被虐狂」即是以其姓為名。

他拒絕承認被愛者的自由，他充分地把自己的慾望施加於被愛者身上，將他據為己有。不幸的是，被愛者只需要回頭注視他，就足以使他的虐待狂心態徹底瓦解。沙特將他人的注視當成他人的揭示，也是他人意識對我的占有。當我被注視時，我是客體，而非主宰者。我不僅是他人注視的對象，也是被評價的對象，因此在他人的注視下，虐待狂必然體認到他人的自由不是他可以任意剝奪的，因此虐待狂絕對是失敗的。與之相反的是，「被虐狂」者拋棄自己的自由而把愛人的自由當作是絕對的。因為失去自己的自由而感到羞愧並焦慮不安，但同時又享受這種失敗的感覺，這是另一種自欺行為。[32]

〈陽臺〉的女人扮演的既是被虐待狂又是虐待狂，她依附於男人，卻為失去其自主性及缺乏安全感而忐忑不安，但同時也對於這種不安處境樂此不疲。因此她在父親身上，看到自己的特質時自棄又自憐。另一方面，她又極度想占有男人，只有獨占他，才能感受愛情的存在。因此，她在自欺中，一方面想獨立於父親的影響，一方面又拒絕承認「非人」的處境，一味地渴求男人的愛情。然而男人想脫離她的愛情圈子，成為「乾乾淨淨的人」，不受主宰也不依附於自虐虐人愛情遊戲的自由人。

〈鴨子〉的何正光透過自殺擺脫傳統的束縛，死亡成為獲得自由的唯一途徑。〈陽臺〉的女人卻因死亡而陷入無盡的輪迴，因為自欺讓她沉溺於想像世界而看不到真實。她似乎活在徹底的否定世界裡，既否定自己的獨立性，也否定男人的自主性，而她的否定態度，乃來自於被母親殘暴的否定經驗。兒時記憶阻礙她成長，也斷絕她追求幸福的根源。易言之，把她推向婚姻絕境和死亡之境的是她的母親。和前面的角色一樣，她也成了上一代不幸婚姻的受害者。

〈等待來信〉的喪偶老人常對桌上的照片發呆，照片的主人可能是老人年輕時的自己。他常對著照片吶喊：「跳！只要你一用力，就跳出來了，

---

[32]沙特，《存在與虛無》，頁 513～515。

就跳過了幾十年的光陰，我就是立時死去也甘心了！」[33]這是老人回顧一生，發現自己從未真正享受過青春的感歎詞。老人謹守父親的告誡：聰明人理性行事，傻子則率性而為。老人的一生安穩過日卻平淡無奇，因戰亂移居異國時，雖然熱愛音樂但沒有選擇以此為業，代之以開雜貨店維生；雖寄情於活潑任性的白人瑪麗，卻娶了樸實體貼但沉默寡言的同鄉淑貞。兩人相敬如賓，但毫無熱情。他仍和瑪麗暗通款曲，當瑪麗要求他離婚，謹守父親訓言的他則猶豫不決，最後瑪麗拂袖而去另嫁他人。

妻子思念家人，提議回鄉終老，老人卻難以理解妻子無法認同居住數十年的家。直到他參加華人宴會，所見皆是西服打扮、年輕人一口洋話時，他才驚覺來到奇異國度。原來他認同的仍是數十年前的老家，然而他已青燈燃盡，沒有動力回鄉了。動力不是來自體力，而是心境。老人在選擇違背自己的意願過日子時，生命早已呈現枯萎之象。老人的夢暗示死亡的陰影，夢中他泅泳於河裡卻無法上岸，雖然後來奮力一躍，竟掉進一個深坑。老人再也回不去年輕的歲月，只能慢慢等待死亡的來臨。

老人常寄信但沒有收到任何回覆，作者沒明言收信者是誰，但從信的內容，我們可以猜測那是年輕的自己。他說：「如果我有機會再活一次，也許我要去革命、去搶劫、去尋花問柳、去狂賭濫飲，更可能的是跟瑪麗棄家私奔。我要做出種種違反理性的舉動，像一個活生生的人，而不只是一個理性的奴隸！」[34]老人深受父親的影響，一生循規蹈矩，等到時間流逝青春不再，才發現鏡中的自己如此陌生。最後他振臂欲飛，想在有限的生命裡能夠「活在不可預知的冒險中」。他日以繼夜對著年輕肖像說話，就是想掙脫現有的束縛。

老人的一生都活在父親的規範下，從未親嘗自由選擇的趣味，直至晚年看到生命的有限性，才想改變原來的生活模式。小說的結尾有個戲劇性的轉折，他縱身跳入肖像裡，「在水花四濺中，驚得竹林中的鳥雀撲啦啦地

[33]馬森，《腳色——馬森獨幕劇集》，頁 199。
[34]馬森，《腳色——馬森獨幕劇集》，頁 205。

朝四方亂飛」。這種彷彿夢境的結局，暗示老人可能脫離人世，走向所謂的自由國度——沒有殘破身體的折磨，沒有孤單無依熱情不再的煎熬，然而這樣的自由世界卻是真正的死寂之境。我們看到老人一生活在自欺中，直到臨死之際，才真正活出自己，才看到「水花四濺」的熱情底蘊。然而埋沒他的理想和澆熄他的熱情的是他的父親，只有掙脫父親「理性」告誡的羈絆，老人才得以獲得真正的自由。

此四篇作品的人物在情感上皆是半癱者，和伴侶無法維持正常的婚姻生活，同時也影響他們的生命品質；而他們失敗的感情，往往起因於父母不幸婚姻的影響。彷彿被詛咒的家庭，下一代的婚姻必然承襲上一代的模式，難以逃離命運的枷鎖，不是終於離婚就是止於死亡。脫離父母的陰影艱難萬分，追尋自由的路上踉蹌難行，但是他們最後仍是有所選擇，選擇面對真正的自我，不再自欺欺人。

綜觀此八篇作品，我們看到角色陷於死亡陰影中，無論是趨死或避死，死亡對這些人物有其指標性的意義。〈母校〉的死胎和〈一碗涼粥〉的兒子皆是威權下的犧牲品，然而袁愛雲透過孩子的死亡，經驗個人和大環境的絕裂，死亡將袁愛雲逼向發展內在潛能以對抗威權。〈一碗涼粥〉的父母則透過兒子的死亡，看到自身命運的滅絕，和個人與傳統的斷裂。〈鴨子〉、〈奔向那一輪紅豔豔的夕陽〉、〈陽臺〉和〈等待來信〉的主人翁皆自戕而亡，但各有不同的意義：〈鴨子〉的何正光在厭倦規律的生活之後，終於逸出常軌，既逃避也拒絕現實生活。〈奔〉的羅伯則是在戰爭（國難與婚姻觸礁）的陰影下探測身體的底限，赤手空拳對付持刀的歹徒，在死亡之際才發現這是他多年幻想的歸途。對於何正光和羅伯而言，死亡既是解脫也是對殘酷生命的悲鳴怒吼。

〈陽臺〉的女子，流連於陽世，渴望獲得先生愛的承諾，死亡並不阻礙她繼續前世的慣性行為，她既超越死亡也受限於個性所造成的命運。易言之，無論她是否走向自絕之路，她永遠無法獨立自主。與之對比的是她先生，毅然斷絕和她的糾葛，成為自由人。〈等〉的老人則是以死亡追尋永逝的青春，死亡成為變換另一種生命的管道。另外，〈花與劍〉的兒子透過層層的死亡詰問，拒絕重蹈覆（父）轍，斷然棄絕傳統。〈追夢者〉則是讓死亡將父親的愛永固於自身，以拒絕其他男人。

此八位死法各不同，卻是殊途同歸，是上一代直接或間接逼迫他們走向死亡之境。上一代所代表的傳統力量如影隨形，縱使已遠走他鄉可以呼吸異國新鮮空氣，他們仍然擺脫不了上一代的束縛。死亡是他們對抗傳統的唯一方法。唯有透過死亡，才能獲得渴望已久的自由。

結語

馬森作品的父子衝突，與其說是個人和社會的扞格，不如詮釋為年輕一代對於傳統的抵拒。其角色反抗的不是所處的社會，而是父執輩所代表的傳統價值觀。其人物所追尋的是脫離傳統的束縛，以獲得個人獨立自主的生命活泉，亦即自由之路。然而在上一代無遠弗屆的陰影籠罩之下，其人物只能以抗爭之姿抵拒傳統，而死亡是最激烈的抗爭動作。

馬森生於戎馬倥傯、鐵蹄紛亂的時代，他見證了歷史的荒謬性，和為獲得權力而貪殺嗜血的人性。另一方面，馬森因為長期旅居西方各國，西方文化對他產生的直接影響，自然更甚於其他作家。他關注的是傳統威權之下變調的現代生命，其作品的現代性書寫，反應他長期處於中西文化的薰陶和撞擊之後，所處理的不僅是個人與他人的疏離，也是家庭人倫關係的崩毀，以及現代與傳統之間的斷裂。

大陸學者林克歡曾批評馬森的作品過於悲觀。馬森的小說和戲劇流露濃厚的抑鬱色彩，表面視之的確頗為悲觀。但是如果我們細究文字的空間處，則可以感受其人物對於呼吸自由空氣的渴求，他們寄望於另一個出口；他們面對死亡無畏無懼，只為獲得完整的自我。他們要求的是全面地觀照生命，而追尋自由正是他們觀照生命的必然要件。

參考文獻

一、專書

- 白瑞德（William Barrett）著；彭鏡禧譯，《非理性的人》，臺北：志文出版社，1984 年。
- 卡洪（L. E.Cahoone），《現代性的困境——哲學、文化和反文化》，北京：商務印書館，2008 年。
- 余英時，《中國文化與現代變遷》，臺北：三民書局，1992 年。
- 沙特，《存在與虛無》，臺北：桂冠圖書公司，1990 年。
- 金耀基，《從傳統到現代》，臺北：時報文化出版公司，1989 年。
- 芬利森（James Finlayson）著；邵志軍譯，《哈貝馬斯》，南京：譯林出版社，2010 年。
- 馬森，《海鷗》，臺北：爾雅出版社，1984 年。
- 馬森，《腳色——馬森獨幕劇集》，臺北：書林出版公司，1996 年。
- 馬森，《孤絕》，臺北：麥田出版公司，2000 年。
- 馬森，《文學的魅惑》，臺北：麥田出版公司，2002 年。
- 馬庫斯，《單向度的人》，臺北：桂冠圖書公司，1990 年。
- 項退結，《海德格》，臺北：東大圖書公司，1989 年。
- 楊春時，《現代性與中國文化》，北京：國際文化出版公司，2002 年。
- 赫勒（Ágnes Heller），《現代性理論》，北京：商務印書館，2005 年。

二、專書、期刊論文

- 林克歡，〈馬森的荒誕劇〉，《腳色——馬森獨幕劇集》，臺北：書林出版公司，1996 年，頁 282～289。
- 林國源，〈馬森戲劇創作與戲劇批評的美學論辯——從《花與劍》的創作思辨談馬森戲劇批評的文化記號論〉，《閱讀馬森——馬森作品學術研討會論文集》，臺北：聯合文學出版社，2003 年，頁 45～65。
- 林湘華，〈「我」詢問，故「我」存在——試析馬森《花與劍》〉，《閱讀馬森——馬森作品學術研討會論文集》，臺北：聯合文學出版社，2003 年，頁 227～245。

- 亮軒，〈看《馬森獨幕劇集》〉，《腳色——馬森獨幕劇集》，臺北：書林出版公司，1996 年，頁 256～281。
- 彭耀春，〈與五四以來的中國話劇傳統大異其趣——論馬森戲劇集《腳色》〉，《閱讀馬森——馬森作品學術研討會論文集》，臺北：聯合文學出版社，2003 年，頁 173～184。
- 楊國榮，〈象徵、規律、生死錯位——讀馬森的〈鴨子〉〉，《孤絕》，臺北：麥田出版公司，2000 年，頁 227～235。

——選自廖淑芳、廖玉如主編《閱讀馬森 II——馬森作品學術研討會論文集》
新北：新地文化藝術公司，2014 年 9 月

孤絕的人
評析馬森的《孤絕》

◎龍應台*

《孤絕》是本什麼樣的書？

先看一下統計數字。14 篇小說描出三種男女之間的關係：一種是愛過，然後飽受折磨、心碎的分手（8 篇）；一種是偶而相知相遇，一霎那的溫熱之後，連名字都不記得，「鴻飛那復計東西」（3 篇）；最後一種，則是連邂逅的際遇都不可得，「還沒有嚐到愛的滋味人就老謝了」（3 篇）。14 篇中，8 篇涉及死亡或自殺，6 篇有離異的父母，12 篇有子女為父母不睦而受創一生。14 篇中，結局「樂觀進取」的，零。

所以，覺得生命本身已經沉重，不願意「把粗糙的指按在自己創口上來體察痛楚的滋味」[1]的人，或許不該看這本書。可是，覺得生命本身已經沉重，又不怕療傷痛楚的人，在《孤絕》裡卻可能找到另一個嘆息的靈魂，得到一點淪落人的同情。

主題，還有主題以外的

馬森不是那種憑衝動、直覺、或所謂「天才」寫作的人，他很清楚的知道自己要用什麼樣的技巧表達什麼樣的意念。在〈代序〉裡，他已經把「孤絕」的主題明白的點了出來：現在人是一種自私與孤獨的動物。這本書，是「現代人孤絕感的一種藝術上的反映」。[2]而作者不僅只是位作家，

---

*作家、評論家。發表文章時為中央大學英美語文學系客座副教授，後任文化部部長，現為龍應台文化基金會董事長。

[1]馬森，〈獻詞與謝詞〉，《孤絕》（臺北：聯經出版公司，1979 年初版），頁 2。

[2]馬森，〈孤絕的人（代序）〉，《孤絕》，頁 19。

還是位社會學者，所以在序言中，甚至將孤絕感的緣由與時代背景都加以演繹印證，這個大主題因此不需要評者多言。值得探討的，是「孤絕感」以外或許不非常明顯的脈絡。

孤絕感，其實不是書中人物痛苦的癥結。人如果滿足於孤立的狀態，也就沒有痛苦而言。這些人一方面沉耽於孤獨的自由自在，一方面又渴求人類的溫暖。孤絕與投入相互抵制，產生矛盾，矛盾所以痛苦。〈舞醉〉人的心態刻畫得很生動。他不敢留在冷清的公寓裡受寂寞煎熬，所以投入大街人潮中，與人體摩肩擦踵，「藉此獲得了一種蘇解的快感」。[3]但這種快感總帶著恐懼：

> 當他在大街上這麼急走的時候，他有時會覺得迎面而來的人臉直朝他壓了過來，像坐在立體影院內看迎面馳來的飛車或奔馬，一直壓到面前才倏然打身旁逝去，卻因此驚出一身冷汗……[4]

短篇〈孤絕〉的主角，好不容易和不知名的妓女一洗愁腸，卻又不能與她同宿，因為他「睡不慣別人的床」。[5]馬森筆下的人都是縮在繭裡細細咀嚼、品嚐孤獨的蠶。

作者在序中沒有提到「青春苦短」這個主題。在這個集子裡，老，是沒有尊嚴的；老和醜是一回事。〈父與子〉中的父親，「生殖器也皺作一團，好像一顆黑色的蠶豆藏在一叢灰不溜丟的敗葉裡」，而年輕的兒子，則「是肉紅紅的長長的垂下去的一條」。[6]〈等待來信〉的老人更是難看得令人作嘔：

> 眼皮無力地搭拉下來，包著一雙渾濁無神的眼珠。眉毛灰敗地倒垂

[3]馬森，〈舞醉〉，《孤絕》，頁104。
[4]馬森，〈舞醉〉，《孤絕》，頁105。
[5]馬森，〈孤絕〉，《孤絕》，頁83。
[6]馬森，〈父與子〉，《孤絕》，頁9～10。

著……耳朵半熔的黃臘似地掛在那裡，上面像積滿了灰塵。禿了的頭皮也開始皺縮了，到處布滿了黑斑；有一塊大的從眉心一直延展到鼻樑上……[7]

作者好像握著一支放大鏡，很殘酷的將衰敗老醜的形象刻意的照出來。《孤絕》裡每一個人都帶著驚恐的心情，數著更漏中的流沙，無力的、絕望的，想挽回即逝的青春。〈父與子〉的他只有 25 歲，他悲切的叫著：「爸，我不要你老！」[8]短篇〈孤絕〉的主角已近中年，他嘆息：「要是生命也可換新的話，那有多好！譬如說再打二十歲活起。」[9]年已古稀的陳照宣對著自己年輕的照片祈求：「多麼想再回到你那種年紀。即使跛著爬地獄中的刀山，我也情願……」。[10]

「生年不滿百」的憂慮自古已然，不是現代人所特有的心情。作者執意的去刻畫那份驚恐，倒使人疑問：老，真有那麼可怕可鄙嗎？

書中還有兩個耐人尋味的傾向，不知作者是否自覺。其一，父親往往是依戀的對象；其二、女性往往扮演反派的角色。

父親，在這本小說中，通常是個慈藹可親的人，敘述者對他常有特別溫柔的情緒。〈父與子〉裡，兒子彎身為老父繫鞋帶的一幕，頗為動人。〈海的滋味〉的父親對小女兒的溺愛與氣沖沖的母親成鮮明的對比。短篇〈孤絕〉裡的妓女一想起癱瘓的父親就「想痛哭。想起從前我們幼年時他那麼健壯的一個人，帶我跟弟弟爬山……」。[11]〈碎鼠記〉的父親更是敘述者永生不忘的慈父。有少數幾篇對父親的感情是愛恨交織的，譬如〈雪的憂鬱〉，但父親仍舊是一生中一個強有力的主宰。

相反的，母親的角色往往嚴苛。帶點壓迫性、虐待狂。〈陽臺〉裡的父

[7]馬森，〈等待來信〉，《孤絕》，頁 196。
[8]馬森，〈父與子〉，《孤絕》，頁 11。
[9]馬森，〈孤絕〉，《孤絕》，頁 68。
[10]馬森，〈等待來信〉，《孤絕》，頁 194。
[11]馬森，〈孤絕〉，《孤絕》，頁 81。

親「一輩子只是媽媽的一個影子」。[12]〈失業者〉的母親終生「不曾做過一件取悅於我父親的事。她不自覺地折磨他，追趕他……躺在病床上為癌症銷毀了形骸的時候，仍然詛咒著他」。[13]〈康教授〉的母親有虐待兒子的傾向，〈碎鼠記〉的姑母穿著黑袍，敲著木魚，更是恐怖如夢魘，壓得敘述人透不過氣來。

連一般的女性都顯得盛氣凌人。〈舞醉〉的陸楓、〈鴨子〉裡打電話來的女人，講話都咄咄逼人。〈陽臺〉的女人「不但患著自虐病，而且還患著虐人病」。[14]短篇〈孤絕〉的女郎主動的坐到男人膝上；〈最後一天假〉中，也是「她」先向「他」說話。《孤絕》裡的女性往往強悍逼人，使丈夫和子女都成為受害者。這或許不是作者有意的刻畫，而是無心的流露。至於這種流露是否有其他的意義，那就是將來為馬森寫傳的人的事情了。

《孤絕》的封底有一段簡介的文字：「14 篇小說中，處處有孤絕的影子，也處處有重獲自我的明澈與喜悅」。

我看不出這本書有這樣肯定而樂觀的結論。

〈父與子〉的話語是一向無力而絕望的吶喊：「爸！我不要你老！我不要你老！」在〈母校〉裡，受害的人在鏡中發覺自己和害人者（女校長）已經合成一人。〈雪的憂鬱〉籠罩著一片死亡的陰影，〈舞醉〉的人坐在冷清的公寓裡，一個人傷心的流淚。

14 篇中有一、兩篇似乎比較肯定人生，其實也是無可奈何，退而求其次的肯定。

〈失業者〉的結尾先讚美存在：「日光曝曬著我的四肢，清風暢拂著我的肌膚，我就紮紮實實的感到我的存在。」真有這麼紮實嗎？緊接著的一段卻像不得已的自我解嘲：

[12]馬森，〈陽臺〉，《孤絕》，頁 20。
[13]馬森，〈失業者〉，《孤絕》，頁 130。
[14]馬森，〈陽臺〉，《孤絕》，頁 21。

> 在這一方天地之間，有我的體積，時間就在我的砰砰的心跳中流逝過去。生命中無怨無尤。於是我只有這麼想：這就是一個人極真實的生存目的！[15]

「於是我只有這麼想」——這樣的肯定極為無奈、極為消極。

〈學笑的人〉一方面對黑暗與孤獨心存恐懼，一方面卻也害怕人群，於是他為自己開解：

> 也許他並不真正需要朋友，他需要的只是點面對自我的勇氣。他有一隻跛腳，他不會笑，然而他卻有在口腔裡流動著的一種恐懼的滋味。想到這裡，他忽然覺得有足夠的理由存在下去。[16]

這其實又是退一步的、不得已的樂觀——既然衝不破這個繭，就說這個繭也美麗吧！但他的矛盾依舊，他的痛苦也依舊。這條蠶仍將踽踽在繭裡咀嚼寂寞與渴望，沒有「重獲自我的明澈與喜悅。」

14 篇小說充滿了痛苦與絕望，但在無可奈何之中，馬森的人物總是以敏感的心努力為生命找尋一點微薄的尊嚴與意義。只有從這個角度來看，《孤絕》這本書仍舊是肯定積極的，因為不管找不找得到那份尊嚴與意義，這些人努力過、掙扎過；畢竟過程比結果來得重要。

象徵與夢魘：看技巧

馬森的主題是現代人的苦悶，他的藝術技巧也深受現代文學及心理學的影響，相當倚重夢魘與象徵。

夢魘使馬森的小說有荒謬劇的色彩。〈母校〉是一場不堪回首的惡夢。私生的嬰兒泡在藥水瓶裡做標本，訓導主任拿把大剪把突出隊伍的學生的

---

[15]馬森，〈失業者〉，《孤絕》，頁 132。

[16]馬森，〈學笑的人〉，《孤絕》，頁 101。

肢體克嚓克嚓剪掉，剪下的殘體拋在地上。以這種荒謬、誇大的筆法來控訴禮教對自然生機的殘害，相當令人震撼。這和 Edward Albee 在《美國夢》裡將嬰兒眼睛挖掉、肢體一段段分解來表達文明社會的迫害，異曲同工。

〈鴨子〉是全書技巧較圓熟的一篇，不妨以這篇來鑑賞馬森的功力。

火車，在〈鴨子〉中，是個很生動的象徵。夢中，他坐在火車上，孤獨、焦急：「他到哪兒去呢？他不知道！這輛火車開到哪兒去呢？他不知道！他為什麼坐在這輛火車上呢？他也不知道！」這個令人惶惑不安的夢緊緊纏著他。同時，好幾次，他怔怔的停下手邊的事，隱約覺得像忘了一件重要的事，卻怎麼也想不起來。

緊接著這思緒朦朧的一段卻是完全動作化的描寫。作者像電影劇本的 stage direction 一樣，不厭煩的指導每一個動作：

> 開始仔細地往身上打肥皂。從脖頸開始，然後腋下，然後胸前，一路往下。到了腿叉那裡，特別用力搓了幾把，然後是兩腿。最後把腳趾也一個個地分開，塗了肥皂……
> 著手弄早餐。先熱牛奶——涼牛奶喝了會放屁——再把淺鍋放在一個電圈上預備煎蛋。就在等油熱的當兒，打冰箱裡提出盛橘汁的瓶子……倒出兩粒維他命 C……打開抽風機，把雞蛋打在淺鍋裡……牛奶也開始冒熱氣了……

如此平凡的生活細節似乎不值得筆墨，作者為什麼刻意地不放過最細微的動作？

何正光是一個注重體能的人，上健身院練得一身「暴起的肌肉」。有需要時，就在浴室裡自瀆一番。這何去何從的火車，和那件想不起來的事情，使他不安，所以他全神貫注的洗澡、擦身、煎蛋，想「涼牛奶喝了會放屁」。潛意識中，他在逃避，用感官來逃避心底蠢動不安的一個朦朧的問題：生命往哪裡去？

馬森不告訴讀者何正光心底的恐懼，卻以無言的動作鏡頭將他試圖逃避的心理流露出來，這是上乘的寫作。

這個火車的意義，在何正光從早到晚一天中，一步一生的揭露出來。

他先碰見年老退休的教授：「這個年紀不做點研究又幹啥呀？要死，還太早；要教書嘛，又沒人要了。」

然後與年輕的鍾成對話：

「念完經濟又怎麼樣呢？」

「找事做呀！」

「找到事又怎麼樣呢？」

「娶妻生子呀！」

「娶妻生子以後又怎麼樣呢？」

接著是女孩子的電話，責備他「人人都要結婚生子，你就這麼與眾不同」。下一步，給父母寫信；他放棄了學位——「不是給人刷掉的，是我自己放棄的」——寫完又憤怒的撕掉。

夜裡的海濱公園是他最後一站。又看見那輛火車「無休無止地繞著圈子」，他心裡焦慮不安：「他能不能奮身跳下去？」

到此，火車的意義已經非常明顯：那是無可逃避的生命列車。娶妻是一站、生子另一站，老去退休又是一站。何正光下意識裡拒絕搭這列車；他不喜歡女人，他有同性戀的傾向，他主動放棄學位，那是反抗生命規則的表示。但在這一天中，他不斷的避免讓那個最終極的問題浮上表面來，他只是心裡隱隱不安、喉裡有「焦灼的苦味」，記不起某一件重要的事情來。

等到這一天的遭遇一件一件的攤開，夜裡，注視著澄明的湖水，他知道他不能再躲避，那件記不起的事情清冷的向他逼來。跳出這列車，唯一的辦法，是主動放棄自己的生命：

他的手慢慢向前伸去，觸到水面的時候，感到好涼好涼。

〈鴨子〉好在它不露痕跡的布局。老教授的出現、與鍾成典型留學生的談話、一通尋常的電話、給父母寫信、公園裡的小火車，樣樣都是不起眼的小事。可是串在一起，配上一個令人不安的問題和背景中火車「突突突、突突突」的聲聲催促，這些無心的事件遂都共同指向一個主題——生命的意義何在。

批評：沒葉的枯樹更像冬天

《孤絕》有一些弱點。第一個能夠挑剔的，是作者偶而過分的「說愁」（Sentimental）。譬如這一段：

你因此也陪她流些淚。沒有什麼特別的原因，只因彼此對問著：「我們為什麼活著？」問了又問，問了又問，問到最後就把眼淚問出來了。[17]

17 歲的少年維特也會寫這樣的句子：「強說愁」與深沉之間的差別或許只在於，前者流盡人前的眼淚，後者慟至深處反而無言。乾涸的眼眶、沉默的痛苦，也許比輕流的淚水更深刻動人。

我想馬森寫作有一個基本的難題。他是個重思考的人，希望藉文學創作來表達他對人生的一些觀念，但是如何以具象的人與事來顯示抽象的觀念呢？有時候，作者似乎就陷在抽象的雲霧裡，進不到有血有肉的具象世界裡來。〈陽臺〉是個典型的例子。全篇由男人與鬼魂的對話構成；很糾纏、很鑽牛角尖的對話：

---

[17]馬森，〈最後一天假〉，《孤絕》，頁 135。

「……為了愛你，我可以忘了我自己。不過那樣的話，我自己漸漸地就不存在了，我只成了一種行屍走肉……我忽然發現你對我漸漸冷淡起來。我也明白，誰會愛一個沒有實體的影子呢？所以我想我應該找回我自己。難處是一找回我自己，我就發現我不能再愛你，因為你不是我需要的那種人。」[18]

馬森的角色沉溺在現代精神分析學裡，把自己軟軟的腦子捧在手心上，細數腦膜摺皺的紋路、討論充血的線條。〈陽臺〉這篇作品近乎腦力遊戲，卻是不夠血色的小說。

話說得太多，大概是我對作者最苛刻的批評。

〈等待來信〉是很優秀的一篇。河流象徵無回的歲月光陰，發黃的照片是老人追不回來的青春；節節移動、不待人的陽光、老人乾皺醜陋的臉，一件一件烘脫出一個主題：流光易逝，人生無奈。既然如此，下面這一段解釋和演繹，就沒有必要。反而剝奪了讀者思考的空間：

他……看著陽光一寸寸地移動，想到生命就在這種日影的波流中漸漸沖淡而至消失，便也覺無可奈何。然而生命終竟是為了什麼？只是為了點綴這日影的流徙？他兢兢業業地保持維護著的生命，只是為了這不可挽回的衰頹？凋敗？腐朽？虛無？[19]

這是美麗的散文，夾在這裡，卻削弱了小說的力量。

短篇〈孤絕〉的敘述倒是很少，但解釋的成分又在對話裡出現：

「一個人也真覺寂寞。難道你不？」……

「寂寞嗎？兩個人也會一樣的寂寞的，很多人也會一樣的寂寞的。」

[18]馬森，〈陽臺〉，《孤絕》，頁 18。

[19]馬森，〈等待來信〉，《孤絕》，頁 197。

「可是我就怕一個人的寂寞……」[20]

能不能不說「寂寞」這兩個字，而仍舊使人覺得心悸呢？

海明威的〈一個清淨、明亮的地方〉表達的也是人的孤獨與寂寞。無家無室、生命中一無所附的咖啡店老侍者關了店，默然回家：

……不再多想，他會回到自己房間去，躺在床上，而後，天亮了，他就會睡著。畢竟——他自說自話——這大概只是失眠吧！患的人也不少。

這一段令人黯然神傷，不只因為老侍者寂寞，更因為他不說自己寂寞，甚至於否認這是寂寞；一旦承認，或許最後一點力量都撐不住生命的重壓。

〈等待來信〉裡的淑貞是寂寞的：

她那麼孤獨地坐在窗前，一坐就是半日，不言不語。我見她一天天地乾瘦下去……牙齒也差不多脫盡了……耳翅在陽光照著的時候，就像兩片透明的黃臘……[21]

〈舞醉〉裡的他也寂寞：

嗯，寂寞！寂寞可以叫人發狂。發狂的時候，你就不管什麼愛不愛……[22]

淑貞的寂寞是實體雕刻出來的。她兩片黃臘似的耳片將在讀者心裡留下不能磨滅的印象；舞醉人的心情卻是大聲吶喊出來的，吶喊出來的哲理

[20]馬森，〈孤絕〉，《孤絕》，頁 101。
[21]馬森，〈等待來信〉，《孤絕》，頁 192。
[22]馬森，〈舞醉〉，《孤絕》，頁 119。

過耳即逝。

馬森想表達的是生命裡的冬天，既然是冬天，一株謝盡秋葉、赤裸裸、怪骨峥嶸的枯樹足夠點出冬意，何必再刻意添上斑駁的葉子？

最後——

馬森的文字可以優雅、也可以寫實。生命如「受了潮的炸彈」[23]，生殖器「好像一顆黑色的蠶豆藏在一叢灰不溜丟的敗葉裡」[24]都是令人難忘的辭句。他對老醜的刻畫幾近殘酷，但他的小說本來也就是剖心的工作，不殘酷不能讓血痛苦的流出來。也因此，作者愈是自己捧心流淚說愁，作品就愈軟弱無力；他愈是不眨眼的，把血淋淋的心剖在讀者眼前，作品就愈令人震動。

換句話說。馬森的優點也正是他的弱點：他對社會人性的洞察使他思想深刻，但一旦急切的想傾吐這些抽象的思想，小說就輕易成為腦的遊戲。如何不說話、不流淚，讓具體的事件與人物自然的、有機的譜出戲來，或許是這位嚴肅的作家最需要突破的地方吧！

——選自《新書月刊》第 12 期，1984 年 9 月

[23]馬森，〈等待來信〉，《孤絕》，頁 194。
[24]馬森，〈父與子〉，《孤絕》，頁 9。

她是清醒的夜遊者

◎陳少聰*

《夜遊》是一本相當特出的書，在近廿年臺灣文壇上似乎沒見過類似的小說。難怪自今年年初發行以來，已連續出了四版，這顯然不是偶然的，這一方面也反映出臺灣社會思想型態的發展趨向。

整個小說的故事以一個 26 歲的女留學生在幾個月內生活思想上的轉變為主軸，而背後作者想探討的卻是涵蓋更博更深的哲理性問題，很值得愛好思考的讀者一讀。

在此我想就本書的題旨、結構及人物三方面作一粗淺的討論。

題旨

《夜遊》一書的女主角汪佩琳是一個叛徒性的人物，書一開頭，作者就以第一人稱表明了主角的基本心態是一個執意要反叛傳統向成規挑戰的人物；在以後的情節發展中，她更一步步地對根深柢固的倫理道德觀提出疑問。

以身分而言，汪佩琳是一個由臺灣到加拿大留學的學生，碩士學位沒有很認真的念完，就嫁給一位英國籍的名教授，本來也可以過一般舒服安定的婚姻生活，一生不見得不美滿，但她卻在一夕之間離家出走，放棄了安定有保障的生活及社會地位，甚至從根本上摒棄了這種安定生活背後代表的文明價值架構，成為一個徹頭徹尾的叛徒。

過去在西方小說裡的特殊女性，諸如包法利夫人、安娜卡列琳娜、查

*作家、翻譯家。曾任加州大學中國研究中心語文研究員，現已退休，定居美國。

泰萊夫人，中國小說中的潘金蓮、玉卿嫂，她們都曾在對抗社會文明對情慾激情的壓抑上作出叛逆的行為，不過她們的反叛畢竟只囿於個人感情方面的。到了易卜生的娜拉身上，則又進一步對整個該時代婦女在家庭中的身分地位提出質詢抗議。而在今日《夜遊》一書的 20 世紀女主角汪佩琳身上，則又更向前跨越了一步，進而對整個中西文明約定俗成的種種價值觀念發出問號，對傳統價值觀念頗有連根拔起之勢。試聽女主角發出的心聲：

> 為什麼我們竟如此的脆弱，輕易地為環境所壓服？在歷史的重負下氣喘，在文明燦爛的外衣覆罩下暗泣。其實我們真正需要的不過是那麼微小的一點空間、那麼短暫的一段時間，為什麼我們不能自主？去你的歷史文明！去你的傳統文化！我們只不過需要在清朗的碧空下呼吸那麼一口無拘無束的空氣。像一隻飛鳥，振翼而起，隨心所欲；像一頭在莽原上獨行的野獸，任意遊蕩，沒有目標，也沒有一定的歸宿，只盡情地享受著那一刻生存在天地之間的喜悅。

本書女主角與過去中西方女主角不同的是，她的反叛是有意識的，是知性的，並不僅是個人情愫上的。

《夜遊》這本書自然而然地也教我聯想起卡繆的《異鄉人》。所不同的是卡繆的主角 Meursault 是個無道德主義者，他對一切無明確的是非觀念，而且，他的「反叛」是無意識的。馬森的主角卻仍有相當明晰的是非道德觀念（雖然她時時一再審察分析自己的道德觀），而且她的反叛是絕對有意識的，她一再執意作出種種離經背道的「孤絕」於俗世的行為，她表明得很清楚：

> 但是我要生活！我要生活！我要感到自己的存在！我要經歷種種不同的經驗，來確定我並不是別人投擲的一個幻影，而確是活生生地像個人似

> 地活過了。我不要變成一種理念的延伸、一種文化的反射，我要野性地按照我自己的方式活著。不管我多麼不盡人意，我總得學習要接納自己。快樂我接受，痛苦我也接受。每個人都該有權決定自己的命運。

又說：

> 我覺得生活的意義也許並不在要完成實現什麼，生活本身就具有了充足的意義了。

如此，《夜遊》的主角是以她本身的生命作為一場人生哲學的實驗，或者也可說是自我意志的完成，無可否認的帶有十分濃厚成分的存在主義色彩。

法國導演果達（Godard）於 1962 年拍的一部有名的影片 *Vivre Sa Vie*（姑且譯為：《過她要過的生活》）裡探討的也是相似的問題，只不過該片的幅度與深度都還不及《夜遊》。該片中的女主角是一個巴黎小市民之妻，一天她突然決定要親身體驗不同的生活型態，於是她離開了丈夫與孩子，自己出來謀生，先作店員之類，後來輾轉變成妓女，生活頗受折騰，但似乎無絲毫悔意，她只不過繼續「過她的生活」罷了。劇情發展下去，到最後她竟在一極其偶然的場合裡被歹徒射殺身死。果達女角也是個存在主義型的人物。

果達要說的是什麼？馬森要藉汪佩琳說的是什麼？難道是鼓勵一般人摒棄傳統道德價值觀，勇敢地來體驗存在主義式的人生觀嗎？我想不是的，難道他們為的是推崇女權運動，叫女性一個個都要獨立思考、獨立尋求自我、完成自我？我想也不盡然。雖則字裡行間中讀者可以看得出來馬森對女性主義有相當深入的了解與同情，但我認為作者寫《夜遊》的旨意並不在於標榜女性主義。我認為即使把《夜遊》的主角換成一個男子，仍不會動搖了作者意欲表達闡述的基本內涵。因為作者想寫的主要並不是女主角汪佩琳這個人個性上的發展或她的種種遭遇，而是要藉汪佩琳的反叛行徑作實例，來剖析一些道德倫理上的價值觀念問題。這些問題可能也正是作者本人在面臨東西文化衝激，以及目睹社會倫理的變遷之際所感到的困惑與掙扎，經過慎思明辨整理之後，透過汪佩琳這樣一個角色，以小說的形式呈現出來。而作者選擇用女性作主角，則使故事更富戲劇性，由女性來扮演「叛徒」，無形中使得主題更尖銳突出了。因為身為女性，一旦要作叛徒，她所必須突破的枷鎖遠比男性更甚。

結構

從小說結構上來看《夜遊》，我認為它大致上仍勉強可以歸類在「成長過程」的小說模式內（Fiction of Initiation）。古今中外以這一模式寫成的小說比比皆是，不勝枚舉。這一類小說的寫法，大致以一個主角心智上的發展過程做為全書情節發展的經緯。主角在開始時多半都是相當天真懵懂，心智尚在渾沌未開之境，然後經歷一樁樁遭遇，變得成熟了，獲得了許多啓示，增加了一份智慧，同時也多添了無限對人世滄桑的感懷。

以這類成長過程（或稱「洗禮過程」）模式寫成的小說始終是常被採用的小說模式，譬如聶華苓的《失去的金鈴子》，就是典型的這類小說，又譬如歌德的早期作品 *Wilhelm Meister's Apprenticeship*，也是典型的成長過程小說，甚至連赫塞的 *Steppenwolf*（荒野之狼），也勉強可以歸為此類。雖然書中的主角海瑞郝勒（Harry Haller）已是中年的學者，而非赤子，他在書中「魔術劇場」一節裡所經歷的心智成長歷程，卻仍屬於一個洗禮式的過程。除了小說模式上同屬「成長過程」小說之外，其實 *Steppenwolf* 一書在題旨上與《夜遊》也不無相通之處。兩本書的主角的「洗禮過程」都在夜間進行發生，兩者的遭遇都不是光天化日之下一般人日常生活上的遭遇，而是同屬於「黑暗之旅」，是深入人性潛意識領域的探險。《夜遊》中女主角有一段獨白道：

夜遊，夜遊！人們大概只有在夜裡才敢於脫下白晝的假面，過一種比較

> 真實的生活。也只有在夜裡，生命才更為鮮活，心靈也更為慷慨豁達……

女主角所接觸的，都是溫哥華地下世界裡種種不為世俗社會所接納的人物，經歷的盡是些錯綜複雜不能為外人道的曖昧的人際關係。她對一個酗酒、不務正業、患有自戀性、而又有同性戀傾向的美少年發生戀情，無以自拔。她也和妓女交朋友，進而欣賞這妓女的才情，佩服她的膽識。這妓女有勇氣選擇這種職業，積錢重回大學念書，這種行徑在常人眼中當然是荒誕不經的，但女主角卻自我慚愧地感嘆著：

> 細想我自己，雖然受過了良好的教育，所處的地位不知比羅拉高出了多少倍，但遇事不是趑趄不前，就是隨波逐流，我又做過幾件自覺自主的事？

就像 *Steppenwolf* 中的主角海瑞郝勒，雖身為博古通今的學者，然而他對自我的了解，以及對生活更深邃層面的體驗，卻茫然無知，還得靠年輕的女子黑敏妮為他啟發、為他引渡。

這兩本書中的「夜遊」，都深具象徵意義，固然兩書中主角的經歷都發生在幽祕的夜晚，在地下世界，而其中的所謂夜晚，絕不僅指光線的陰暗，「夜遊」一辭更影射出與理智意識領域相對的幽暗的潛意識領域。

馬森顯然與赫塞一樣，都對心理學有相當修養，書中不乏心理分析的片段，譬如汪佩琳一次在抽了大麻之後精神恍惚的狀態下，自喻為刺蝟一節，又如她對自己性格的形成發展所作的自剖，對自己與父母之間關係的了解透視，都作過精湛的剖析與交代。

不過，《夜遊》尚不能劃歸為寫潛意識的小說，因為屬於純粹潛意識的敘述篇段幾乎沒有。何況女主角對幽暗世界的探險摸索是有意識地去作出來的，是以主動姿態在神志清醒時進行的，正因為是蓄意的行動，她的

「隨波逐流」反倒不顯得怎麼「隨波逐流」了。她的心態是接近一個存在主義的探索者的心態，她對外界的形形色色執意不加批判，而一一去觀察，去反芻。她使我想起人家形容美國作家亨利米勒（Henry Miller）的比喻：亨利像一個航海的人，登上一艘船，故意把船槳拋掉，任船漂盪，看它漂到何處。《夜遊》的主角也似乎如此，是故，她是一個清醒的夜遊者。

正因為在書中她是一個「清醒的夜遊者」，作者的作業就特別艱難了，因為在場面、情景、對話等等的處理上，作者都必須採用寫實的手法，不能過分戲劇化或超現實，情節的安排處理必須令讀者信服，覺得合理，覺得可能。儘管女主角的種種行徑有些畏人聳聽，卻無一脫離可能的現實範圍，不似赫塞在他的 *Steppenwolf* 中用的寓言式抽象性手法，把主角送進地下世界的「魔術劇場」，讓他在裡面經受各種光怪陸離、匪夷所思的場景以及超現實的幻象，根本不顧慮情節是否合理，他寫的是潛意識的以及象徵性的境界，赫塞這種寫法受到的限制較少，比馬森在《夜遊》中的現實手法可以說容易得多。反之，《夜遊》的結構模式自始至終都十分完整，具有絕對的統一性，作者始終負責到底，苦心經營布設各種可信的場景、對話與情節，使小說始終在現實世界可能的範圍內推展，從未隱遁到奇幻抽象的境域中去。在這樣的寫作形式限制之下，自然也就無法對潛意識世界的活動展開更深入的探索，也正因如此，《夜遊》才能為一般廣大讀者所接受。

人物塑造

白先勇在本書序文中說得很清楚：「由馬森複雜迂迴的文化背景，我們可以測知他對中西歐美各種文化傳統之間異同衝突必也曾下過功夫深入研究比較。」並且又說：「事實上馬森的長篇小說《夜遊》在某一層次上，可以說是作者對中西文化價值相生相剋的各種關係做了一則知性的探討與感性的描述。」

白先勇所謂的「知性的探討與感性的描述」一語，是對本書一針見血精闢的總結。我認為作者十分用心地完成了這項任務，使本書在知性與感性雙方面取得了適當的平衡。唯一的遺憾是，作者為了在知性上作深入的探討，不惜加諸女主角過多的負荷，作者想藉汪佩琳的掙扎與矛盾來分析文化倫理思維上多方面的問題，結果讓她負擔了過多嚴肅的獨白，使得她顯得大腦過分發達（too cerebral），以致與她 26 歲的心智年齡不完全相符，把她塑造得過分剛毅，心智的發展過程也顯得太突愕，在情感上反而缺乏了像其他西方各作中著名叛徒女主角們所具的吸引力及情感上的深度，譬如包法利夫人或安娜卡列琳娜她們那種女性多情感傷的氣質以及幻滅的深度等等，都是很引人入勝的，而也都是汪佩琳所欠缺的氣質。她很任性，很固執倔強，但感情上的彈性反而顯得不夠，似乎不能獲得讀者們的同情。我個人認為這是本書人物塑造上的瑕疵。不過，作者在描述她對麥珂的癡迷與母性愛方面，卻又鋪述得極為真切動人，把她那種無力自拔、無可奈何、朦朧不清的感情寫得絲絲入扣，她如何一步步越陷越深的過程，作者也掌握處理得很成功。

在次要的人物塑造上，我認為麥珂這個角色寫得最為逼真生動，讓讀者幾乎可以觸摸得到他的複雜混亂，他的可悲，他的可愛，他的美貌，他的聰穎，他的癡呆，他的矛盾掙扎，作者都描繪得神氣活現，躍然紙上。

作者對雙性戀花了相當的篇幅加以研討，白先勇指出，本書「將人類性愛關係異性、同性、雙性的面面觀做了各種不同的比較與剖析」。這也是《夜遊》一書特殊之處。作者借用書中另一重要人物朱娣道出人與人之間各種的微妙關係：

> 社會上總喜歡把人的關係納入幾種範疇，如夫妻關係、愛人關係、朋友關係等。其實夫妻關係中就不知有幾千萬種的不同方式。朋友關係中又有千萬種的不同，哪是那麼容易分類的。

朱娣這個人物的塑造也相當成功，朱娣是人類學系的教授，女權運動的擁護者，她本人兼有同性及雙性戀的傾向。在理論的研討上，馬森許多地方也借用朱娣作他的代言人。由於他把朱娣塑造成一個頗重理念分析一型的人物，而且她的身分既是學者，理論化的言詞由她口中說出就顯得自然恰當。同時作者把朱娣思想上的剛毅與碰到愛情時的脆弱矛盾，前後都刻畫得入微逼真，恰如其分。

馬森在《夜遊》裡想觸及的問題相當繁複，不僅是雙性戀及同性戀方面的問題，不僅是女性主義的問題，或婚姻倫理觀念轉變的問題，更重要的是關乎個人在處於東西文化相衝擊之中所面臨的種種道德危機問題。

馬森提出來探討的問題既博且深，小說處理的態度也極為嚴肅，是當今難得的一部小說。唯一的瑕疵我個人認為是女主角的塑造有欠完滿，用在她身上的獨白太多，而獨白中說理的成分過強，有時凌駕或掩沒了感情的深度，以致使人物受著理念的帶動，而非以人物感情的波動來帶動或引發理念的覺醒。寫到這裡，想起馬森曾在一篇評介沙特的文章中指出，沙特的文學創作往往理念重於情感，並且馬森似乎也曾自覺到他有類似的趨勢，不過我個人覺得問題並不很嚴重。

我在想，如果當初作者以戲劇的方式來寫《夜遊》，人物塑造方面效果是否會更突出一些？也許不然，馬森本人既是戲劇家，一定早想過這個問題，最後他選用了小說形式，必然有他的道理。

以上寫的全是非學術性的個人讀書感言，不是書評，很可能瞎說了些不十分負責任的外行話，筆者只不過覺得這是一本不同尋常的小說，讀後有感而發，區區之見，尚祈見容於讀者及作者。

——選自《聯合報》，1984年5月31日～6月1日，8版

秉燭夜遊
簡介《夜遊》

◎白先勇*

從歷史的眼光來回顧，1960 年代整個中國臺灣與大陸都處於一個巨變的時代。中國大陸爆發的文化大革命固然是一場驚天動地的政治運動，使中國文化遭到空前的摧毀，而臺灣十年間從農業社會跨入工商社會，一種新的文化蛻變也在默默成形。同時西方國家以美國為首的嬉皮反文化運動以及反越戰政治運動，亦在如火如荼的進行著。全世界的青年一代似乎都不約而同對自己國家民族的文化價值傳統社會產生了懷疑、不滿，進而摧枯拉朽投身破壞或建設的事業。1960 年代臺灣知識青年自然也遭受到這一股世界性文化震盪的沖擊。當時臺灣的文化根基薄弱，正徘徊於傳統與現代，東方與西方的十字路口。西方文藝思潮的入侵，正好給予迷惘徬徨中的臺灣知識青年，一種外來的刺激與啓蒙，於是一個新文化運動在臺灣展開。五月畫會、東方畫會的成立，創世紀、藍星現代詩社的興起，《文學雜誌》、《筆匯》、《現代文學》以及稍後的《文學季刊》的誕生，在在都顯示出臺灣文化動盪不安的徵象。近年來論者對於 1960 年代在西方文藝思潮影響下所產生的臺灣文化運動諸多非議。誠然，當時年輕一代的臺灣知識分子對於西方文藝思想的了解還不夠深入，例如當時流行的現代主義、存在主義等，並未能有系統的介紹到臺灣。因此，1960 年代臺灣文化運動理論與知性的根基，有其先天之不足。但是 1960 年代文化運動者，創新求變的精神，勇於懷疑、實驗的魄力，事實上繼承了五四新文化運動的優良傳

*作家。發表文章時為加州大學聖塔芭芭拉分校東亞語言文化學系教授，現已退休。

統，在臺灣創造了一股新銳之氣，成為臺灣文化現代化運動的先驅。

1960 年代有一批留歐的臺灣知識分子，默默的在做著傳輸西方文藝思潮到臺灣的工作。他們創辦了一本《歐洲雜誌》。這本雜誌質素高，內容深刻，尤其對於當時流行於歐洲的各派文藝潮流，推介頗為詳盡。雖然《歐洲雜誌》發行量不廣，出版時間短暫，但亦有其一定的影響與貢獻。馬森便是《歐洲雜誌》的健將之一。馬森在留學歐美的作家中，背景相當特殊，他在國內主修文學，到巴黎專攻電影戲劇，受到尤涅斯柯（Ionesco）、貝克特（Beckett）的荒謬劇、法國新潮電影以及沙特、卡繆存在主義文學的直接影響。馬森離開歐洲曾在墨西哥執教，他的獨幕劇集便是在墨西哥京城寫成的。1972 年馬森放棄教職，從驕陽炙人的中美又輾轉遷徙到寒帶北美的加拿大，而且改攻社會學，獲得博士學位，其間馬森回歸文學，寫成短篇小說集《孤絕》以及長篇小說《夜遊》。四年前馬森重返西歐，執教於倫敦大學，繞了一個大圈子最後返回臺灣，在國立藝術學院客座，教授戲劇。

由馬森複雜迂迴的文化背景，我們可以測知他對中西歐美各種文化傳統之間的異同衝突必也曾下過功夫深入研究比較。事實上馬森的長篇小說《夜遊》在某一層次上可以說是作者對中西文化價值相生相剋的各種關係做了一則知性的探討與感性的描述。《夜遊》女主角汪佩琳是一個到加拿大留學的臺灣學生，正如其他許多臺灣中產家庭出身的中國女孩，除了一段短暫的學生愛情以外，汪佩琳的少女時期過得相當保守平凡。汪佩琳也不是一個特別聰敏的學生，留學成績平平，連人類學碩士也沒有得到便嫁給了英國人詹。詹是國際聞名的教授，研究科學，在溫哥華一間大學執教。汪佩琳跟詹也曾過過一段安定的婚姻生活。如果汪佩琳是一個知足認命的女人，也許做一個英國名教授的太太，一生不見得不美滿。但是才貌平庸的汪佩琳突然一夕之間，做出驚人之舉，離家出走，成為了一個徹頭徹尾的叛徒。從福樓拜的《包法利夫人》、托爾斯泰的《安娜卡列琳娜》到勞倫斯《查泰萊夫人的情人》，西方現代小說一直反覆出現一個主題：在劇變的社會中，已婚女性對世俗的社會價值所做的反叛及其後果。中國近代小說也有不少描寫不安於室的女人，追求自己浪漫愛情的故事。但汪佩琳的反叛有點不同，首先她反抗的是詹所代表的西方的理性主義及文化的優越感，更進一步她也反抗以她父母家庭為代表的中國儒家傳統的拘束壓抑。放棄了丈夫、父母的依恃憑藉，汪佩琳成為了一個孤絕的人。她棄家出走，從一個以名利為重的世俗社會縱身投入一個價值迥異的黑暗世界，她的抉擇有著相當存在主義的意味。存在主義的真義一度曾遭誤解，存在主義不是悲觀哲學，更不鼓勵頹廢，存在主義是探討現代人失去宗教信仰傳統價值後，如何勇敢面對赤裸孤獨的自我，在一個荒謬的世界中，對自己所做的抉擇，應負的責任。存在主義文學中的人物，往往亦有其悲劇的尊嚴。

《夜遊》一書，便是描寫汪佩琳秉燭夜遊，投入溫哥華地下世界後的種種遭遇，每一次遭遇使她對本身以及人世增加一層新的體認與了解。汪佩琳脫離了她丈夫的世俗的社會，所遇見的多為世俗社會所不容、所歧視的人物。她夜遊的第一站是一家叫「熱帶花園」的酒吧，這間酒吧便是溫哥華地下世界的縮影，魚龍混雜的深淵。汪佩琳的種種冒險，便在「熱帶花園」裡展開。帶領汪佩琳到「熱帶花園」開眼界的是一位人類學女教授朱娣，跟她的關係介於師友之間。朱娣自己是一位女同性戀，對汪佩琳存有母愛式的情愫。汪佩琳從朱娣身上得到啓示，發覺原來她與詹之間的異性關係只是人類情感的一部分，人與人之間的愛情還有許多的可能性。在一陣狂亂與放縱之後，汪佩琳終於發現了麥珂——一個 19 歲的美男子。她與麥珂一段極不尋常的關係，構成了《夜遊》的主要情節。麥珂是青春與美的象徵，是希臘神話中患有自戀狂的納西塞斯。麥珂在認識汪佩琳之前，曾與史提夫有一段同性戀的關係，史提夫是位中年醫生，是麥珂的父親替代（father surrogate）。從世俗的眼光來看，麥珂一無是處：酗酒、失業、不求上進，曾經吸毒，而且有同性戀的傾向。然而汪佩琳讓麥珂搬進了她的住處，照顧他、縱容他，可以說是他的母親替代（mother surrogate）。

麥珂是一個潘彼得，拒絕長大，拒絕進入虛偽的成人世界——20 歲生日那天他曾企圖自殺。他那一種超道德的童貞使汪佩琳心折、迷惑，她崇拜他那永恆的青春。在某種意義上，麥珂是個雙性戀者。他需要男女兩性給予他不同的愛情。雙性戀（bi-sexuality）是《夜遊》中研討的重要主題，其他幾對戀人道格與愛蓮妮、雷查與露薏絲的關係都有雙性戀的傾向。馬森在《夜遊》中將人類性愛關係異性、同性、雙性的面面觀做了各種不同的比較與剖析。1960 年代歐美的年輕一代隨著文化、政治的認同危機（identity crisis）也產生了性傾向的認同危機，於是一時間婦女解放運動、同性戀解放運動風起雲湧，（對於傳統社會中所扮演的性角色發生質疑）對於傳統社會中所規畫的性道德開始反抗。在相當的程度上馬森的《夜遊》也反映了 1960 年代歐美青年及臺灣留學生價值判斷的混淆與理念分歧的迷惘。

《夜遊》最後麥珂與道格雙雙神祕失蹤——他們兩人也曾經有過一段曖昧的同性戀關係，而汪佩琳偷嘗禁果一旦踏出伊甸園外，便永無返回樂園的可能，但是她的眼睛卻張開了，看清楚了她赤裸的本身，也看到了人世間隱藏在正常社會下許多崇高與醜惡的現象——這便是汪佩琳夜遊的收穫。馬森在書前引錄古詩：

> 生年不滿百，常懷千歲憂。
> 晝短苦夜長，何不秉燭遊？

在暫短的人生，汪佩琳能秉燭一遊，也算值得。

——選自馬森《夜遊》

臺北：爾雅出版社，1984 年 1 月

東方西方，來去自由

馬森的《夜遊》

◎高行健*

1985 年，已二十多年前了，我應德國文化學會邀請從北京到西柏林，逍遙了半年多。當時柏林圍牆還沒倒，我望著鐵絲電網後的雕堡和手提衝鋒槍的衛兵，提心吊膽穿過通道，去東柏林旅遊了半天，卻花了一個多小時排隊等快餐，進書店也得排隊，氣氛沉悶得如同回到了中國的文革。其間，我也得到法國、丹麥、奧地利和英國的邀請，著實遊覽了一番自由的西歐。在牛津大學古城堡似的建築裡所舉辦的中國文學討論會上，我遇到了馬森，他送了我一本剛出版的小說《夜遊》。他當時在倫敦大學東方語文學系教中國文學，這個教職以前有過老舍和蕭乾，他離任回臺灣由趙毅衡接替，都是作家，也都寫小說。

當晚，就在這極有情趣的城堡裡，我居然通宵達旦，一口氣讀完了這一本小說。據我所知，這之前恐怕還沒有誰把海外華人的生活寫得如此豐富而又這樣有分量，從臺灣寫到西方，從華人知識分子的追求到西方青年的頹廢，跨越東方與西方，各色人等好一番夜遊，遠遠超出海外華人艱苦創業與思鄉尋根的通常格局。

馬森的《夜遊》無疑是臺灣現代文學的一部重要的作品。如今再版這部小說，我以為十分必要。可惜的是他贈我的書留在北京，早已不知下落，時過境遷，記憶也模糊了，無法做準確深入的評論。但我確實要說，這不僅是臺灣文學的一部佳作，也是世界華語文學的一個成就，同另一位

---

*作家、翻譯家。2000 年獲諾貝爾文學獎，現居法國。

華文作家聶華苓的《桑青與桃紅》同樣出色。我讀到這兩部作品的時候，中國大陸的作家剛剛從文革的禁錮中解脫，雖然在西方的漢學界弄得蠻熱鬧，真有分量的作品卻寥寥無幾。馬森的《夜遊》從當時華語文學的大背景來看，更顯出異乎尋常的意義。

《夜遊》跳出海外華人遊子和移民的那種眼光，也從東西方文化衝突的困境中脫穎而出，面對的是西方社會現實和現代人內心的孤寂與恍惚，下筆從容而有趣味，這當然與作者本人的閱歷有關。馬森在西方大學任教，從西歐、北美到墨西哥，又從西方現當代文學與戲劇的研究到從事創作，這些經驗自然也反映到他的小說中。令我吃驚的是他電話中告訴我，隨同《夜遊》的再版，出版社計畫出版他所有的作品，包括長篇和短篇小說、劇作以及文學與戲劇評論、文學史、學術著作等。可我只讀過他的另一本《中國現代戲劇的兩度西潮》，是同類論著中資料最豐富、立論最中肯的一部，要研究現代華文戲劇的話，不可不讀。

我還要說的是，我的長篇小說《靈山》在臺灣出版也首先得力於馬森。是他把我的《靈山》的手稿推薦給聯經出版公司的劉國瑞總經理，然後又推薦給《聯副》的主編瘂弦，那長篇的序言也是他寫的。雖然這書出版的當年一無反響，只賣了 126 本，而這些朋友還繼續幫我出書。我的劇本《彼岸》也是馬森任《聯合文學》總編輯的時候發表的。我的另一篇過長的短篇小說《瞬間》隨後又收在他和趙毅衡合編的小說集《潮來的時候》裡，得以全文發表。馬森為人實在，對朋友又這般厚愛。

可我同馬森見面每次都來不及細談，之後在臺灣或香港，臺北《聯合報》召開的「中國文學四十年研討會」，臺南成功大學和宜蘭佛光大學的報告會，乃至香港《明報月刊》組織的戲劇創作的對談，匆匆照個面就分手了。平時也很少書信來往。最近，突然接到他的電話，又看到《聯合文學》上他的〈冬日紀病〉一文，才知道他已遷居加拿大。畢竟是神遊的馬森，毫不戀棧，東方西方，來去自由，何等瀟灑！

——選自《聯合報》，2010 年 11 月 27 日，D3 版

馬森的寓言文學
《北京的故事》序

◎李歐梵*

一

寓言的文學作品，中外古今層出不窮，中國文學史上莊子可以說是第一位寓言大師，但是 20 世紀五四以來，中國作家以寓言說故事——特別是批評政治和社會——的作品並不太多，寫實主義的主流，似乎籠罩了小說的創作。

馬森的這 14 篇寓言小說——合組為《北京的故事》——可以說是一本匠心獨運的作品，雖然並不直接地寫實（作者寫這些寓言的時候身在墨西哥，時當文革初期，根本沒有去過大陸），但卻憑一種直覺，一種帶有「感時憂國」情感的藝術幻想，表現出一面更深更廣的真實。

馬森的感觸，直接因中國大陸 1966 年爆發的文化大革命而起，他所諷刺的主要對象就是毛澤東，明眼的讀者一定可以看得出〈天魚〉、〈奇異的流行病〉、〈北京烤鴨〉等篇中的「主席」、「領袖」、和「舵手」所指的是誰。但是馬森的政治寓言並不是那麼狹義的、口號式的反毛反共，如果我們用政治索隱的讀法來欣賞，有些寓言是一目了然的，非但毛澤東的影射如此，〈奇異的流行病〉中的主席夫人也如此——顯然是影射江青。讀過杜斯妥也夫斯基的〈大審判官〉（《卡拉瑪佐夫兄弟》中的一章）和奧威爾的《動物農場》的人都可以體會到：一篇成功的政治寓言，並不一定只把目

*作家、文學評論家。發表文章時為芝加哥大學教授，現為中央研究院院士、香港中文大學冼為堅中國文化講座教授。

標指向某一個人或某一件事，而是由此人、此事（有時候甚至是虛構的，如〈大審判官〉）而引發的一種廣義的反省，換言之，寓言這種文學形式本身就是一種較抽象、較能發人深思的東西，應該具備多種意涵和層次。所以，我認為，《北京的故事》中較出色的幾篇，都有此功能，可以令人深省、咀嚼回味。

文革的發生和對毛澤東的偶像崇拜，不是一個偶發的現象，表面上似乎是政治權力的鬥爭，或是紅衛兵的過激革命情緒的高揚，但整個文革的現象卻更反映了更深一層的中國人性和文化的反常和破產，任何有良心的知識分子，都不可能等閒視之的。馬森在 1960 年代末期——當很多海外的朋友都開始發「紅熱病」、出革命疹子的時候——就發此深思，奮而為文，現在看來他的「直覺」是一種遠見，是很有深度的。

所以，我認為馬森的政治寓言，並不局限於政治，最終還是歸根於中國文化和人性。就以〈驅狐〉——我個人最喜歡的一篇——為例，作者並不完全在描寫中共極權統治下藝人生活之苦，而是從一對藝人夫婦道出一段中國傳統文化對當代政治的抗議。馬森的靈感顯然從唐傳奇和《聊齋誌異》而來，但他更進一步，把這個既神祕又抒情的傳統放在一個以破除迷信為政治運動的社會裡，政治反諷的意義當然就更添加一層文化的深度。胡蓮這個角色，可能是作者思古而歎今的心情下創造出來的，她在中共統治下的人間半世紀的生涯，恰為反人性的政治運動作了一個動人的見證。

從中共「破四舊」的觀點來說，狐狸變人嫁人的傳說，當然是迷信，應該摧毀，所以胡蓮這個變了人的狐仙，是無法生存下去的，在政治的壓迫下，她開始懷疑自己的存在問題。這一段寫得很精彩，馬森用莊子的筆法，道出了胡蓮的困境：「我自問我到底是一隻變了人形的狐狸？還是不過是一個假想自己是狐狸的女人？」這是一個兩難的局面，如果她只是前者，她不可能存在，如果她是後者，她這種「邪念」顯然屬於「封建意識」，是中共政權所不容的，所以，無論是人是狐，她只有死路一條。我們對胡蓮這個好女子的同情心，因她的死亡而更加重，相對來說，我們越同情她，當然就越憎惡搞這種破除迷信的人，因為在「迷信」的背後——胡蓮所真正代表的——就是中國民間的「小傳統」中一切的善和美。

馬森學戲劇出身，舞臺經驗豐富，所以安排了一場極為精彩的「戲中戲」，假戲真作，胡蓮現狐身而死，「迷信」破除了，「喜劇」也就此結束。這段戲，使我不禁想到意大利的一齣歌劇《粉墨登場》（*Pagliacci*），但意義卻更深遠，因為胡蓮的死，證明了她的「狐狸」的存在，而事實上，這個狐仙比人更有人性行為（「唐傳奇」中的幾個故事亦是如此），她的人性的真實，恰好反映了破除迷信運動的虛妄。所以，就象徵的意義來說，她的死可以視作一種「傳統的報復」（the vengeance of tradition）。

在《北京的故事》裡，中國傳統的「陰魂」不散，處處皆在，有時候甚至還要現現身，發幾個難以解答的問題（〈煤山的鬼魂〉），有的時候卻以美麗的意象從天而降（〈天魚〉），當然在更多的情況下被脫胎換骨，幾番輪迴之後，「原身」之美和善，被「今身」的醜和惡取代了，所以，中國傳統中鯉魚跳龍門的典故，演變而成北京北海公園下的「鯉魚王國」；原來的愚公經過毛澤東竄改原意後，製造出來一個樣版愚公。這幾個明顯的例子足以證明馬森對文革的批判，是十足的文化批判。

馬森旅居外國廿多年，他當然也免不了受到西方文學傳統的影響，事實上在這些寓言的藝術構思上，作者也往往借鏡西方文學的作品。基本上來說，以各式各樣的野獸作寓言世界的主角，是一個西方文學的傳統，近似童話，甚至可以說從童話衍伸而來。較近代的例子當然是《愛麗斯夢遊奇境》，但中國作家用這種寫法往往不能得心應手。沈從文五十年前也寫過一個類似的長篇，諷刺當時的中國社會，但故事中動物極少。老舍的《貓城記》雖以貓為主，但寫得毫不生動。馬森筆下的鯉魚、蒼蠅、癩蛤蟆、鴨子和驢子，都是栩栩如生的，特別是〈鯉魚龍廷〉中的各種魚類，甚至於蝦、蟹、蛤蟆、帶魚，都各有個性，構成一個海底王國（也許馬森自己特別喜歡吃海味吧！這是「題外話」）。而且，他更利用這個西方傳統的形式來作對中國的政治諷刺。據我估計，以後這種以動物喻人的諷刺作品一定會增多。事實上大陸內部目前已經出現了不少，馬森在 1960 年代就已經寫出來了，可謂開風氣之先。

馬森深受西方文學的陶冶，所以知道如何把動物式的寓言（fable）變成更深一層的哲學寓言（allegory 和 parable），這個作法，西方文學家用得很多。中國新文學史中第一個嘗試的應該是魯迅，他在散文詩集《野草》中，就用過這類手法（如〈狗的駁詰〉）。馬森的〈英雄跟他的影子〉，似乎受到魯迅的影響，使我想起《野草》中的〈影的告別〉和〈死火〉，在這三篇作品中，都出現一個「替身」（double）向主人翁質難。（但馬森的鏡子，顯然是出自《白雪公主》童話中最有名的句子：「鏡子，鏡子，在牆上，你看誰長得最漂亮？」）。我覺得就整體而論，《北京的寓言》仍然比不上《野草》的深沉怪誕，因為前者所意涵的主題還是比較具體，較富政治性，除了少數幾篇外，仍然不能使讀者進入哲理的世界。當然，這本來不是作者的用心所在。另外有幾篇寓言，倒頗引人作藝術上的遐思的：〈玫瑰怨〉非但諷刺了中共的幹部在政治運動中的浮沉，也多少襯托出一點愛美的心理，惜因篇幅所限，沒有進一步探討藝術上的美和現實間的距離和矛盾（如王爾德的《多林歌蕾畫像》）；〈天魚〉的前半部真是神來之筆，意境妙極，後半部又回到了政治現實；〈蝸牛的長征〉用了卡夫卡的典故，也有點尤乃斯柯的「荒謬劇」的意味，荒謬感雖嫌不夠，但在構思上已可圈可點了。作為一個「學院派」的讀者，我的遐思近乎苛求，也是一種偏見。

二

以上是我的一點讀後感，拉雜寫來，因時間所迫，頗有力不從心之感，許多論點，也未能發揮（譬如作者對「兩難」（paradox）的運用、作品的內在邏輯和諷刺對象的調和與不調和問題、敘述和調侃語氣交錯運用後所產生的效果等，不過這些都是更「學究氣」的文學批評），要請作者和讀者原諒。

在此我願意附帶提一段我和馬森的緣分。我們第一次見面，是在加拿大溫哥華陳若曦家裡，至少有十年了。兩人真是一見如故，非但興趣和經歷上有不少相似之處，而且還發現竟然在未謀面之前就合寫過一本書！事情是這樣的：當時我們不約而同地向《大學雜誌》投稿，我寫的是歐洲遊記，他寫的是法國社會素描，編者好事，不經過我們的同意，就把這些文章湊成一本書出版，書名是引自我的一篇文章（也是編者的生花妙筆）：《康橋踏尋徐志摩的蹤徑》，但全書的大部分——也是最精彩的幾篇文章，卻出自「飛揚」之手，飛揚就是樂牧就是馬森。

想不到十多年後，我又能再度掠美在他的新書中忝居一席，實在值得慶幸，但使我自慚形穢的是：馬森已經佳作纍纍——自《法國社會素描》後，他接連出版了《馬森獨幕劇集》、《生活在瓶中》、《孤絕》和《夜遊》等數本巨著，而且都是極富獨創性的文學作品——而我仍然停留在寫雜文的階段。這篇小序，一方面算是對老友的祝賀，一方面也算公開自責，馬森應該作為我今後的文學榜樣。

——1984 年 2 月 8 日於芝城

——選自馬森《北京的故事》

臺北：時報文化出版公司，1984 年 5 月

愛的形變
我讀《M 的旅程》

◎黃碧端*

《M 的旅程》是費解的。它似乎太「新」，讀者得重新學會適應這樣的閱讀經驗；它又其實很固有，遊過地府的但丁或目蓮，想像過各類奇風異土的李汝珍或斯威夫特（Jonathan Swift, 1667-1745），都是在設計旅程，且都藉了那設計在傳達故事之外的訊息。

然而馬森的故事之外的訊息是什麼呢？

全書中寫成最早（1984 年），且與書名同題的短篇〈M 的旅程〉應該是整個「旅程」九個單篇的濫觴，而可能提示了整體的原始意念；在這個單篇裡，M 先走到一處水邊，看到有人正在垂釣。垂釣的人凝神釣起的是一隻大龜，大龜原來竟是釣者的父親。在大龜的責怨下，釣者將大龜放回水裡，自己「兩手捧面黯然飲泣，其聲幽微，但極為悲切」。M 繼續他的旅程，其間遇到過長了一身如斑斕彩衣的「綉癬」，不必另著衣物的婦人，看到了以真正的袋鼠為旋轉木馬、以真兔子供遊客射擊、以關在籠中的赤裸受酷刑的人供人參觀的遊樂場，又遇到大石下冒出與自己一模一樣的「石下人」。

M 回到自己的故鄉，看到結成了一個灰白的繭，安於繭中的安適的母親，還有變成了蜘蛛，每天爬行於方寸之地而自得的父親。最後 M 走到充滿陽光的街上，街上的人群都仰頭注視著對街的一棟大樓。大樓的一個窗口有個女子正從鐵欄後呼號著，但眾人不是在看她，他們看的是屋頂的一

---

*作家。發表文章時為國家兩廳院副主任，現為中華民國筆會會長。

個垂下的騾子的頭。死去多日的騾子周圍飛旋著成群的蒼蠅，嘴裡滴下黃色的液體，「M 跟眾人一起注視著這一具騾子的屍體，覺得十分快樂」。

——我們似乎無可避免地得把《M 的旅程》當作一連串的變形記來讀，不管是垂釣人的父親變為大龜，M 的父母變為蜘蛛或繭人，還是綉癬覆身或幻化出另一個自我，都是變形。「M」固然是主人翁名字的代稱，又可以當變形，metamorphosis 的縮寫。

變形的意象在書中接下來的八個短篇中重複出現。在第二個故事〈遺忘〉裡，M 莫名所以地進入了十年後的某一節火車上，正要去參加一個他一無所知的科技會議。到達目的地後 M 才知道自己落在未來時空的一個點上，繼承了已死的 M 的種種——妻子、兒子、學術事業。M 不能接受這樣的事實，死去的 M 是那種「牽了一個女人和一群孩子」的男人，但他不是，他是一隻「獨飛的鳥」。想獨飛的 M 在看到門口站著的 M 的兒子時倉皇奪門而出，死於火車輪下。但是，當然，如果死去的 M 其實仍以 M 的形體存在，再度死於輪下的 M 也必然是不死的，何況人本來就無法「死於未來」。這篇〈遺忘〉充滿時空弔詭，近於是個科幻故事，但我們把它放到〈石下人〉的框架中，才更能看出，這兩對形體重疊的 M，一個在旅程上追尋，一個壓在石下；一個是牽著妻子兒子的男人，一個想做獨飛的鳥。這雙影像的重疊，是賈寶玉／甄寶玉式的變形，也是莊周／蝴蝶式的變形，在自由與安頓之間設想一個雙重人格的對照，也在時空錯置的可能性中預留形質互換的弔詭。

但是，賈寶玉是妥協的，或者說，曹雪芹是妥協的，這個中國文學史上幾乎獨一無二的畸零人（superfluous man），儘管敏感於生命的痛苦，選擇了回歸虛無來完成他的叛逆，畢竟，他仍遵從以倫理為名的生物法則，留下一個子嗣才飄然而去。M 比寶玉為絕裂，他拒絕生命所衍生的羈絆，不管是來自父母的還是子嗣的，然而在某一個意義上，他是個在未來的某一時空中瞥見自己的子嗣的寶玉，他倉皇逃遁，然而終究是無可逃遁，死於輪下的 M「並沒有真死，他仍活在人間！」他必然活著，不僅因為未來還沒到來，更因為他的生命已經在兒子身上延續。

M 拒斥生物法則和親子關係所衍生的局限，這可以用來解釋為什麼父母的意象在 M 的旅程中恆以負面出現。父母變形為大龜、為繭、為蜘蛛，以及在另外的故事裡，雖未變形，然而全然無法進入 M 的世界的異質。繭人和蜘蛛都安於他們的現狀，認為 M 也應該學樣，「又舒服又溫暖」。然而 M 不要舒服，「只要活著」，即使痛苦，「我要用我自己的辦法活！」

但是，人因為有「未來」有子女而成為死不了的人，人也因為有「過去」有父母而成為不能隨心所欲地活的人。M 要用自己的辦法活，聽從自己內在的召喚。有一個湖在夢中不斷召喚他，去尋那湖遂成為他的生命追尋的象徵。M 涉水越山終於找到了夢中的湖，那一彎明鏡似地反照著皓月的湖水，「在黑夜的翼覆下靜靜地躺在松林的懷抱中，溫柔、安祥，用十分母性的柔情迎接著 M 的眼光」。

在〈迷失的湖〉裡的 M，藉了這「十分母性」的湖來表白他對理想的孕育者的期待，這樣的湖，激發了 M 的生命力，是 M 以為可以超越生命的障礙，跳出時間掌握的一個憑藉。然而他的真正的父母卻在這時出現，給了 M 宣示拒斥的機會。父母來找他回去，他們不明白他何以要到這野地來逗留，「你說你們愛我，你們可懂得什麼叫做愛？愛是呼山山來、呼水水到的嗎？愛是要聽從你們的命令嗎？愛是要受你們管轄的嗎？……」

在反詰之中，這似乎是書裡唯一的一次，M 正面說明了他所認定的愛。愛不是呼山山來呼水水到，愛是出發去追尋，愛是放他做單飛的鳥，愛是自由到形質互變了無窒礙，湖邊的 M，彷彿赫塞（Hermann Hesse, 1877-1962）筆下求道的希達塔，找到了安頓身心的歸鄉，任憑父母、老師、舊日情人、妻子的勸說，都不動搖。M 似乎把追尋的目標——對生命和時間的超越——寄託在現世的自然之中，自然意象裡的湖既是「十分母性」的理想母親的變形，也是超越了時間局限的愛戀對象。

因為自然被賦予了與時間之流對抗的意義，「形變」對落在時間局限中的人事因此也在加入「自然」的因素後象徵了掙扎擺脫時間律的努力。旅程中 M 回到多年前的舊居，老屋傾頹，鏡中的自己衰老醜陋，然而屋外卻是一樹盛開的櫻花，「烘烘蒸蒸在夕陽中燒成火一般的顏色」。M 問，「為什麼自然不會衰老呢？」自然不老，追尋時間的超越的 M 也同時追尋的是復回於自然，並且藉了形體之變，象徵與自然合一的境界。

這個意念，在全書也許是最詭異的一篇，〈追鳥〉中也許表現得更明白。這回，M 離開了他每日愁容深鎖的母親，獨自出門，但卻迷失在森林中。M 在林中變形為一個通體長出綠毛的人，既有保護色又可禦寒。但 M 漸漸想起被丟在家裡的母親，他的愧疚日日加深。有日這愧疚的心在胸腔中裂開脫出，M 經過劇痛，整個人脫離了原來的綠毛軀殼而成為另一個有著黑亮皮膚的新人，逐漸又不僅從痛楚中恢復，而且變得可以僅以草葉蘑菇充飢，與自然融而為一。

我們在這裡不免要被提醒了《紅樓》裡黛玉夢見寶玉將血淋淋的心挖出來證明自己的愛的一段。心代表了倫理羈絆，要這牽念的心從軀殼中脫出了，寶玉得道，M 也終於消除了愧疚的痛苦。在某一個意義上，M 的旅程即是擺脫牽念的一個過程，〈追鳥〉中一再形體巨變，而每一變都使 M 更與自然融合，也使他擺脫了時間之流，有著近於「得道」的隱喻。

然而 M 終究沒有得道，因為他的旅程也是一個欲「擺脫」而不能的旅程。一如我們明清小說中的許多仙界故事，那些修成正果、悠遊於老病死的時間掌控之外的仙子們，每每因為一點未泯的凡念，便重新墜入凡世紅塵，重新受制於時間律。我不知道馬森是不是有意無意受到這樣一個敘事公式的影響，但〈追鳥〉確實暗合了這樣的定律，M 在「得道」的邊緣上重新墜入時間之流，他在脫出軀殼，已臻不畏飢寒、無所憂慮的境界中，某日卻聽得一聲鳥鳴，激動地喚醒了久遠的記憶。M 追著鳥聲一路跋涉到了一小屋，力竭睡去，而被一老人自足趾逐漸吞食。在奪命的掙扎之後，M 的心魂似乎隨白鳥而去，醒來摸到自己的形體，卻顯然正是吞食他的老人的，「M 心中十分詫異，怎麼一瞬間自己已經這麼老了？」

這一瞬間老去的形體，也許重複了 M 對父親意象的指控（被「老人」

吞食）；也可能想暗示人對時間律的作用有最終的主控權（假如 M 不動念、不去追那鳥……）；也可能馬森終究是悲觀的，不相信人真有回歸自然的指望。無論如何，這時間的意識和鳥的意象的關聯並不是偶然，在〈一抹慘白的街景〉中，我們便看到一段失落的舊情裡的女孩，出現在月光下慘白的街景裡，她唱出沒有意義的音符，每唱一個音符，就有一隻小鳥從她口中飛出，從洞開的窗口投入月光中去。而 M，看著那飛走的鳥，無法抑止住心中的悲慟，「他衝到窗口，慘烈地對著月光叫道：『還我的小鳥！』」

大自然裡的太陽落下，「明朝依舊爬上來」，只有青春的小鳥一去不復返，這民歌裡熟知的比喻在 M 的追尋中也正是自然不老和人事無常的對照。小鳥是時間的變形，更是昔日情人以當年形象現身又瞬間老去時所釋放出的能量。小鳥隨著音符飛走了，月光下只餘一抹慘白的街景。我們如果讓這鳥飛到〈追鳥〉的森林裡，讓那已經忘了人間，與自然融合為一，有一身黑亮皮膚的 M 看到了，便知道 M 隨著鳥聲而被喚醒的「久遠的記憶」，是那額前覆著瀏海、穿著陰丹士林大褂、白襪布鞋的女孩。但是，追著青春的鳥的代價是回到時間律，是瞬間老去，現身在 M 眼前的女子付出的代價也是瞬間白了一頭青絲。

形體之變在 M 的旅程中是各種意念的象徵，當然它們不是一對一地清晰呈現，綉癬如彩衣也許和作繭覆身有類似的意義，遊樂場的袋鼠、兔子和受刑人也許就只為顯示荒謬的場景或殘酷與娛樂的相為表裡。〈畫荷〉裡暴戾不聽使喚的右手和所畫的頭顱與荷花意象的重疊，是不是只為了強調結尾對人的生之留戀的感歎？許多變形的旨意還待讀的人一一探求。馬森是當代小說家中最擅用象徵手法，也最勇於突破小說布局的一位，我們讀來既有解謎的快樂，又不斷眩惑於謎題的難解。但是，即使在不解之際，伴隨 M 旅程的對於時空的弔詭的探討，對於生命傳承意義的思索，處理景象和人際細微處的抒情片斷，都使這「旅程」成為雖晦澀然而誘人不能釋卷的讀本。

留下來我們不免想問的一個問題是，M 跟著滿街的人仰頭看對面樓頂上死去的騾子，為什麼「覺得十分快樂」呢？是因為緊接在繭人和蜘蛛的自我局限的意象之後，這騾子竟意外地出現在牠所不可能出現的屋頂，使 M 覺得振奮麼？還是那開始腐臭的死亡意象嘲弄了生的無謂？（一如〈畫荷〉中做晨操的人的努力凸顯了某種求生的可笑？）

西方變形故事的鼻祖，奧維德（Ovid, 43 B.C.- A.D. 18）的《變形記》（*Metamorphoses*）故事裡出現許多屠戮死亡，而論者泰半以《變形記》為一部處理「愛」的作品，原因在於，除非美化或作浪漫主義式的想像，愛的本質勢必與恨相生而共同呈現人類最強烈感情的兩端的。我們讀馬森的變形記，讀他對生的質疑、對父母之角色意義的探索、對時間的追尋，在在觸及人類最終極的關懷課題和最強烈的感情依附，《M 的旅程》與奧維德的作品一樣，都是處理愛的變形記。

——選自馬森《M 的旅程》

臺北：時報文化出版公司，1994 年 3 月

俯視人生的晚景

讀馬森《府城的故事》

◎謝鴻文*

做為馬森老師教學生涯最後的入門弟子，面對老師的新作，想起老師常在課堂上提及他一生的飄泊輾轉，最後定居最久也最深愛的土地是臺南，他曾言沒有以府城生活為素材會是一種遺憾。當一個作家的筆不能為自己腳踩的土地代言時，彷彿失語、失去記憶，存在變得索然。

於是從退休前寫到退休後，如今《府城的故事》終於問世，成了繼《巴黎的故事》、《北京的故事》、《墨西哥憶往》等書之後，又一本刻記生命行旅的書寫，馬森老師應該不會有遺憾了。

收錄在《府城的故事》裡的 11 篇短篇小說，很容易看出對老人的關懷，會聚焦在這群日薄西山的族群身上，當然是作者自身步入老年的觀察，同理心的折射，自然不假的捕捉到老人肉身與精神衰頹時的困境，人生晚景如乘直升機般的引領我們去俯視，除了欷噓喟歎之外，可還有一點點「縱浪大化中，不喜亦不懼」，對餘生安逸灑脫的樂觀？

從第一篇〈迷走的開元寺〉看來，主人翁退休的袁教授喜歡散步，他雖然走出家門就有種解脫的感受，但解脫的其實僅是妻子暫時的嘮叨；他的意識依然糾纏在被住在美國的兒子和媳婦背棄的傷心裡，於街上的漫遊到開元寺中有如被「神力指引迷津」，進廟門前的疑惑：「到這個世界上走一遭，與不曾來過，有何區別呢？」在遇見幽魅似的陳桑，兩個老人的互吐苦水、互相安慰，加上寺廟中出凡超脫的氛圍催化，兩個老人轉而一致

---

*發表文章時為臺北藝術大學戲劇學系博士生、林口社區大學講師，現為虎尾科技大學通識教育中心講師、SHOW 影劇團藝術總監、林鍾隆兒童文學推廣工作室執行長。

認為人生本質是虛幻，看開了，撒手也好。待天暗下來，陳桑的面容忽然看不清了，袁教授要回家，卻突覺走不出廟旁的靈骨塔，此刻迷走的是身或心？陳桑是人或鬼？留下的懸問有沒有解答已不重要，因為小說本身已經很清楚的揭示出老人普遍的心理狀態，如同走在十字路口，卻不知道要去的方向而徘徊良久。袁教授這樣的知識分子都如此困窘了，那智識退化的一般老人，恐怕更常經驗此種窘態。

〈迷走的開元寺〉擺在第一篇，除了是創作時間最早，它似乎也為此書的基本思想定調。〈煞士臨門〉描寫了當年 SARS 襲擊的社會惶恐，故事中的劉南生甫從大陸北京歸來，他瞬間像帶菌體一樣被家人無情的拒於門外，養兒防老成了一個反諷，坐上火車要去投靠女兒家，途中又遇火燒車，劉南生不但不害怕，竟然還哈哈大笑起來。那是多麼的荒謬與悲涼，老人還沒被 SARS 感染，心已經先病，而且病得很沉痛，那笑是自嘲，更多是為了掩飾哀傷的苦澀。早期馬森老師作品深受西方存在主義、荒謬劇的影響，〈煞士臨門〉再次接續對人生怪謬現象的反省，痛入心扉的力道猶存。

〈黑輪・米血・關東煮〉寫出老少配婚姻的磨擦，故事中的少婦田英發生外遇，對象是正值壯年的關東煮老闆順仔，食物固然是田英外遇引發的媒介，但人性愛慾本來的渴望才是動力。很難說田英的離婚是圓滿或不圓滿，正因為她還青春尚有未知的幸福可探尋；但老邁的周教官意外得到了田英和順仔認他做乾爹，且對他頗孝順，幸福彷彿如童話夢幻降臨，但這畢竟不是一個給兒童看的童話，而是一篇成人寫實的小說，所以文末「看來周教官預期有一個安逸的晚年吧？」以問號作結，自也透露出對未來的不確定。

同樣愛慾流動的還有〈囍宴〉與〈河豚〉，〈囍宴〉中急著想抱孫的阿欽伯，與兒子達成一項若他一年內娶媳婦就將存款給他買屋的協議，兒子為了房子不惜搞出一樁荒謬至極的囍宴，讓眾人吃驚的看到「新娘」居然是個大男人假扮，同性戀婚姻在臺灣尚未合法的不平等，於此被小小的滿足與同情；不過鬧劇之後卻是悲劇，惱羞成怒的阿欽伯一狀告上法院控告兒子詐欺，親情倫理的裂隙怕再也難弭平了。相較於〈囍宴〉只是輕輕拂過性的尋求與吶喊，〈河豚〉則大剌剌毫不遮掩的讓情慾透過中年喪夫的廖太太來張揚，她邂逅的年輕男子羅雲鵬，既得其身又騙其錢財，一如河豚的肉質鮮美，可是毒性強大處理不好則會致命；矛盾的是，這世間多的是不怕死的冒險之人。〈河豚〉是一則醒世的寓言，落筆在於廖太太也寫出一篇名為〈河豚〉的小說，藉此療慰自己，也是在忠告世人吧。

以廖太太的年紀來說，和〈來去大億麗緻〉中的青年鄭志剛，是《府城的故事》一書裡少數幾篇主人翁非老人的小說，可是小說情節勾勒出的虛無與無奈情境，又和其他篇描寫老人的小說相呼應，因此這精神意念就緊緊縮合在一起；我們其實也可說，這也是每個人的一生終究要走入的人生境地，只是有些人有大智慧可以把餘生活得依舊精彩，有些人卻要從淡然又變黯然，最後乏味的坐以待斃了。

〈來去大億麗緻〉還沾染了若干魔幻之姿，鄭志剛偶遇的林小姐行徑怪異，談吐深奧玄祕，她彷若從異度空間前來尋人，找到人後就神祕消失，林小姐離開的時候提及《小王子》一書，以其作者聖・修伯里在飛行中失蹤為喻，點出生命的離開無可預知的意旨，人類命運如何延續，價值的創造，便成了生命唯一的課題，免得突然離開那一天後悔什麼都未完成。

《小王子》一書中，小王子要離開前夕，仍惦記著說他對玫瑰花有責任，因為「她是那麼地軟弱！她是那麼地天真。她再怎麼樣也只能用那四根沒用的芒刺來對抗這個世界……」每一個生命將朽的老人，必然只能百無聊賴的賴活等死嗎？當然不是，仍然有人用脆弱的身體，用一絲絲殘存的氣力在對抗世界的變化，比方〈燦爛的陽光〉裡住在風雨飄搖殘破眷村的老車，平白無故收容一個需要時時看護的老嫗，一種沒有血緣的天倫歡享，老車看似固執卻積極晚年的大愛，陽光的浴照，便是上天賜給他的禮物了。〈燦爛的陽光〉如題，可說是《府城的故事》全書中最讓人感覺溫暖不傷感的一篇故事了，暖烘烘的洋溢靜好氣息，由此可見，馬森老師對晚年人生不全然是悲觀的。

如果抽出《府城的故事》各篇對臺南地理、歷史、史蹟的描繪，所有的故事皆可能是臺灣各地的眾生相；不過今天這些角色人物被安置在古老的府城裡行動，歷史的蒼老，時光的沉緩行走感覺，或多或少浸潤在角色的心理意識內，加上說故事的腔調也是傾向慢板和緩，使得這本小說更像一壺普洱茶，苦多，然後才慢慢釋出甜甘。人生的境界，亦合該如此觀看。

——選自《全國新書資訊月刊》第 117 期，2008 年 9 月

論馬森獨幕劇的觀念核心與形式獨創

◎徐學*
孔多**

在臺灣當代戲劇的發展過程中，獨幕劇始終占據著一個非常獨特的位置，而論及對獨幕劇貢獻最大者，則當推馬森無疑。馬森的戲劇創作始於他的大學時代，而他那些公開發表並產生巨大影響的作品，則大多寫於他旅居墨西哥期間。這些作品迄今已公開發表 11 部，它們是：〈一碗涼粥〉、〈獅子〉、〈蒼蠅與蚊子〉、〈弱者〉、〈蛙戲〉、〈野鵓鴿〉、〈朝聖者〉、〈在大蟒的肚裡〉、〈花與劍〉、〈進城〉和〈腳色〉，後來，這些作品全都收入馬森的獨幕劇集《腳色》一書中，由臺灣聯經出版公司出版。

一

在談到自己的戲劇創作時，馬森曾說過這樣一段話：「我所採用的戲劇表達方式與所表達的內容，不是傳統的，既不是西方的傳統，更不是中國的傳統，然而卻受著西方現代戲劇與中國現代人的心態的雙重支持，換一句話說，在形式方面接受了西方現代劇的影響，在內容方面表達的卻是中國現代人的心態」。[1]的確，「中國現代人的心態」是馬森觀照現實人生的獨特視角，同時也是構成其作品內容的一個核心意識。從馬森的整個創作來看，這種「現代中國人的心態」包括兩個層面的內容。首先，它表現為作

*廈門大學臺灣研究院教授。
**發表文章時為廈門大學學生。

[1]《馬森戲劇論集》（臺北：爾雅出版社，1985 年），頁 177～178。

者對傳統價值觀念和現代文明的審視和批判以及在這一過程中所表露出來的既不能回歸傳統又不能真正邁向現代化的兩難體驗。

傳統在現代人生活中的地位和作用問題是馬森必須面對的問題。〈一碗涼粥〉寫的是現代社會中普遍存在的所謂「代溝」問題，但馬森並沒有圍繞兒子的婚姻問題多方面展示兩代人的衝突，而是重在揭示父母對兒子複雜而矛盾的心理：一方面，因為兒子的「忤逆」，竟敢違背祖宗傳下來的規矩，他們認為該死。然而另一方面，兒子畢竟是自己的親骨肉，喪子之痛使他們陷入切膚的悲哀和無限的思念之中，陶醉於父子、母子親昵的幻景之中不能自拔。一碗粥，涼了熱，熱了涼，三年來，他們沒喝過一碗熱粥。在作品中，兩代人的衝突實際上就是傳統觀念與現代情懷的衝突。傳統在這一衝突中扮演了一個殘暴的殺人者的形象，與其說是父母殺死了兒子，不如說是傳統禮教斷送了他的生命。當然，對於傳統禮教吃人本質的揭露與批判並不能標示出馬森這部作品所達到的思想水平，因為反禮教的價值型態是屬於近代思想革命的範疇，而生活在現代社會中的馬森，感受到更多近代人文主義者所無法感受到的現代人的焦慮與痛苦，那就是吃人的傳統在這部作品中並不是單純表現為一種自外於人的異己力量，而是深深地根植於人性自身之中。這樣，傳統便成了現代人無法擺脫的夢魘。〈一碗涼粥〉中那對親手殺死自己兒子的夫妻，雖然對死去的兒子有著近乎病態的思念，但沒有導致他們對自己維護傳統的行為的合理性表示過絲毫的懷疑，更不要說否定了。他們的痛苦其實是自身已根深柢固的傳統觀念與那種人類與身俱來的親子之情之間激烈衝突所產生的心理失衡。他們既不能擺脫對死去兒子的思念，又無法擯棄傳統禮教的觀念，最終只能深陷於這種兩難之中、在無休止的自我折磨中耗盡生命。那刻骨銘心的親子之情表露得越加充分，越是暴露出傳統的虛妄、乖戾與荒謬。

傳統觀念在這裡具有明顯的反人道的傾向，它與人的自然天性和現代情懷是根本對立的。人是否能夠擺脫它？馬森在〈野鵓鴿〉一劇中對此做了否定的回答。〈野鵓鴿〉也是一齣「吃人」劇。一對生活在山裡的夫妻，靠捕野鵓鴣為生，有一天，他們一手拉扯大的兒子在被他們打殺（或被逼出走）後，變成了一隻野鵓鴣飛到他們面前的時候，他們是吃還是不吃呢？這原本就不是一個問題，但這雙夫妻深染著傳統的禮教觀念，以兒子應該養活老子為天經地義，那位冷酷的父親就曾理直氣壯地說：「兒子不養咱們，咱們還不能吃他一口嗎？」在傳統的禮教觀念中，包含著吃人的可能性，這是毫無疑義的，但是當這種可能性與人的生存需求合為一體的時候，這種潛在的可能也就變成了可怕的現實，傳統存在的合理性也就不容置疑了。對於劇中飢餓難忍的父母來說，不吃野鵓鴣（或兒子）就意味著死亡。求生的慾望使得傳統的罪惡在此轉喻成了一種延續生命的原動力，整個作品也就因此變得恐怖而陰冷。所以，當母親淚流滿面地啃著「可能」是兒子的那隻野鵓鴣的骨頭時，在那淒楚的眼神與哭聲中，分明能窺見現代人對傳統的疏離與依戀、掙扎與無奈相交織的複雜情結。要麼繼續吃兒子，要麼就去死，這對夫妻的命運，就是現代人的處境。所以，在馬森的那幾部以反傳統為題旨的作品中，雖不乏樂觀的情緒，然而這種對於傳統的批判卻終究是一種近乎絕望的批判。

如果說，對傳統的批判與否定構成了馬森獨幕劇中所體現的「中國現代人的心態」的悲劇性一面的話，那麼，他對現代文明的嘲諷，則表現出這種心態所包含著的喜劇性一面，這構成了馬森獨幕劇內容的第二個重要方面。

馬森集中對現代文明進行嘲諷和批判的作品是〈弱者〉，劇本圍繞著夫妻之間究竟是用存款買土地還是買汽車而發生的爭執，在傳統與現代兩種價值觀念、生活方式的激烈衝突中，揭示了現代文明的本質。土地在劇中象徵著一種建立在對其依傍基礎上的傳統宗族觀念，它給人以安全感，而汽車則象徵著一種以物質文明為基礎的現代生活方式，它追求的是舒適與時髦。劇中的丈夫是一個十足的懦夫，對太太真可謂事無鉅細，一概言聽計從。然而他卻敢反抗太太的意志而堅持買地。而他的太太則是一個強者。她把買車看成是她作為現代人不容置疑的選擇。於是兩人發生了尖銳的衝突。但丈夫必敗無疑，這不僅是因為他是一個弱者，而且他所代表的那種傳統觀念在以他太太為代表的、對現代生活方式瘋狂的、近乎病態的慾望面前已經顯得老舊而無力了。劇中，馬森為那個竟敢違背他太太意志的倒霉丈夫設計了三種死法：即被太太一槌打死或被汽車撞死和自殺，以此暗示著那種將土地視為家族得以繁衍延續之根的傳統觀念，在人們對現代生活方式的瘋狂追逐面前，顯得那麼軟弱無力。從表面上看，現代生活觀念似乎得到了勝利，但馬森卻認為，以盲目樂觀的物質主義為基礎的現代文明實際上是一種病態，它不僅不可能對傳統構成一種真正的毀滅性的打擊，同時，它也無法使現代人真正走出價值的迷津，卻反而加深著他們生存的困境，使之再度陷入難以自拔的混亂和迷惘之中。所以，那位似乎不可戰勝的妻子會時時發出「命好苦啊」的感歎；而且更讓她難堪而迷惑的是，她丈夫死後，從嬰兒車上站起來的，竟是一個與她丈夫一模一樣的下一代。這種富有喜劇性的「反諷」，極好地暴露了隱藏在現代文明秩序井然的表象背後的日益深重的危機。在這個劇本中，現代文明既充滿誘惑又充滿混亂與荒謬，它留給現代人的只有在這樣一個荒謬的時代中無窮無盡的煩惱與迷惑、焦慮與痛苦。正是抓住了現代人生存狀態的這種兩難處境，使馬森對「中國現代人的心態」的表現與揭示達到了一定的高度。

除了對現代人生存狀態中這種兩難心態有著深刻的把握和獨特的表現外，其次，馬森還將其藝術和思想的觸角向更深的層面延伸，去思索有關傳統與現代的交替轉換和社會文明的演化歷程中人的命運問題。於是，馬森獨幕劇另一個重要內容，即對生命存在價值的終極性叩問。正是這一叩問，構成了「中國現代人的心態」的更為內在的層次，具體地說就是「中國現代人」試圖擺脫現實存在的種種困境而努力追求精神超越卻終歸失敗的悲涼體驗。

從馬森的作品中可以清楚地看到，他對人的生命存在價值的終極性叩問是以他對理性這一現代文明的思想基礎的深深懷疑為出發點的。〈蛙戲〉就是馬森對理性的淋漓盡致的嘲諷。這是一齣動物寓言劇，也是馬森獨幕劇中腳色最多的一齣戲。它用一種喧鬧的筆調，刻畫了「悲觀的蛙」、「玩世的蛙」、「貪財的蛙」、「聰明的蛙」、「嫉妒的娃」等群蛙在一個秋風乍起、落葉滿地這一他們死期將近之際的百態。冬天即將來臨，當群蛙們在百無聊賴中消極地等待死亡的時候，「天才的蛙」勇敢地站出來欲拯救蛙類的命運。他的辦法是「給生活找一個目的」，這樣，儘管北風一起，他們雖難免一死，但卻雖死猶生。於是，群蛙們在悲愴的氣氛中紛紛「組織起來」，向樹猛撞而去——為了他們為生活所設定的理想，直至含笑而死，寒風中飄蕩著他們亢奮的歌聲：「永生不死，永生不死……」。作者以蛙喻人，蛙的命運就是人的命運的象徵，強調人生即如這場喧鬧卻了無意義的蛙戲，而追求生命的所謂崇高意義這一套合乎人類理性的價值觀念在死亡的命運面前又顯得那樣蒼白與可笑，如同一個自戮與自欺的謊言。

隨著理性謊言的衰落，世界真理便失去了其絕對真實的意義，一切都顯示出難以把握的相對性。馬森對人類生命存在中這種相對感的體驗與表現是獨特而深刻的。〈花與劍〉寫了一個在外漂泊了 20 年的兒子，在一種無以名狀的感覺的驅使下回到了故鄉，來到了父母的墳墓前，探尋這座「雙手墓」中生與死的真相與奧祕。作者以一個閃爍迷離、似真似幻的故事，將人類情感中愛與恨的相互對立而又相互糾纏的複雜情狀表現得十分富於戲劇性。劇中花象徵著愛、劍則象徵著恨，它們就如同人的左右手一樣不能分開，如同一個物體的兩面，不可剝離。人分不清愛與恨，因而也就永遠逃不脫兩者相互排斥而又相互糾纏的苦惱。愛與恨就如同生與死，沒有清晰的界限，愛就是恨，而生也就是死。當兒子一步步揭開這個謎底的時候，他得到的卻是一片迷惘，而當他在一片迷惘中扯下身穿的父親遺留下來的長袍向幽靈投去的時候，他也就赤裸裸一無所有了，連前方的路該怎樣走都一片茫然。〈花與劍〉所展示的就是在一個相對的世界中，人類追求歷史和「真相」時面臨著的無法擺脫的迷惑。

既然一切都是相對的，既然人類已經無從把握這個世界的真相，那麼人所生活的這個世界便變得一片虛無了。〈在大蟒的肚裡〉所表現的就是這樣一個虛無的主題。該劇寫的是兩個被大蟒吞食的陌生男女在大蟒的腹腔這樣一個孤絕於人世時空之外的環境中相遇、相識、相愛的故事。作者的意圖在於，以一個特定的想像性的環境為背景，來探討愛情這種人類生活經驗的意義。然而糟糕的是，他們不能向對方表露自己的愛情，因為關於愛情的「話」,「本來就是說不懂的」。馬森這裡暗示的是語言理性的失敗，故意義無法被表達，剩下來的也仍然是一片虛空。所以，男女二人雖彼此深懷著愛意，卻苦於不能表達，他們被那種叫做「空虛」的東西阻礙著，不能擁抱在一起，只能在時空阻隔中迂迴打轉。劇中大蟒那巨大卻一片孤絕、漆黑的腹腔，恰恰暗示著世間人際關係的曖昧阻隔、生命意義的晦暗不明。

馬森的作品對人類未來的命運也投注了無限的關注。不過，他對人類前景的展示是非常陰暗的，這使得他的作品中常常布滿了死亡的意象。〈腳色〉是一齣沒有情節的象徵劇，在一片慘淡的月光下，一堆野火、一座墳塋、一群無名無姓的人（甲乙丙丁戊）在尋找他們的父親。起初，他們不知道誰是他們的父親，繼而在一陣莫名其妙而且混亂不堪的爭論後，茫然地等待著父親的來臨。劇中人物尋找父親這一情節，象徵著人類尋找上帝的強烈渴望。然而在一個上帝已死的世界中，這一切又終將歸於徒勞。人類就像這群茫然的尋找者一樣，被他們的父親（上帝）無情地拋棄在人性的荒原之上。月光清涼如水，而生命卻漸漸離他們遠去。舞臺中央那座不斷膨脹直至占據著大半個舞臺空間的墳塋帶著死亡的氣息將人們包圍，而象徵著生命的小樹則在不斷擴大的死亡意象中逐漸縮小，暗示著人類未來永遠不能擺脫掉死亡的陰暗圖景。

二

上面，我們對馬森獨幕劇的思想內容作了一個簡要的評述，並對其觀念內核作了一番剝示。接下來，我們再來看看這些作品在藝術表現形式上的一些特點。

就其主要方面而言，馬森的獨幕劇取消了傳統寫實主義戲劇所強調的對客觀生活場景的逼真模擬，突破舞臺時空關係中所謂「第四堵牆」的種種束縛，淡化舞臺時空場景與客觀生活形態的一一對立關係，堅持從戲劇的假定性特點出發，擯棄寫實劇中慣有的情節故事的完整性和建立在這一完整性之上的戲劇動作的統一性，不再局限於用一個經過濃縮、具有主導性的現實矛盾關係來營造外在的戲劇性衝突效果，而是以某種觀念為先導，將一些看似零散紛亂的生活片段、有時甚至是作者夢境或下意識中的虛幻意象連綴起來，使之構成一個意向性很強、而且充滿強烈主觀色彩的複合整體。由於社會生活的外部客觀形態在馬森的作品中已被消解，所以這些作品很少限定事件發生的時間、地點，從不設置寫實的舞臺布景去誘發觀眾的所謂真實性的幻覺，人物也往往連姓名、年齡、職業甚至性別都沒有。作者借助一些抽象的形式把寫實舞臺變成了一個具有高度虛擬性和象徵性的藝術空間，使觀眾能透過現實世界中種種具體表象而直接面對一些生活中更為內在的問題，從而達到與劇作家的感悟相交匯、相融合的獨特境界。

馬森獨幕劇的這一顯著特點主要表現在以下幾個具體的方面。

（一）內化了的戲劇衝突

傳統寫實主義戲劇是依據客觀現實生活中的因果關係律來構成戲劇衝突的，所以，它強調了人物、事件與行為的外部統一性。但是，我們在馬森的作品中幾乎看不到這種外部統一關係。其作品的情節缺乏連貫性，或者說根本就沒有完整的情節。我們所看到、所感受到的只是某種意念、感想、印象甚至情緒所生發出來的一種狀態、一種情境、一種氛圍、一種張力，外部的情節衝突已經內化為一種觀念的衝突。在〈蒼蠅與蚊子〉中，「無所不食」的蒼蠅和「嗜血如命」的蚊子，為了證明各自的偉大而打了一個賭，看一年中誰殺的人多，但等到一年後他們為自己的「戰果」而得意忘形的時候，都驚異地發現真正偉大的屠殺者其實還是人類。像馬森其他許多作品一樣，這個作品也同樣體現了作者對人性的一種悲觀認識。為了強化這一主題的表現力，馬森將人類歷史上那些看起來似乎不相關的事件化為一個令人恐怖的意象：秦始皇焚書坑儒、日耳曼人屠殺猶太人、原子戰爭、機械太空人的廝殺等等，以人獸同性這一認知態度，將它們一一連綴起來，成為一個具有內部聯繫的意象整體，體現了人類終將陷於自我毀滅的命運的主題。馬森所擅長就是從異彩繽紛的零散意象中發掘某種內在的精神聯繫，所以他的作品雖無單純的外部戲劇衝突和連貫的情節，但卻有一種統一的內在秩序。這是特點之一。

（二）虛擬的環境與直喻的舞臺形象

馬森對寫實性的舞臺場景不感興趣，在他的作品中，人與外部環境、人與人之間的關係都不是依照現實生活的一般性法則來設置。處理這一關係的原則服從於他對作品題材和主題的理解與認識。所以，在其作品中，環境往往成了他主觀心理意念，有時甚至是他下意識與夢境的外化形式，或者換句話說，舞臺場景直接成了作者意念、下意識和夢幻的等同物，結果，舞臺形象也就自然而然地成了他所要表達的主題或抽象觀念的直喻形式。比如〈腳色〉中不斷膨脹乃至於占據著整個舞臺的墳塋；〈在大蟒的肚裡〉中那與世隔絕、無門無窗、空空洞洞、陰冷漆黑的大蟒的腹腔，實際上都是人類生存狀態和生命境遇的直喻形式。墳塋直喻死亡，而其不斷地膨脹、占據著整個舞臺則又直喻在一種不斷增長的異己力量的支配下，人終究要面對死亡的悲劇性命運。從表面上看，是墳塋的不斷擴大、而實際上卻是人一步步走向墳墓、走向死亡。大蟒的腹腔是人生空虛和人永遠不能擺脫空虛的觀念的直喻。在這種直喻下，劇情發展沒有什麼實在的意義，環境具體的物質形態也被淡化到最低限度，其中所凸現出來的只是一種心理狀態、一種感覺與體驗。

（三）反諷的敘述

反諷作為一種用來傳達與文字表面意義迥然不同甚至截然相反的內在含義的敘述方式，在馬森的劇作中隨處可見。這種方式的使用，必須以兩種事物或意義間的對立的模式為基礎。當這一對立關係內部出現了某種特殊的因素，這一關係的表面意義便向相反的方向轉化。反諷由此便產生了。〈弱者〉是運用這種反諷方式的成功範例。整個劇情都清楚地表明丈夫是一個懦夫、一個弱者，而強者自然是他的太太了。但這只是劇情的表面意義，實際隱含的意義卻正好相反。因為這作品不是一部社會問題劇，而是觀念性很強的哲理劇。當作者在表面的強弱對比關係中，引入他的價值評價之後，現實日常生活中的強弱對立關係格局也就發生了變化。強者是懦弱的丈夫，而妻子則反而成了真正的弱者。正因為這一關係的轉換，作者對現代文明的批判態度才真正得以充分顯露出來。顯然，通過反諷而表現出來的主題立體感很強，而且具有深厚的意蘊。

（四）腳色式的人物

馬森作品中的人物非常少，其身世背景也極其簡單，他們大都沒有姓名、年齡、職業、面貌、甚至性別，而往往以諸如父母、男女、夫妻、兄弟等面目出現，這些人物的社會身分以及所體現的外部社會關係是不確定的，但他們卻真實而概括地體現出「他們在人間所扮演的『腳色』」[2]，所以，馬森稱他筆下的人物為「腳色式的人物」。這種人物既缺乏傳統寫實劇典型化人物所具有的鮮明性格特徵，也沒有現代派戲劇符號式人物單純而高度的抽象性，這種「腳色式的人物」在避免某種單一性格所帶來的、只能從一個維度去反映社會關係的弊端的同時，也克服了人物形象過於抽象所造成的片面的概念化毛病。由於「腳色式人物」能「反映出人在生活中的某種特定時空和相對關係的局限下，所扮演的那種特別的身分」[3]，所以，在馬森作品中，人物外在的社會關係變成了相對的、可以互相轉換的腳色關係。正因為人的社會關係可以簡約成幾種類型的腳色關係，所以為了多方面揭示人物的複雜關係，馬森還常常打破腳色間的界限，或者使人物在多個腳色的相對關係中交叉換位，或者使人物兼具多種腳色身分，從而強化了舞臺人物形象的表現功能。比如〈腳色〉中，甲乙丙丁戊等人物腳色關係的互換與錯位，把人喪失自我後的困頓與迷惘充分地表現了出來。

---

[2]《馬森戲劇論集》，頁 227～239。
[3]《馬森戲劇論集》，頁 227～239。

我們再來看看馬森獨幕劇在語言方面的一些特色。與西方 20 世紀所盛行的一些「反文學性」的現代劇不同，馬森的這些現代劇具有很強的可讀性，這不僅因為作品的立意明晰、結構單純、人物簡單，而且一個很重要的原因就是這些作品中的語言具有很高的文學價值。事實上，馬森本人雖深受西方現代劇觀念的影響，但他一直堅持戲劇應具有劇場與文學的雙重價值。與此同時，馬森也沒有走傳統寫實劇追求語言性格化的路子，他作品中人物的語言大都沒有什麼個性特徵。由於馬森獨幕劇所關注的都是些很抽象的問題，加之，作品中的人物很少，往往只有兩人，所以，它不可能通過對話來展示廣闊的社會生活場景和現實關係，而往往是圍繞一些問題展開。這樣，作品的語言便自然具有了非日常生活化的思辯特點，充滿機智的應答和犀利的談鋒，這使得作者的思想觀念有了明晰的表現。另外，馬森的獨幕劇的語言形式多種多樣，不拘一格，語言運用的手法也靈活自由。作品中隨處可見意味深長的獨白、旁白與齊白，並且常用重複、停頓等手法來加強語言的表達效果。比如〈進城〉一劇的對話基本上都是用幾大段的重複來構成的。兄弟倆坐在火車站的長凳上，不停地重複著那麼幾句話，以掩示自己面臨離鄉進城的選擇時緊張而又猶豫的心情。劇中兩人自始至終都沒有離開過座位，但劇作戲劇衝突中的動作性因素卻在不斷重複、起伏跌宕的臺詞中漸趨緊張，整個作品在他們言語與行為的巨大反差中充滿了荒謬的情調。

三

從以上對馬森獨幕劇創作的分析中，我們可以看到其中一些顯著的特點。就作品的思想內容而言，作者對生命意義的感悟，多於對現實生活表象的逼真描摹；對人性本質的追索，多於對社會歷史問題的探討與揭示；對人類未來命運的迷惘、悲觀的體察多於自信樂觀的展望。這一特點表明，馬森對生命存在的價值與意義有著自己獨特的探索，同時也暴露了他思想上的某些局限性。馬森長期生活在物質文明高度發達而精神文明相對衰朽的資本主義社會之中，尤其是資本主義進入後工業社會以來，隱藏在其表面繁榮背後的、無處不在的危機使他對人類的未來命運產生了深深的憂慮；加之，1960、1970 年代瀰漫於整個歐美思想和藝術領域的「世紀末情緒」，這些都使其作品不免帶有較為濃厚的悲觀主義色彩。他總是力圖透過現代生活光怪陸離的表象所掩蓋著的真實，尋找人類那種迷失在歷史與文明中的根性。但是，由於他把現代資本主義社會中存在的矛盾看成人類社會中的普遍規律，或者由於他所要追問的東西本身就不可能有答案，所以，他沒能得到他想要得到的東西，而留存於作品中的，卻是一片迷惘、一團困惑和一種無根的鄉愁。就其藝術的表達方式而言，正如馬森自己所說，他的劇作在藝術上受到了西方現代戲劇的影響，其中尤以荒誕派戲劇的影響最大。他在歐洲生活的年代，正是荒誕派戲劇的鼎盛期。他早年嘗試寫劇本的時候曾心儀田納西・威廉斯的創作並試圖「遵循著寫實路線來寫」，終因「總覺得與自己的感受不合」而放棄。當他接觸到西方現代戲劇特別是荒誕派戲劇的時候，他「便覺得這是一種表現自我感受的有效工具」。於是，他在形式上較多地受到荒誕派戲劇的啟發並從中吸取了一些有益的成分。但儘管如此，馬森的劇作又絕非荒誕派的模仿效尤之作，兩者在許多重要方面有著明顯的差別。荒誕派戲劇的人物語言往往顛三倒四、答非所問、文不對題、語無倫次，這是因為荒誕派劇作家們認為，在一個荒誕的非理性的世界中，正常的語言已墮為「窠臼、公式和空洞的口號」，只有這種混亂的語言才能真正反映出「不可表達的真實」。而馬森則不同，他的作品語言明晰，對白連貫，而且具有雋永的詩情與深邃的寓義，雖然它們有時也頗似一些潛意識的「夢囈」，但仍有可尋可探的內在秩序。荒誕派戲劇的人物大都是一些高度抽象了的符號式人物，而馬森筆下的人物，按他自己的歸納，都是「腳色式的人物」，這種人物既有符號式人物的抽象，但又比符號式人物包容了更多社會關係的內涵，具有更大的可塑性。另外，荒誕派戲劇的舞臺形象是支離破碎、混亂不堪事物的毫無聯繫的堆砌，而馬森劇作所展示的舞臺形象看起來雖也零亂而分散，但往往又有某種較為單純的觀念將它們連綴成一個統一的意象群，看起來毫無破碎之感。由此可見，馬森的劇作雖師宗荒誕派，但卻打上了他鮮明的個人印記，表現出他的藝術獨創性。

——選自《臺灣研究集刊》1994 年第 1 期，1994 年 2 月

「腳色」的特色

評馬森《腳色》

◎黃美序*

馬森的《腳色》包括他的 11 個短劇、兩篇專論性的自序，和兩篇別人對他的創作的評論。在這 11 個戲中，〈一碗涼粥〉、〈獅子〉、〈蒼蠅與蚊子〉、〈弱者〉、〈蛙戲〉、〈野鵓鴿〉、〈朝聖者〉、〈在大蟒的肚裡〉寫於 1967 年起他在墨西哥城的五年內，〈花與劍〉他自言寫於 1977 年，和上述八戲一起收入《馬森獨幕劇集》（1978 年出版，但該集序文寫於 1976 年 8 月）。〈腳色〉寫於 1980 年，〈進城〉時間不詳。由此看來，我們只能大概地說：馬森的這些戲劇作品完成於 1967～1980 年之間，和《馬森戲劇論集》（1985 年）中的論文相比，他寫影劇評論的時間比較長。我也曾問過他為什麼不寫劇本了，記得他的回答是「無法突破自己，所以暫不想寫」。

馬森的這 11 個戲雖斷斷續續的寫於十多年之間，在形式、語言、結構上有很強的共同處，他把「人間的關係集中在幾個主要的腳色身上，特別是父母、子女和夫妻的腳色」。（《腳色》，臺北：聯經出版公司，1987 年 10 月，頁 11——本文引文頁碼均據此書）在這 11 個戲中，除了〈獅〉、〈蒼〉、〈蛙〉、〈朝〉外都屬這個範圍。在「腳色集中」外，他另外使用的「手段」還有「腳色濃縮」、「腳色反射」、「腳色錯亂」和「腳色簡約」。他說：「我這種理論上的領悟完全是創作以後的事。我在初期創作『腳色』式的人物時，全憑了我的直覺與直感，並沒有任何理論性的主導。」（頁 13）——不知他說的無法突破是理論的或是直覺與直感的？

---

*黃美序（1930～2013），戲劇學者、翻譯家。發表文章時為淡江大學英文學系教授。

就這許多馬森自創的分類來看（似無別人這樣細分過），他好像特別喜愛「腳色錯亂」和「腳色簡約」，並且用得相當成功。他戲中的「雌雄同體」（？）似乎也是這方法的延伸，例如〈腳色〉中的甲、乙，〈花與劍〉中的兒（是兒子也是女兒）。錯亂是違反傳統劇場慣例或思維邏輯的，用得好時能清醒我人之耳目，啟發新思，但是必須有很好的心理與象徵的基礎。否則，會變成故弄玄虛的非藝術手段。我不知道馬森的這種耐人尋味的思維方式，主要的來源是莊子還是西方現代劇場。另就他的戲劇形式說我也有類似的疑問。

在亮軒和林克歡的評論中都提到了西方荒謬劇場作品對馬森的影響（頁 277、287），馬森承認自己「在形式方面接受了西方現代劇的影響，在內容方面表達的則是中國現代人的心態」（頁 21）。但是形式和內容有互相「決定」的「密切的關係」（頁 31）。這兩個在表面上似乎有點彼此矛盾的意念，可能也正是馬森和許多我國現代作家的特性之一。不過，一個嚴肅的作家與藝術家在接納「外來」的影響時，一定先有一種「本身」或「本土」近性因素的存在，由於這種近性因素凝聚自複雜的傳統，有時不易明確地指出，常為評論者所忽略。我個人覺得馬森在形式上和語法上有相當好的「相聲」的韻味，只是相聲以娛樂逗趣為主，他的戲有較豐富、嚴肅的內涵。

他喜愛的寓言形式可能也始自同樣的源頭。在 11 個戲中五個有動物出現。獅子、蒼蠅、蚊子和大蟒似乎可中、可西，但野鵓鴿和青蛙應該是中國的吧？這一群「近視」的蛙雖然不在「井」裡，但他們所見的「天」和井蛙的所見相比，並無什麼差別。亮軒認為〈蒼蠅與蚊子〉要比〈蛙戲〉「成功得多」（頁 266），我的看法恰好相反。〈蒼〉劇借蒼蠅與蚊子這兩種害蟲來托出人類自相殘殺的可怕，從秦始皇的兩萬到原子彈的兩百萬，但都是「說」出來的概念，只有最後兩隊太空人的大戰是「演」出來的，不若〈蛙戲〉所諷刺的人的貪、笨、妒等特性，均經由不同的青蛙直接呈現，顯得具體有力；所「寫」的人間相也較多、較廣、較「實」，舞臺的趣味性也較高。

馬森自認為他的戲「都與五四以來的中國話劇傳統大異其趣」。（頁27）這些戲都是他留法之後的作品。（可惜他早期的劇作都丟了，否則可能可做一個有趣的對照性研究。）這使我想到徐訏比他早約三十年所寫的幾個「擬未來派」的短劇（1931～1935 年）。徐訏也是留法的，但那是在所謂的荒謬劇場行世之前。徐的這幾個戲和馬的作品有些頗為近似的形式與精神，例如《鬼戲》的第二幕所表現的：

> 鬼：讓我們合作吧，以你們的地大物博人多，我們之機械與人材，可以把這塊土地造成天國。
>
> 人：天國？……我們不要將中國造成天國，我們不想有機械與科學，我們不要你鬼計妙算，我們只要安安逸逸平平穩穩過我們的日子。我們不想與你們合作，我們敬佩你們的本領，可是我們先聖定下的方針：「敬鬼神而遠之」呀！
>
> 鬼：（冷笑三聲下）……

可惜徐訏在當時雖未改名徐于（無言），就不為戲劇「多言」。希望馬森也不要專寫小說，能再多創作些劇本出來，為我們的劇場增加一些可演的戲，為我們的戲劇文學增加一些可讀的劇本。

——選自《聯合文學》第 41 期，1988 年 3 月

臺灣戲劇與現代主義

馬森的實踐

◎紀蔚然*

前言

沒有語言，概念與想法無法適切傳遞；然而，當一個人表達他的感覺，受眾接收的是否正是述說者意欲傳達的訊息，彷彿飛標之正中紅心？義大利劇作家皮藍得羅（Pirandello, 1867-1936）或許是史上第一位劇作家從相對論的觀點提出意義誤差的現象。《六個尋找作者的人物》（*Six Characters in Search of an Author*）裡，父親（The Father）迫切地說：

> 難道你們看不出問題的癥結嗎？在語言，語言。我們每個人的內在藏著很多東西，每個人都擁有自己獨特的世界。我們之間如何達成共識，如果我完全根據我對事物的理解訴諸語言，而聽我訴說的你們，則無可避免地根據各自對事物的理解來翻譯我的語言。我們以為互相理解，但其實我們從來沒有。[1]

換言之，少了心靈交融，沒有心電感應，用語言溝通無異求魚緣木，無法找到發語的原始意圖。關於語言歧異性，父親認為主要的問題在於人的主觀認知，而不是語言本身；對他而言，語言只是無辜的客體，中性的工

---

*臺灣大學戲劇學系教授兼系主任。

[1]Luigi Pirandello, *Six Characters in Search of an Author,* in *The Compact Bedford Introduction to Drama,* 2nd edition, ed. Lee A. Jacobus (New York: Longman, 2001), p. 518.

具。如上觀點——既怪罪語言（不夠精準、不敷使用），卻又對它網開一面（溝通失調錯不在它）——在西方現代戲劇史上頗為普遍。[2]一直要等到結構主義出現，語言本身的問題才浮上臺面，而到了後結構主義時代，語言的潘朵拉盒終於被打開，這一開啟便無法闔上了。從此，語言變成論爭的起點與焦點：語言與現實、語言與思考、語言與種族主義、語言與父權制度、語言與法西斯、語言與帝國主義等等。上述的例子單單涉及人際間的互動，一旦拉大格局，設想一個理念或一部作品如何在不同時間被翻譯成不同語言，然後被移植到不同地域，事情便更加難以釐清了。

現代戲劇史裡，最著名的例子莫過於「娜拉」（Nora）的改頭換面。自1879 年問世後，挪威作家易卜生（Henrik Ibsen, 1828-1906）的《玩偶之家》（*A Doll's House*）先是從歐洲邊緣小國（挪威當時隸屬丹麥），散布至歐洲中心，繼而流傳到英國，不久又流傳到美國，甚至日本。《玩偶之家》所到之處無不引發論爭，推崇者有之，非議者亦不少，不但掀起各地戲劇新風潮，也同時影響了社會文化運動的方針。易卜生經由兩個路徑被引介至中國，一為日本，另一為美國。魯迅（1881～1936）留學日本時接觸了易卜生，並為文推崇這位反骨的作家，認為易卜生「桀驁不馴、不與世界同流合汙。」[3]將易卜生從美國帶至中國的代表人物則是胡適（1891～1962），他不但讚揚易卜生作品標榜的自我解放與打破偶像崇拜，甚至於後付之實踐，編寫了《終身大事》，藉以在地化易卜生劇作裡常見的命題：個人面對封建思考與封建制度的困境與突破。以陳獨秀（1879～1942）為主的《新青年》於 1915 年創刊，專題就是「易卜生號」，其中胡適發表了〈易卜生主義〉一文。[4]「易卜生主義」一詞出自英國劇作家蕭伯納

[2]參考紀蔚然，〈語言觀：從寫實在到荒謬〉，《現代戲劇敘事觀：建構與解構》（臺北：書林出版公司，2006 年），頁 99～133。

[3]許慧琦，〈「挪拉」在中國：新女性形象的塑造及其演變（1900s～1930s）〉（政治大學歷史學系，2003 年）。此書對於「挪拉」在中國旅行的歷史有詳盡的討論，本文獲益良多。

[4]有關「娜拉」之後在中國的轉變請參考許慧琦，〈「挪拉」在中國：新女性形象的塑造及其演變（1900s～1930s）〉。

（George Bernard Shaw, 1856-1950）的小書，名為《易卜生主義精要》。[5]小書裡，蕭伯納對易卜生的分析著重的不是他的戲劇美學，而是作品中透露的思想。蕭伯納基於費邊主義（Fabianism）立場，將易卜生蓋上了社會主義者的標記，舉此引發多方聲討，那些抗議人士生怕他們心目中的人文主義大師因此被「窄化」了。其實，蕭伯納並不完全誤讀：易卜生部分作品如《玩偶之家》、《人民公敵》（*Enemy of the People*），對資本主義的批判極為嚴厲，尤其它所衍生的物質主義、異化與物化現象都在舞臺具體呈現。蕭伯納的問題在於宣稱易卜生已為人們提出確切的出路，亦即社會主義，但易卜生對議題的態度其實是反諷、開放的。到了胡適手裡，「易卜生主義」被賦予了新的意義。對胡適而言，易卜生的意義在於打破傳統和反封建的精神。胡適當然沒有誤讀易卜生（或蕭伯納），只是他放大了易卜生劇作裡的反封建意識。究其實，易卜生大半以「追憶」的方式（死去的人、過去的鬼魅）處理封建制度及其弊端，他聚焦的是新時代的新問題，而其中最重要的就是工業社會的弊端。胡適所處的中國情境和當時歐洲極不相同，工業化和現代化正是當時中國冀求的境界，他因而忽視了易卜生關於工業社會的診斷。這兩個例子顯示，蕭伯納和胡適各取所需，「易卜生主義」的原貌為何倒是其次的事了。

一、理論的旅行

〈移動的理論〉一文，薩依德（Edward Said, 1935-2003）表示，一個理論「移入新環境的動向絕不是暢行無阻的。它必然包含與起源點不一樣的再現過程與制度化過程。這使得有關理論與想法的移植、轉移、流轉、交流的任何描述都變得複雜了。」[6]不過，他提醒我們，探討這個議題時，與其提出概括性綜論，不如從歷史視角來分析一兩個例子，唯其如此脈絡化的研究才

[5]George Bernard Shaw, *The Quintessence of Ibsenism: Now Completed to the Death of Ibsen* (London: Constable, 1913).

[6]薩依德著；薛絢譯，《世界、文本、批評者》（臺北：立緒文化出版公司，2009 年），頁 344。

能一窺「理論旅行」的模式。[7]薩依德以盧卡奇（Georg Lukács, 1885-1971）經典名著《歷史與階級意識》（*History and Class Consciousness*）為例，說明一個理論在時空移動中產生了什麼耐人尋味的變化。

根據薩依德，盧卡奇深信具批判意識的「理論」，不只紙上談兵，而且潛藏革命動能。自工業革命之機械生產模式全面取代農業時代手工生產模式以來，一切有機的、流動的人事物，都變成了互不相干、毫無生氣的微粒，其影響層面包括人與自身的異化、人際關係的物化、人與群社之間的疏離；在資本主義底下，甚至時間也被量化、切割成碎片了。[8]這種情境導致主體的改變，主體不斷萎縮、退避，只能從事悲觀、私密的冥想，而人的思考也陷入被動、癱瘓的窘境。然而，一旦危機出現（例如，資本主義生產鏈出了差池），主體便可藉此難得的裂隙跳脫既定思考模式，從而檢驗那個導致物化、異化的過程。唯有檢驗過程，而不單只關照現狀，才能掌握意識改造的契機。[9]

二十多年後，盧卡奇的弟子勾曼（Lucien Goldman, 1913-1970）完成博士論文，《隱密的上帝》（*Le Dieu caché*）。勾曼運用盧卡奇的理論，研究兩位法國作家的作品，得到的結論卻和恩師的立場有別：盧卡奇的「階級意識」變成了「世界觀」，而且盧卡奇的革命動能被納入學院的語境了。[10]薩依德認為這談不上道德背叛，而是不同時空背景所致：「盧卡奇以參與鬥爭（1919 年的匈牙利蘇維埃共和國）的身分寫作，勾曼則是背井離鄉在巴黎大學的歷史學家。我們從一個觀點看可以說勾曼改編盧卡奇是把理論降格，重要性減低，馴化成巴黎博士論文的急切需要。」[11]事隔多年，盧卡奇的理論經由勾曼傳到了英國劍橋，受惠者之一就是文化物質主義學者雷蒙‧威廉斯（Raymond Williams, 1921-1988）。在他手裡，理論又產生變

[7]薩依德著；薛絢譯，《世界、文本、批評者》，頁 345～349。
[8]薩依德著；薛絢譯，《世界、文本、批評者》，頁 349～350。
[9]薩依德著；薛絢譯，《世界、文本、批評者》，頁 351～353。
[10]薩依德著；薛絢譯，《世界、文本、批評者》，頁 355～356。
[11]薩依德著；薛絢譯，《世界、文本、批評者》，頁 356。

化。盧卡奇「總體概念的革命立場」再度被馴化了。[12]原因在於，「劍橋不是發生革命的布達佩斯」，且「威廉斯不是戰鬥者盧卡奇」:「威廉斯是沉思冥想家——這一點是關鍵——而不是致力革命的人，他看得出，從解放的思想出發卻可能墜入自己陷阱的理論是有局限的。」[13]威廉斯指出總體論（totality）的矛盾，他說既然盧卡奇認為資本主義無孔不入，已徹底、全面滲透整體，則所有的反思意識也自然是資本主義邏輯的產物。[14]由此足見，理論移動勢必產生變異，無法保持完整。除了不同時空、語言、歷史情境因素外，薩依德還提到「才能、偏好、興趣」等其他因素。[15]

薩依德舉出一個理論在歐洲境內旅行（從東歐到西歐）所發生的變化。於〈跨越邊界：理論之翻譯〉一文，米樂（J. Hillis Miller）討論的情境則是當一個理論飄洋過海，從一個語境傳遞到另一個語境時所涉及的議題。他指出一個美國普遍的現象:「過去三十年來在美國文學研究方面最重要的事件，無疑就是對於歐洲理論的吸納、本土化、轉化。這包括了許多種類的理論：現象學的、拉岡式的、馬克斯的、傅柯式的、德希達式的等等。這個事件從根本上轉化了在美國的文學研究，使得它迴異於 45 年前我開始從事文學研究的時候。」[16]如今文學理論四處「旅行」，而常見的模式則是「美國的理論作品被翻譯；吸納入許多不同的語言和文化中，如遠東、南美、蘇聯和東歐其他地方、澳洲、非洲、印度」。[17]

米樂認為理論的輸出和西方科技的傳播是不同的。在他看來，科技的傳播較為中性:「我們可以把這些現代傳播科技的效應概括為各地在地文化差異的減弱和連根拔起。這種情形不但發生在我居住的新英格蘭或加州，同樣發生在其他地方，比如說臺灣。」[18]文學理論雖然看似「超自然、普遍

---

[12]薩依德著；薛絢譯，《世界、文本、批評者》，頁 359。
[13]薩依德著；薛絢譯，《世界、文本、批評者》，頁 359。
[14]薩依德著；薛絢譯，《世界、文本、批評者》，頁 359～360。
[15]薩依德著；薛絢譯，《世界、文本、批評者》，頁 358。
[16]米樂著；單德興編譯，《跨越邊界：翻譯、文學、批評》（臺北：書林出版公司，1995 年），頁 2。
[17]米樂著；單德興編譯，《跨越邊界：翻譯、文學、批評》，頁 2。
[18]米樂著；單德興編譯，《跨越邊界：翻譯、文學、批評》，頁 5。

的，其實它生長自一個特定的地方、時間、文化、語言，而且一直與那個地方和語言關聯。當理論被翻譯或轉口時，當它跨越邊界時，就把起源者的文化帶著走。」[19]因此，理論的傳播從來不是連根拔起，原產地的文化根源與語言根源同時被輸出了。米樂為了強調理論旅行的複雜程度而把科技傳播的面向簡化了。提及科技，米樂只談硬體（如電視機、電腦儀器），並未思及軟體（如電視節目、電腦軟件）；然而就臺灣經驗而言，美國電視機是和美國電視節目同時被輸入的，而兩者的輸入和冷戰時代的「美援」有極大關聯。我們可以最近的現象為例：臉書的普及不可能單是一項技術的放諸四海，它當然涉及當代人際互動的形式和內容。科技發展的背後自有其思維脈絡和意識型態的驅動，當非西方引進西方科技時，它不僅輸入一項技術，它同時輸入了某種思惟或「精神」。

誠如米樂所言，理論的譯介從來就不是中性的，但因為他的論述少了薩依德的歷史視野和個案分析，他的結論過於概括。換言之，米樂所為正是薩依德企圖避免並提出警告的。關於西方理論旅行到東方時產生的形變與在地化，史書美《現代的誘惑》（*The Lure of the Modern*）對五四運動的重新評價頗具參考價值。於導論裡，史書美試圖揭穿幾個關於西方現代主義的迷失，並為其後研究中國現代主義的工程打下理論基礎。首先，雖然現代主義常被視為「國際化運動」，但是西方話語裡所謂的「國際」，其實只是歐洲，並不包括非西方世界。在此前提（歐洲中心主義）之下，歐洲儼然現代主義的唯一源頭。其實，史書美援引前人的研究指出，「現代主義」（modernism）這個術語是西方挪借自 1890 年代拉丁美洲「現代主義」（el modernismo）而來的。[20]而且，西方現代主義的型塑過程摻合了許多非西方元素，例如原始主義（primitivism）的概念、中國古詩、中國戲曲藝術或峇里島舞劇等等。然而，西方現代主義往往刻意或無意識地忽略此一事

[19]米樂著；單德興編譯，《跨越邊界：翻譯、文學、批評》，頁 5。

[20]史書美著；何恬譯，《現代的誘惑：書寫半殖民地中國的現代主義（1917～1937）》（江蘇：鳳凰出版傳媒集團，2007 年），頁 2。原以英文出版：Shu-mei Shin, *The Lure of the Modern: Writing Modernism in Semicolonial China, 1917-1937* (Berkeley: University of California Press, 2001).

實。如此做法顯然企圖遮掩西方現代主義與西方帝國主義共謀的面向，因為西方向非西方「借鏡」大多在殖民情境下進行。一旦學者忽視它的重要性，或者根本無視這層面，現代主義的旅行往往被誤解為是單向移動，亦即從西方單向傳播到非西方。[21]以中國現代主義為例，它和西方現代主義的關係並不單純，因為中間多了日本：「這種三角關係既描述了中國受歐美和日本帝國主義多重支配的政治和文化狀況，同時也對比較文化研究的中國／西方的二元模式提出了質疑。」[22]史書美認為非西方現代主義和西方現代主義之間存在著相異性和相似性：

> 當相異性被強調之時，我們意識到非西方現代主義向人們提供了一些不同於西方現代主義的現代性經驗和敘述，這種經驗和敘述是在與西方都會現代性和現代主義概念進行雜交的基礎上所產生的變異物。當相似性被強調之時，我們認識到一種跨國界和去地區化（deterritorialized）的現代主義：這種現代主義為世界主義（cosmopolitanism）之文化政治的存在提供了可能性，哪怕其背後必然隱藏「中心——邊緣」的等級觀念。[23]

這「中心——邊緣」的等級關係源自西方與中國不平等的政治關係。對西方而言，「中國材料的加入擴充了自身的文化素材」，然而對中國而言，向西方取經則是為了加入西方，成為西方的皈依者，「從而在根本上改變自己的文化」。[24]

史書美某些論點受惠於薩依德，但論及中國與西方現代主義之間的糾葛時，她修正了薩依德之於理論旅行的看法。薩依德認為，「移動本身有一種可辨的、反覆出現的模式，任何理論或想法傳送中都有的三、四種模

[21]史書美著；何恬譯，《現代的誘惑：書寫半殖民地中國的現代主義（1917～1937）》，頁2～4。
[22]史書美著；何恬譯，《現代的誘惑：書寫半殖民地中國的現代主義（1917～1937）》，頁5。
[23]史書美著；何恬譯，《現代的誘惑：書寫半殖民地中國的現代主義（1917～1937）》，頁4。
[24]史書美著；何恬譯，《現代的誘惑：書寫半殖民地中國的現代主義（1917～1937）》，頁152。

式。」[25]第一，理論出發的原點；第二，理論越過一段距離在新時地占據重要地位，過程中受到不同背景脈絡的擠壓；第三，理論被新地方接受或排斥的條件；第四，新時地用新的方法操作理論，從而改變了它原來的面貌。[26]針對第一項，史書美指出一些例子，說明西方不完全是東方現代主義靈感或理論基礎的原點。[27]就本文主旨而言，這個論點至為重要，因為 1950 年代以降風行於臺灣的「現代主義」大都是經由英文這個媒介，經由美國這個轉運站而登島的，這些「肇始」於歐洲的文學理論和思潮早在美國已歷經異化與在地化的過程了，到了臺灣，再度的改頭換面也是必然的結果。

二、現代主義與臺灣劇場

20 世紀以降，臺灣藝文史上曾發生三次較具規模的論戰：其一，爆發於 1930 年代日據時期的「鄉土文學論戰」；其二，肇始於 1950 年代長達廿年的「現代詩論戰」；其三，1970 年代起始的「鄉土文學論戰」。三次論戰中，臺灣的戲劇界都是缺席的。本文主旨和第二次論戰有密切關係。20 世紀下半葉，臺灣文藝的發展受到西方現代主義影響甚深：小說、詩歌、美術如此，戲劇亦不例外。臺灣學界針對國內現代詩、小說、美術與現代主義之間的纏綿和抵拒，已有深刻討論。然而，戲劇學界對於臺灣現代戲劇的發展與現代主義之間的糾葛卻較少著墨，即便涉及西方現代戲劇或現代主義，亦僅止於美學上的「比較論」或「影響說」，絕少從歷史與在地挪用的視角細究西方現代戲劇被「移植」到臺灣時，發生了何等樣貌的撞擊、折衝、質變和改造。

---

[25]薩依德著；薛絢譯，《世界、文本、批評者》，頁 344。

[26]薩依德著；薛絢譯，《世界、文本、批評者》，頁 344～345。

[27]史書美著；何恬譯，《現代的誘惑：書寫半殖民地中國的現代主義（1917～1937）》，頁 13。作者以胡適的「八不主義」為例，說明胡適的想法一方面受到西方意象派影響，另一面受到中國和日本兩國古典詩歌法則的影響。另一個例子是施蟄存，這位提倡意象派的詩人曾將「image」譯為「意象」，但他認為意象派的源頭應是中國，「既而在美國獲得了充分的完善和發展，隨後又被他本人帶回到中國。」這個迴路現象無疑顯示，原點的說法過於草率而不可信了。

一般而言，興起於 19 世紀末之現代主義「小於」現代性（modernity）：前者是後者的產物，而且現代主義是為了反叛現代性才孕育而生的。早期的研究，如布拉貝瑞（Bradbury, 1932-2000）等人主編之《現代主義》（*Modernism*）[28]或卡利涅斯庫（Matei Calinescu, 1934-2009）所著之《現代性的五張面孔》（*Five Faces of Modernity: Modernism, Avant-garde, Decadence, Kitsch, Postmodernism*）[29]，大都只從美學觀點討論現代主義，並一再強調現代主義與現代性之間的區隔：儼然意味現代主義是一帖根治現代性弊病的良藥。然而，事實並非如此。很多學者早已倡議，不宜將「現代主義」的定義局限於藝術或文化範疇，即便它有別於「現代性」，且某些層面乃著重於批判「現代性」之諸多弊端，「現代主義」和「現代性」之間其實共同分享不可輕忽的底蘊：例如對於（製造）國族神話的嚮往、對於文化再生的渴望，對於潔淨（purity）、效率（economy of expression）的追求，對於統合（unity）的堅持，對於線性時間（temporality）的執迷，對於普世價值（universality）的闡揚等等。歷史與社會學家多所指證，音樂的華格納（Wilhelm Richard Wagner, 1813-1883）、哲學的尼采（Friedrich Wilhelm Nietzsche, 1844-1900）、詩歌的龐德（Ezra Pound, 1885-1972）或劇場的亞陶（Antonin Artaud, 1896-1948），這些現代主義先驅的理念和極右的法西斯主義互通款曲，且其中某些人到了後期更公開支持強人政治。這個現象不僅意味現代主義於後分裂為左派和右翼兩支，正是威廉斯所言之現代主義的弔詭。

1912 年 1 月，斯德哥爾摩工人公社（Stockholm Workers' Commune）高舉火炬，列隊遊行，歡慶瑞典最重要的劇作家史特林堡（August Strindberg, 1849-1912）63 歲生日。他們帶著紅色旗幟，唱著革命歌曲。這看似理所當然的場合，在威廉斯眼裡卻深具反諷，認為再也沒有比這畫面

---

[28]Malcolm Bradbury and James McFarlane eds., *Modernism* (New York: Penguin Books, 1976).
[29]Matei Calinescu, *Five Faces of Modernity* (Durham: Duke University Press, 1987).

更能突顯現代主義（Modernist movement）詭譎的質地。[30]威廉斯指出，早期的史特林堡的確和人民站同一陣線，他大肆撻伐貴族和好戰的保守人士。然而，幾年過後，他的政治立場逆轉，並在尼采強人至上的論調找到寄託。兩人相知相惜：尼采大讚史特林堡的劇本，而史特林堡也給予尼采最高致敬：「尼采對我而言乃現代精神裡，敢於倡議強者與智者的權力，以抵抗愚昧和民主派人士。」[31]從史特林堡的轉折，我們具體見識了西方現代主義忽左忽右的擺盪。其實，史特林堡絕非獨立個案；現代主義的推動者與擁護者，很多都是法西斯政權，甚至希特勒（Adolf Hitler, 1889-1945）的捍衛者。

現代主義與法西斯主義掛鉤這個現象，葛利芬（Roger Griffin）認為，不應被視為現代主義走上了「歧途」，或現代主義的「異常發展」。[32]早在葛利芬之前，社會學家包曼（Zygmunt Bauman）即已提出以下看法：被一般人視為現代性之「腫瘤」或「突變」的納粹主義和大屠殺，其實是崇尚高效率、去雜質的現代情境底下合乎邏輯的發展：「從納粹統治的第一天起，由生物學、歷史學和政治科學領域裡著名大學教授主持的科學機構，就已經被組織起來根據『先進科學的國際標準』。……屠殺猶太人是一項社會理性的管理活動，也是系統地利用應用科學的思維方式、哲學和訓誡的一次嘗試。」[33]他進一步指稱：「讓我們考慮一下數字。德國政府大概殺害了六百萬猶太人，按平均每天殺害一百人的速度計算，需要將近兩百年的時間。群眾暴力所依賴的是錯誤的心理，依賴的是狂暴的情緒。人們可以被激怒，但怒氣不可能持續兩百年。……全面的屠殺需要用官僚機制來代替暴徒，用服從權威來代替蔓延的狂暴。」[34]就這個面向而言，現代主義所推崇的一統、純淨與表達上力求精簡，以及現代主義者「先知」、「強者」的

[30]Raymond Williams, *The Politics of Modernism* (London: Verso, 1989), p. 50.
[31]Raymond Williams, *The Politics of Modernism*, p. 51.
[32]Roger Griffin, *Modernity, Modernism, and Fascism* (London: Macmillan, 2008).
[33]Zygmunt Bauman, *Modernity and the Holocaust* (New York: Cornell University Press, 1989), p. 94.
[34]Zygmunt Bauman, *Modernity and the Holocaust*, p. 121.

姿態，這些在在與法西斯政權的意識型態與做法有強烈呼應。

現代主義在臺灣的旅行與傳播極其複雜。如前所述，現代主義雖以西方為主，其內涵其實從非西方世界擷取很多養分。史書美指出，「藉助於東方主義的技巧，西方現代主義者對他者進行更為直接和粗魯的處置。通過到未被開拓的西方去旅行，現代主義希望自己能夠幫助那個衰落的社會和文化重獲新生。這些旅行鞏固了種族、等級、優生學等等的西方理論，並以這些理論作為帝國存在的話語基礎和合法性證明」。[35]然而，當時將現代主義引進臺灣的作家、學者很少意識到這個層面。對某些人而言，現代主義僅止於美學。反共文藝式微之後，「去政治」一時成為臺灣藝文尖兵的口號。1960 年代紛紛成立的詩社或文學雜誌，雖然於文宣裡仍堅持反共立場，然而就詩人與文學家而言，「反共抗俄」的八股實已走進歷史：他們堅持的是「人的文學」，他們的信仰是藝術。這種「去政治」的渴望讓他們投向西方現代主義的懷抱。約自 1960 年起，「去政治」的運動將西方現代主義「美學化」、「去脈絡化」，把它的形式主義（formalism）提升至藝術追求之普世價值；自此，臺灣的藝文活動，從「以家國之名」的反共文藝遞轉為「以藝術之名」的現代文學（包括戲劇）。一方面，藝文界在「去政治」的口號中尋覓文學藝術的「淨土」，沉浸於形式的探索與實驗，於戒嚴時期為藝文找到喘息、生養的出口；另一方面，為了鞏固政權而積極推展經濟、加強基礎建設的國民黨，眼看反攻無期，自然樂見知識分子不過問政治，遠離意識形態，從而遁隱於藝術的唯心世界中。簡言之，「去政治化」的現代主義給予藝文人士和官方迂迴的空間；同時，它亦使得藝文界處於與官方共謀的情境當中。因此，臺灣和現代主義的遭遇，非但不是單純的「橫的移植」，更是張力十足的協商與角力。有關現代詩的論戰已有很多討論，以下將把焦點置於和戲劇有關的論述。

1965 至 1968 三年期間，一群年輕人藉由《劇場》這份季刊向國人引

[35]史書美著；何恬譯，《現代的誘惑：書寫半殖民地中國的現代主義（1917～1937）》，頁 8。

介西方現代戲劇和電影。在戲劇領域，季刊譯介的重點不再是風行於五四時期的寫實主義，而是反寫實主義思潮與實踐：尤乃斯柯（Ionesco, 1909-1994）、貝克特（Beckett, 1906-1989）、亞陶、紀涅（Genet, 1910-1986）、皮藍得羅、艾爾比（Edward Albee, 1928-2016）、品特（Harold Pinter, 1930-2008）、理查・謝喜納（Richard Schechner）等人。如此的編輯視野頗具前衛性質，但可惜並未獲得足夠回響，因此只出版九期便停刊收攤了。值得一提的是，《劇場》的編輯群不僅意在紙上的傳播，他們更希望新思潮與譯作能在劇場裡得以實踐，從而改變臺灣話劇的風貌。1965 年，季刊自行製作《等待果陀》（*Waiting for Godot*）。[36]演出之後，雜誌內部的檢討讓我們得以一窺當時的氛圍，以及季刊同仁的想法。有別於五四時期的知識分子與當時以紀弦為主的現代詩派，劉大任和許南村（陳映真）對於西方現代主義的態度採質疑和警戒的立場。劉大任坦承他曾一度熱衷現代主義，但在他看來如今的現代主義無異「臺灣新起的文藝界的捕逃藪」。[37]言下之意是，真正驅使臺灣藝文界向現代主義方向奔逃的動力不在於這個主義本身乃應許之地，而是令人窒息的反共八股與政治掛帥的爛泥漿區。劉大任著眼於歷史和經濟差異，認為西方現代主義是西方機械文明的產物，因此它多少是病態的，而才剛走出農業社會的臺灣不宜和西方相提並論。[38]他繼而指出，「歷史是由無數的『現代』構成的，只不過，我們現在的『現代』是外來語。」[39]許南村則開宗明義地說，他已反對現代主義多年，在他看來，現代主義的意義在於它反應了物質文化的病徵，但因其一再複製那些病徵，將「非人化的病的感情濃縮了，又放回給無數苦難的心靈……很明

[36]《劇場》同時演出由國人皇誠的短劇〈先知〉。這齣戲獲得一些鼓勵，但也招致很多批評。根據姚一葦，此次的演出就觀眾人數和反應而言並不成功：「《果陀》在法國演出，連演四百多場。你們所邀請的觀眾算是比較具有悟力的少數，但是第一幕完了，觀眾離去二分之一。我們的觀眾竟連禮貌的忍耐力都沒有，怎堪言其他／我們不禁悚然問道：我們的觀眾在那裡？」見姚一葦，〈《劇場》第一次演出的短評〉，《劇場》第 4 期（1965 年 12 月），頁 271～272。

[37]劉大任，〈演出之後〉，《劇場》第 4 期，頁 267。

[38]劉大任，〈演出之後〉，《劇場》第 4 期，頁 267。

[39]劉大任，〈演出之後〉，《劇場》第 4 期，頁 267。

顯，現代主義文藝，在性格的根本上便缺乏了……一個健康的倫理能力」。[40]

儘管如此，劉許兩人對《等待果陀》的演出都有正面的回應。許南村認為這次演出讓他修正了以往對現代主義機械性的否定。在他看來，《等待果陀》有別於庸俗貧瘠、徒具形式的西方現代主義；它融合了形式與內容，同時「滿足了藝術需要和知性需要的能力」。[41]由此，他對臺灣的現代主義提出兩點批評：其一，臺灣現代主義「在性格上是亞流的……不但是西方現代主義的末流，而且是這末流的第二等次元的亞流」。[42]其二，臺灣現代主義患了「思考上與知性上的貧弱症」。[43]劉大任則認為在舞臺上將文字立體化、血肉化是一件神奇的事，「即使像《等待果陀》這樣一種純西方的堅硬而不易消化的產品，通過了中國的手和眼，通過了中國的意志與思維，也是中國的了。」[44]他總結地歎道：

> 所以，這說服了我，假使我們的「現代」必得是這麼樣來，那麼，來吧！我們僅僅不應該忘記一件事；我們是人類，尤其是，我們是人類中的中國人，假使一定要戴上眼鏡，至少，我們該把鏡片拭乾淨，也許我們有尋得現代中國智識良心的一天。[45]

這段文字深刻描述了作者的矛盾情結，那是一種不情不願的「接納」：西方現代主義雖然問題重重，但它顯然是第三世界現代化不得不參照的模型。當中國人觀看自身時，他們無可避免地要戴上西方的「眼鏡」，假使「鏡片」模糊不清，中國人看到的只是西方，而不是中國真正的面貌。「我們是人類」呼應了世界主義對於普遍性的訴求，而「我們是人類中的中國人」

[40]許南村，〈現代主義底再開發——演出《等待果陀》底隨想〉，《劇場》第 4 期，頁 268。
[41]許南村，〈現代主義底再開發——演出《等待果陀》底隨想〉，《劇場》第 4 期，頁 269。
[42]許南村，〈現代主義底再開發——演出《等待果陀》底隨想〉，《劇場》第 4 期，頁 270。
[43]許南村，〈現代主義底再開發——演出《等待果陀》底隨想〉，《劇場》第 4 期，頁 270。
[44]劉大任，〈演出之後〉，《劇場》第 4 期，頁 268。
[45]劉大任，〈演出之後〉，《劇場》第 4 期，頁 268。

則事關在地時空與政經條件的考量。

《劇場》編輯群中，像劉大任和許南村如此自覺地思考西化問題的人士並不多見。從編譯內容與散見的評論文章不難看出，《劇場》不言而喻的立場是聚焦於美學的探索並從中擷取普世意義。例如，痖生所譯之〈伊歐尼斯柯〔編按：尤乃斯柯〕：一個失去的世界〉，作者認為這位荒謬主義劇作家「成功地給人一種形而上的印象，在我們這時代中，這一點至少已足夠有初步的普遍價值了。」[46]為尤乃斯柯的作品貼上「形而上」和「普遍價值」的標籤，無疑賦予這位作家合法的地位，但它們同時削減了他作品潛在顛覆的可能。此文的「辯護」立場顯然意在「消毒」或「馴化」，而不是煽風點火的鼓吹；亦即：失控的是這個世界，不是作者的文體。在同一期裡，由編輯提供的〈伊歐尼斯柯小傳〉寫道：

> 伊歐尼斯柯絕不是一個虛無主義者或無政府主義。他雖然渴望摧毀既存的社會語言，他的目的卻正是要藉此而求得一種更真摯更高貴更有生命力的新語言，像古代那些悲劇的英雄在執著於一個更神聖更堅實更有意義的存在時所持操的一般。從這個觀點上來說，伊歐尼斯柯的確有權利要求他的批評家們把他歸納在像艾斯奇勒斯、索福克利斯、莎士比亞等大家所代表的傳統裡。[47]

如此誇飾的語言在在透露著作者（們）的焦慮，它要我們（政府？）放心，尤乃斯柯不是無政府破壞分子，也不是虛無的頹廢派。而且，他的成就足以和以前的大師相提並論，更重要地，他的戲劇可被納入西方戲劇傳統裡面。於此，尤乃斯柯再度被馴化了，而孕育出其作品的特定時空與意識形態也同時被遮掩得不可辨識了。

---

[46]Lacoues Guicharnud 著；痖生譯，〈伊歐尼斯柯：一個失去的世界〉，《劇場》第 1 期（1965 年 1 月），頁 1。

[47]《劇場》編輯部，〈伊歐尼斯柯小傳〉，《劇場》第 1 期，頁 9。

三、馬森的旅行

《劇場》發行當下，已走過反共八股路線的臺灣戲劇正在摸索新方向。由李曼瑰（1907～1975）主導的「青年劇展」、「世界劇展」於 1967 年先後展開。李曼瑰除了推廣戲劇，仍持續創作；然而她一直走不出五四「話劇」的溝阱，仍於馬森所稱之「偽寫實主義」上反覆演練。[48]反而是擅長散文創作的張曉風受到李曼瑰的影響，自 1969 年起推出數個劇作。張曉風的戲劇為傳統話劇的形式開創新局，可惜她是個愛說教的作家，無法克制將劇場變成教堂的衝動。[49]雖然張曉風的戲劇成就不足以觀，但卻是在她的舞臺上，聶光炎才得以實驗現代主義風格的舞臺設計。聶光炎曾於《劇場》發表〈現代新劇場的形式及其實驗〉一文，討論西方劇場與舞臺的演變，尤其是鏡框式舞臺的局限，以及一些突破性的改革。[50]在自己的設計上，他捨繁取簡，大致以「固定式舞臺」（simultaneous stage）來呈現景觀。[51]因為聶光炎一系列的作品，臺灣舞臺設計才逐漸拋棄寫實風格，走向更多元的、更「現代的」視覺實驗。與此同時，姚一葦自 1965 年起便開始從事戲劇創作，他的劇場象徵意義濃厚，但仍不脫五四話劇的色彩。整體而言，姚一葦在評論上採取多元、開放的態度，但在創作上大抵服膺亞里斯多德的線性觀與模擬論，創作上力求線條分明，有始有終，並未受到現代主義多大的影響。[52]

除了李曼瑰、張曉風、姚一葦以外，還有馬森。馬森是個異數，他和

---

[48]有關李曼瑰劇作風格與反共戲劇，參考紀蔚然，〈善惡對立與晦暗地帶：臺灣反共戲劇文本研究〉，《戲劇研究》第 7 期（2011 年 1 月），頁 151～172。

[49]有關張曉風戲劇的評論，參考紀蔚然，〈Where Do We Go from Here? Trends in Modern Chinese and Western Theatre 何去何從？論中西現代戲劇之潮流〉（輔仁大學英國語文學系碩士論文，1980 年）。

[50]聶光炎，〈現代新劇場的形式及其實驗〉，《劇場》第 2 期（1965 年 4 月），頁 222～230。

[51]聶光炎，〈《武陵人》舞臺設計的觀念和過程〉，《晚風戲劇集》（臺北：道聲出版社，1976 年），頁 177～187。

[52]參考紀蔚然，〈古典的與現代的：姚一葦的戲劇藝術〉，《姚一葦》（臺南：臺灣文學館，2012 年），頁 241～254。

西方現代主義的遭遇較為直接。他對荒謬劇場的運用較具自覺意識，因此他的戲劇和西方現代主義的關係更形錯綜駁雜。

馬森出生於山東，幼時歷經一段流離遷徙的歲月，先後在中國與臺灣完成中等學業。畢業於臺灣師範大學國文系與國研所之後，於 1961 年遠赴巴黎深造，從此展開新的一段流浪生涯。他曾於墨西哥執教，之後於 1972 年赴加拿大研究社會學。獲得博士後，再度遊走四方，足跡遍及英國、香港、臺灣、中國等地：「由亞洲而歐洲，曲歐洲而美洲，由亞洲復至歐洲，然後歸復亞洲。」[53]他著名的劇作《花與劍》以及劇本集《腳色》裡收錄的劇本大多是旅居墨西哥時期（1967～1972）的產物。這樣的生涯多少讓他的作品沾染離散基調與憂傷底蘊：他不屬於中國、臺灣或任何地方，但他似乎同時屬於每一個他暫時棲息的所在。根據馬森自述，他第一次的觀戲經驗始自 1961 年夏天，他在巴黎拉丁區一家小劇院看到了尤乃斯柯劇作的演出。自那時起，他陸續觀賞了其他經典劇作的演出。這樣的經驗使他和其他臺灣劇作家有很大的差別。馬森與現代主義的關係，不僅是理論的旅行，而且是馬森的旅行。他的流浪讓他得以近距離接觸西方劇場；同時，浮雲遊子的身分使他抽離意識，始終跟西方保持距離，並以比較的視野沉思他魂牽夢縈的中國。換言之，他能接受西方現代主義並受其影響，但現代主義絕不是他的美學歸屬。雖然他堪稱中國第一位荒謬劇場劇作家[54]，他的作品在很多層面和法國以貝克特與尤乃斯柯為代表的荒謬劇存在著極大的差異。馬森自言：

> 我所採用的戲劇表達方式與所表達的內容，不是傳統的，既不是西方的傳統，更不是中國的傳統，然而卻受著西方現代劇與中國現代人的心態的雙重支持。換一句話說，在形式方面接受了西方現代戲劇的影響，在

[53]馬森，〈小傳〉，《馬森戲劇精選集》（臺北：新地文學出版社，2010 年），頁 1。

[54]關於馬森獨幕劇與荒謬劇作神似之處，參考林偉瑜，〈中國第一位荒謬劇場作家——兩度西潮下六〇年代至八〇年代初期的馬森劇作〉，《腳色》（臺北：秀威資訊科技公司，2011 年），頁 277～300。

內容方面表達的則是中國現代人的心思。[55]

同一篇文章裡，馬森提及，他的「表現的方式並不盡相同，但都與五四以來的中國話劇傳統大異其趣。」[56]但是他所寫的內容，他所關懷的生命議題卻是五四的延續。[57]細讀馬森這時期的作品，不難發現作者和現代主義的聯結，以及作者和五四精神遺產的纏綿。和西方現代主義的觀點相似，馬森深信形式即內容／內容即形式的美學準則：「在我的劇作中，可以看出來，我所關心的問題，我所企圖要表達的意念，跟我所採明的表達形式有密切關係。換一句話說，一方面內容決定了形式，另一方面形式也決定了內容。」[58]正因如此，當馬森運用了荒謬劇場的形式，發抒的情感卻和中國的歷史情境有密切關聯時，這樣的形式自然而然會經過一番改造而與「原版」有所區隔。同時，一旦作者將他深切的關照（國共分家、流離失所、白色恐怖、資本主義、共產主義、文化大革命等等）以隱諱的方式、借荒謬主義的形式呈現時，他意欲表達的心結也勢必有別於當時離散寫實文學的風貌。誠如馬森所言，「舊瓶新酒」或「新瓶舊酒」是似是而非的說法：「酒瓶可合可分，藝術的形式與內容則是不可分割的。如一定要比，則只能以有機物做比，因為藝術的本體也是有機的，某種形式只能裝與其相當的內容，內容的改變也勢必影響到形式的更新。」[59]

分析馬森與荒謬劇場之前，我們不妨先回顧一段關於荒謬劇場旅行的過程。以後結構主義觀點，尤乃斯柯和貝克特並沒有完全悖離他們意欲顛覆的傳統。西方現代戲劇如寫實主義、自然主義、象徵主義和表現主義，這些流派各有不同，但殊途同歸，都堅持「真理」。[60]到了《等待果陀》，

---

[55]馬森，〈《馬森獨幕劇集》序〉，《腳色》，頁 27。
[56]馬森，〈《馬森獨幕劇集》序〉，《腳色》，頁 33。
[57]參考彭耀春，〈與五四以來的中國大異其趣——論馬森戲劇集《腳色》〉，《閱讀馬森——馬森學術研討會論文集》（臺北：聯合文學出版社，2003 年），頁 173～184。
[58]馬森，〈《馬森獨幕劇集》序〉，《腳色》，頁 37。
[59]馬森，〈《馬森獨幕劇集》序〉，《腳色》，頁 37。
[60]參考紀蔚然，〈語言觀：從寫實到荒謬〉。

「真理」雖不見蹤跡或不時「爽約」,「果陀」這巨大的意符卻瀰漫整個劇本。類似的情況也發生在《禿頭女高音》:劇本呈現一個看似「失控的世界」,但這個非理性、反邏輯世界的參照點卻是理性和邏輯。荒謬劇場意在違反亞里斯多德以降的戲劇行規，然而它推翻傳統的手段卻是依附在它所要推翻的傳統邏輯裡，以致它顛覆的力道自然沒有其推崇者想像的那麼徹底了。

當法國荒謬劇場旅行到英國時，學者馬丁・艾斯林（Martin Esslin, 1918-2002）以一本書、一個術語，一面將這原本「離經叛道」的劇種體制化，一面將它馴服、收編於理性分析的語境之內。[61]在他看來，荒謬劇場乃時勢之趨，二戰以降凡非寫實劇作皆不離荒謬主義的範疇；因此艾爾比是荒謬主義，品特也是荒謬主義。這樣的結論是不幸的：一旦「荒謬劇場」這個標籤無所不包，它已然失去了特定時空的意義。從此,「荒謬劇場」好比《禿頭女高音》那個 Bobby Watson 的名字，既然人人都叫 Bobby Watson，這個姓名已失去特定指涉。同理，既然稍具實驗性質的劇作都是「荒謬劇場」,則這個學術專有名詞也失去了指涉功能。《等待果陀》裡，果陀從未出現，但是在馬丁・艾斯林的戲劇史觀,「果陀」以「荒謬劇場」之姿現身了。

法國的荒謬劇場旅行至美國時，又歷經一次翻轉。嚴格而言，艾爾比的戲劇與法國荒謬劇場的精神南轅北轍。誠然，他受其影響，也於形式上獲得啟發，但他終究是美國作家，他所面對的是戰後獨霸一方的美國，是資本主義邏輯講求同質一致的美國，與法國作家眼裡戰後斷垣殘壁、百廢待興的歐洲是處於完全不同的境況。尤乃斯柯和貝克特對西方文明引以為傲的理性、邏輯、主體提出強烈質疑。艾爾比關心的並不是這些；反而，他承襲美國戲劇家（尤其歐尼爾（Eugene O' Neill, 1888-1953）和米勒（Arthur Miller, 1915-2005））長期以往對於實相與幻覺的著迷。《誰怕吳爾

[61]Martin Esslin, *The Theatre of Absurd* (New York: Doubleday, 1961).

芙？》（*Who's Afraid of Virginia Woolf?*）的基本提問就是：誰能活在幻覺中而不感覺害怕？《動物園》裡，傑瑞（Jerry）一心一意就是要把彼得（Peter）從幻覺中拉回實相。法國荒謬劇作家對實相與幻覺二元對立的議題並不感興趣；他們真正關切的不是人際關係或個人與群體，而是無以名狀、無路可出的虛無。從這個觀點檢視，艾爾比和荒謬劇作家相去甚遠，甚至可說背道而馳。

荒謬劇場到了馬森手裡當然無可避免地又歷經一番改造。馬森的戲劇充滿虛無，瀰漫無路可出的幻滅。但這虛無和幻滅並不純然源自存在主義或法國荒謬主義。同時，馬森的戲劇世界並不是實相與幻覺二元對立的僵局。在他的戲劇世界裡，實相已不可知，因此何謂幻覺亦不可察。往往呈現在觀眾面前的是相對立場或相對發言位置導致的僵局，它是矛盾找不到妥協契機的僵局。為了進一步了解馬森獨特的一面，我們必須重新討論馬森所稱之「腳色」：

> 「腳色」本來是一個戲劇中的術語，指的是一個演員所扮演的劇中人。這個術語借用到日常生活來，指的是一個人在相對的關係中所扮演的一種特別身分……事實上一個人在這個世界上沒有固定的腳色，他所扮演的腳色全視特定的時空和相對的關係而定……我在戲劇中所強調的也正是這一點，因此其中的人物扮演著雙重的角色，他既繼承了人間相對關係中所賦予他的腳色，又扮演著劇中人的腳色。就戲劇藝術而言，就是借了演員扮演劇中人的這一行為，反映出人在生活中的某種特定時空和相對關係的局現下，所扮演的那種特別的身分。[62]

這是雙重表演的布局——演員在表演腳色、人物也在表演角色。如此後設安排並不稀奇，我們在皮藍得羅、尤乃斯柯、貝克特幾位作家都可找到影

[62]馬森，〈《馬森獨幕劇集》序〉，《腳色》，頁15。

子。重點在於：為何強調表演性？

第一個對西方慣用之 character 提出異議的劇作家是史特林堡。他於《茱麗小姐》（*Miss Julie*）序文裡提到，他不願稱劇中人物為 character，因為這字的另一個涵意是「個性」。他的人物是無法被「個性」框限或定格；因此他寧可稱筆下的人物為「靈魂」（souls）。[63]在他自然主義階段，史特林堡的角色觀旨在舞臺上呈現人的整體形象：人是環境與遺傳影響下歷經時間（自古至今）囤積、沖刷、洗鍊、鑄造的總和。有趣的是，馬森的「腳色」強調的不是整體，而是片面、局部、碎屑。馬森人物所面臨的悲劇，源自局部遮掩了全面，碎屑占據了整體。人的存在因此不完整；人的「本我」不可知。對於社會的觀察，史特林堡抱持「相對論」的看法，他認為一個（貴族）階級的沒落不過意味另一個（中產）階級的興起，不值得人們唏噓哀歎。馬森的「相對論」和史特林堡的觀念不同：

> ……差異，正來自這個人所扮演的腳色不同……因為一個人對另一個人所能夠理解的客觀的極限，不過是在自己相對關係中的觀點再盡量地加上自己所觀察到其他人對這個人的相對關係的觀點而已。所以通過相對關係所顯露的腳色正是一個人存在中最重要的要素。[64]

從這個觀點理解，悲劇來自人物往往自限於「腳色」給他／她的發言位置；他們看到他者的盲點，但對於自己的盲點則一無所知：例如，〈花與劍〉每個腳色、〈一碗涼粥〉的家庭成員、〈朝聖者〉的和尚和乞丐、〈在大蟒的肚裡〉的那對男女。

馬森曾說，「在任何文化和社會中都不脫腳色扮演的這一基本要素。」[65]他並且強調，「我這種理論上的領悟完全是創作以後的事，我在初期創作

---

[63]August Strindberg, 'Selection from Strindberg's *Preface*, '*Types of Drama: Texts and Contexts*, 8th edition, eds. Sylvan Barnet et al.(New York: Longman, 2001) , p. 606.
[64]馬森，〈《馬森獨幕劇集》序〉，《腳色》，頁 15。
[65]馬森，〈《馬森獨幕劇集》序〉，《腳色》，頁 19。

『腳色』式的人物時，全憑了我的直覺與質感，並沒有任何理論性的主導。」[66]即便如此，馬森的觀點和高夫曼（Erving Goffman, 1922-1982）《日常生活中的自我表演》（*The Presentation of Self in Everyday Life*, 1959）的基本立論有神似之處。高夫曼是社會學家，他以劇場為框架，分析日常人們面對面之互動；他發覺人際互動的場域頗似舞臺上的表演：有表演、角色、地點、情境脈絡等等。人們就是在這類似舞臺的社會，藉由角色扮演（role playing）來呈現自我。他的分析有三個重要的意義：其一，角色扮演不但是常態且演員誠意十足，推翻了「見人說人話、見鬼說鬼話」帶有貶抑的一般見識；其二，角色與自我不是兩個二元對立的概念，自我往往是透過角色才得以呈現；其三，角色是自我的一部分，但不是全部。以上的結論勢必導向一個最重要的問題：自我或真我到底是什麼？高夫曼這麼解釋：

> 在我們〔英美〕社會中，一個人扮演的角色和他的自我基本上是吻合的。這種作為角色的自我通常被認為存在於其占有者體內〔內存於表演者〕……在本書中，被表演出的自我被看作是某種形象，這種形象是可信的，舞臺上的個體和角色中的個體都極力誘使他人認為他的確符合這一形象。雖然有關該個體的這一形象得到人們的接受，並因此使該個體獲得一個自我，但這一自我本身並非來自占有者，而是來自其行為的整個場景……這種自我——是一個已經得到實施的場景的產物。[67]

據此，自我不是因，而是果；自我是社會實踐的產物。某種程度，馬森劇作中的人物設定和雙重表演性和高夫曼的角色扮演有很多呼應之處：每一位人物都透過他／她被賦予的「腳色」來表演自我或呈現內在。因此，人

---

[66]馬森，〈《馬森獨幕劇集》序〉，《腳色》，頁 19。

[67]高夫曼著；徐江敏等譯，《日常生活中的自我表演》（臺北：桂冠圖書出版公司，2011 年），頁 269。

物的自我或內在只是腳色的產物，而且是片面的。

然而，馬森的「腳色」和高夫曼的「角色」也有很大的差異。在高夫曼社會學架構裡，人與他者的互動是善意的，而營造和諧氛圍與建構共識乃雙方努力的目標。但是在馬森的戲劇世界裡，我們看到的盡是不和諧，只因各個腳色毫無妥協地堅守自己的立場。僵局來自於此，悲劇也來自於此。高夫曼提及人際互動過程裡的「危機」。所謂「危機」指的是互動中有人脫稿演出，或「不能維護其角色的境地」，以致造成尷尬局面。但他強調，「暫時的一致」是互動的規則，「危機」只是偶發事件。[68]馬森的戲劇世界和高夫曼設想的社會可說完全顛倒：前者呈現的情境是危機處處，若有「暫時的一致」也只是假象，腳色間的矛盾是恆常而無解的。馬森的腳色理論與相對論調有其社會學的背景，然而馬森的視野卻是悲觀版的存在主義。

馬森的悲劇視野和法國荒謬劇場或存在主義之間的差異顯而易見。歐洲的虛無乃錨定於戰後對啟蒙理性與基督教文明的徹底失望，而馬森的虛無除了源自對現代工業社會的質疑外，它的底蘊其實是對於國族命運的悲歎與困惑，以及因之而生的認同焦慮。馬森並沒有馴化了荒謬劇場，因為他的否定也是徹底的，因為他刻畫的僵局也是無路可出的。質言之，馬森把薛西佛斯神話裡永恆的無謂掙扎具體呈現在中國，尤其是中國自民國以來現代化的進程與迷失。

在〈一碗涼粥〉，我們看到傳統與現代之間的矛盾；在〈弱者〉與〈在大蟒的肚裡〉，我們看到兩性與夫妻之間的矛盾；在〈花與劍〉裡，我們看到世代之間的矛盾。這些例子顯示，馬森的劇作帶有濃厚的人倫悲劇的色彩，而這特色在法國荒謬主義裡並不多見。「果陀」被「父親」取代了。馬森劇作裡「父親」的形象很一致：無論在場或缺席，父親是施暴者。〈一碗涼粥〉裡，父親打死了兒子。〈野鵓鴿〉裡，父親吃掉了兒子。〈進城〉

[68]高夫曼著；徐江敏等譯，《日常生活中的自我表演》，頁181。

裡，兩個兄弟不敢坐上火車到城裡闖蕩，但也不敢回家，只因回家後父親會把他們鎖起來。〈腳色〉裡，父親並不在場，他的形象是由孩子間童稚的對話建構而來：

> 乙：是呀！只有爸爸才會打人的。我才不上你的當呢！媽媽早就對我說過，她天天都要給爸爸打一頓，心裡才痛快！一天爸爸不打，她就難受得不得了。
>
> 甲：是呀！那時候的多好過，人人都有爸爸打著。現在可不同啦！誰還有爸爸呢？
>
> 乙：爸爸！爸爸！你在哪兒呀？
>
> 甲：爸爸！爸爸！你還是快回來吧！沒有爸爸的世界真難過呀！大家都搶著做飯，搶著洗衣服，搶著生孩子，誰也不再來動你一根手指頭！
>
> 乙：誰要動你一根手指頭，大家都管叫他爸爸！[69]

打人者可以當爸爸，當爸爸就得打人。這段對白扼要地顯示，「父親」指涉的不是一個人，而是一個位置；任何人都可以成為「父親」，一旦某人坐上那個位置，他便會扮演施暴者的腳色。綜觀馬森的戲劇，「父親」這個腳色既代表傳統、禮教和父權制度，也同時象徵家庭體制、法西斯主義和國家。正因如此，他的人物總是陷入了兩難的窘局，一方面渴望擺脫父親的宰制，不時用言語或行動進行象徵性弒父的儀式，另一方面卻又因父親的缺席而惶惶不知所措，甚至帶著被虐狂的心態懷念著父親。〈花與劍〉與〈腳色〉兩劇顯示，與「父親」切斷連結不僅意味與過去切割，也同時代表與源頭斷絕。〈花與劍〉裡浪跡天涯的兒子終究抵擋不住父親鬼魅的召喚，回到了源頭——父親的墳塋。然而經過一番詰問，兒子仍不知何去何從：「啊，父親，我迷了路。可是我不能跟你走。不能跟你走！我的路在

[69]馬森，〈腳色〉，《腳色》，頁 54～55。

哪？」[70]

「父親」與食子的意象緊密結合。〈野鵓鴿〉裡，父親理直氣壯地說，「不吃兒子吃啥？……誰放著兒子，去吃樹上的葉子、地下的草？」[71]〈一碗涼粥〉裡，食人的意象充斥：

> 夫：當然不會舒服的，那個野女人會生生地吃了他！
>
> 妻：是啊，一定會吃了他！
>
> 夫：就是那個野女人生的野孩子也會生生地吃了他！[72]

又如：

> 夫：咱爺爺病的時候咱爹打腿上割塊肉給他吃。
>
> 妻：一吃咱爹腿上的肉，咱爺爺就好了。
>
> 夫：咱爺爺就死了。
>
> 妻：是啊，咱，咱爺爺就死了，死了也就好了！
>
> 夫：咱爹病的時候，咱也打腿上割塊肉給他吃。[73]

吃人文化是魯迅〈狂人日記〉的主題。就這方面，馬森的劇本延續了魯迅以及五四時期對傳統禮教和封建體制的撻伐。1960、1970 年代離五四已相去甚遠，因此乍看之下，我們或有時代倒錯的感覺。然而馬森不是單純的重複。在荒謬劇場的形式、馬森所處的時空以及他個人的悲劇視野三方交織之下，吃人的主題有了新的變奏。簡言之，馬森深受魯迅影響，但他對時局、歷史、時間、作家身分的概念已脫離魯迅甚遠矣。

五四時期的作家，「通過將中國看成是西方之過去的做法來指責中國，

---

[70]馬森，《花與劍》（臺北：秀威資訊科技公司，2011 年），頁 116。
[71]馬森，〈野鵓鴿〉，《腳色》，頁 167～168。
[72]馬森，〈一碗涼粥〉，《腳色》，頁 104。
[73]馬森，〈一碗涼粥〉，《腳色》，頁 105。

而這種做法恰是將歷史概念建立在了具有目的論色彩的線性時間觀念和現代性觀念之上。」[74]換句話說，五四時期的作家普遍認為中國晚了西方一步，好似現代化之前的西方，因此中國必須急趕直追，一面學習西方科技與科學精神，一面改造中國人抱殘守缺的心靈，假以時日中國自然迎頭趕上。深受嚴復（1854～1921）〈天演論〉影響，早期的魯迅相信進化的觀念，而他對時間的想法則不脫黑格爾（Hegel, 1770-1831）的歷史進程觀。然而，馬森劇作呈現的是逆反的達爾文進化觀。劇中的人物是退化的，不但退化成碎片存在的「腳色」，甚至退化成動物。魯迅曾把中國比喻成鐵皮屋：

> 假如一間鐵屋子是絕無窗戶而萬難破毀的，裡面許多熟睡的人們，不久都要死了，然而從昏睡入死並不感到就死的悲哀，現在你大嚷起來，驚起了較為清醒的幾個人，使這不幸的少數者來受無可挽救的臨終的苦楚，你倒以為對得起他們麼？[75]

到了馬森手裡，鐵皮屋的意象換成一間茅屋（〈一碗涼粥〉）、一個墳冢（〈腳色〉、〈花與劍〉）、一隻蟒蛇（〈在大蟒的肚裡〉）、沙灘（〈獅子〉）、沙漠（〈朝聖者〉）、家庭（〈弱者〉）或是落後的鄉村（〈進城〉）。顯然，這些意象不只代表中國，它們更象徵死亡以及無可逃脫的存在困境。然而重點在於，相對於五四時期的線性時間觀，馬森戲劇世界裡的時間被空間化了。〈一碗涼粥〉裡的茅屋，抑或是〈腳色〉、〈花與劍〉裡的墳冢，它們是過去、現在、未來的總和；〈在大蟒的肚裡〉，那對男女倖存苟活的所在就是永恆的時間。時間凝固了，過去（傳統）和現在（現代）爭論不休，導致未來就是現在，也同時是過去——這一層面在迴旋式的戲劇結構，以及

[74]史書美著；何恬譯，《現代的誘惑：書寫半殖民地中國的現代主義（1917～1937）》，頁 147～148。

[75]魯迅，〈《吶喊》自序〉，《吶喊》（北京：人民文學出版社，1956 年），頁 5。

不斷重複的對白中獲得貼切的呼應。

我們在馬森劇作看不到曾經影響五四時期的黑格爾的線性歷史觀。黑格爾的辯證模式是正反合之後又再次的正反合，如此反覆演進，世界終將走向理想福境。然而。在馬森的悲劇視野裡，進化或演進完全不可能發生。受到尼采的影響，五四時期的作家有意或無意地自比「先知」，他們想要喚醒沉睡無知的大眾。馬森的姿態不是「先知」，他也沒有為愚眾除惑的企圖。馬森自己也是困惑者，或可這麼說，他是見證黑暗，歷經象徵性死亡，劫後歸來的通報者。他所「報導」的世界是永無止境的正反衝突。對於人類，黑格爾的哲學區分兩種自我：一是近乎動物層次的自我感覺（sentiment of self），另一是自我意識（self consciousness）。自我感覺滿足慾望的方式就是否定慾望的客體，例如吃掉一塊蛋糕，或吞噬一隻綿羊。換言之，就是消滅他者。反之，自我意識是一種認可他者的境界，除了要滿足自己的慾望外，自我會顧及他者的慾望。

根據黑格爾，我與他者相遇是慾望與慾望的相遇。經過一番爭鬥之後，出現了主人和奴僕的權力關係。主人具有自主意識，而奴僕只是為了滿足主人的慾望而活，因此後者無主體可言。然而，在勞動過程裡，於與大自然接觸之中，疑惑逐漸在奴僕的心裡發酵：為何我的存在單是為別人而活，我的慾望呢，就從那一刻起，弔詭的變化產生了：奴役他人的主人因長時沉緬於自我意識的安逸之中，導致自我處於停滯狀態，而最終退化成動物。反觀奴僕，他可以從疑惑與思索中找到自我成長的空間，最終獲得了自我意識。革命的契機始於此。理想狀態下，革命成功後新主人不會再蹈舊主人的覆轍。以上對於黑格爾過於簡略的解釋是為了說明：馬森筆下的人物無一例外皆只停留於自我感覺的階段；他們受限於「腳色」扮演，受制於社會位階，而且容不下他者。無怪乎動物的意象充斥馬森的劇作：野鵓鴿、蚊子、蒼蠅、獅子、蟒蛇等等。馬森的人物總是無法把自己提升到倫理的層次。倫理指的是自我對於他者的認可與容納，是自我面對他者時的責任感。這正是馬森悲劇視野的特色，也同時是他的局限與盲點。墨西哥時期之後的劇本，如《窗外風景》、《陽臺》、《我們都是金光黨》、《雞腳與鴨掌》與《蛙戲》，仍舊無法跳脫早期的情懷。馬森人物的鑽牛犄角多少暗示了作家本身於感知上的鑽牛犄角；他們的無路可出也是馬森的無路可出。相較於存在主義「置之死地而後生」的認知與決心，馬森的人物（和他自己）一直耽溺於自我矇騙（bad faith）的情境裡，一直無法從「他者是地獄」的心結中跳躍至倫理的境界。

因此，重生變得不可能。坎伯（Joseph Campbell, 1904-1987）於《千面英雄》（*A Hero with a Thousand Faces*）歸納的英雄成長過程（召喚、啟程、冒險、回歸）並不適用於馬森的人物。[76]馬森的劇本大都起始於「召喚」。《花與劍》裡的兒子回應了「過去」的召喚，《獅子》裡的教員與政客回應了「絕對」的召喚，《朝聖者》裡的和尚與乞丐回應了「極樂世界」的召喚，《進城》裡的兩兄弟回應了「現代資本主義」的召喚……但他們不是舉步維艱、踟躕困頓，便是原地繞圈；即便踏上了冒險的旅程，到頭來仍是一段意義與洞見闕如的虛晃一招，談不上成長與回歸。這足以解釋為何死亡的意象瀰漫馬森的劇作，它既是實體的死亡，也是象徵性的死亡——自我的永恆停滯。它同時足以解釋為何馬森的美學與意識形態總是深陷於自動重複的耽溺情懷，以及為何他的劇作難免予人單調平板之感。在某些作品裡，悲劇視野和之於悲劇感覺的迷戀之間界限便有些模糊不清了。

結語

從馬森的戲劇實踐，我們觀察到馬森與西方現代主義的遭遇與撞擊。之於荒謬劇場，馬森的挪用與嫁接在當時實屬難得。他對西方與西方現代主義的態度可說是戰戰兢兢、矛盾曖昧。不似 1960 年代一些作家對現代主義近乎奴僕式的模仿，馬森以若即若離的姿態與意識改造了荒謬劇場以為己用；不似當時一些作家把西方現代主義抽空至徒具美學形式的做法，馬

[76]坎伯著；朱侃如譯，《千面英雄》（臺北：立緒文化出版公司，1997 年）。

森的實驗與轉介的過程裡流露很多事關主體性的掙扎。馬森所言無誤，他「在形式方面接受了西方現代戲劇的影響，在內容方面表達的則是中國現代人的心思」。但這個說法過於簡化，彷彿其中沒有辯證的過程。若說馬森對西方現代主義展現任何「忠誠」，那應是他對「形式＝內容」的堅信，而當他把這個信條推到極致時，他和荒謬劇場的關係，抑或是他和中國的情結，早已脫離骨架／血肉的二分法了。這或許和馬森的際遇和個人的抉擇有關：他生活於西方，卻不屬於西方；他心繫祖國，但並不認同當時的「中國」（中華民國或中華人民共和國）。《臺灣啊！我的困惑》與《大陸啊！我的困惑》兩本文集顯示，認同上的焦慮並不因為他長時居住臺灣或回到祖國而稍有歇息減弱。正如他的人物恆常徘徊於過去與現代的交匯點上以致不知未來何在，馬森作品所流露的情感與哲思也似乎處於中界狀態（liminal state），分跨於門檻的兩邊而導致左右為難，中西不屬。馬森的例子多少反映了過往年代堪稱普遍的情感與知性的情境，但它還涉及作家之「才能、偏好、興趣」。我們無法完全用「時代」來解釋一個作家在藝術上與人生上的抉擇。最中肯的說法也許是，作為一個知識分子，作為一個作家，這是馬森為自己挑選的「腳色」。

徵引書目

- Lacoues Guicharnud 著；瘐生譯，〈伊歐尼斯柯：一個失去的世界〉，《劇場》第 1 期，1965 年 1 月，頁 1～6。
- 史書美著；何恬譯，《現代的誘惑：書寫半殖民地中國的現代主義（1917～1937）》，江蘇：鳳凰出版傳媒集團，2007 年。
- 米樂著；單德興編譯，《跨越邊界：翻譯、文學、批評》，臺北：書林出版公司，1995 年。
- 坎伯著；朱侃如譯，《千面英雄》，臺北：立緒文化出版公司，1997 年。
- 林偉瑜，〈中國第一位荒謬劇場作家——兩度西潮下六〇年代至八〇年代初期的馬森劇作〉，《腳色》，臺北：秀威資訊科技公司，2011 年。

- 紀蔚然，〈Where Do We Go from Here? Trends in Modern Chinese and Western Theatre 何去何從？論中西現代戲劇之潮流〉，臺北：輔仁大學英國語文學系碩士論文，1980 年。
- 紀蔚然，〈語言觀：從寫實在到荒謬〉，《現代戲劇敘事觀：建構與解構》，臺北：書林出版公司，2006 年。
- 紀蔚然，〈善惡對立與晦暗地帶：臺灣反共戲劇文本研究〉，《戲劇研究》第 7 期，2011 年 1 月，頁 151～172。
- 紀蔚然，〈古典的與現代的：姚一葦的戲劇藝術〉，《姚一葦》，臺南：臺灣文學館，2012 年。
- 姚一葦，〈《劇場》第一次演出的短評〉，《劇場》第 4 期，1965 年 12 月，頁 271～272。
- 馬森，〈小傳〉，《馬森戲劇精選集》，臺北：新地文學出版社，2010 年。
- 馬森，〈《馬森獨幕劇集》序〉，《腳色》，臺北：秀威資訊科技公司，2011 年。
- 馬森，《腳色》，臺北：秀威資訊科技公司，2011 年。
- 馬森，《花與劍》，臺北：秀威資訊科技公司，2011 年。
- 馬森，《台灣啊！我的困惑》，臺北：秀威資訊科技公司，2011 年。
- 馬森，《大陸啊！我的困惑》，臺北：秀威資訊科技公司，2011 年。
- 高夫曼著；徐江敏等譯，《日常生活中的自我表演》，臺北：桂冠圖書公司，2011 年。
- 許南村，〈現代主義底再開發——演出《等待果陀》底隨想〉，《劇場》第 4 期，1965 年 12 月，頁 268～271。
- 許慧琦，〈「挪拉」在中國：新女性形象的塑造及其演變（1900s～1930s）〉，政治大學歷史學系，2003 年。
- 彭耀春，〈與五四以來的中國大異其趣——論馬森戲劇集《腳色》〉，《閱讀馬森——馬森學術研討會論文集》，臺北：聯合文學出版社，2003 年。
- 魯迅，〈《吶喊》自序〉，《吶喊》，北京：人民文學出版社，1956 年。

- 劉大任，〈演出之後〉，《劇場》第 4 期，1965 年 12 月，頁 267～268。
- 《劇場》編輯部，〈伊歐尼斯柯小傳〉，《劇場》第 1 期，1965 年 1 月，頁 9～10。
- 聶光炎，〈現代新劇場的形式及其實驗〉，《劇場》第 2 期，1965 年 4 月，頁 222～231。
- 聶光炎，〈《武陵人》舞臺設計的觀念和過程〉，《曉風戲劇集》，臺北：道聲出版社，1976 年。
- 薩依德著；薛絢譯，《世界、文本、批評者》，臺北：立緒文化出版公司，2009 年。
- Bauman, Zygmunt. *Modernity and the Holocaust*. New York: Cornell University Press, 1989.
- Bradbury, Malcolm and James McFarlane, ed. *Modernism*. New York: Penguin Books, 1976.
- Calinescu, Matei. *Five Faces of Modernity*. Durham: Duke University Press, 1987.
- Esslin, Martin. *The Theatre of Absurd*. New York: Doubleday, 1961.
- Griffin, Roger. *Modernity, Modernism, and Fascism*. London: Macmillan, 2008.
- Pirandello, Luigi. *Six Characters in Search of an Auther*. In The *Compact Bedford Introduction to Drama*, 2nd Edition. Ed. Lee A. Jacobus. New York: Longman, 2001.
- Shaw, George Bernard. *The Quintessence of Ibsenism: Now Completed to the Death of Ibsen*. London: Constable, 1913.
- Strindberg, August.'Selection from Strindberg's Preface'. *Types of Drama: Texts and Contexts*, 8th Edition. Eds. Sylvan Barnet, et all. New York: Longman, 2001.
- Williams, Raymond. *The Politics of Modernism*. London: Verso, 1989.

——選自《戲劇研究》第 11 期，2013 年 1 月

以有限追無限

評《在樹林裏放風箏》

◎廖玉蕙[*]

筆記式的、隨想式的小品文，往往被視為茶餘酒後聊供解悶的「閒書」，即使作者本身也常抱持消閒遣日、無關著述的態度來從事。但是，實際上，這類的文字因為記敘隨意、毫無拘束，常常最能表現出作者的性情，也最容易從不經意處或小問題上看出作者的學問與見識。因此，儘管一般人不一定重視他，自魏晉以降，這類的小品文卻一直在中國文學史上占有一席之地。

近年來，由於生活的緊張忙碌，長篇累牘的論述或小說已逐漸難得讀者的青睞，於是，前述殘叢小語的隨筆遂又繼晚明小品之後再創高潮。數年前，王鼎鈞《開放的人生》等三書在銷路上異軍突起，其後，作者不輟，隱地的《心的掙扎》、蔣勳的《萍水相逢》、林清玄的《孔雀的幼年時代》，都有不錯的風評。而近年來，在文壇上捭闔縱橫的馬森，繼一連串論述、戲劇、長、短篇小說的專著之後，也乘勝追擊般的出版了《在樹林裏放風箏》的哲理小品集。

顧名思義，這本書所欲表達的，正是在樹林裡放風箏的矛盾。它跳脫了王鼎鈞式致用的行為哲學而直指宇宙的本性。一方面對生命提出種種質疑，如對生命列車的茫然、時間的迷惑、進化論的懷疑……等；一方面又積極樂觀地肯定生命的意義，鼓勵人們從一粒米中品嘗出甜蜜的滋味，設

---

[*]作家。發表文章時為中正理工學院文史系講師，後任世新大學中國文學系教授、臺北教育大學語文與創作學系教授，現已退休。

法把苦海改造成為樂園，意興風發的踏上生命的旅程。

馬森是個有心人。在這樣一個喪亂相尋、一切信念幾乎瀕臨破產的年代裡，適時地為人們提供如此溫暖的精神糧食，的確是一件很讓人安慰的事。

誠如作者在後記裡所說，這是一本沒有特定訴求對象的書，不過，也正因為如此，它具有更廣大的包容力，各種不同的人都能從書中得到不同層次的體認。雖然沒有美麗的藻繪來妝點門面，卻自有以簡馭繁的簡淨之美，值得再三咀嚼。

書分七輯。分別討論「生命」、「自我」、「自由」、「愛」、「人際關係」、「時與空」、「自然」七個子題。光看題目，便知汪洋恣肆，作者顯然已不止於寄情蟲魚而已，而隱隱然有究天人之際的意圖。然而，這些形而上的哲理，不管那一項，原都是沒有答案的艱深學問。掩卷沉思之餘，雖有所獲，卻難免要仰天長歎「以有限追無限，殆矣！」

——選自《聯合文學》第 28 期，1987 年 2 月

三面馬森

文學批評、戲劇小說與散文

◎瘂弦*

我想很多人和我一樣，讀完《墨西哥憶往》的第一個感覺是：好看！這除了指內容的精采、風趣與人物描摩的生動外，也是指它和馬森其他作品——特別是小說與戲劇——比較起來，的確容易讀多了。而且也覺得，那位老走在山巔水湄的沉思者，或是不斷挖掘人類心靈的解剖者，突然之間，走到你我身旁，親切而家常的談起他在墨西哥的所見所聞來了，教人真是快樂。原來，以前認識的朋友並沒看得清楚，現在又多一番了解，還是從生活中大小諸事與喜怒哀樂裡慢慢體會出來的，這種感覺是很美妙的。

但是好看的書並不表示這本書就只是好看而已。雖然馬森說它「不大像遊記，也不像報導文學，比較接近回憶錄」，只是他在墨西哥生活中所發生的真人實事的紀錄；不過由於馬森的背景迂迴曲折（他的學習過程中，包含了文學、戲劇、電影、漢學、社會學的浸潤，而他的旅居經驗更是由大陸、臺灣而法國、墨西哥、加拿大、英國等，豐富多變），使這本「有些回憶錄的味道」的散文集，還是別具特色——特別是人物的素描工夫，簡筆勾勒，神形鮮活，的確可見馬森厚實的小說、戲劇底子。

馬森從年輕時代就很喜歡戲劇，不但寫劇本，也參加劇社、演員訓練班，甚至考入電影公司，實際參與舞臺演出，並且遠赴巴黎學電影、拍電影，後來雖然逐漸走向學術研究的道路上，但他對戲劇、文學始終一往情

---

*本名王慶麟。詩人、編輯家、評論家。發表文章時為《聯合文學》社長兼總編輯，現已退休，旅居加拿大，為加拿大華人文學學會主任委員兼《世界日報》「華章」文學專版主編。

深，寫了許多的作品。因此，馬森相當擅長從戲劇家的眼光來看這個人世間，即使在最平淡、普通的事件中，他都能觀察出微妙、戲劇化的一面；而這種犀利的看法卻又不妨礙他對小人物或者生活中小小的悲喜賦予廣博的同情，從而肯定人類生命的尊嚴。就〈我的房東〉一文來說，以房東馬提乃茲先生四間半房之小，居然住了十個大人，誰都知道是為什麼；但馬森時而詼諧地說：「原來墨西哥人像我們中國人一樣，喜歡集體生活……」時而寬宥地說：「雖然我發現馬家人的情緒常常受著錢財的左右，使我無法對他們十分敬重。但是想一想世界上有幾個人不是見錢眼開的？因此又不得不對他們體諒起來。」通篇平實、溫和，偶爾帶點嘲諷（如：「開始也只是個房客，住久了建立了感情，就成了侄兒了。你看，墨西哥人的人情味兒並不下於我們中國人吧？」）的語氣，使得馬提乃茲這一家子有些像是喜劇角色，本來是討人厭的，但不知不覺又會順著作者的筆意自我檢討：我們憑什麼討厭他們呢？不都是為生活所逼、性格上充滿缺陷的小人物嗎？何況，有些小事情、小動作，換個角度來想，也挺逗趣的。於是乎便見怪不怪的「接受」了馬提乃茲這個喜劇家庭。像〈我的房東〉的這種筆法，全書處處可見，應該可以說是《墨西哥憶往》的基本主調了。

其次是馬森的文字，描寫的功力很強，樸樸素素的寫，就能準確的交代出人物與場景；同時他的筆法似乎是旨在記事不在行文（指文字的華麗、雕琢），卻又能在不經意的行文裡自然展現筆下的情趣與才華。在〈幾個法國的探險者〉一文，提到一對愛航海的夫妻，在一次橫渡大西洋的帆船旅行途中，先生跳進海裡洗澡，太太卻把船開走了，幾個小時後才發現少一個人，急忙開回去，找了一天才撈到先生。馬森接著簡潔的刻畫這對夫妻事後的敘述：「『那是大海裡撈針呀！』她說。『夠刺激！』他說。『夠運氣！』她說。」短短三句話，把這對冒險家夫婦的精神面貌全部展露出來，的確精采。

馬森的文學生活很早就開始了，大概在 1950 年代左右，是受過現代主義思潮洗禮的，自然現代主義中晦澀與特殊的語法、章法，也常在他的獨幕劇或小說中出現；但在《墨西哥憶往》裡，他擺脫了所有的技巧、思潮或主義的影響，而採用平鋪直敘的方式，向讀者娓娓道來。我甚至覺得，馬森寫小說——特別是寫戲劇的時候，好像是寫給批評家看的，他盡量創造新型式和新感覺，有藝術拔尖的企圖；《墨西哥憶往》則不然，彷彿只是從遠方回來的朋友，正在向諸親好友說故事一般，親切自然，呈現出馬森人間性的一面。

從而，我們可以清晰的看見馬森的三種面貌：在他多年來講究邏輯分析、論證嚴謹的論文裡，他是個冷肅的學者；在他勇於實驗、創新的小說與戲劇中，他是個塑造風格的藝術家；而在這本《墨西哥憶往》，我們看到的是個生活者。不過對馬森來說，這三種不同的面貌其實差異不大，只是用三支不同的筆，以不同的型式向各種層次的讀者表達他的思想與關懷：對生命的探索、對自由的追求、對社會的感情、對制度的質詢、對不平與弱小的同情⋯⋯。其中尤其是人道主義的襟懷常在不經意中流露出來，像他談他的幾位女佣，總是不斷地「天人交戰」，檢討社會中的階級差異：「使我想到屬於優越家庭和階級的人，真不知占了多少便宜，小指頭也不用翹一翹，自有人來奉承你！既得利益的階級在處處占了優勢的情形下，如再黑了心腸欺人而肥己，那才真是豬狗不如了！⋯⋯既得利益階級其實不必要做出多麼熱愛的嘴臉，只要公平就夠了。就為了貧苦大眾對你的寵遇，你也該投桃報李地待之以公平之道。」而在他不得已辭退了佣人後，他更有懇摯的感慨：「不管如何自我舒解，這件事在我心中總留下一個陰影，使我覺得自己很是渺小，既沒有佛祖般普渡眾生的宏願，也沒有耶穌式推己及人的真誠，使我在人前再也不敢說任何大話，只可謙謙卑卑地做一個普通人！」類似這樣的道德感，加上他好奇、冒險的精神，再印證他充滿了意見、實驗性濃厚的戲劇小說，在在可以看出馬森的「青年性」、有朝氣，生命力夠蓬勃。因而，我始終覺得馬森是個青年作家，他經常在鬧「革命」、不停地自我掙扎、調整。也因此，我相信他文學世界的遼闊，足夠讓他的「海鷗」作永不疲憊的飛翔。

《墨西哥憶往》在《聯副》刊登期間，我一直是第一個讀者，雖然我和馬森之間編者作者的文字因緣開始得很早，也因為相同的時代背景、經驗，與對戲劇的熱愛，訂交已久，對馬森算是相當熟識了；但是作為他這次散文寫作的新嘗試的「催稿人」，於公於私仍不免心中喜悅，自覺兩全其美。如今再度細讀全書，除了喜悅，另外一個念頭相信也是熟識馬森的讀者同樣的期待：下一次，馬森又會給我們什麼樣嶄新的衝擊呢？

——選自馬森《墨西哥憶往》

臺北：圓神出版社，1987 年 8 月

見「林」不見「樹」
評馬森著《中國現代戲劇的兩度西潮》

◎李奭學*

戲劇史是廣義文學史的一環，而在當代形形色色的各種文學史中，馬森《中國現代戲劇的兩度西潮》非但特色獨具，而且睥睨群雄。在海峽彼岸，類似的探索不算少，但若非局限於劇作家的專論，便是止於馬著所謂的「西潮初渡期」。海峽這邊的臺灣也出版過幾冊相關著作，可惜重點不僅不是西潮東漸，某些還是官方的文宣小冊。相形之下，馬森益發搶眼，顯然是作者的精神設計，相信關心中國現代戲劇與中西文學文化交流史的讀者都樂於一見。

馬森的特色首見於作者標榜的「宏觀的社會科學視境」，從文化與其他社會活動的角度來定位現代中西戲劇的互動。作者抑且援用生態、社會學上的進化論及傳播論以為理論架構，使原本對立的兩極變成互補的一體。其次，馬著由歷史與地緣關係把東漸的戲劇西潮一分為二，不失明白簡潔。作者認為，五四前後的西化運動引進西方的寫實劇場。這是西方劇運初次來潮時。待其二度東來，時距近在咫尺，時序已入 1980 年代。前者以中國大陸為根據地，後者則移師臺灣，一連串的小劇場運動係其特色，而其西方影響源頭派別林立，可以說是婆娑多姿。

就上述的方法與分期原則而言，馬著挑剔不得，蓋任何方法論都有其客觀的價值，更何況戲劇與政經社會均為互涉的文體。作者的分期雖有簡化之嫌，但文學史不像政治史可以具體的年代為準，某種「簡化」實為

*發表文章時為芝加哥大學比較文學博士候選人，現為中央研究院中國文哲研究所研究員、臺灣師範大學翻譯研究所合聘教授。

「必要之罪惡」。此外，我還要進一步指出：馬著蒐羅的資料宏富，值得稱述的不僅是作者所勾稽的本世紀初至 1949 年的戲劇活動，還要包括臺灣光復以前迄今的演出情形。

馬著由理論出發，最後回歸系統。但是除了一些「目錄式」資料可為讀者提供深一層探討的線索外，馬著時而並比中西，分析裡不乏獨到之見，往往又一針見血。例子不勝枚舉，不過有幾點可謂「卓識」。例如作者認為西方劇場是重劇作的作家劇場，中國早期新劇裡的文明戲卻是重演出的演員劇場。中國新劇要蔚成文類重鎮，得俟諸「演員劇場」轉為「作家劇場」的「話劇」時期。再如作者認為「話劇」，在抗戰時期殷盛的主因是日軍封鎖沿海，西潮難以搶灘登陸，中國人只好閉門造車，甚至讓話劇變成重要的戰爭文化。他又提升胡適《終身大事》的歷史意義，稱呼多數話劇為「擬寫實劇場」，而這些都是過往戲劇史家習焉不察的真知灼見。

這些洞見之外，我稍感美中不足的是，馬著勾勒的劇運始末時患「見林不見樹」之弊。中國引進的西方戲劇思潮的確散發過前人的熱情，但是在盲目的崇洋之外，也有不少人從理智的態度提出善意的批評。馬森處理的「擬寫實劇」大多是易卜生一脈的東方變體，左右翼的中國劇作家無不奉為圭臬。然而，就在「寫實」或「自然主義」在中國掀起巨浪，批評時政，改革社會之際，我們也發現不同的聲音破嗓而出。首先發難的是聞一多：他直接斥責易氏以降重「思想」的「問題劇」，為「戲劇的歧途」，進而要求劇家兼重形式，護持住戲劇的美學成分。直接譯演西劇針砭國情的現象，也早在幕表制的文明戲時代就已經是中國劇家慣用的技巧。民國五年袁世凱改元稱帝，鄭正秋譯改莎劇《馬克白》為《竊國賊》，極力譏刺，即為一例。

馬著最後表現出來的特色，是作者對臺灣劇運的關心，所占篇幅不下於暢談 1949 年以前大陸劇史者。我覺得這種論述比例正確無誤，蓋 1949 年以後大陸幾呈封閉之狀，十年文革更是西潮浩劫。臺灣雖然也有政治意識形態上的包袱，當政者的權威式施政方針也封殺了不少東漸的西潮，但較諸大陸自然是開放多了，所以劇運蓬勃，演出不輟。遺憾的是，馬著對臺灣光復前的劇運所述有限，只能援用少許二手資料。而我們知道，此時的西潮多數係由日文轉駁，其間的三角關係可以是比較戲劇上的大課題，絕對值得馬森深入再探。

——選自《中時晚報》，1991 年 9 月 15 日，10 版

吹綯一池春水

評馬森《馬森戲劇論集》

◎王德威*

國內對戲劇理論與製作的評介一向貧乏，《馬森戲劇論集》的出版無疑是一重要貢獻。本書內容豐富，其優點姚一葦先生已於序中詳為介紹，毋需在此重覆。但因緣本書而起的幾個問題，仍頗值得思考。

本書蒐集作者二十年來的戲劇評論分五類刊出。這類書的好處是包羅廣闊，亦能印證作者本人觀念的成長；但缺點在不少文章均為因時因地而作，較難成就深度與系統。也因為如此，本書的實際劇評多予人點到為止的感覺，亦不乏應景的褒貶之辭。相形之下，作者與唐文標就《竇娥怨》之悲劇定義所作的辯論，話題雖不新鮮，但卻你來我往，鏗鏘有聲。介紹尤乃斯柯的數篇文字頗為翔實，雖然「荒謬劇場」的觀念至今已屬老生長談，而馬森執導其作品的經驗談尤饒富參考價值。

筆者以為有關戲劇理念及作品的解說，一般學者或可應付，至於劇場實際演練的討論，則非學有專長者莫屬。是故以馬森編導演教經驗之豐，最能刺激本地劇壇的應是他對戲劇製作演出的檢討，以及國外戲劇活動的介紹。前者如對演出語言適切性的質疑，即能發前人之所未發；後者如對西方幾個戲劇節的記述，夾議夾敘，頗有可觀，亦兼具文采之盛。希望馬森於這兩方面能有更多的貢獻。

正如許多關懷國內藝文的學者一樣，馬森著眼的「戲劇」多屬實驗前衛性的演出，而與多數人息息相關的通俗及電視劇仍未及兼顧。事實上以

---

*發表文章時為臺灣大學外國語文學系副教授，現為美國哈佛大學東亞語言與文明系 Edward C. Henderson 講座教授、中央研究院院士。

馬森社會學方面的背景，對這方面當有獨到的見解，而不讓如謝鵬雄先生者專美於前。可惜馬森只是過客，不是歸人，影響所及，恐怕也止於「吹縐一池春水」罷？

——選自《聯合文學》第 16 期，1986 年 2 月

輯五◎

研究評論資料目錄

作家生平、作品評論專書與學位論文

專書

1. 龔鵬程編　閱讀馬森：馬森作品學術研討會論文集　臺北　聯合文學出版社　2003年10月　307頁

本書由2002年「馬森作品學術研討會」的13篇論文結集成書。正文前有〈馬森小傳（編者說明）〉、龔鵬程〈閱讀馬森〉，全書共分3輯：1.馬森評論的評論：曹順慶、唐小林〈寫實主義的維度——略談馬森文學批評中的價值觀〉、曹明〈馬森戲劇理論三題〉、林國源〈馬森戲劇創作與戲劇批評的美學論辯——從《花與劍》的創作思辨談馬森戲劇批評的文化記號論〉、陳素雲〈馬森的左翼戲劇論〉、郭澤寬〈作家劇場——戲曲現代化的指標〉；2.馬森小說的評論：羅夏美〈延展夢境碎片：折射人生冷光——解讀馬森《M的旅程》〉、唐瑞霞〈生活在繭中——《M的旅程》解讀〉、簡文志〈想像態的抗議文學——論《北京的故事》書寫策略；3.馬森戲劇的評論：彭耀春〈與五四以來的中國話劇傳統大異其趣——論馬森戲劇集《腳色》〉、朱俐〈馬森獨幕劇演出的哲理性與趣味性〉、林偉瑜〈中國第一位荒謬劇場劇作家——兩度西潮下六〇年代至八〇年代初期的馬森劇作〉、林湘華〈「我」詢問，故「我」存在——試析馬森《花與劍》〉、徐錦成〈馬森近期戲劇（1990～2002）的變與不變——一篇概論〉。正文後附錄〈「馬森作品學術研討會」開幕式紀錄〉、〈「馬森作品學術研討會」綜合座談紀錄〉、〈「馬森作品學術研討會」閉幕式紀錄〉、〈馬森著作目錄〉、〈馬森作品評論索引〉、〈作者簡歷〉。

2. 石光生　馬森　臺北　行政院文建會　2004年12月　181頁

本書為馬森生平傳記，全書共5部分：序幕——艱辛的開端：1.烽火童年（1932—1943）、2.孤寂少年（1944—1950）；第一幕——踏實學習路：1.師大生涯（1950—1959）、2.放洋留法（1960—1966）；第二幕——海外的創作：1.擁抱荒謬劇（1967—1972）、2.孤絕的國度（1973—1979）；第三幕——返國奉獻：1.兩岸三地行（1980—1985）、2.揮別英倫（1985—1989）；第四幕——戲劇推手：1.南臺灣大師（1990—1997）、2.退而不休（1998—）；迴響：石光生〈永恆的週末作家〉、〈戲劇作品淺析〉；正文後附有〈馬森生平年表〉、〈馬森著作目錄〉。

3. 廖淑芳，廖玉如主編　閱讀馬森II——馬森作品學術研討會論文集　新北　新地文化藝術公司　2014年9月　477頁

本書為2012年「閱讀馬森II——馬森作品學術研討會」論文集。全書共分2輯：1.戲劇類：紀蔚然〈臺灣戲劇與現代主義——馬森的實踐〉、林國源〈馬森論悲劇精神與歷史縱深〉、郭澤寬〈新編戲曲「老」問題——老人文化原型的展現與突破〉、秦嘉嫄〈從《馬森獨幕劇集》到《腳色》——一九八〇年代臺灣小劇場重探〉、胡馨丹〈馬森之擬寫實主義觀析論〉、廖玉如〈追尋自由的獨孤客——探討馬森作品中傳統與現代的裂罅〉；2.小說類：廖淑芳〈由《生活在瓶中》到《夜遊》：論馬森的文學現代性與八〇年代前期臺灣文學場域〉、陳美美〈馬森的戲劇理念與戲劇美學〉、張憲堂〈異質空間的老靈魂——馬森和高行健戲劇創作與文論的觀看〉、鄭禎玉〈清澈的心象——馬森〈碎鼠記〉中的人稱轉換與心理分析〉、陳忠源〈從社會、心理學角度析評馬森《夜遊》〉。正文前有廖淑芳〈因緣與傳薪——《閱讀馬森 II》書序〉。

學位論文

4. 廖育正　　馬森獨幕劇集《腳色》研究　中正大學臺灣文學研究所　碩士論文　王友輝教授、崔末順教授指導　2008 年　119 頁

本文不同於多數論者將《腳色》視同「荒謬劇場」來討論，採用廣義現代主義的角度，對其進行文學研究。首先，回顧「荒謬劇場」和「荒謬」等相關用語及概念來源，以調整研究方法；接著討論《腳色》的風格歸屬、命題、形式、態度等；最後，觀察其具有的歷史意義。全文共 5 章：1.緒論；2.《腳色》與「荒謬劇場」的相關爭議；3.《腳色》的現代性問題；4.歷史語境中的《腳色》；5.結論。

5. 王譽媗　　馬森及其小說研究　逢甲大學中國文學系　碩士論文　張瑞芬教授指導　2011 年 5 月　150 頁

本論文先介紹馬森的人生閱歷、創作進程。再針對馬森出版的八本小說為研究範圍，在研究的方法和角度上，依其小說主題內容，分析其中所呈現的疏離與無力感主題。全文共 6 章：1.緒論；2.閱讀馬森：馬森的生平及創作；3.不同的故事，相同的發聲；4.長篇巨構中的自我追尋；5.追求孤獨與自由的旅程：《孤絕》、《海鷗》、《M 的旅程》中的疏離與無力感；6.結論。正文後附錄〈馬森生平紀事暨創作年表〉。

作家生平資料篇目

自述

6. 馬　森　　前言　法國社會素描　香港　大學生活出版社　1972 年 10 月　頁 1—5

7. 馬　森　　文學與戲劇——寫在前頭　馬森獨幕劇集　臺北　聯經出版公司

1978年2月 頁1—17

8. 馬 森 文學與戲劇——《馬森獨幕劇集》序 腳色 臺北 秀威資訊科技公司 2011年11月 頁21—39

9. 馬 森 我的編劇生活——墨西哥的炎陽[1] 聯合報 1978年3月5—6日 12版

10. 馬 森 文學與戲劇——《馬森獨幕劇集》前言 東方戲劇‧西方戲劇 臺北 聯經出版公司 1978年9月 頁131—148

11. 馬 森 文學與戲劇——《馬森獨幕劇集》前言 馬森戲劇論集 臺北 爾雅出版社 1985年9月 頁171—189

12. 馬 森 文學與戲劇——《馬森獨幕劇集》序 腳色——馬森獨幕劇集 臺北 聯經出版公司 1987年10月 頁15—33

13. 馬 森 文學與戲劇——《馬森獨幕劇集》序 腳色：馬森獨幕劇集 臺北 書林出版公司 1996年3月 頁15—33

14. 馬 森 懷念在巴黎的那段日子（代序） 生活在瓶中 臺北 四季出版公司 1978年4月 頁1—22

15. 馬 森 懷念那段在巴黎的日子 巴黎的故事 臺北 爾雅出版社 1987年10月 頁5—27

16. 馬 森 孤絕的人（代序） 孤絕 臺北 聯經出版公司 1978年9月 頁7—20

17. 馬 森 孤絕的人（代序） 孤絕 臺北 麥田出版公司 2000年8月 頁17—29

18. 馬 森 獻詞與謝詞 孤絕 臺北 聯經出版公司 1978年9月 頁1—5

19. 馬 森 獻詞與謝詞 孤絕 臺北 麥田出版公司 2000年8月 頁13—16

20. 馬 森 獻詞與謝詞 孤絕 臺北 秀威資訊科技公司 2012年12月 頁17—20

---

[1]本文原名為〈文學與戲劇——寫在前頭〉。

21. 馬　森　　後記　夜遊　臺北　爾雅出版社　1984年1月　頁357—358
22. 馬　森　　我的演員夢——兼憶那個時代的戲劇青年們　聯合報　1984年3月17日　8版
23. 馬　森　　我的演員夢——兼憶那個時代的戲劇青年們　追尋時光的根　臺北　九歌出版社　1999年5月　頁15—32
24. 馬　森　　海鷗的遐想　海鷗　臺北　爾雅出版社　1984年5月　頁1—17
25. 馬　森　　海鷗的遐想（代序）　海鷗　臺北　秀威資訊科技公司　2012年3月　頁9—25
26. 馬　森　　象徵文學與文學象徵　海鷗　臺北　爾雅出版社　1984年5月　頁185—189
27. 馬　森　　象徵文學與文學象徵　海鷗　臺北　秀威資訊科技公司　2012年3月　頁213—217
28. 馬　森　　我寫《北京的故事》的前因與後果　北京的故事　臺北　時報文化出版公司　1984年5月　頁11—19
29. 馬　森　　我寫《北京的故事》的前因與後果　文學的魅惑　臺北　城邦文化公司　2002年4月　頁48—55
30. 馬　森　　後記　北京的故事　臺北　時報文化出版公司　1984年5月　頁297—300
31. 馬　森　　時報版後記　北京的故事　臺北　秀威資訊科技公司　2011年3月　頁247—249
32. 馬　森　　後記　馬森戲劇論集　臺北　爾雅出版社　1985年9月　頁373—376
33. 馬　森　　重印序言　生活在瓶中　臺北　爾雅出版社　1984年11月　頁1—4
34. 馬　森　　重印序言　生活在瓶中　臺北　爾雅出版社　1989年4月　頁1—4
35. 馬　森　　我觀察與理解中國社會的一些門徑——寫在《文化・社會・生活》

的前頭　文化・社會・生活　臺北　圓神出版社　1986年1月　頁1—12

36. 馬　森　我觀察與理解中國社會的一些門徑——寫在《文化・社會・生活》的前頭　文化・社會・生活　臺北　秀威資訊科技公司　2011年9月　頁13—24

37. 馬　森　後記　在樹林裏放風箏　臺北　爾雅出版社　1986年9月　頁195—197

38. 馬　森　古塤的記憶（序）　墨西哥憶往　臺北　圓神出版社　1987年8月　頁9—18

39. 馬　森　古塤的記憶——代序　墨西哥憶往　臺北　秀威資訊科技公司　2012年3月　頁25—34

40. 馬　森　自序　巴黎的故事　臺北　爾雅出版社　1987年10月　頁1—4

41. 馬　森　腳色式的人物（新版序）　腳色——馬森獨幕劇集　臺北　聯經出版公司　1987年10月　頁1—14

42. 馬　森　腳色式的人物（新版序）　腳色：馬森獨幕劇集　臺北　書林出版公司　1996年3月　頁1—14

43. 馬　森　腳色式的人物——新版序　腳色　臺北　秀威資訊科技公司　2011年11月　頁7—20

44. 馬　森　前言　大陸啊！我的困惑　臺北　圓神出版社　1988年7月　頁1—4

45. 馬　森　前言　大陸啊！我的困惑　臺北　秀威資訊科技公司　2011年4月　頁21—24

46. 馬　森　序　中國民主政制的前途——解開統獨的死結　臺北　圓神出版社　1988年7月　頁1—4

47. 馬　森　序　中國民主政制的前途　臺北　秀威資訊科技公司　2014年9月　頁8—12

48. 馬　森　當代小說的幾個潮流——序《樹與女》　樹與女　臺北　爾雅出版

社　1988年11月　頁3—21

49. 馬　森　兩次苦澀的經驗　聯合文學　第62期　1989年12月　頁80—84

50. 馬　森　兩次苦澀的經驗　人生五題——成長　臺北　正中書局　1990年6月　頁100

51. 馬　森　繭式文化——代序　繭式文化與文化突破　臺北　圓神出版社　1990年1月　頁1—3

52. 馬　森　繭式文化——代序　繭式文化與文化突破　臺北　秀威資訊科技公司　2014年11月　頁6—7

53. 馬　森　追尋時光的根　聯合報　1990年3月26日　29版

54. 馬　森　擁抱溫馨與寬容——序《追尋時光的根》　九歌　第218期　1999年5月10日　第3版

55. 馬　森　追尋時光的根（代序）　追尋時光的根　臺北　九歌出版社　1999年5月　頁7—12

56. 馬　森　文學迷思的魅力　中時晚報　1990年6月3日　10版

57. 馬　森　四十年寫作的歷程：反省與自勵　聯合報　1991年3月4日　25版

58. 馬　森　四十年寫作的歷程：反省與自勵　愛的學習　臺南　文化生活新知出版社　1991年3月　頁1—22

59. 馬　森　四十年寫作的歷程：反省與自勵　巴黎的故事　臺南　文化生活新知出版社　1992年2月　頁1—22

60. 馬　森　四十年寫作的歷程：反省與自勵　夜遊　臺南　文化生活新知出版社　1992年9月　頁1—22

61. 馬　森　四十年寫作的歷程：反省與自勵　馬森文集　臺南　文化生活新知出版社　1992年9月　頁1—22

62. 馬　森　四十年寫作的歷程：反省與自勵　追尋時光的根　臺北　九歌出版社　1999年5月　頁110—120

63. 馬　森　四十年寫作的歷程：反省與自勵　巴黎的故事　臺北　印刻出版公

司　2006年4月　頁11—25
64. 馬　森　前言　當代戲劇　臺北　時報文化出版公司　1991年4月　頁5—6
65. 馬　森　前言　當代戲劇　臺北　秀威資訊科技公司　2016年3月　頁13—14
66. 馬　森　我在師大的日子　中央日報　1991年12月9日　16版
67. 馬　森　我在師大的日子　繁華猶記來時路　臺北　中央日報出版中心　1992年2月　頁97—112
68. 馬　森　我在師大的日子　追尋時光的根　臺北　九歌出版社　1999年5月　頁33—41
69. 馬　森　我的文學因緣　幼獅文藝　第457期　1997年11月　頁50—55
70. 馬　森　我的文學因緣　馬森作品選集　臺南　臺南市立文化中心　1997年11月　頁319—325
71. 馬　森　我的文學因緣　追尋時光的根　臺北　九歌出版社　1999年5月　頁63—70
72. 馬　森　新版序言　北京的故事　臺北　時報文化出版公司　1994年4月　頁5—7
73. 馬　森　寫在《我們都是金光黨》的前頭　聯合文學　第140期　1996年6月　頁115
74. 馬　森　寫在《我們都是金光黨》的前頭　我們都是金光黨・美麗華酒女救風塵（劇作二種）　臺北　書林出版公司　1997年5月　頁5—7
75. 馬　森　講不完的北京故事（上、下）　中國時報　1996年8月28—29日　19版
76. 馬　森　講不完的北京故事（上、下）　追尋時光的根　臺北　九歌出版社　1999年5月　頁99—109
77. 馬　森　與文學結緣　聯合文學　第143期　1996年9月　頁8—9
78. 馬　森　創作新歌劇的道路　我們都是金光黨・美麗華酒女救風塵（劇作兩

種）　臺北　書林出版公司　1997 年 5 月　頁 105—107
79. 馬　森　編寫《20 世紀中國新文學史》　聯合報　1997 年 8 月 12 日　41 版
80. 馬　森　序言　20 世紀中國文學史　臺北　駱駝出版社　1997 年 8 月〔6〕頁
81. 馬　森　反共戲劇與新戲劇的興起——臺灣新戲劇的萌發與開展〔馬森部分〕　二十世紀中國新文學史　臺北　駱駝出版社　1997 年 10 月　頁 344—345
82. 馬　森　《燦爛的星空》自序　燦爛的星空　臺北　聯合文學出版社　1997 年 11 月　頁 7—12
83. 馬　森　美學與社會責任——答覆一位讀者針對《夜遊》的來信　燦爛的星空　臺北　聯合文學出版社　1997 年 11 月　頁 281—283
84. 馬　森　我們也需要駐校作家　文訊雜誌　第 158 期　1998 年 12 月　頁 4—5
85. 馬森講；陳靜雪記　孤絕的夜遊　中央日報　1999 年 2 月 8 日　22 版
86. 馬森講；陳靜雪記　孤絕的夜遊　拿起筆來，你就是作家：文學到校園演講集　臺北　中央日報出版中心　1999 年 11 月　頁 69—76
87. 馬　森　我從不為文學擔憂　文訊雜誌　第 162 期　1999 年 4 月　頁 6—7
88. 馬　森　文學的原鄉　文訊雜誌　第 166 期　1999 年 8 月　頁 6—7
89. 馬　森　出籠之鳥與離水之魚　文訊雜誌　第 178 期　2000 年 8 月　頁 50—53
90. 馬　森　孤絕釋義——麥田版序言　孤絕　臺北　麥田出版公司　2000 年 8 月　頁 5—8
91. 馬　森　孤絕釋義——麥田版序言　孤絕　臺北　秀威資訊科技公司　2010 年 12 月　頁 9—12
92. 馬　森　三版序言　孤絕　臺北　麥田出版公司　2000 年 8 月　頁 9—11
93. 馬　森　三版序言　孤絕　臺北　秀威資訊科技公司　2010 年 12 月　頁 13—15

94. 馬　森　戲劇——造夢的藝術（代序）　戲劇——造夢的藝術　臺北　麥田出版公司　2000年11月　頁3—5

95. 馬　森　戲劇——造夢的藝術（代序）　戲劇——造夢的藝術　臺北　秀威資訊科技公司　2010年12月　頁7—9

96. 馬　森　文學的迷思（代序）　文學的魅惑　臺北　城邦文化公司　2002年4月　頁9—11

97. 馬　森　文學的迷思（代序）　文學的魅惑　臺北　秀威資訊科技公司　2010年12月　頁7—9

98. 馬　森　得獎感言　第八屆府城文學獎得獎作品專集　臺南　臺南市立圖書館　2002年12月　頁574

99. 馬　森　府城文學獎特殊貢獻獎得獎感言　府城的故事　臺北　印刻出版公司　2008年5月　頁225—226

100. 馬　森　第一次　文訊雜誌　第223期　2004年5月　頁54

101. 馬　森　我的三次「解放」　印刻文學生活誌　第17期　2005年1月　頁97—107

102. 馬　森　話說長篇小說　文訊雜誌　第246期　2006年4月　頁42—44

103. 馬　森　總序　巴黎的故事　臺北　印刻出版公司　2006年4月　頁7—9

104. 馬　森　總序　生活在瓶中　臺北　印刻出版公司　2006年4月　頁7—9

105. 馬　森　總序　府城的故事　臺北　印刻出版公司　2008年5月　頁7—9

106. 馬　森　舊版序言　生活在瓶中　臺北　印刻出版公司　2006年4月　頁11—13

107. 馬　森　青春的瞬間——成長的標記——馬森　臺灣文學館通訊　第12期　2006年9月　頁23

108. 馬　森　旅者的心情　聯合文學　第263期　2006年9月　頁156—157

109. 馬　森　旅者的心情　東亞的泥土與歐洲的天空　臺北　聯合文學出版社　2006年9月　頁5—9

110. 馬　森　自序　維城四紀　臺北　聯合文學出版社　2007年3月　頁5—

12

111. 馬　森　播遷的因緣與機趣　聯合文學　第 270 期　2007 年 4 月　頁 165—166

112. 馬　森　與府城之緣　府城的故事　臺北　印刻出版公司　2008 年 5 月　頁 11—14

113. 馬　森　五四與我　文訊雜誌　第 282 期　2009 年 4 月　頁 105—106

114. 馬　森　秀威版總序　孤絕　臺北　秀威資訊科技公司　2010 年 12 月　頁 5—7

115. 馬　森　秀威版總序　夜遊　臺北　秀威資訊科技公司　2010 年 12 月　頁 5—7

116. 馬　森　秀威版總序　臺灣戲劇——從現代到後現代　臺北　秀威資訊科技公司　2010 年 12 月　頁 i—iii

117. 馬　森　秀威版總序　戲劇——造夢的藝術　臺北　秀威資訊科技公司　2010 年 12 月　頁 3—5

118. 馬　森　秀威版總序　文學的魅惑　臺北　秀威資訊科技公司　2010 年 12 月　頁 3—6

119. 馬　森　秀威版總序　文學筆記　臺北　秀威資訊科技公司　2010 年 12 月　頁 3—6

120. 馬　森　秀威版總序　M 的旅程　臺北　秀威資訊科技公司　2011 年 3 月　頁 3—6

121. 馬　森　秀威版總序　北京的故事　臺北　秀威資訊科技公司　2011 年 3 月　頁 3—6

122. 馬　森　秀威版總序　大陸啊！我的困惑　臺北　秀威資訊科技公司　2011 年 4 月　頁 17—19

123. 馬　森　秀威版總序　漫步星雲間　臺北　秀威資訊科技公司　2011 年 4 月　頁 3—6

124. 馬　森　秀威版總序　臺灣啊！我的困惑　臺北　秀威資訊科技公司

2011年5月 頁11—13

125. 馬 森 秀威版總序 與錢穆先生的對話 臺北 秀威資訊科技公司 2011年5月 頁5—8

126. 馬 森 秀威版總序 花與劍 臺北 秀威資訊科技公司 2011年9月 頁5—7

127. 馬 森 秀威版總序 文化・社會・生活 臺北 秀威資訊科技公司 2011年9月 頁3—6

128. 馬 森 秀威版總序 蛙戲 臺北 秀威資訊科技公司 2011年10月 頁5—8

129. 馬 森 秀威版總序 腳色 臺北 秀威資訊科技公司 2011年11月 頁3—5

130. 馬 森 秀威版總序 墨西哥憶往 臺北 秀威資訊科技公司 2012年3月 頁15—18

131. 馬 森 秀威版總序 海鷗 臺北 秀威資訊科技公司 2012年3月 頁5—8

132. 馬 森 秀威版總序 中國民主政制的前途 臺北 秀威資訊科技公司 2014年9月 頁5—7

133. 馬 森 秀威版總序 東西看 臺北 秀威資訊科技公司 2014年9月 頁5—6

134. 馬 森 秀威版總序 繭式文化與文化突破 臺北 秀威資訊科技公司 2014年11月 頁3—5

135. 馬 森 秀威版總序 電影，中國，夢 臺北 秀威資訊科技公司 2016年2月 頁5—7

136. 馬 森 秀威版總序 當代戲劇 臺北 秀威資訊科技公司 2016年3月 頁10—12

137. 馬 森 新版序言 漫步星雲間 臺北 秀威資訊科技公司 2011年4月 頁7—8

138. 馬　森　序言　臺灣啊！我的困惑　臺北　秀威資訊科技公司　2011 年 5 月　頁 15—18
139. 馬　森　引言　與錢穆先生的對話　臺北　秀威資訊科技公司　2011 年 5 月　頁 9—17
140. 馬　森　序　花與劍　臺北　秀威資訊科技公司　2011 年 9 月　頁 9—16
141. 馬　森　幼年時所喜歡的幾位作家　文訊雜誌　第 312 期　2011 年 10 月　頁 74—77
142. 馬　森　序《蛙戲》　蛙戲　臺北　秀威資訊科技公司　2011 年 10 月　頁 9—15
143. 馬　森　從話劇到歌舞劇的《蛙戲》　蛙戲　臺北　秀威資訊科技公司　2011 年 10 月　頁 17—20
144. 馬　森　序言　中國文化的基層架構　臺北　聯經出版公司　2012 年 3 月　頁 i—vi
145. 馬　森　八十自述　聯合報　2012 年 10 月 3 日　D3 版
146. 馬　森　八十自述　九歌 101 年散文選　臺北　九歌出版社　2013 年 3 月　頁 305—311
147. 馬　森　序　世界華文新文學史——中國現代文學的兩度西潮（上編）・西潮東漸：第一度西潮與寫實主義　臺北　印刻文學生活雜誌出版公司　2015 年 2 月　頁 3—12
148. 馬　森　臺灣的現代小說與海外作家的回歸〔馬森部分〕　世界華文新文學史——中國現代文學的兩度西潮（下編）・分流後的再生：第二度西潮與現代／後現代主義　臺北　印刻文學生活雜誌出版公司　2015 年 2 月　頁 1006—1008
149. 馬　森　臺灣現代與後現代戲劇〔馬森部分〕　世界華文新文學史——中國現代文學的兩度西潮（下編）・分流後的再生：第二度西潮與現代／後現代主義　臺北　印刻文學生活雜誌出版公司　2015 年 2 月　頁 1124—1126

150. 馬　森　臺灣的文學理論與批評〔馬森部分〕　世界華文新文學史——中國現代文學的兩度西潮（下編）・分流後的再生：第二度西潮與現代／後現代主義　臺北　印刻文學生活雜誌出版公司　2015 年 2 月　頁 1258—1259

151. 馬　森　我的文學歷程　2015 第二屆全球華文作家論壇特輯[2]　第 148 期　2015 年 12 月　頁 40—45

152. 馬　森　《夜遊》後記　深夜的人　臺北　爾雅出版社　2015 年 12 月　頁 45—46

153. 馬　森　自序　電影，中國，夢　臺北　秀威資訊科技公司　2016 年 2 月　頁 8—19

他述

154. 林清玄　尋找急流中的湖泊——在撞擊中創作的馬森　臺灣時報　1980 年 10 月 25 日　12 版

155. 林清玄　尋找急流中的湖泊——在撞擊中創作的馬森　在刀口上　臺北　時報文化出版公司　1982 年 3 月　頁 314—320

156. 林清玄　尋找急流中的湖泊——在撞擊中創作的馬森　林清玄人物集　臺北　光復書局　1987 年 12 月　頁 97—103

157. 白先勇　新大陸流放者之歌——美、加中國作家〔馬森部分〕　聯合報　1981 年 3 月 15 日　8 版

158. 邱燮友　花開次第憶門開　中華日報　1982 年 6 月 4 日　10 版

159. 隱　地　作家與書的故事——馬森、白先勇　新書月刊　第 6 期　1984 年 3 月　頁 60—63

160. 隱　地　馬森　作家與書的故事　臺北　爾雅出版社　1985 年 11 月　頁 55—57

161. 碧　邑　不為迎合讀者而寫作的馬森　民族晚報　1984 年 6 月 10 日　11 版

---

[2]《2015 第二屆全球華文作家論壇特輯》收錄於《印刻文學生活誌》第 148 期。

162. 田新彬　如海鷗般翱翔在天際的馬森　我們的雜誌　第 6 期　1985 年 9 月　頁 133—136

163. 田新彬　如海鷗般翱翔在天際的馬森　作家・作品・生活　臺北　我們的出版社　1987 年 3 月　頁 41—49

164. 季　季　一個複雜世界的議論者　希望我能有條船　臺北　爾雅出版社　1986 年 6 月　頁 2—4

165. 崔靜萍　飛向那一方自由的天空——馬森快談　金石文化廣場　第 34 期　1987 年 1 月　頁 6—7

166. 陳義芝　北風南枝詞——馬森的文化之路　聯合報　1988 年 1 月 2 日　23 版

167. 周相露　馬森　風采《作家的影像第二集》　臺北　爾雅出版社　1989 年 5 月　頁 25—27

168. 王晉民　馬森　臺灣文學家辭典　南寧　廣西教育出版社　1991 年 7 月　頁 19—21

169. 〔王景山編〕　馬森　臺港澳暨海外華文作家辭典　北京　人民文學出版社　1992 年 5 月　頁 416—418

170. 〔張默，隱地編〕　馬森（1932—）　當代臺灣作家編目——1949 至 1993 年爾雅篇　臺北　爾雅出版社　1994 年 1 月　頁 93—95

171. 王景山　馬森和北京河北高中和王蒙　旅人隨筆　北京　首都師範大學出版社　1995 年 11 月　頁 129—131

172. 　琳　馬森為明年退休作準備　文訊雜誌　第 142 期　1997 年 8 月　頁 56

173. 計璧瑞，宋剛　馬森　中國文學通典・小說通典　北京　解放軍文藝出版社　1999 年 1 月　頁 1061

174. 林克歡　馬森　中國文學通典・戲劇通典　北京　解放軍文藝出版社　1999 年 1 月　頁 875

175. 龔鵬程　閱讀馬森　聯合報　2002 年 10 月 18 日　39 版

176. 龔鵬程 閱讀馬森（序） 閱讀馬森：馬森作品學術研討會論文集 臺北 聯合文學出版社 2003 年 10 月 頁 7—9

177. 徐錦成 追尋一種自由飛翔的姿態 中央日報 2002 年 10 月 19 日 14 版

178. 石光生 我所認識的馬森教授——府城文學特殊貢獻獎評審感言 第八屆府城文學獎得獎作品專集 臺南 臺南市立圖書館 2002 年 12 月 頁 575—581

179. 龔鵬程 馬森小傳 閱讀馬森：馬森作品學術研討會論文集 臺北 聯合文學出版社 2003 年 10 月 頁 5—6

180. 陳信元等[3] 「馬森作品學術研討會」綜合座談紀錄 閱讀馬森：馬森作品學術研討會論文集 臺北 聯合文學出版社 2003 年 10 月 頁 269—277

181. 石光生 永恆的週末作家 馬森 臺北 行政院文建會 2004 年 12 月 頁 154—157

182. 曹 明 展現臺灣戲劇演變風貌——讀《資深戲劇家叢書》〔馬森部分〕 文訊雜誌 第 246 期 2006 年 4 月 頁 90—91

183. 〔編輯部〕 編輯并言 巴黎的故事 臺北 印刻出版公司 2006 年 4 月 頁 2—3

184. 〔編輯部〕 編輯并言 生活在瓶中 臺北 印刻出版公司 2006 年 4 月 頁 2—3

185. 〔編輯部〕 編輯并言 府城的故事 臺北 印刻出版公司 2006 年 4 月 頁 2—3

186. 〔封德屏主編〕 馬森 2007 臺灣作家作品目錄 臺南 國立臺灣文學館 2008 年 7 月 頁 675

187. 〔藍建春主編〕 舞臺人生——臺灣戲劇運動——臺灣劇作家與戲劇作品〔馬森部分〕 親近臺灣文學——歷史、作家、故事 臺中 耕書園出版公司 2009 年 2 月 頁 182

---

[3]與會者：陳信元、王敬羲、黃美序、李瑞騰、初安民、石光生、歐崇敬、林黛嫚。

188. 〔編輯部〕　前言　文學筆記　臺北　秀威資訊科技公司　2010 年 12 月　頁 7

189. 〔新地文學季刊社〕　2012 第二屆世界華文文學高峰會與會作家、學者簡介——馬森　第二屆 21 世紀世界華文文學高峰會會議手冊　臺北　新地文化藝術公司　2012 年 11 月　頁 6

190. 〔新地文學社主編〕　第二屆 21 世紀世界華文文學高峰會與會作家、學者簡介——資深代作家、學者——馬森　文學世紀風華：21 世紀世界華文文學高峰會議論文集　臺北　新地文化藝術公司　2013 年 2 月　頁 383

191. 張俐璇　外省作家在臺南——授業之師〔馬森部分〕　經眼・辨析・苦行——臺灣文學史料集刊（三）　臺南　國立臺灣文學館　2013 年 7 月　頁 144—145

192. 古遠清　臺灣文壇六十年來文學事件掠影——馬森與彭瑞金的對決　新地文學　第 28 期　2014 年 6 月　頁 195

193. 龔鵬程　對話馬森　2015 第二屆全球華文作家論壇特輯[4]　第 148 期　2015 年 12 月　頁 46—48

194. 隱　地　文學史的憾事（續篇）　深夜的人　臺北　爾雅出版社　2015 年 12 月　頁 29—44

訪談、對談

195. 陳明順〔陳雨航〕　馬森的旅程[5]　新書月刊　第 9 期　1984 年 6 月　頁 21—28

196. 陳雨航　馬森的旅程　生活在瓶中　臺北　爾雅出版社　1984 年 11 月　頁 191—211

197. 陳明順　馬森的旅程　當代作家對話錄　臺北　傳記文學出版社　1986 年 10 月　頁 78—97

[4]《2015 第二屆全球華文作家論壇特輯》收錄於《印刻文學生活誌》第 148 期。

[5]本文後改篇名為〈訪問馬森〉。

198. 陳明順　訪問馬森　出版情報　第2期　1988年6月　頁6—11

199. 陳雨航　馬森的旅程　生活在瓶中　臺北　爾雅出版社　1989年4月　頁191—211

200. 陳明順　馬森的旅程　文學的魅惑　臺北　城邦文化公司　2002年4月　頁345—369

201. 陳雨航　馬森的旅程　生活在瓶中　臺北　印刻出版公司　2006年4月　頁185—209

202. 張　寧　談人生的困局——試與馬森的困局溝通　新書月刊　第12期　1984年9月　頁42—46

203. 〔聯合報〕　訪馬森　聯合報　1987年8月27日　8版

204. 楊錦郁　安定是為了尋找另一個變動——馬森談小說經驗　文訊雜誌　第36期　1988年6月　頁82—85

205. 楊錦郁　安定是為了尋求另一個變動——馬森談小說經驗　嚴肅的遊戲：當代文藝訪談錄　臺北　三民書局　1994年2月　頁95—102

206. 林麗如　理性與感性的雙重書寫——專訪馬森教授[6]　文訊雜誌　第190期　2001年8月　頁95—98

207. 林麗如　追尋自由——雙重書寫的馬森　走訪文學僧——資深作家訪問錄　臺北　文訊雜誌社　2004年10月　頁289—296

208. 馬森等[7]　文學雜誌與臺灣文學發展——「臺灣文學雜誌展」系列座談之五　文訊雜誌　第219期　2004年1月　頁140—142

209. 賴香吟　從天涯到臺南——年輕小說家賴香吟專訪「賢拜」小說家馬森　印刻文學生活誌　第6期　2004年2月　頁22—36

210. 賴香吟　從天涯到臺南——年輕小說家賴香吟專訪「賢拜」小說家馬森　府城的故事　臺北　印刻出版社　2008年5月　頁203—224

[6]本文後改篇名為〈追尋自由——雙重書寫的馬森〉。

[7]與會者：封德屏、葉石濤、馬森、江寶釵、陳昌明；紀錄：曾琮琇。

211. 馬森等[8] 夜遊於孤絕之境——「馬森文集」新書分享會暨「文學名家三人談」座談會側記 文訊雜誌 第304期 2011年2月 頁112—114

212. 馬森等[9] 文學與戲劇 文學世紀風華：21 世紀世界華文文學高峰會議論文集 臺北 新地文化藝術公司 2013年2月 頁245—256

213. 邱常婷 世界華文文學的百年思索——訪馬森談其新著《世界華文新文學史》 文訊雜誌 第350期 2014年12月 頁39—41

214. 編輯部 馬森 聯合文學 第375期 2016年1月 頁108－109

年表

215. 〔編輯部〕 作者寫作及從事戲劇電影活動年表 夜遊 臺北 爾雅出版社 1984年1月 頁359—364

216. 馬 森 馬森寫作及從事戲劇電影活動年表 海鷗 臺北 爾雅出版社 1984年5月 頁191—196

217. 馬 森 馬森寫作及從事戲劇電影活動年表 北京的故事 臺北 時報文化出版公司 1984年5月 頁301—308

218. 〔編輯部〕 馬森寫作集從事戲劇電影活動年表 電影，中國，夢 臺北 時報文化出版公司 1987年6月 頁289—298

219. 〔編輯部〕 作者寫作及從事戲劇電影活動年表 巴黎的故事 臺北 爾雅出版社 1987年10月 頁189—198

220. 〔編輯部〕 馬森寫作及從事戲劇電影活動年表 生活在瓶中 臺北 爾雅出版社 1989年4月 〔12〕頁

221. 馬 森 作者著作目錄〔寫作年表〕 追尋時光的根 臺北 九歌出版社 1999年5月 〔17〕頁

222. 〔編輯部〕 作者著作年表 夜遊 臺北 九歌出版社 2004年7月 頁390—403

223. 石光生 馬森生平年表 馬森 臺北 行政院文建會 2004年12月 頁

[8]主持人：馬森；與會者：張曉風、席慕蓉；紀錄：孫偉迪。
[9]主持人：馬森；與會者：李昂、魏淑珠、郎亞玲、高禎臨；紀錄：陳學祈。

166—171

224. 〔編輯部〕 馬森著作年表 巴黎的故事 臺北 印刻出版公司 2006 年 4 月 頁 190—211

225. 〔編輯部〕 馬森著作年表 生活在瓶中 臺北 印刻出版公司 2006 年 4 月 頁 215—236

226. 〔編輯部〕 馬森著作年表 府城的故事 臺北 印刻出版公司 2008 年 5 月 頁 231—252

227. 王譽媗 馬森生平紀事暨創作年表 馬森及其小說研究 逢甲大學中國文學系 碩士論文 張瑞芬教授指導 2011 年 5 月 頁 135—150

其他

228. 張成覺 宏觀兩岸小說——王蒙、馬森演講小記 星島日報 1993 年 5 月 22 日 14 版

229. 黃文記 馬森作品豐富，獲特殊貢獻獎 民生報 2002 年 12 月 6 日 A13 版

230. 林端貝 「馬森文集」新書發表 文訊雜誌 第 303 期 2011 年 1 月 頁 152

231. 孫偉迪 夜遊於孤絕之境——「馬森文集」新書分享會暨「文學名家三人談」座談會側記 文訊雜誌 第 304 期 2011 年 2 月 頁 112—114

232. 〔編輯部〕 《世界華文新文學史》新書發表會 中國時報 2015 年 2 月 5 日 D4 版

233. 丹 墀 馬森發表新書《世界華文新文學史》 聯合報 2015 年 2 月 5 日 D3 版

作品評論篇目

綜論

234. 林克歡 馬森的荒誕劇 劇本 1985 年第 3 期 1985 年 3 月 頁 90

235. 林克歡　馬森的荒誕劇　腳色——馬森獨幕劇集　臺北　聯經出版公司　1987年10月　頁284—291

236. 林克歡　馬森的荒誕劇　腳色：馬森獨幕劇集　臺北　書林出版公司　1996年3月　頁282—289

237. 林克歡　馬森的荒誕劇　腳色　臺北　秀威資訊科技公司　2011年11月　頁301—308

238. 愛　亞　馬森　道聲小說匯——街景之種種　臺北　道聲出版社　1987年9月　頁17—22

239.〔黃維梁編〕　對小說的看法和評論——馬森　中國當代短篇小說選（第一集）　香港　新亞洲出版社　1988年4月　頁414

240.〔公仲，汪義生編〕　姚一葦、馬森、張曉風等的戲劇　臺灣新文學史初編　南昌　江西人民出版社　1989年8月　頁312—315

241. 朱春花　馬森小說簡論　臺灣文學的走向　福州　海峽文藝出版社　1990年4月　頁96—114

242. 潘亞暾　馬森與馬奎斯　聯合文學　第72期　1990年10月　頁156—161

243. 黃重添　叢甦、張系國、馬森與後期的「留學生文學」　臺灣文學史（下）　福州　海峽文藝出版社　1993年1月　頁274—278

244. 齊建華　戲劇和電影文學〔馬森部分〕　臺灣文學史（下）　福州　海峽文藝出版社　1993年1月　頁783

245. 王晉民　馬森的戲劇　臺灣當代文學史　南寧　廣西教育出版社　1994年2月　頁287—298

246. 徐學，孔多　論馬森獨幕劇的觀念核心與形式獨創　臺灣研究集刊　1994年第1期　1994年2月　頁102—108

247. 徐學，孔多　論馬森獨幕劇的觀念核心與形式獨創　腳色：馬森獨幕劇集　臺北　書林出版公司　1996年3月　頁305—320

248. 徐學，孔多　論馬森獨幕劇的觀念核心與形式獨創　腳色　臺北　秀威資訊科技公司　2011年11月　頁317—332

249. 曹 明　於荒誕中觀照人生——漫談馬森的戲劇創作[10]　臺港與海外華文文學評論和研究　1994 年第 1 期　1994 年 4 月　頁 68—70

250. 曹 明　於荒誕中觀照人生——漫談馬森的戲劇創作　腳色：馬森獨幕劇集　臺北　書林出版公司　1996 年 3 月　頁 321—332

251. 曹 明　於荒誕中觀照人生——漫談馬森的戲劇創作　臺灣現代戲劇概況　北京　文化藝術出版社　1996 年 8 月　頁 103—115

252. 曹 明　表現臺灣現代都市人的心態——漫談馬森的戲劇創作　臺灣研究　1997 年第 4 期　1997 年 12 月　頁 84—87

253. 曹 明　於荒誕中觀照人生——漫談馬森的戲劇創作　腳色　臺北　秀威資訊科技公司　2011 年 11 月　頁 333—344

254. 〔張超主編〕　馬森　臺港澳及海外華人作家辭典　江蘇　南京大學出版社　1994 年 12 月　頁 342—343

255. 周 可　困境中的生命追尋——馬森獨幕劇創作的價值取向　華文文學　1995 年第 1 期　1995 年 3 月　頁 21—23，33

256. 周 可　馬森戲劇理論的內在理路及觀念系統　臺港與海外華文文學評論和研究　1995 年第 4 期　1995 年 12 月　頁 31—35

257. 陳怡錦　對於馬森獨幕劇的詮釋　藝術論衡　第 3 期　1997 年 9 月　頁 20—32

258. 皮述民　從反共小說到現代小說〔馬森部分〕　二十世紀中國新文學史　臺北　駱駝出版社　1997 年 10 月　頁 324—325

259. 王新民　當代臺灣戲劇的走向〔馬森部分〕　中國當代戲劇史綱　北京　社會科學文獻　1997 年 12 月　頁 410—411

260. 吳瑩真　文心與史識的交織——馬森的文學評論　中央日報　1998 年 5 月 2 日　22 版

261. 吳瑩真　文心與史識的交織——馬森的文學評論　文訊雜誌　第 151 期　1998 年 5 月　頁 68—70

[10]本文後改篇名為〈表現臺灣現代都市人的心態——漫談馬森的戲劇創作〉。

262. 彭耀春　馬森對話劇現實主義傳統的超越與回歸　淮陰師範學院學報　2000年第3期　2000年3月　頁110—114

263. 彭耀春　迴旋：馬森對話劇現實主義傳統的超越與回歸　臺灣當代戲劇論　北京　中果戲劇出版社　2003年3月　頁134—145

264. 彭耀春　馬森　20世紀中國文學史（下）　臺北　文史哲出版社　2000年9月　頁984—988

265. 樊洛平　馬森——現代人「孤絕」心態的寫照　臺港澳文學教程　上海　漢語大辭典出版社　2000年10月　頁116—119

266. 羅　奇　馬森新書舊著密集亮相：清醒夜遊，孤絕造夢　聯合報　2000年12月11日　29版

267. 徐錦成　馬森近期戲劇（1990—2002）的變與不變——一篇概論　馬森作品學術研討會　宜蘭　佛光人文社會學院文學研究所　2002年10月19日

268. 徐錦成　馬森近期戲劇（1990—2002）的變與不變——一篇概論[11]　閱讀馬森：馬森作品學術研討會論文集　臺北　聯合文學出版社　2003年10月　頁246—262

269. 曹　明　馬森戲劇理論三題　馬森作品學術研討會　宜蘭　佛光人文社會學院文學研究所　2002年10月19日

270. 曹　明　馬森戲劇理論三題[12]　閱讀馬森：馬森作品學術研討會論文集　臺北　聯合文學出版社　2003年10月　頁31—44

271. 曹順慶，唐小林　寫實主義的維度——略談馬森文學批評中的價值觀　馬森作品學術研討會　宜蘭　佛光人文社會學院文學研究所　2002年10月19日

272. 曹順慶，唐小林　寫實主義的維度——略談馬森文學批評中的價值觀　當代　第186期　2003年2月　頁122—137

[11]本文以馬森《腳色》所收劇本為馬森「前期」作品，做為和「近期」作品比較的基礎。
[12]本文審視馬森對文學與戲劇、小劇場運動、「兩度西潮」的論述。

273. 曹順慶，唐小林　寫實主義的維度——略談馬森文學批評中的價值觀[13]　閱讀馬森：馬森作品學術研討會論文集　臺北　聯合文學出版社　2003年10月　頁13—30

274. 郭澤寬　作家劇場——戲曲現代化的指標〔馬森部分〕　馬森作品學術研討會　宜蘭　佛光人文社會學院文學研究所　2002年10月19日

275. 郭澤寬　作家劇場——戲曲現代化的指標〔馬森部分〕[14]　閱讀馬森：馬森作品學術研討會論文集　臺北　聯合文學出版社　2003年10月　頁83—105

276. 陳素雲　馬森的左翼戲劇論——以曹禺劇論為例　馬森作品學術研討會　宜蘭　佛光人文社會學院文學研究所　2002年10月19日

277. 陳素雲　馬森的左翼戲劇論——以曹禺劇論為例[15]　閱讀馬森：馬森作品學術研討會論文集　臺北　聯合文學出版社　2003年10月　頁66—82

278. 彭瑞金　臺灣文學定位的過去與未來〔馬森部分〕　臺灣文學探索　臺北　前衛出版社　2003年4月　頁80—86

279. 朱立立　浪漫性：臺灣現代派小說的一個精神維度——馬森與李永平：漫游書寫與自我追尋——晝短苦夜長・何不秉燭遊　知識人的精神私史——臺灣現代派小說的一種解讀　上海　上海三聯書店　2004年9月　頁217—226

280. 石光生　戲劇作品淺析　馬森　臺北　行政院文建會　2004年12月　頁158—161

281. 胡星亮　轉型：從寫實傳統到現代主義——論1960至70年代臺灣話劇的發展〔馬森部分〕　臺灣研究集刊　2005年第2期　2005年6月　頁84—85

---

[13]本文以寫實主義為馬森文學批評的基準。

[14]本文以東西方劇場演變觀照馬森的「作家劇場」理論。全文共4小節：1.演員劇場與作家劇場；2.戲曲改革與作家劇場；3.當代戲曲作家劇場舉隅——以河洛《秋風辭》為例；4.結論——西學為體，中學為用。

[15]本文審視馬森的曹禺戲劇研究。

282. 黃美序　臺風西雨新舞臺（臺灣行）——弄潮歸來的中浪——馬森　戲劇的味／道　臺北　五南圖書出版公司　2007 年 10 月　頁 332—334

283. 劉緒才　論臺灣作家馬森小說人物的「孤絕」心態　語文學刊　2008 年第 5 期　2008 年 5 月　頁 52—54

284. 歐崇敬　馬森存在主義小說的哲學分析　「第一屆玄華元第二語文教學」暨「語言、文學、文化交流與國際交流」國際學術研討會　新竹　玄奘大學外國語文學系，中華大學應用外語系，元培技術大學應用英語系主辦　2009 年 5 月 22 日

285. 陳芳明　眾神喧嘩：臺灣文學的多重奏——一九八〇年代回歸臺灣的海外文學〔馬森部分〕　臺灣新文學史　臺北　聯經出版公司　2011 年 10 月　頁 699—700

286. 郭澤寬　馬森作品中的自由主義思想　成大文學家國際學術研討會　臺南　成功大學中國文學系主辦　2011 年 11 月 18—19 日

287. 林國源　馬森論悲劇精神與歷史縱深　閱讀馬森 II——2012 馬森學術研討會　臺南　成功大學中國文學系主辦　2012 年 10 月 13 日

288. 林國源　馬森論悲劇精神與歷史縱深[16]　閱讀馬森 II——馬森作品學術研討會論文集　新北　新地文化藝術公司　2014 年 9 月　頁 57—82

289. 胡馨丹　馬森之擬寫實主義觀析論　閱讀馬森 II——2012 馬森學術研討會　臺南　成功大學中國文學系主辦　2012 年 10 月 13 日

290. 胡馨丹　馬森之擬寫實主義觀析論　東華漢學　第 19 期　2014 年 6 月　頁 373—428

291. 胡馨丹　馬森之擬寫實主義觀析論[17]　閱讀馬森 II——馬森作品學術研討會

[16]本文從此希臘劇場與亞洲戲曲劇場的相通點，檢思馬森非亞里斯多德劇場論術的價值辯證。全文共 6 小節：1.馬森戲劇批評的論述底基是非亞里斯多德定向嗎？；2.馬森的孤絕美學與悲劇劇場論見；3.後現代戲劇三問與馬森後現代劇場批評三論；4.馬森論戲劇批評的歷史縱深與價值基準；5.戲曲劇場之為非亞里斯多德劇場；6.結論：弔詭論後戲劇劇場。

[17]本文探析馬森「擬寫實主義」理論的有效性。全文共 6 小節：1.前言；2.馬森對「寫實主義」的理解；3.馬森對中國「接受」寫實主義的認識；4.馬森對「擬寫實主義」作品的剖析；5.「寫實主義」與「現實主義」；6.結語。

論文集　新北　新地文化藝術公司　2014年9月　頁161—229

292. 張憲堂　馬森與高行健戲劇理論之比較　閱讀馬森 II——2012 馬森學術研討會　臺南　成功大學中國文學系主辦　2012年10月13日

293. 張憲堂　異質空間的老靈魂——馬森和高行健戲劇創作與文論的觀看[18]　閱讀馬森 II——馬森作品學術研討會論文集　新北　新地文化藝術公司　2014年9月　頁355—382

294. 陳美美　馬森獨幕劇的文本閱讀策略　閱讀馬森 II——2012 馬森學術研討會　臺南　成功大學中國文學系主辦　2012年10月13日

295. 陳美美　馬森的戲劇理念與戲劇美學[19]　閱讀馬森 II——馬森作品學術研討會論文集　新北　新地文化藝術公司　2014年9月　頁309—354

296. 解昆樺　以馬森戰後現代戲劇理論探析一九八〇年代「詩的聲光」之詩劇展演文本　閱讀馬森 II——2012 馬森學術研討會　臺南　成功大學中國文學系主辦　2012年10月13日

297. 廖玉如　追尋自由（自我）的獨孤客——馬森小說戲劇的現代性思索　閱讀馬森 II——2012 馬森學術研討會　臺南　成功大學中國文學系主辦　2012年10月13日

298. 廖玉如　追尋自由的獨孤客——探討馬森作品中傳統與現代的裂罅[20]　閱讀馬森 II——馬森作品學術研討會論文集　新北　新地文化藝術公司　2014年9月　頁231—262

299. 樊洛平　臺灣旅外作家的創作——馬森——現代人「孤絕」心態的寫照　臺港澳文學教程新編　上海　復旦大學出版社　2013年1月　頁83—85

[18]本文探討高行健、馬森的戲劇和文論中，真實與虛幻的異質空間。全文共 6 小節：1.前言；2.反寫實的多元化創作；3.傳統與現代並容；4.重申劇作家和劇作的位置與價值；5.角色人物的創新；6.結論：異質空間的老靈魂。

[19]本文探析馬森的戲劇理論與獨幕劇創作。全文共5小節：1.前言；2.戲劇的演出與文本；3.西方新興戲劇的引介、劇場實驗與文本創作；4.馬森的戲劇美學與戲劇理念；5.結論。

[20]本文以沙特的「自由」之說為論點，研究馬森觸及死亡的小說及劇本。全文共 4 小節：1.中國傳統文化中的個人主義；2.傳統與現代的斷裂：上下關係；3.傳統與現代的斷裂：平行關係；4.結語.。

300. 紀蔚然　臺灣戲劇與現代主義：馬森的實踐　戲劇研究　第11期　2013年1月　頁61—88

301. 紀蔚然　臺灣戲劇與現代主義——馬森的實踐　閱讀馬森II——馬森作品學術研討會論文集　新北　新地文化藝術公司　2014年9月　頁13—55

302. 郭澤寬　馬森文論作品中的自由主義思想　筆的力量——成大文學家論文集（上）　臺北　里仁書局　2013年2月　頁309—344

303. 張憲堂　異質空間的老靈魂——馬森和高行健戲劇創作與文論的觀看　新地文學　第23期　2013年3月　頁206—220

304. 郭澤寬　馬森的「老人文化」論述——以戲曲作品為簡例　新地文學　第23期　2013年3月　頁189—205

305. 郭澤寬　新編戲曲「老」問題——老人文化原型的展現與突破[21]　閱讀馬森II——馬森作品學術研討會論文集　新北　新地文化藝術公司　2014年9月　頁83—124

306. 陳室如　文學地圖的再延伸 1988—2002——出走？回歸？再流離？〔馬森部分〕　相遇與對話——臺灣現代旅行文學　臺南　國立臺灣文學館　2013年8月　頁78—79

分論

◆單行本作品

論述

《馬森戲劇論集》

307. 姚一葦　出版《馬森戲劇論集》的意義　中國時報　1985年8月12日　8版

308. 姚一葦　《馬森戲劇論集》序　馬森戲劇論集　臺北　爾雅出版社　1985年9月　〔5〕頁

[21]本文探析馬森於戲曲創作上「老人」形象的傳承與創新。全文共 4 小節：1.前言；2.老人文化原型；3.新編戲曲老人文化原型的批判與突破；4.結論。

309. 陳信元　七十四年十月—十一月文學出版——馬森《馬森戲劇論集》　文訊雜誌　第21期　1985年12月　頁282
310. 王德威　吹皺一池春水——評馬森《馬森戲劇論集》　聯合文學　第16期　1986年2月　頁142
311. 亮　軒　一個新的起點——讀《馬森戲劇論集》　中央日報　1986年9月1日　11版

《東西看》

312. 金恆煒　序　東西看　臺北　圓神出版社　1986年9月　頁1—4
313. 金恆煒　序　東西看　臺北　秀威資訊科技公司　2014年9月　頁7—12

《當代戲劇》

314. 黃美序　《當代戲劇》評介　中國時報　1991年6月14日　30版

《中國現代戲劇的兩度西潮》

315. 李奭學　見「林」不見「樹」——評馬森著《中國現代戲劇的兩度西潮》　中時晚報　1991年9月15日　10版
316. 李奭學　見「林」不見「樹」——評馬森著《中國現代戲劇的兩度西潮》　書話臺灣：1991—2003文學印象　臺北　九歌出版社　2004年5月　頁258—260
317. 賈亦棣　《中國現代戲劇的兩度西潮》評介　書評　第3期　1993年4月　頁1—4
318. 賈亦棣　話劇史的新編——《中國現代戲劇的兩度西潮》讀後　表演藝術　第8期　1993年6月　頁88—90

《中國文化的基層結構》

319. 潭宇權　評論馬森著《中國文化的基層結構》兼論孔孟學說與中國現代化是相容的　孔孟學報　第94期　2016年9月　頁289—316

《世界華文新文學史》

320. 隱　地　文學史的憾事　聯合報　2015年3月21日　D3版
321. 隱　地　文學史的憾事　華文文學　第129期　2015年4月　頁18—20

322. 隱　地　文學史的憾事——評馬森《世界華文新文學史》　手機與西門慶——隱地書話選　臺北　爾雅出版社　2016年4月　頁31—39
323. 古遠清　評《世界華文新文學史》——兼談臺北相關的爭論　華文文學　第129期　2015年4月　頁11—17
324. 古遠清　名不副實的《世界華文新文學史》——兼談臺北有關此書的爭論　南方文壇　第168期　2015年9月　頁151—155
325. 古遠清　我吃了一隻辣椒——我觀臺北《世界華文新文學史》之爭　聯合報　2015年6月13日　D3版
326. 古遠清　吃了一隻辣椒　深夜的人　臺北　爾雅出版社　2015年12月　頁47—50
327. 陸風亭　從夏志清到馬森　聯合報　2015年5月29日　D3版

散文

《在樹林裏放風箏》

328. 廖玉蕙　以有限追無限——評《在樹林裏放風箏》　聯合文學　第28期　1987年2月　頁166
329. 廖玉蕙　以有限追無限——評馬森《在樹林裏放風箏》　漫步星雲間　臺北　秀威資訊科技公司　2011年4月　頁166

《墨西哥憶往》

330. 瘂　弦　三面馬森——文學批評、戲劇小說與散文　墨西哥憶往　臺北　圓神出版社　1987年8月　〔7〕頁
331. 瘂　弦　三面馬森——文學批評、戲劇小說與散文　聚繖花序2　臺北　洪範書店　2004年6月　頁47—51
332. 瘂　弦　三面馬森——文學批評、戲劇小說與散文　墨西哥憶往　臺北　秀威資訊科技公司　2012年3月　頁19—24

《大陸啊！我的困惑》

333. 吳興文　馬森的返鄉經歷——《大陸啊！我的困惑》　聯合晚報　1988年8月2日　5版

334. 尼　洛　試解大陸困惑——讀馬森《大陸啊！我的困惑》　文訊雜誌　第39期　1988年12月　頁125—127

335. 鄭明娳　從懷鄉道返鄉——臺灣現代散文中的大陸意識〔《大陸啊！我的困惑》部分〕　中華文學的現在和未來——兩岸暨港澳文學交流研討會論文集　香港　鑪峰學會　1994年6月　頁159—160

336. 鍾怡雯　故土與古土——論臺灣返「鄉」散文〔《大陸啊！我的困惑》部分〕　解嚴以來臺灣文學國際學術研討會論文集　臺北　萬卷樓圖書公司　2000年9月　頁490—506

小說

《生活在瓶中》

337. 童大龍　情緒與昇華——馬森著《生活在瓶中》　書評書目　第66期　1978年10月　頁116—118

338. 亮　軒　馬森《生活在瓶中》讀後　時報週刊　第49期　1978年11月5日　頁23

339. 亮　軒　天問——讀馬森《生活在瓶中》　書評書目　第69期　1979年1月　頁76—80

340. 亮　軒　天問——我讀《生活在瓶中》　生活在瓶中　臺北　爾雅出版社　1984年11月　頁185—189

341. 亮　軒　天問——我讀《生活在瓶中》　生活在瓶中　臺北　爾雅出版社　1989年4月　頁185—189

342. 亮　軒　天問——我讀《生活在瓶中》　生活在瓶中　臺北　印刻出版公司　2006年4月　頁179—183

343. 康來新　生命瓶頸寫作瓶頸　聯合文學　第8期　1985年6月　頁217—218

344. 黃重添　《生活在瓶中》作品評析　臺灣百部小說大展　福州　海峽文藝出版社　1990年7月　頁16—17

《孤絕》

345. 龍應台　孤絕的人——評析馬森的《孤絕》　新書月刊　第12期　1984年9月　頁35—38

346. 龍應台　孤絕的人——評析馬森的《孤絕》　七十三年文學批評選　臺北　爾雅出版社　1985年3月　頁363—380

347. 龍應台　孤絕的人——評析馬森《孤絕》　龍應台評小說　臺北　爾雅出版社　2000年4月　頁33—49

348. 龍應台　孤絕的人——評析馬森《孤絕》　孤絕　臺北　秀威資訊科技公司　2010年12月

349. 劉慧媛　獨立蒼茫的世代心聲——讀馬森的《孤絕》　自由時報　1988年5月10日　11版

350. 墨芙，右伊人，艾苓　轉化至美，《孤絕》的話　書香廣場　第29期　1989年4月　頁8—9

351. 吳海燕　稠人廠座中的孤客——我看《孤絕》　當代　第41期　1989年9月　頁142—148

352. 吳海燕　稠人廠座中的孤客——我看《孤絕》　孤絕　臺北　秀威資訊科技公司　2010年12月　頁249—260

《夜遊》

353. 白先勇　秉燭夜遊——簡介馬森的長篇小說《夜遊》　中國時報　1984年1月9日　8版

354. 白先勇　秉燭夜遊——《夜遊》簡介　夜遊　臺北　爾雅出版社　1984年1月　頁1—6

355. 白先勇　秉燭夜遊　夜遊　臺南　文化生活新知出版社　1992年9月　頁1—5

356. 白先勇　秉燭夜遊——簡介馬森的長篇小說《夜遊》　第六隻手指　臺北　爾雅出版社　1995年11月　頁173—179

357. 白先勇　秉燭夜遊　夜遊　臺北　九歌出版社　2004年7月　頁5—10

358. 白先勇　秉燭夜遊——馬森的長篇小說《夜遊》　白先勇書話　臺北　爾

雅出版社　2008 年 7 月　頁 115—122

359. 白先勇　秉燭夜遊——簡介馬森的長篇小說《夜遊》　白先勇作品集・樹猶如此　臺北　天下遠見出版公司　2008 年 9 月　頁 368—373

360. 白先勇　秉燭夜遊——簡介馬森的長篇小說《夜遊》　夜遊　臺北　秀威資訊科技公司　2010 年 12 月　頁 9—14

361. 陳少聰　她是清醒的夜遊者　聯合報　1984 年 5 月 31 日—6 月 1 日　8 版

362. 陳少聰　清醒的夜遊者　七十三年文學批評選　臺北　爾雅出版社　1985 年 3 月　頁 293—306

363. 陳少聰　她是清醒的夜遊者　燦爛的星空　臺北　聯合文學出版社　1997 年 11 月　頁 284—293

364. 龍應台　燭照《夜遊》　新書月刊　第 8 期　1984 年 5 月　頁 30—32

365. 龍應台　燭照《夜遊》　龍應台評小說　臺北　爾雅出版社　2000 年 4 月　頁 21—32

366. 龍應台　燭照《夜遊》　夜遊　臺北　九歌出版社　2004 年 7 月　頁 378—386

367. 廖宏文　何不秉燭遊？——讀馬森的《夜遊》　中央日報　1984 年 9 月 15 日　10 版

368. 楊宗潤　紅塵是非不到我——隨馬森秉燭《夜遊》　文訊雜誌　第 14 期　1984 年 10 月　頁 199—204

369. 〔許燕，李敬編〕　《夜遊》　感人的書　臺北　希代書版公司　1984 年 12 月　頁 205—212

370. 吳娟瑜　《夜遊》的女性觀　國語日報　1984 年 12 月 19 日　7 版

371. 林柏燕　《孽子》、《夜遊》　文訊雜誌　第 16 期　1985 年 2 月　頁 143—149

372. 林玉雲　我讀《夜遊》　文訊雜誌　第 17 期　1985 年 4 月　頁 173—174

373. 楊宗潤　喜歡，不喜歡——從《孽子》／《夜遊》說起　文訊雜誌　第 18 期　1985 年 6 月　頁 356—361

374. 陳明智　秉燭夜遊悟人性——馬森小說《夜遊》面面觀　文藝月刊　第 198 期　1985 年 12 月　頁 40—49

375. 苦　苓　《夜遊》　書中書　臺北　希代書版公司　1986 年 9 月　頁 80—82

376. 黃錦珠　在暗夜中遊歷與摸索——讀馬森《夜遊》　文訊雜誌　第 187 期　2001 年 5 月　頁 32—33

377. 謝鴻文　馬森《夜遊》　離心的辯證：世華小說評析　臺北　唐山出版社　2004 年 5 月　頁 34—40

378. 應鳳凰，傅月庵　馬森——《夜遊》　冊頁流轉——臺灣文學書入門 108　臺北　印刻文學生活雜誌出版公司　2011 年 3 月　頁 170—171

379. 陳忠源　從社會、心理學角度評析馬森《夜遊》　閱讀馬森 II——2012 馬森學術研討會　臺南　成功大學中國文學系主辦　2012 年 10 月 13 日

380. 陳忠源　從社會、心理學角度評析馬森《夜遊》　新地文學　第 23 期　2013 年 3 月　頁 153—188

381. 陳忠源　從社會、心理學角度評析馬森《夜遊》　閱讀馬森 II——馬森作品學術研討會論文集　新北　新地文化藝術公司　2014 年 9 月　頁 425—477

382. 高行健　馬森的《夜遊》　自由與文學　臺北　聯經出版事業公司　2014 年 3 月　頁 161—164

383. 高行健　馬森的《夜遊》　夜遊　臺北　秀威資訊科技公司　2010 年 12 月　頁 15—17

《北京的故事》

384. 李歐梵　馬森的寓言文學——讀《北京的故事》　中國時報　1984 年 3 月 14 日　8 版

385. 李歐梵　馬森的寓言文學——《北京的故事》序　北京的故事　臺北　時報文化出版公司　1984 年 5 月　頁 1—9

386. 李歐梵　馬森的寓言文學——《北京的故事》序　北京的故事　臺北　秀威資訊科技公司　2011年3月　頁11—18

387. 蘇小歡　是真性情乃成世界——論《北京的故事》　北京的故事　臺北　時報文化出版公司　1984年5月　頁285—295

388. 蘇小歡　是真性情乃成世界——論《北京的故事‧驅狐》　北京的故事　臺北　秀威資訊科技公司　2011年3月　頁251—259

389. 簡文志　想像態的抗議文學——論《北京的故事》書寫策略　馬森作品學術研討會　宜蘭　佛光人文社會學院文學研究所　2002年10月19日

390. 簡文志　想像態的抗議文學——論《北京的故事》書寫策略　閱讀馬森：馬森作品學術研討會論文集　臺北　聯合文學出版社　2003年10月　頁149—170

391. 簡文志　想像態的抗議文學——論《北京的故事》書寫策略　北京的故事　臺北　秀威資訊科技公司　2011年3月　頁261—287

《巴黎的故事》

392. 〔文化貴族〕　《巴黎的故事》　文化貴族　第3期　1988年4月　頁117

393. 文化生活新知編輯部　序　巴黎的故事　臺南　文化生活新知出版社　1992年2月　頁1—2

《M的旅程》

394. 楊凱麟　馬森恣寫潛意識變奏九曲　中國時報　1994年3月24日　43版

395. 楊凱麟　深化「他人即地獄」　中國時報　1994年3月24日　43版

396. 黃碧端　愛的形變——我讀馬森的《M的旅程》　聯合文學　第113期　1994年3月　頁155—159

397. 黃碧端　愛的形變——我讀馬森的《M的旅程》　M的旅程　臺北　時報文化出版公司　1994年3月　頁4—11

398. 黃碧端　愛的形變——我讀馬森的《M的旅程》　M的旅程　臺北　秀威

資訊科技公司　2011 年 3 月　頁 7—17

399. 廖咸浩　無聲的吶喊／有形的變化——論馬森的《M 的旅程》　中時晚報　1994 年 5 月 15 日　19 版

400. 吳海燕　放逐的靈魂——試評馬森《M 的旅程》　文訊雜誌　第 106 期　1994 年 8 月　頁 10—12

401. 唐瑞霞　生活在繭中——《M 的旅程》解讀　馬森作品學術研討會　宜蘭　佛光人文社會學院文學研究所　2002 年 10 月 19 日

402. 唐瑞霞　生活在繭中——《M 的旅程》解讀　閱讀馬森：馬森作品學術研討會論文集　臺北　聯合文學出版社　2003 年 10 月　頁 129—148

403. 唐瑞霞　生活在繭中——《M 的旅程》解讀　M 的旅程　臺北　秀威資訊科技公司　2011 年 3 月　頁 233—258

404. 羅夏美　延展夢境碎片：折射人生冷光——解讀馬森《M 的旅程》　馬森作品學術研討會　宜蘭　佛光人文社會學院文學研究所　2002 年 10 月 19 日

405. 羅夏美　延展夢境碎片：折射人生冷光——解讀馬森《M 的旅程》　閱讀馬森：馬森作品學術研討會論文集　臺北　聯合文學出版社　2003 年 10 月　頁 109—128

406. 羅夏美　延展夢境碎片：折射人生冷光——解讀馬森《M 的旅程》　M 的旅程　臺北　秀威資訊科技公司　2011 年 3 月　頁 207—231

《府城的故事》

407. 謝鴻文　俯視人生的晚景——讀馬森《府城的故事》　全國新書資訊月刊　第 117 期　2008 年 9 月　頁 29—31

劇本

《馬森獨幕劇集》

408. 林俠安　戲劇文學的建立——談《馬森獨幕劇集》　自立晚報　1978 年 11 月 5 日　3 版

409. 林清玄　戲劇文學的建立——讀《馬森獨幕劇集》　愛書人　第121期　1979年10月11日　3版
410. 林清玄　戲劇文學的建立——讀《馬森獨幕劇集》　在暗夜中迎曦　臺北　時報文化出版公司　1980年9月　頁104—110
411. 林清玄　戲劇文學的建立——讀《馬森獨幕劇集》　腳色：馬森獨幕劇集　臺北　書林出版公司　1996年3月　頁290—296
412. 林清玄　戲劇文學的建立——讀《馬森獨幕劇集》　腳色　臺北　秀威資訊科技公司　2011年11月　頁270—276
413. 亮　軒　看《馬森獨幕劇集》　幼獅文藝　第313期　1980年1月　頁54—70
414. 亮　軒　看《馬森獨幕劇集》　腳色——馬森獨幕劇集　臺北　聯經出版公司　1987年10月　頁258—283
415. 亮　軒　看《馬森獨幕劇集》　腳色：馬森獨幕劇集　臺北　書林出版公司　1996年3月　頁256—281
416. 亮　軒　看《馬森獨幕劇集》　腳色　臺北　秀威資訊科技公司　2011年11月　頁244—269
417. 黃美序　「腳色」的特色——評馬森《腳色》　聯合文學　第41期　1988年3月　頁196—198
418. 黃美序　「腳色」的特色——評馬森《腳色》　腳色：馬森獨幕劇集　臺北　書林出版公司　1996年3月　頁301—304
419. 黃美序　「腳色」的特色——評馬森《腳色》　腳色　臺北　秀威資訊科技公司　2011年11月　頁313—316
420. 林偉瑜　中國第一位荒謬劇場劇作家——兩度西潮下六〇年代至八〇年代初期的馬森劇作　馬森作品學術研討會　宜蘭　佛光人文社會學院文學研究所　2002年10月19日
421. 林偉瑜　中國第一位荒謬劇場劇作家——兩度西潮下六〇年代至八〇年代初期的馬森劇作　閱讀馬森：馬森作品學術研討會論文集　臺北

聯合文學出版社　2003年10月　頁207—226

422. 林偉瑜　中國第一位荒謬劇場劇作家——兩度西潮下六〇年代至八〇年代初期的馬森劇作　腳色　臺北　秀威資訊科技公司　2011年11月　頁277—299

423. 朱　俐　馬森獨幕劇演出的哲理性與趣味性　馬森作品學術研討會　宜蘭　佛光人文社會學院文學研究所　2002年10月19日

424. 朱　俐　馬森獨幕劇演出的哲理性與趣味性　閱讀馬森：馬森作品學術研討會論文集　臺北　聯合文學出版社　2003年10月　頁185—206

425. 朱　俐　馬森獨幕劇演出的哲理性與趣味性　腳色　臺北　秀威資訊科技公司　2011年11月　頁360—386

426. 彭耀春　與五四以來的中國話劇傳統大異其趣——論馬森戲劇集《腳色》　馬森作品學術研討會　宜蘭　佛光人文社會學院文學研究所　2002年10月19日

427. 彭耀春　與五四以來的中國話劇傳統大異其趣——論馬森戲劇集《腳色》　臺灣當代戲劇論　北京　中果戲劇出版社　2003年3月　頁197—207

428. 彭耀春　馬森戲劇集《腳色》淺論　華文文學　2003年第4期　2003年8月　頁33—37，46

429. 彭耀春　與五四以來的中國話劇傳統大異其趣——論馬森戲劇集《腳色》　閱讀馬森：馬森作品學術研討會論文集　臺北　聯合文學出版社　2003年10月　頁173—184

430. 彭耀春　與五四以來的中國話劇傳統大異其趣——論馬森戲劇集《腳色》　腳色　臺北　秀威資訊科技公司　2011年11月　頁345—359

431. 陳美美　馬森「腳色理論」析論　腳色　臺北　秀威資訊科技公司　2011年11月　頁387—430

432. 秦嘉嫄　從《馬森獨幕劇集》到《腳色》——一九八〇年代臺灣小劇場重

探　閱讀馬森 II——馬森作品學術研討會論文集　新北　新地文化藝術公司　2014 年 9 月　頁 125—159

◆多部作品

《生活在瓶中》、《夜遊》

433. 費　勇　孤絕的中國人與飄泊的中國人——論馬森《生活在瓶中》與《夜遊》　暨南學報　1995 年第 3 期　1995 年 7 月　頁 103—107

434. 廖淑芳　《生活在瓶中》到《夜遊》——論馬森小說的文學現代性與八〇年代前期臺灣文學場域　成大文學家國際學術研討會　臺南　成功大學中國文學系主辦　2011 年 11 月 18—19 日

435. 廖淑芳　《生活在瓶中》到《夜遊》——論馬森小說的文學現代性與八〇年代前期臺灣文學場域　臺灣學流　第 6 期　2012 年 10 月

436. 廖淑芳　由《生活在瓶中》到《夜遊》：論馬森的文學現代性與 80 年代前期臺灣文學場域　筆的力量——成大文學家論文集（上）　臺北　里仁書局　2013 年 2 月　頁 273—308

437. 廖淑芳　由《生活在瓶中》到《夜遊》：論馬森的文學現代性與八〇年代前期臺灣文學場域　閱讀馬森 II——馬森作品學術研討會論文集　新北　新地文化藝術公司　2014 年 9 月　頁 265—308

438. 廖淑芳　由《生活在瓶中》到《夜遊》：論馬森的文學現代性與 80 年代前期臺灣文學場域　臺南作家評論選集　臺南　臺南市文化局　2015 年 3 月　頁 195—234

《美麗華酒女救風塵》、《蛙戲》

439. 郭澤寬　馬森《美麗華酒女救風塵》、〈蛙戲〉　臺灣現代中文歌劇創作之研究　高雄師範大學國文學系　博士論文　馬森，蔡崇名教授指導　2006 年 6 月　頁 88—98

《墨西哥憶往》、《維城四紀》、《東亞的泥土與歐洲的天空》

440. 羅夏美　差異及其寧靜——從「佛教心理學」論馬森的三本遊記　成大文學家國際學術研討會　臺南　成功大學文學院主辦　2011 年 11 月

18—19日

441. 羅夏美　差異及其寧靜——「從佛教心理學」論馬森的三本遊記　筆的力量——成大文學家論文集（上）　臺北　里仁書局　2013年2月　頁345—378

單篇作品

442. 陳克環　馬森〈癌症患者〉　書評書目　第24期　1977年4月　頁130—132

443. 唐文標　做人的悲劇——試論〈竇娥冤〉與擇善問題　時報雜誌　第25期　1980年5月25日　頁29—30

444. 祝秀俠　〈珠江水猶寒〉評介　新知識　第156期　1981年4月　頁31—32

445. 傅偉勳　也談「可憐的」沙特——馬森先生〈可憐的沙特〉讀後　中國時報　1983年11月20日　8版

446. 壹闡提〔李喬〕　從人物的感覺出發——小論聯副作品〈尋夢者〉　聯合報　1984年2月8日　8版

447. 李　喬　〈尋夢者〉　七十二年度短篇小說選　臺北　爾雅出版社　1985年9月　頁267—269

448. 李　喬　「洪醒夫小說獎」十年祭〔〈尋夢者〉部分〕　洪醒夫小說獎作品集　臺北　爾雅出版社　1992年7月　頁7

449. 鄭明娳　散文的主要類型〔〈籠中鳥與水中魚〉部分〕　現代散文類型論　臺北　大安出版社　1987年6月　頁137—138

450. 許建生　〈奔向那一輪紅艷艷的夕陽〉作品評析　臺灣百部小說大展　福州　海峽文藝出版社　1990年7月　頁21—22

451. 林克歡　大陸舞臺上的臺灣話劇　表演藝術　第28期　1995年2月　頁53—58

452. 楊國榮　象徵、規律、生死錯位——讀馬森的〈鴨子〉　孤絕　臺北　秀威資訊科技公司　2010年12月　頁239—247

453. 張妮娜　走出迷宮——我看〈三個不能滿足的寓言〉　民眾日報　1991年12月8日　11版

454. 王墨林，王友輝　九二實驗劇展彙評——〈三個不能滿足的寓言〉　表演藝術　第4期　1993年2月　頁89—90

455. 葉　龍　馬森〈論曹禺的《雷雨》〉　文訊雜誌　第79期　1992年5月　頁100—103

456. 〔馬　森，趙毅衡編〕　超現實的夢境〔〈一抹慘白的街景〉〕　潮來的時候　臺南　文化生活新知出版社　1992年9月　頁10—11

457. 朱　炎　評馬森的〈嘗試為臺灣小說定位〉　文藝評論精華　臺北　中國文藝協會　1993年2月　頁23—28

458. 黃慶萱　探荒——觀荒謬劇〈腳色〉有感　腳色——馬森獨幕劇集　臺北　書林出版公司　1996年3月　頁297—300

459. 黃慶萱　探荒——觀荒謬劇〈腳色〉有感　與君細論文　臺北　東大圖書公司　1999年3月　頁216—219

460. 黃慶萱　探荒——觀荒謬劇《腳色》有感　腳色　臺北　秀威資訊科技公司　2011年11月　頁309—312

461. 林克歡　〈腳色〉作品解析　中國文學通典·戲劇通典　北京　解放軍文藝出版社　1999年1月　頁977

462. 陳戴澧　〈花與劍〉的斷想　當代華文戲劇創作國際研討會　香港　香港中文大學主辦　1993年12月1日

463. 陳戴澧　〈花與劍〉的斷想　腳色：馬森獨幕劇集　臺北　書林出版公司　1996年3月　頁333—340

464. 陳戴澧　《花與劍》的斷想　花與劍　臺北　秀威資訊科技公司　2011年9月　頁131—140

465. 余　林　劇作與劇作家才情——〈花與劍〉留給我的思緒　當代華文戲劇創作國際研討會　香港　香港中文大學主辦　1993年12月1日

466. 余　林　劇作與劇作家才情——〈花與劍〉留給我的思緒　腳色：馬森獨

幕劇集　臺北　書林出版公司　1996年3月　頁342—345

467. 余　林　劇作與劇作家才情——《花與劍》留給我的思緒　花與劍　臺北　秀威資訊科技公司　2011年9月　頁141—144

468. 林湘華　「我」詢問，故「我」存在——試析馬森〈花與劍〉　馬森作品學術研討會　宜蘭　佛光人文社會學院文學研究所　2002年10月19日

469. 林湘華　「我」詢問，故「我」存在——試析馬森〈花與劍〉　閱讀馬森：馬森作品學術研討會論文集　臺北　聯合文學出版社　2003年10月　頁227—245

470. 林湘華　「我」詢問，故「我」存在——試析馬森《花與劍》　花與劍　臺北　秀威資訊科技公司　2011年9月　頁172—194

471. 林國源　馬森戲劇創作與戲劇批評的美學論辯——從〈花與劍〉的創作思辨談馬森戲劇批評的文化記號論　馬森作品學術研討會　宜蘭　佛光人文社會學院文學研究所　2002年10月19日

472. 林國源　馬森戲劇創作與戲劇批評的美學論辯——從〈花與劍〉的創作思辨談馬森戲劇批評的文化記號論　閱讀馬森：馬森作品學術研討會論文集　臺北　聯合文學出版社　2003年10月　頁45—65

473. 林國源　馬森戲劇創作與戲劇批評的美學論辯——從《花與劍》的創作思辨談馬森戲劇批評的文化記號論　花與劍　臺北　秀威資訊科技公司　2011年9月　頁145—171

474. 溫虹雯　馬森〈花與劍〉中的人生追尋與抉擇　小說與戲劇的逆光飛行：新世代現代文學作品七論　臺北　揚智文化公司　2008年1月　頁156—172

475. 閻鴻亞　交輝在劇本與舞臺的光芒——當代臺灣戲劇——現、當代重要劇作家與作品〔〈花與劍〉部分〕　文學　臺灣——11位新銳臺灣文學研究者帶你認識臺灣文學　臺南　國立臺灣文學館　2008年9月　頁264

476. 林蔭宇　2011 年 1 月北京「愛劇團」演出——林蔭宇教授的回顧小結　花與劍　臺北　秀威資訊科技公司　2011 年 9 月　頁 195—198

477. 侯　磊　2011 年 1 月北京「愛劇團」演出網評之一——選擇還是不選擇？——觀《花與劍》　花與劍　臺北　秀威資訊科技公司　2011 年 9 月　頁 199—200

478. 容　容　2011 年 1 月北京「愛劇團」演出網評之二——暗色調的《花與劍》——容容評《花與劍》　花與劍　臺北　秀威資訊科技公司　2011 年 9 月　頁 201—202

479. 〔佚名〕　2011 年 1 月北京「愛劇團」演出網評之三——我們從父輩那裡繼承了什麼？——評《花與劍》　花與劍　臺北　秀威資訊科技公司　2011 年 9 月　頁 201—202

480. 王德威　溫文爾雅——《爾雅短篇小說選》序論〔〈海鷗〉部分〕　爾雅短篇小說選：爾雅創社二十五年小說菁華（一）　臺北　爾雅出版社　2000 年 5 月　頁 6

481. 張明亮　朝朝暮暮，陽臺之下——讀馬森短篇小說《孤絕・陽臺》　聯合文學　第 195 期　2001 年 1 月　頁 111—114

482. 張明亮　朝朝暮暮，陽臺之下——讀馬森短篇小說《孤絕・陽臺》　孤絕　臺北　秀威資訊科技公司　2010 年 8 月　頁 229—238

483. 張憲堂　淺論〈蛙戲〉戲劇文本　光武學報　第 26 期　2003 年 3 月　頁 105—110

484. 黃維樑　馬森〈秋日記事〉　多元的交響：世華散文評析　臺北　唐山出版社　2005 年 9 月　頁 43—47

485. 黃維樑　評馬森〈秋日記事〉　維城四紀　臺北　聯合文學出版社　2007 年 3 月　頁 151—157

486. 鄭禎玉　評馬森〈碎鼠記〉　第一屆世界華文文化文學國際學術研討會　馬來西亞　馬來西亞孝恩文化基金會，檳榔嶼南洋大學校友會，星洲日報主辦　2009 年 12 月 29—30 日

487. 鄭禎玉　孤絕的心像——馬森〈碎鼠記〉解析　新地文學　第 24 期　2013 年 6 月　頁 84—110

488. 鄭禎玉　清澈的心象——馬森〈碎鼠記〉中的人稱轉換與心理分析　閱讀馬森 II——馬森作品學術研討會論文集　新北　新地文化藝術公司　2014 年 9 月　頁 383—424

多篇作品

489. 陳美美　現代主義文學作品——現代主義戲劇：馬森〈蒼蠅與蚊子〉、〈一碗涼粥〉　臺灣現代主義文學的萌芽與再起　佛光人文社會學院文學研究所　碩士論文　馬森教授指導　2004 年 6 月　頁 117—121

490. 李易修　意象滿空飛——馬森劇作《窗外風景》、《陽臺》　2015 第二屆全球華文作家論壇特輯[22]　第 148 期　2015 年 12 月　頁 49—51

作品評論目錄、索引

491. 編輯部　馬森戲劇檔案　聯合文學　第 201 期　2001 年 7 月　頁 148

492. 丁鳳珍，徐錦成編　馬森作品評論引得　閱讀馬森：馬森作品學術研討會論文集　臺北　聯合文學出版社　2003 年 10 月　頁 292—304

493. 〔編輯部〕　《夜遊》評論資料彙編　夜遊　臺北　九歌出版社　2004 年 7 月　頁 387—389

494. 〔編輯部〕　相關評論及訪談索引　巴黎的故事　臺北　印刻出版公司　2006 年 4 月　頁 212

495. 〔編輯部〕　相關評論及訪談索引　生活在瓶中　臺北　印刻出版公司　2006 年 4 月　頁 237

496. 〔封德屏主編〕　馬森　臺灣現當代作家評論資料目錄（四）　臺南　國立臺灣文學館　2010 年 11 月　頁 2273—2289

497. 王為萱，陳姵穎，陳恬逸　「《文訊》300 期資料庫」作家學者群像——馬森　文訊雜誌　第 334 期　2013 年 8 月　頁 101

---

[22]《2015 第二屆全球華文作家論壇特輯》收錄於《印刻文學生活誌》第 148 期。

其他

498. 王鼎鈞　　文心與史識〔《現當代名家作品精選》〕　滄海幾顆珠　臺北　爾雅出版社　2000 年 4 月　頁 193—202

國家圖書館出版品預行編目資料

臺灣現當代作家研究資料彙編. 85, 馬森 / 須文蔚編選.
-- 初版. -- 臺南市 : 臺灣文學館, 2016.12
面 ; 公分
ISBN 978-986-05-0139-1(平裝)

1.馬森 2.傳記 3.文學評論

863.4 105018731

【臺灣現當代作家研究資料彙編】85

馬森

發行人 廖振富
指導單位 文化部
出版單位 國立臺灣文學館
地　址／70041 臺南市中西區中正路 1 號
電　話／06-2217201　傳　真／06-2218952
網　址／www.nmtl.gov.tw　電子信箱／pba@nmtl.gov.tw

總策畫 封德屏
顧　問 林淇瀁　張恆豪　許俊雅　陳信元　陳義芝　須文蔚　應鳳凰
工作小組 白心瀞　呂欣茹　郭汶伶　陳映潔　陳鈺翔　張　瑜　莊淑婉
編　選 須文蔚
責任編輯 陳映潔
校　對 白心瀞　郭汶伶　陳映潔　陳鈺翔　張　瑜
計畫團隊 財團法人台灣文學發展基金會
美術設計 翁國鈞・不倒翁視覺創意
印　刷 松霖彩色印刷事業有限公司

經銷展售 國家書店松江門市（02-25180207）
國立臺灣文學館藝文商店（06-2217201*2960）
三民書局（02-23617511）　五南文化廣場（04-22260330）
台灣的店（02-23625799）　府城舊冊店（06-2763093）
南天書局（02-23620190）　唐山出版社（02-23633072）
草祭二手書店（06-2216872）

初版一刷 2016 年 12 月
定　價 新臺幣 370 元整
第一階段 15 冊新臺幣 5500 元整　第二階段 12 冊新臺幣 4500 元整
第三階段 23 冊新臺幣 8500 元整　第四階段 14 冊新臺幣 5000 元整
第五階段 16 冊新臺幣 6000 元整　第六階段 10 冊新臺幣 3800 元整
全套 90 冊新臺幣 27000 元整

GPN 1010502246（單本）　ISBN 978-986-05-0139-1（單本）
1010000407（套）　978-986-02-7266-6（套）